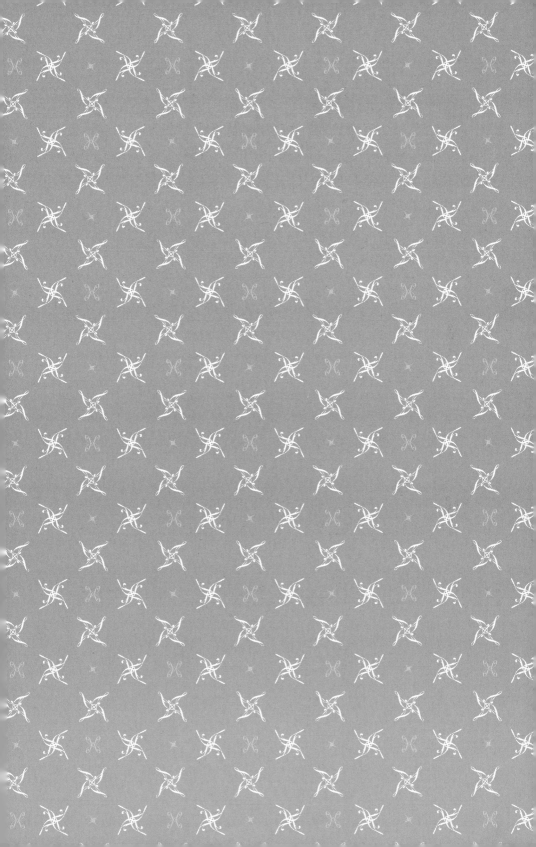

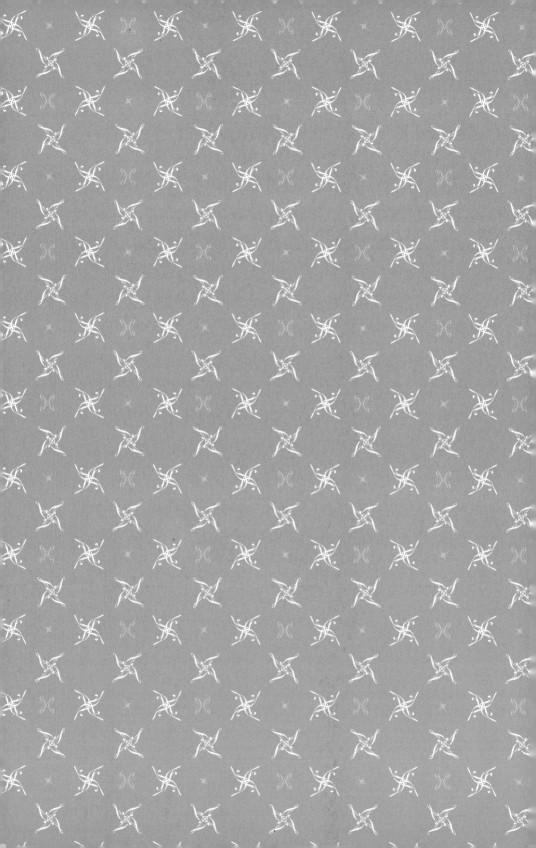

# 안개 속에 지다

## 2

### 김성종

이 책은 1983년 도서출판 明知社에서
최초 발행되었습니다.

# 안개 속에 지다

## 2

### 김성종
장편추리소설

도서
출판 남도

# 안개 속에 지다

## 2

—차 례—

# 죽음의 표적

　초승달이 어슴푸레하게 빛나는 밤이었다. 바다는 조용했고 부두 주위도 적막 속에 잠겨 있었다. 움직이는 것이라고는 아무것도 없었다. 새벽 2시 가까운 시간이니 모두가 깊은 잠 속에 빠져 있을 때였다.

　그러나 그 시간에 무엇인가 분명히 움직이는 것이 있었다. 어둠 속에서 매우 느리게 움직이고 있었기 때문에 찬찬히 관찰하지 않고는 그 움직임을 감지하기가 어려울 정도였다. 움직이고 있는 그것은 조그만 소형 어선이었다. 엔진까지 끈 채 노만 가지고 움직이고 있는 것으로 보아 주위를 몹시 경계하고 있는 것 같았다. 파커를 입은 사나이는 노젓는 사람 옆에 앉아 물끄러미 수면을 바라보고 있었다. 캡을 깊숙이 눌러 쓰고 있어서 표정은 드러나지 않았다.

　가끔씩 삐걱거리는 소리가 날 때마다 그는 귀에 거슬리는 듯 뒤를 돌아다보곤 했고 그 때마다 노인은 소리를 내지 않으려고 더욱 조심스럽게 다루었다. 노인은 줄곧 캡의 사나이를 바라보고 있었다. 평생을 살아 왔어도 그처럼 이상한 사람을 만나기는 처음이었다.

50대로 보이는 그 사나이가 노인에게 접근한 것은 닷새 전이었다. 우연히 만나 그로부터 비싼 술 대접을 받게 된 노인은 그 사나이가 굉장히 부자라는 것을 직감적으로 알아차렸다. 그 사나이는 주로 날씨에 관해서 물었는데 그 중에서도 안개가 가장 짙게 끼는 때가 언제인가고 물어 왔다. 그러면서 자신이 그것을 알려고 하는 이유는 자기가 해양학자이기 때문이라는 것이었다.

"특히 바다에 안개가 짙게 낄 때의 여러 가지 변화를 알아보려고 그럽니다. 가능하다면 바닷속까지 내려가 조류와 고기들의 움직임도 살펴보려고 합니다."

"안개는 매달 음력 초승께 새벽에 많이 내리지요."

"좀 더 정확한 날짜를 짚을 수는 없습니까?"

"알지요. 매달 5일 전후해서 제일 안개가 많지요."

"대강 몇 시부터 몇 시까지 안개가 끼나요?"

"새벽 2시께부터 해 뜰 때까지요. 날씨가 흐린 날은 아침 늦게까지도 남아 있어요."

그는 날짜를 꼽아 보더니,

"음력 5일까지는 앞으로 닷새 남았군요. 그날 새벽에 배를 좀 빌릴 수 없을까요?

노인은 처음에는 거절했다. 안개 속에 배를 낸다는 것은 매우 위험천만한 일이었기 때문이다. 다른 배를 소개해 주고 발을 빼려고 했지만 그는 말을 듣지 않았다.

"다른 사람은 싫습니다. 부탁드립니다. 대신에 보수는 후하게 드리겠습니다."

그가 탁자 위에 내놓은 돈을 보니 빳빳한 만 원짜리 지폐였다.

"10만 원입니다."

노인은 대답 없이 머뭇거렸다. 그러자 해양학자는 10만 원을 더 내놓았다.

"비밀을 지켜 주시는 조건으로 10만 원을 더 드리겠습니다."

마침내 노인의 투박스런 손이 지폐를 조심스럽게 집어 들었다. 순전히 공짜 돈이었고 그런 목돈을 만져 보기는 정말 오랜 만이었다. 노인은 캡의 뒷모습을 바라보면서 세상에는 별의별 짓을 하는 사람도 다 있다고 생각했다.

"안개가 낄 때가 됐는데……."

노인이 중얼거리자 사나이가 하늘을 쳐다보았다.

"달빛이 차츰 흐려지고 있습니다."

"안개가 잔뜩 끼면 배들이 꼼짝 못 하지요."

노인은 머뭇거리다가 마침내 속에 품었던 의문을 밖으로 꺼냈다.

"이런 일을 하시면서 왜 비밀로 하는가요?"

"비밀로 하는 게 아닙니다. 야단스럽게 떠벌리고 싶지 않아서 그럽니다."

그는 끊듯이 말했다. 노인은 거기에 대해서 더 말하지 않았다. 10분쯤 저어 나가자 마침내 안개가 끼기 시작했다. 달빛이 흐려지면서 시야가 캄캄해져 왔다.

"안개가 잔뜩 끼었는데요."

노인은 중얼거리면서 배의 속도를 줄였다. 배는 거의 움직이지 않는 것 같았다.

"청도 쪽으로 가 주십시오."

"그 섬에 가시려구요?"

노인이 의아한 듯 물었다.

"아니요. 그 근방까지만 가 보려구요."

노인은 매우 조심스럽게 노를 저었다. 한참을 안개와 어둠 속을 헤쳐 가자 저만치 청도의 불빛이 희미하게 보였다.

"저쪽으로 돌아갑시다."

그는 섬을 멀리 우회하도록 부탁했다.

"등불을 걸어야겠는데요."

노인이 불안한 듯 말했다.

"그쪽으로 배들이 많이 다니기 때문에 불을 켜지 않으면 충돌할 위험이 있어요."

"좋을 대로 하십시오."

그는 대수롭지 않게 받아넘겼다. 노인은 배 전면에다 석유등을 내걸고 나서 노 대신 엔진을 돌렸다. 그는 노인을 돌아보고 무슨 말인가 하려다가 그만두었다. 이렇게 되면 애초에 소리 없이 섬에 접근하려던 계획이 수포로 돌아가는 것이다.

그 때 저만치 앞에서 강한 불빛이 비치면서 경계 사이렌 소리가 들려왔다. 그와 함께 물결이 거세게 일었다.

"경비정이 오나 봐요."

노인의 말대로 얼마 후 경비정이 나타났다. 경비정은 그들 쪽으로 불빛을 비치면서 마이크로 경고했다.

"부두로 돌아가시오."

"어떡하지요?"

노인이 그를 보고 난처한 듯 말했다.

"돌아가서는 안 되지요."

그는 단호하게 잘라 말했다. 노인은 뱃머리를 돌렸다가 경비정이 지나가자 본래대로 방향을 바꾸었다.

"불을 끄지요. 엔진도 끄고요. 만일 배가 부서지거나 하면 충분히 변상해 드리겠습니다."

"그, 그럭하지요."

노인은 하는 수 없다는 듯 불과 엔진을 끈 다음 노를 잡았다. 배는 섬을 오른쪽으로 돌아 섬 뒤로 접근했다. 멀리 앞에 섬의 불빛이 보이는 곳에서 배는 정지했다.

그는 준비한 장비를 갑판에 꺼내 놓고 옷을 벗었다. 노인은 그 사나이가 잠수복을 입는 동안 어리둥절한 표정으로 바라보고 있었다. 모두가 값비싼 장비들이었다. 노인은 사나이가 산소통을 쉽게 맬 수 있도록 도와주면서 매우 돈 많은 사람인 모양이라고 생각했다.

이윽고 그는 옆구리에 주머니 같은 것을 찬 다음 작살을 집어든 채 바다 속으로 뛰어들었다. 첨벙하는 물소리에 노인이 정신을 차려 보니 이미 그의 모습은 물속으로 사라지고 없었다.

"원 무슨 사람이 저렇게 담이 크담."

노인은 혀를 내두르며 웅크리고 앉았다. 그 사나이가 돌아올 때까지 기다려야 했다. 언제 돌아올지는 알 수 없었다. 도대체 이 밤중에 안개 낀 바다 속에 뛰어들어 해류를 조사한다는 것이 아무래도 납득이 가지 않았다.

"바다 속은 캄캄할 텐데……."

노인은 추위를 느끼고는 자라처럼 목을 잔뜩 움츠렸다.

한편 바다 속에 뛰어든 그는 섬 쪽으로 헤엄쳐 갔다. 수영에는 자신이 있는 그였다. 수영을 못해도 잠수복을 입은 이상 웬만큼은 떠 갈 수 있다. 만일을 생각해서 그는 수면 위로 얼굴을 내미는 것을 삼가고 곧장 물속으로 헤엄쳐 갔다. 잠수복으로 몸을 감싸고 있었기 때문에 몸이 얼어붙을 정도로 춥지는 않았다. 시야는 완전히 어둠이었다. 파도는 잔잔한 편이었다. 그는 여유 있게 앞으로 전진 했다. 고무호스를 통해 산소통에서 산소를 공급받고 있었기 때문에 호흡이 곤란하거나 그러지는 않았다.

마침내 그는 앞으로 뻗치고 있는 작살 끝이 바위에 부딪히는 것을 느끼고는 조심스럽게 일어섰다. 물이 허리께에 닿고 있었다. 상체를 굽히고 앞을 살피면서 앞으로 걸어갔다. 그쪽은 온통 날카로운 바위로 이루어져 있었다. 주위를 조심스럽게 관찰하고 난 그는 바위 사이에 앉아 거친 숨을 몰아쉬었다. 먼저 옆구리에 찬 농구화를 꺼내 오리발을 벗겨내고 대신 발에 낀 다음 끈을 단단히 조였다. 다음에는 소음 권총을 꺼내 겨드랑이 밑에 걸었다. 오리발은 주머니 속에 챙겨 넣었다.

이윽고 바위를 더듬어 올라가기 시작했다. 그런데 매우 조심스럽게 움직인다는 것이 그만 돌덩이 하나를 굴리고 말았다. 돌덩이가 바위에 부딪히며 떨어지는 소리가 요란스러웠다.

"컹'"

하는 소리를 듣자 그는 납작 엎드렸다.

그러나 훈련된 개는 금방 그가 숨어 있는 곳을 알아보고는 맹렬히 다가왔다. 플래시의 불빛이 안개 사이로 어른거리는 것이 보였다. 시커먼 것이 달려드는 것을 보고 그는 겨누었던 작살을 쏘았다. 비명과 함께 개가 미친 듯이 그의 팔뚝을 물어뜯었다. 질긴 고무로 만들어진 잠수복을 입고 있었기 때문에 이빨이 살 속으로 파고들지는 않았다. 그는 소음 권총을 꺼내 들고 방아쇠를 당겼다. 무섭게 달려들던 개는 높은 비명 소리와 함께 벼랑 아래로 굴러 떨어졌다.

경비원이 개를 부르는 소리가 났다. 뛰어오는 소리가 저벅저벅 들려왔다. 그 일대에 불이 켜졌을 때 이미 그는 섬의 정상을 향해 달리고 있었다. 여기저기서 개들이 맹렬히 짖어대고 있었다. 개 한 마리가 다시 무섭게 짖어대며 그를 따라왔다. 그는 멈춰 서서 개를 노리고 있다가 또 권총을 발사했다. 일발에 경비견은 잠잠해져 버렸다.

철조망이 앞을 가로막았다. 그는 가지고 온 펜치로 철조망을 끊었다. 경비원들은 그 때까지도 그를 발견하지 못한 채 우왕좌왕하고 있었다. 그는 초원을 맹수처럼 치달려 갔다.

별장은 어둠 속에 잠겨 있었다. 섬 주위에서는 경비원들과 경비견들이 소동을 피우고 있었지만 별장 쪽은 죽음처럼 조용한 정적에 묻혀 있었다. 그는 별장 뒤로 접근했다. 누구 한 사람이라도 그가 황 회장을 노리고 침투했다는 것을 알아차렸다면 그의 접근은 실패했을 것이다. 그러나 그 때까지 아무도 눈치를 못 채고 있었다.

가까이 접근해 보니 별장은 궁궐처럼 웅장해서 상대를 찾는 일이 쉽지 않을 것 같았다. 별장 입구 쪽에는 초소가 하나 있었는데 그 안에서는 경비원 한 명이 졸고 있는 것이 보였다.

섬 뒤쪽 벼랑 아래서 경비견이 죽어 있는 것을 경비원들이 발견한 것은 한참이 지나서였다. 플래시 불빛에 경비견이 피투성이가 되어 쓰러져 있는 것이 조그맣게 보였던 것이다. 개들은 그것을 보고 미친 듯이 울부짖었다.

"아니, 저거…… 작살 같은 것이 꽂혀 있는데?"

"어디……?"

망원경으로 벼랑 아래를 내려다 본 경비원들은 소스라치게 놀랐다.

"야단났다. 누가 침투한 게 분명해. 모두 깨워……."

"비상 사이렌을 울릴까요?"

"안 돼…… 조용히 해야 해……. 회장님이 주무시고 계실 테니까 잠을 깨워서는 안 돼……."

"어떤 놈이 침투했을까요?"

"그걸 내가 어떻게 알아……."

"혹시 회장님이……?"

"그쪽에도 전화를 걸어…… 경비를 철저히 하라구……."

경비원은 숲속에 설치된 경비 전화로 별장 초소를 불렀다. 그러나 응답이 없었다.

그는 경비원 숙소와 다른 초소에 모두 전화를 건 다음 다시 별장 초소를 불렀다. 그러나 여전히 대답이 없다.

"별장 초소가 응답이 없는데 어떡하죠?"

"그 새끼 자빠져 자나 본데 빨리 깨워……."

경비 조장의 지시를 받은 경비원은 부리나케 별장 쪽으로 달려갔다. 별장은 상당히 떨어져 있었기 때문에 거기에 겨우 닿았을 때는 숨이 턱에 차 있었다. 초소에 들어서다 말고 그는

"어?"

하면서 뒤로 물러섰다.

놀랍게도 경비원이 바닥에 쓰러져 있었던 것이다.

"이봐요…… 이봐……."

불러 보았지만 대답이 없었다. 그는 초소 안으로 들어서서 엎어져 있는 몸을 뒤로 젖혔다. 경비원은 코와 입에서 피를 흘리며 의식을 잃고 있었다. 맥을 짚어 보니 아직 죽은 것 같지는 않았다.

별장 출입구를 바라보았다. 문이 닫혀 있었다. 황 회장 침실이 있는 2층 방을 바라보니 불이 켜져 있었다. 그는 초소로 뛰어들어 비상벨을 힘껏 눌렀다. 정적에 싸여 있던 섬 일대에 갑자기 비상 사이렌 소리가 요란스럽게 울려 퍼졌다.

"경비원은 모두 별장 쪽으로…… 경비원은 모두 별장 쪽으로 모여라……."

그는 마이크에다 대고 악을 썼다. 별장 주위는 순식간에 대낮같이 밝아졌다. 수십 명의 경비원들이 개를 앞세우고 우르르 달려오고 있었다.

섬이 온통 수라장으로 변하고 있을 때 잠수복의 사나이는 미동도 하지 않고 상대를 쏘아보고 있었다. 독일제 9미리 와루사 소음 권총이 상대를 겨누고 있었다.

진홍의 잠옷을 입고 있는 잿빛 머리의 노인은 눈을 부릅뜬 채 와들와들 떨고 있었다. 그 옆에는 실오라기 하나 걸치지 않은 20대의 젊은 여자가 붙어 서 있었는데 그녀 역시 이를 딱딱 마주치며 떨어대고 있었다.

"도대체 다, 당신은 누구요?"

대동그룹 황 회장이 겨우 입을 열어 물었다. 그러나 괴한은 말이 없었다.

"도대체 누구요? 워, 원하는 게 뭐요? 돈이라면 원하는 대로 주겠소. 제발 그 총은 치우시오!"

이마가 땀으로 번들거리고 있었다. 노인은 주춤주춤 문 쪽으로 물러났다. 순간 피스톨이 불을 뿜었다. 바람이 빠지는 것 같은 '슉' 하는 소리가 났는데 탁자 위의 전화통이 박살이 났다. 노인과 여인은 그 자리에서 얼어붙어 버렸다. 괴한이 턱으로 여자를 가리켰다.

"당신은 밖으로 나가서 비서를 불러 와."

조용한 목소리였다.

"비서실장! 비서실장 오라고 해!"

노인이 다급해서 소리쳤다. 여인은 살았다는 듯 젖가슴을 덜렁거리며 밖으로 뛰쳐나갔다.

"목숨이 아까운가?"

괴한이 황 회장을 향해 조용히 물었다.

"원하는 대로 드리겠습니다. 목숨만 살려 주십시오."

국내 최고의 재벌은 두 손을 싹싹 비비고 있었다. 괴한은 냉소를 흘렸다.

"당신은 예순 다섯 살이지. 살 만큼 살았지 않았나?"

조롱하는 듯한 물음에 노인은 머리를 조아렸다.

"살려 주십시오! 이 늙은 것이 살면 얼마나 살겠습니까?"

벽에 걸려 있는 동양화를 손으로 가리킨다.

"저 뒤에 있습니다. 현찰도 있고 보석도 있습니다. 달러도 있습니다. 마음대로 얼마든지 가져가십시오……."

"노인, 그만 진정하시오."

그 때 문이 열리면서 40대의 사나이가 들어왔다. 급히 오느라고 넥타이도 없이 와이셔츠 위에 저고리를 걸치고 있었는데, 와이셔츠 자락이 바지 밖으로 흘러나와 있는 것도 모르고 있었다. 방문 저쪽에는 이미 경비원들이 잔뜩 몰려와 있었다.

"방문을 닫아. 허튼 수작하면 이 영감이 먼저 죽는다."

사나이는 경비원들을 내쫓은 다음 문을 닫아걸었다.

그 역시 사시나무처럼 떨고 있었다.

"비서실장인가?"

"네, 그렇습니다!"

그러자 노인이 끼어들었다.

"실장, 이 손님을 잘 모셔! 원하시는 대로 해 드려!"

"네, 알았습니다!"

괴한이 손을 저었다.

"당신들 멋대로 떠들지 마. 지시는 내가 내릴 거야."

두 사람은 입을 다물고 그를 공포의 눈으로 쳐다보았다.

"이 노인을 살리고 싶으면 내가 시키는 대로 해. 10분 이내로 헬리콥터를 준비시켜."

비서실장은 황 회장을 바라보았다. 황 회장은 기다렸다는 듯이 다급하게 지시를 내렸다.

"시키는 대로 해! 빨리 헬기를 준비시켜! 그리고 누구도 방해하지 말라고 그래!"

"알았습니다."

"잠깐!"

괴한은 나가려는 비서실장을 불러 세우더니,

"헬기에는 황 회장과 나 그리고 조종사만 탄다."

하고 말했다.

실장이 나가고 나자 황 회장은 다시 손이 발이 되게 빌기 시작했다.

"부탁합니다. 목숨만 살려 주십시오! 제발 부탁합니다."

"……."

"이 늙은 것을 어, 어디로 데려가려고 그러십니까?"

괴한은 대꾸하지 않고 잠자코 노인을 지켜보기만 했다.

조금 후 비서실장이 나타났다.

"준비됐습니다."

"걸치적거리지 말고 모두 물러나."

"모두 물러났습니다. 저를 대신 데리고 가십시오."

실장이 용기를 내어 말했다.

"안 돼. 당신 같은 사람은 필요 없어."

순간 실장이 권총을 뽑아들었다. 그러나 그보다 먼저 와루사 소음 권총이 '슉' 하고 불을 뿜었다. 뒤이어 요란스런 총성이 실내를 뒤흔들었다. 실장의 권총은 천정을 향해 발사되고 가슴에 총을 맞은 실장은 뒤로 발딱 나동그라졌다.

"앞장서서 나가! 머리에 손을 얹고!"

노인은 시키는 대로 앞장서서 나갔다. 나가면서 소리소리 질렀다.

"모두 비켜! 얼씬거리지도 마! 얼씬거리면 내가 위험하다! 비켜! 비키라구!"

경비원들은 모두 별장 밖으로 물러났다. 괴한은 노인의 등에 총구를 박은 채 바싹 따라붙고 있었다. 눈앞에서 비서실장이 사살되는 것을 목격한 노인은 거의 제 정신이 아니었다. 별장 밖으로 나가자 헬리콥터 주위에 집총한 경비원들이 잔뜩 몰려 서 있는 것이 보였다.

"모두 비키라고 해. 숲속으로 들어가 대기하라고 그래. 한 놈이라도 나오면 당신 머리는 박살날 거다."

노인은 시키는 대로 했다. 살기 위해 고래고래 악을 썼다. 경비원들은 모두 하는 수 없이 숲속으로 들어갔다.

이윽고 헬기 앞에 이르자 노인은 그것을 타지 않으려고 애원했다. 그러나 소용없는 짓이었다. 괴한이 총구로 뒤통수를 쿡 찌르자 그는 허겁지겁 헬기에 기어올랐다. 뒤 따라 가볍게 올라탄 그는 조종석에 대기하고 있던 조종사에게 명령했다.

"빨리 출발시켜."

"시키는 대로 해!"

노인이 끄덕이자 중년의 조종사는 몸을 떨면서 조종키를 잡았다. 프로펠러가 흙먼지를 일으키며 맹렬히 돌기 시작하자 노인은 무릎을 꿇고 애걸했다.

"잠자코 있어!"

괴한은 화를 내면서 노인의 턱을 후려쳤다. 노인은 힘없이 바닥에 쓰러져 비참한 몰골로 헐떡거렸다.

마침내 헬기가 공중으로 붕 떴다. 그러자 기다렸다는 듯이 경비원들과 직원들이 우하니 몰려갔다. 경비원들은 헬기를 향해 총을 발사했다. 그러나 위협사격에 불과했기 때문에 아무 효과가 없었다. 총성과 아우성이 밤하늘을 울리는 가운데 헬기는 빨간 불빛만을 보인 채 어둠과 안개 속으로 사라지고 있었다.

"회장님이 납치됐다! 빨리 해안 경비대에 연락해!"

몇 사람이 통신실 쪽으로 급히 달려갔다. 일부는 모터보트를 타기 위해 선착장 쪽으로 내려갔다.

한편 야마는 황 회장을 헬기 바닥에 납작 엎드리게 한 다음 한쪽 발로 등을 누른 채 피스톨을 조종사 뒤통수에 바싹 들이대고 있었다. 조종사는 얼어붙은 모습으로 조종간을 움켜잡고 있었는데 정신없이 조종하는 바람에 헬기는 마치 거센 폭풍에 휩쓸리는 것처럼 흔들리고 있었다. 짙은 안개와 어둠은 성난 파도처럼 시야를 가로막고 있었다.

"시야가 보이지 않습니다! 이대로 가다가는 사고가 납니다!"

헬기는 섬에서 그다지 멀리 떨어지지 않은 곳에서 빙글빙글 맴돌고 있었다.

"저쪽으로!"

야마는 왼쪽을 가리켰다. 그 쪽은 섬 뒤편으로 그가 침투한 방향이었다.

"밑으로 내려가! 급강하 해!"

"안 됩니다. 침몰하고 맙니다!"

"이 새끼가!"

그는 손바닥을 칼날처럼 세워 조종사의 목덜미를 힘껏 후려쳤다.

"으윽!"

급소를 맞은 조종사는 흔들흔들하다가 조종간을 놓으며 옆으로 힘없이 쓰러졌다. 그 바람에 헬기는 바다 위로 급강하하기 시작했다.

그 때까지 엎드려져 있던 황 회장이 눈앞에 벌어진 사태를 보고 갑자기 발작을 일으켰다. 그는 눈이 뒤집혀진 채 악을 쓰면서 몸부림쳤다. 야마는 가만히 지켜보다가 머리를 겨누고 방아쇠를 당겼다. 황 회장은 이마에서 피를 뿜으면서 뒤로 나가떨어졌다. 더 이상 비명도 발작도 일지 않았다. 그는 즉사한 것이다.

헬기는 격심한 충격과 함께 수면에 부딪쳤다. 야마는 몇 번 나뒹굴다가 겨우 몸을 일으켜 문을 열어젖혔다. 헬기는 이미 물속에 반쯤 잠겨들고 있었다. 그는 바다 속으로 뛰어들었다. 파도가 얼굴을 후려쳤다. 헤엄쳐 나가다가 뒤돌아보니 헬기는 이미 형체도 보이지 않았다. 저만큼 안개 사이로 배의 윤곽이 보였다. 그는 열심히 헤엄쳐 갔다. 노인은 그 때까지 뱃전에서 기다리고 있다가 손을 뻗어 그를 잡아 주었다.

"아까 웬 총소리가 그렇게 났지요?"

"총소리요? 모르겠는데요."

그는 잠수복을 벗고 물기를 닦았다.

"못 들으셨나 보지요. 비행기 소리도 나고 사이렌 소리도 나고…… 섬에 무슨 일이 일어났나 봐요."

노인이 자기를 의심스러운 듯 바라보는 것을 묵살한 채 그는 옷을 갈아입었다.

"갑시다. 저쪽으로 갑시다!"

부두와는 영 다른 쪽을 가리키자 노인은 물었다.

"아니, 왜 그쪽으로 갑니까?"

"가라면 가!"

그는 갑자기 돌아서면서 노인의 가슴에 총구를 박았다.

날이 밝자 모든 것이 드러났다. 그날 따라 흐린 날씨였다. 청도는 발칵 뒤집혔다. 선착장에는 해안 경비정이 닻을 내리고 있었고 별장은 수사관과 보도진들로 장터처럼 붐비고 있었다.

정확한 것은 단 한 가지였다. 잠수복 차림의 괴한 한 명이 나타나 황병규 회장을 헬리콥터로 납치해 갔다는 사실이었다. 수사 책임자는 황 회장이 납치되는 것을 구경만 한 경비원들을 보고 한심하다는 듯 혀를 끌끌 찼고 장남인 대동 물산 사장 황진석은 분통을 터뜨렸다.

"바보 같은 인간들! 당신들의 임무가 뭐야! 수십 명이 그래 그놈 하나 당해내지 못했어! 얼간이들 같으니라구! 월급이 아깝다! 월급이 아까워! 꼴도 보기 싫으니까 다들 꺼져!"

경비원들은 비실비실 물러났는데 그래도 그 중에 일방적으로 당하는 것이 억울했던지 자못 대꾸하고 나서는 자가 있었다.

"회장님의 명령에 따랐을 뿐입니다."

"뭐가 어쩌고 어째!"

후계자는 버럭 고함을 질렀으나 그 경비원은 그래도 물러나지 않고 한 마디 더 했다.

"만일 우리가 그놈한테 덤벼들었다면 회장님은 그 자리에서 사살되었을 겁니다. 회장님을 살리기 위해서는 불가피한……."

말이 채 끝나기도 전에 고함이 터져 나왔다.

"저 새끼, 끌고 나가! 끌고 나가라구!"

그런데 납치된 황 회장의 행방이 묘연했다. 사람들은 이구동성으로 헬기가 어둠과 안개 속으로 멀리 사라졌다고 대답했는데 이상하게도 해안 레이더에는 그것이 잠깐 나타났다가 이내 사라져 버렸다는 보고였다. 그 이외의 서해안 일대와 내륙 쪽에는 그 시간대에 어떠한 비행 물체도 얼씬거리지 않았다고 했다. 결국 두 가지 결론을 내리는 수밖에 없었다.

첫째는 헬기가 어느 무인도에 기착했을 가능성, 둘째는 바다에 추락했을 가능성이었다. 첫 번째는 이 잡듯이 뒤지면 되는 것이었다. 그런데 두 번째는 조사가 거의 불가능했다. 과연 망망대해의 어디에 추락했는지 짐작조차 하기 어려울 뿐 아니라 안다 해도 깊은 바다 밑에 가라앉은 것을 끌어올린다는 것은 불가능한 일이었다. 왜냐하면 청도 주위의 바다는 유난히 수심이 깊어 바닥까지 잠수하여 인양 작업을 벌일 수가 없기 때문이었다. 즉시 청도 주위에 산재해 있는 무인도들에 대한 대대적인 수색 작업이 벌어졌다. 육 · 해 · 공 입체 작전 식으로 수색이 벌어졌는데 하루가 지나도록 아무 것도 발견되지가 않았다.

그럴 즈음 인적 없는 북쪽 해안에 조그만 동력선 한 척이 좌초되어 있는 것이 발견되었다. 경찰 헬기에서 내린 수색 요원들이 배 위에 올라가 보니 놀랍게도 노인 한 사람이 뱃전에 죽어 있었다. 어부로 보이는 그 노인은 목뼈가 부러져 있었다. 나중에 유가족들이 나타남으로써 그 노인이 새벽 2시께에 바다로 나간 것이 확인되었다.

"범인은 노인의 배를 타고 섬에 침투한 거야. 그리고 배를 타고 해안으로 탈출한 다음 노인을 살해한 거야."

수사 책임자는 이렇게 결론을 내렸다.

"그렇다면 헬기는 어떻게 된 겁니까?"

"그것은 바다에 추락했다고 봐야지. 그러니까 놈이 배를 타고 탈출했겠지. 내가 보기에는 범인이 매우 전문적인 것 같아."

"전문적이라니요?"

"목뼈를 부러뜨려 죽일 정도로 살인에 능숙한 놈이라는 말이야. 확실한 건 더 조사해 봐야 알겠지만……."

수사 책임자의 말을 증명하기라도 하는 듯 무인도에서는 헬기가 발견되지 않았다. 결국 해저에 관심이 집중되었는데 바다를 온통 뒤진다는 것이 쉬운 일일 리 없었다. 쉽기는커녕 거의 불가능한 일이었다. 바다 밑을 뒤지는 장비가 국내에 없을 뿐 아니라 그런 장비를 외국에서 들여와 이용한다 해도 하루 이틀에 끝나는 것이 아니었다.

상상할 수도 없는 쇼킹한 사건이었으므로 전 매스컴이 대대적으로 이 사건을 보도했다. 라디오·텔레비전 방송국은 사건 현장에서 직접 중계 보도했고 각 신문사는 취재팀을 상주시켜 취재에 열을 올렸다. 외신 기자들도 질세라 취재팀에 끼어들어 바삐 뛰어다녔다.

야마는 아파트에 틀어박혀 지냈다. 그는 하루 종일 라디오를 켜 놓고 임시 뉴스로 취급하고 있는 황 회장 납치 사건 보도에 귀를 기울였다. 그는 헬기가 발견되어 황 회장 시체가 인양되기를 기다리고 있었다. 그러나 하루 종일 기다려도 그런 뉴스는 흘러나오지 않았다. 하긴 시체가 발견되지 않는다 해도 목적을 달성한 것만은 틀림없다. 그는 영원히 수중 고혼이 된 것이다. 결코 살아서 나타나지 않을 것이다.

　밤 9시 조금 지나 그는 아파트를 나와 단지 안에 있는 공중전화 부스로 걸어갔다. 밖에는 비가 내리고 있었다. 부스 안으로 들어간 그는 동전을 하나 집어넣은 다음 다이얼을 돌렸다. 따르릉 하고 신호가 가다가 찰칵 하고 신호 떨어지는 소리가 났다.

　"네……."

　남자의 굵은 저음이 들려왔다.

　"여기는 야마…… 제로를 부탁합니다."

　상대는 잠깐 멈칫하는 것 같다가,

　"지금은 안 됩니다."

하고 대답했다. 그는 몹시 불쾌했다.

　"무슨 소리야! 빨리 바꿔? 야마라고 그래!"

　"안 됩니다."

　저쪽은 침착하고 유들유들했다.

　"왜 안 된다는 거지."

　"하여간 안 됩니다."

　"모가지를 분질러 버릴 테다! 빨리 바꿔!"

　"안 돼요. 30분 후에 걸어 주시오."

　이쪽에서 뭐라고 할 사이도 없이 수화기를 철컥 내려놓는다. 야마는 분노의 한숨을 내쉬면서 부스에서 물러났다.

　비바람이 거세게 불고 있었다. 그는 우산을 받쳐 들고 희미한 가로등 밑에서 30분 동안 서성거리다가 다시 공중전화 부스 안으로 들어갔다.

제로는 기다리고 있다가 그의 전화를 받았다. 야마는 분노를 누르면서 조용히 말했다.

"사람을 이렇게 대하기요?"

"아, 미안하게 됐습니다. 좀 바쁜 일이 있어서……. 헌데 웬일이오?"

"웬일이라니요? 몰라서 묻는 거요?"

그는 몸을 부르르 떨었다.

이쪽이 흥분하고 있는 것과는 달리 상대방은 냉기가 느껴질 정도로 침착했다.

"꽤 흥분하신 것 같은데…… 그러지 말고 용건만 간단히 이야기하도록 합시다. 전화를 오래 붙들고 있으면 안 좋으니까."

"좋아요. 일을 끝마친 것을 알려 주려고 전화한 거요."

"아, 그거 말이군요. 꽤나 시끄럽게 됐더군요. 체포되지 않길 정말 다행이오."

"나머지 15만 달러를 지난 번 구좌에다 넣어 주시오."

"그게 무슨 말이죠? 난 이해할 수 없는데……."

"뭐라구! 잡아떼는 건가! 계약 조건을 모른다는 거야!"

"아, 알고말고. 성공하면 즉시 잔금을 지불하도록 돼 있지요. 모를 리가 있나요?"

"그럼 왜 이해할 수 없다는 거야?"

"성공하지도 못한 일에 돈을 지불하는 바보도 있나요?"

"뭐가 어째! 난 성공했어! 그 영감은 바다 속에 가라앉아 있어! 헬리콥터와 함께!"

"그걸 어떻게 증명하죠? 공중으로 날아갔든 바다 속에 가라앉았든 간에 시체가 발견돼야 할 거 아니요? 시체도 없는데 죽은 걸 뭘로 증명하죠? 시체가 발견되지 않은 죽음은 죽음이 아니라 행방불명이라고 보는 편이 옳겠지. 안 그런가요, 선생?"

"개새끼 같으니! 그래 돈을 못 주겠다는 거야?"

"주기는커녕 받아내야겠어. 선금 10만 달러를 다시 돌려 줘."

"알았다! 너희 놈들을 찾아내 모두 죽여 버리고 말테다!"

그는 수화기를 철컥 내려놓고 부스에서 나왔다. 우산도 펴지 않은 채 비를 고스란히 맞으며 우두커니 서 있는 그의 모습은 더할 수 없이 고적하고 절망적으로 보였다. 한참 그렇게 서 있다가 그는 차를 세워둔 쪽으로 가서 시무 카에 시동을 걸었다.

비바람이 더욱 거세지고 있었다. 아파트 단지를 벗어난 소형차는 일단 강변도로에 들어서자 질풍같이 달려가기 시작했다. 비바람이 앞 유리창에 세차게 부딪히는 바람에 시야가 뿌옇게 흐려왔다. 그는 상관하지 않고 액셀러레이터를 더욱 힘주어 밟았다. 속도계 바늘이 시속 100을 가리키자 소형차라 속도를 견뎌내지 못하고 날아갈 듯 흔들리기 시작했다. 커브에서 만난 4t 트럭이 충돌을 피하기 위해 급히 우측으로 꺾어지다가 난간을 들이받으면서 주택가로 굴러 떨어졌다. 그 때는 이미 녹색 차는 어둠 속으로 사라지고 없었다.

고속도로로 들어서자 그는 120까지 밟았다. 빗길에서의 그런 속도는 죽음을 자초하는 짓이다. 그런데도 불구하고 그의 차는 미친 듯이 달려갔다. 조심스럽게 달려가는 차들이 모두 뒤로 휙 휙 처지는 것을 곁눈질로 느끼면서 그는 FM버튼을 눌렀다. 볼륨을 크게 틀자 음악이 차 속을 가득 채웠다. 패트롤카가 미친 차를 발견하고 사이렌을 울리며 따라붙기 시작했다. 그러나 적수가 될 수 없었다.

다이몽 시로는 심한 화상을 입고 나서야 사실을 자백했다. 그는 폭력배였다. 태양(太陽)이라는 폭력 조직의 일원으로 유보화 일행을 살해하라는 명령을 받고 그것을 실천에 옮기다가 실패로 끝난 것이다. 그는 유보화 일행을 왜 죽여야 하는지 그 이유도 모른 채 다만 지시에 따라 움직였을 뿐이다. 그에게 명령을 전달한 자는 가사오까 에이지(笠岡英司)라는 그의 직속 상관이었다. 조직과 운영을 군대식으로 하고 있는 그들은 자기보다 위에 있는 자를 상관이라 부르고 있었다.

태양의 보스는 아사야마 시게오(朝山重夫). 가장 밑바닥에서 돌고 있는 다이몽으로서는 자세한 내막을 알 길이 없지만 태양의 회원은 약 1천 명 가까운 대부대라고 했다. 군율이 엄해서 배반자는 사형을 원칙으로 하고 있고 실패하거나 명령을 거역하는 자는 손가락을 자른다. 자백이 끝난 다음 다이몽은 울었다. 자기는 배반자가 되었으니 국외로 도망치기 전에는 어차피 살해될 것이라고 하면서 훌쩍거렸다.

"저 치, 자살할 것 같은데요."

"내버려 둬요. 신경 쓸 필요 없어요."

병원을 나오면서 인식과 보화가 주고받은 말이었다. 대식은 다이몽의 자백이 사실로 입증될 때까지 병실에 남기로 했다.

거리에는 초저녁 어스름이 깔리고 있었다. 반시간쯤 지나 그들은 긴자 거리로 들어섰다. 가사오까 에이지라는 인물을 찾기 위해서였다. 다이몽의 자백에 따르면 가사오까는 긴자에서 헬스클럽을 경영하고 있다고 했다. <도꾜 헬스클럽>이라는 간판이 보인 것은 긴자 거리를 돌아다닌 지 20분쯤 지나서였다. 보화가 그것을 먼저 발견하고 손가락으로 가리켰다.

"저기 있어요!"

"음, 그렇군요."

그 헬스클럽은 10층 건물의 최상층에 자리 잡고 있었다. 그들은 조금 떨어진 곳에서 그 곳을 바라보고 있었다. 이제 어떻게 자연스럽게 가사오까에게 접근하는가 하는 것이 문제였다.

"제가 다녀오죠. 보화 씨는 저기 칵테일 코너에서 기다리고 계십시오. 필요하다면 클럽에 가입해 보겠습니다."

보화는 그것이 좋을 것 같아 칵테일 코너로 들어가고 인식은 먼저 안경점으로 가서 도수 없는 검은 테 안경을 하나 구입했다. 그것을 눈에 끼고 다음에는 머리 기름을 하나 사들고 헬스클럽이 있는 빌딩으로 들어갔다. 엘리베이터를 타기 전에 화장실로 들어가 머리에 잔뜩 기름을 쳐 발랐다. 머리를 올백으로 빗어 넘기자 완전히 사람이 달라 보였다.

그는 이를 드러내고 히히 하고 한 번 웃고 나서 화장실을 나가 엘리베이터 속으로 들어갔다. 아마추어 치고는 제법 움직임이나 표정이 자연스러워 보였다.

이윽고 10층에서 내린 그는 헬스클럽 입구에 들어섰다. 초미니 스커트 차림의 여직원이 웃으며 그를 맞았다.

"어서 오십시오."

추남은 고개를 끄덕이면서 안내하는 대로 소파에 가서 의젓하게 앉았다.

"저기, 회원에 가입하려구 오셨는가요?"

여직원이 웃으며 상냥하게 묻는다.

"그럴까 하는데……"

"그럼 이 안내문을 보세요. 여기 자세한 내용이 적혀 있어요."

그는 안내서를 받아들고 대충 훑어보았다. 안내말 끝에 대표자의 이름이 적혀 있었는데 바로 가사오까 에이지(笠岡英司)였다. 회원 가입비는 20만 엔이었고 매월 회비는 5만 엔이었다.

"지도는 누가 하지요?"

"네, 지도 요원들이 있어서 수시로 지도를 해 드립니다."

"안에 구경 좀 할 수 있을까?"

"네, 얼마든지 하세요."

여직원을 따라 그는 안으로 들어가 보았다. 넓은 홀 여기저기에서 사내들이 땀을 뻘뻘 흘리며 운동에 열을 올리고 있었다. 거의가 비만한 체격들로 살을 빼기 위해서 운동을 하고 있는 것 같았다. 시설은 아주 훌륭해서 사우나까지 갖추고 있었다. 그는 응접실로 나와 다시 소파에 앉았다.

"마음에 드시는가요?"

여직원이 커피 잔을 탁자 위에 조심스럽게 놓으며 물었다.

"아, 좋은데요. 한데 우선 상담을 했으면 하는데……"

"네, 물론 그러셔야지요."

"상담은 누가 합니까?"

"네, 지도 요원이 하고 있습니다."

조금 있자 건장한 사내가 팔을 벌리며 들어섰다. 몸은 온통 근육질로 된 사내로 전형적인 일본인 냄새가 났다.

"몸이 허약하신 것 같은데…… 아프신 데는 없나요?"

말씨는 공손한 편이었다.

"아, 그런 건 없어요."

추남은 손을 벌려 보였다.

"혈압은 어떤가요?"

"정상입니다."

"심한 운동을 하시면 안 되겠고…… 체력을 증진시키는 방향으로 나가면 되겠습니다."

그때 문이 열리면서 40대의 사내 하나가 안으로 들어왔다. 머리를 스포츠 스타일로 짧게 깎은 데다 코밑수염을 약간 기른, 차돌같이 단단해 보이는 인상의 사내였다. 키는 중키였고 콧날이 심하게 휘여 있었다. 눈매가 날카로워 보였다. 사내는 추남을 힐끗 쳐다보고 나서 여직원에게 물었다.

"연락 안 왔어?"

"네, 아직 안 왔어요."

그는 고개를 갸우뚱하더니 세무점퍼를 벗어 들고 사장실로 들어가 버렸다. 여직원과 둘이만 남았을 때 추남은 입회 절차를 밟으면서 슬그머니 물어보았다.

"아까 그 코밑수염 기른 사람이 가사오까 사장님인가요?"

"네, 어떻게 아세요?"

여직원이 정색하고 물었다.

"안내문 보고 알았지요."

"어머, 기억력도 좋으시네요."

"상당히 미남이신데……"

"그래요?"

여직원은 사장실 쪽을 힐끗 보고 나서 입을 다물었다. 그 표정에는 사장에 대한 반발심 내지는 불만 같은 것이 진하게 내포되어 있었다.

추남이 보화에게 돌아온 것은 한 시간쯤 지나서였다. 그 때까지 보화는 칵테일 코너에서 기다리고 있었다. 추남은 그녀 옆에 다가앉으며 칵테일 한 잔을 주문한 다음 작은 목소리로,

"가사오까란 놈을 봤습니다."

하고 말했다.

보화는 그의 변장에 사뭇 놀라워하면서 바라보기만 했다.

"다이몽 말대로 헬스클럽 사장입니다. 마흔 서너 살쯤 먹은 놈인데 인상이 안 좋더군요."

보화는 글라스에 남은 술을 비우고 나서 한 잔 더 주문했다.

"그의 입을 어떻게 열게 하죠?"

"그래서…… 아무래도 헬스클럽 출입을 자유롭게 해야 될 것 같기에 회원에 가입해 두었습니다. 헬스클럽은 회원제로 운영되

고 있습니다."

"한국인이라고 밝히셨어요."

"아뇨. 엉터리 이름을 하나 댔죠. 다께우찌 요오니, 직업은 장사꾼…… 철저히 일본인 행세를 했습니다."

"잘 하셨어요. 최단 시간 내에 그의 입을 열도록 해주세요."

"알고 있습니다. 헌데 묘안이 떠오르지 않습니다. 강제로 당할 놈도 아닐 테고…… 어떻게 해야 할지 모르겠는데요."

"……."

거기에 대해서는 보화도 적당한 방법이 떠오르지 않았다. 두 사람은 한참 동안 침묵만 지켰다. 결국 추남이 헬스클럽을 출입하면서 기회를 엿보기로 하고 두 사람은 그 곳을 나왔다.

그들이 병원에 막 도착했을 때 대식이 황급히 병원 문을 나서는 것이 보였다. 그들을 보자 그는 급히 다가와 그들을 병원으로부터 멀리 떨어진 곳으로 데리고 갔다.

"야단났습니다."

"뭐가?"

"다이몽이 혀를 깨물었습니다!"

그들은 멍하니 두 사람을 쳐다보았다. 예상한 일이긴 했지만 그것이 사실로 나타나자 모두가 당황해 하고 있었다.

"그 놈이 자백한 건 확인됐습니까?"

"음, 사실이야. 그러니까 혀를 깨물었겠지. 상처가 심한가?"

"어떻게나 심하게 깨물었던지 혀가 잘려 나갔습니다. 출혈이 심해서 위험하답니다. 낫더라도 벙어리가 될 수밖에 없답니다.

거기에 남아 있다가는 아무래도 좋지 않을 것 같아서 몰래 빠져 나오는 길입니다."

"잘 했어. 모른 체하자구! 그 자식 병원에 입원시켜 준 것만 해도 어딘데……."

그들은 생각 끝에 도심에 자리 잡고 있는 고급 아파트 하나를 월세로 빌어들었다. 사무실 겸용으로 지은 아파트로 20평 정도의 크기에 방이 두 개였고 거실이 꽤 넓어 보였다. 생활에 불편이 없게 모든 것이 잘 구비되어 있었다. 그 대신 월세가 백만 엔이나 되었다. 무엇보다도 가명으로 입주할 수가 있어서 은신하기에 안성맞춤이었다.

추남은 다음 날부터 헬스클럽에 나갔다. 몸집이 빈약한 그가 팬티 바람으로 운동하는 모습은 누가 보기에도 꽤나 희극적이었다. 그는 마음에도 없는 운동을 하자니 이루 말할 수 없이 고역스러웠다. 무거운 운동 기구를 들 때마다 뼈마디가 우두둑우두둑 소리를 내곤 했다.

그는 땀을 뻘뻘 흘리고 한숨을 내쉬며 몹시 고통스러워하면서 운동에 열을 올렸다. 그러면서도 한편으로는 출입하는 자들을 눈여겨보는 것을 잊지 않았다. 매우 인내심을 요하는 일이었지만 그는 쉽게 포기하지 않고 참고 기다렸다. 그가 헬스클럽에 있는 동안 보화와 대식은 칵테일 코너에서 기다리고 있었다.

첫 날은 가사오까의 모습을 볼 수가 없었다. 이틀 째 되는 날은 클럽의 분위기가 어쩐지 무겁게 가라앉아 있는 것처럼 느껴졌다. 항상 미소를 띠고 있던 유끼꼬라는 여직원도 그날만은 슬픈 얼굴을 하고 있었다.

대충 운동을 끝낸 추남은 응접실로 나와 소파에 뭉그적거리고 앉아 신문을 보는 체하면서 기회를 노렸다. 그런데 무심코 신문을 보던 그의 눈에 번쩍하고 불이 이는 것 같았다. 그는 안경을 밀어 올리면서 사회면 기사를 뚫어지게 응시했다.

거기에는 놀랍게도 다이몽의 죽음이 크게 보도되어 있었다. 머리에 큰 상처를 입고 입원했던 다이몽은 혀를 깨물어 자살을 기도했는데 열 시간 만에 마침내 수혈도 보람 없이 숨을 거두었다는 것이다. 그런데 경찰은 다이몽을 입원시킨 정체불명의 세 남녀를 그의 죽음과 관련이 있는 유력한 용의자로 보고 뒤쫓고 있다고 했다. 여러 가지 정황 증거로 볼 때 그들은 다이몽에게 상처를 입히고 그를 자살로 몰아간 장본인들로 보고 있었다. 거기에 덧붙여 다이몽이 폭력 조직의 일원인 것이 밝혀져 있었고 그의 죽음은 암흑가에서 흔히 볼 수 있는 암투에서 빚어진 것으로 보도되어 있었다.

"제기랄, 잘못 하다가는 살인 혐의로 체포되겠는데……."

그는 신문 너머로 유끼꼬를 보았다. 마침 그녀 혼자 앉아서 타이프를 치고 있었다. 그는 슬그머니 일어나 그쪽으로 다가가 말을 걸었다.

"오늘 무슨 일이 있었나요?"

유끼꼬는 타이핑을 멈추고 고개를 쳐들었다. 기계적으로 한 번 웃음을 지어보였다.

"누가 죽었어요."

“아, 그래요? 누가요?”

“여기서 일하던 분인데 자살했나 봐요.”

“저런, 쯧쯧······.”

“신문에도 났어요. 못 보셨어요?”

“보긴 봤는데······ 그 다이몽이란 사람이 그럼 여기서 일하던 사람인가요?”

“네, 회원들 지도를 맡던 분이에요.”

“그것 참, 안됐군요.”

추남은 슬픈 낯빛을 했다.

“사장님 의동생이에요. 제일 아끼던 분인데······.”

그 때 사장실 문이 벌컥 열리면서 가사오까의 모습이 나타났다. 그의 뒤에는 낯선 사내 두 명이 따라붙고 있었는데 그 중 한명은 안경을 쓰고 있었다. 가사오까는 많이 울었는지 눈이 벌겋게 충혈되어 있었다.

“경시청에 다녀오겠다.”

그는 유끼꼬를 보지도 않고 퉁명스럽게 말한 다음 앞장서서 나갔다. 그들이 나가고 나자 유끼꼬는 속삭이는 소리로 말했다.

“저 사람들은 형사예요.”

추남은 짐짓 눈을 크게 뜨고 그녀를 바라보았다.

“사장님을 연행해 가는 건가요?”

“자주 있는 일인데요, 뭐.”

대수롭지 않다는 듯 말한다. 추남은 엘리베이터를 타고 급히 밑으로 내려갔다. 세 사람이 어깨를 나란히 인파 속으로 들어가고 있는 것이 보였다. 그는 자기도 모르게 그들을 멀찍이 따라갔다. 경시청은 가까운 거리에 있었다. 그래서 차를 이용하지 않고 걸어서 간 것 같았다.

그들은 어느 허름한 빌딩 안으로 사라졌는데 밖에 경비 경찰 하나 없는 것이 아무리 보아도 경시청 건물 같지는 않았다. 그래서 그는 행인들을 붙들고 물어 보았다.

"경시청이 어디쯤 있습니까?"

"바로 저겁니다."

가사오까가 들어간 건물을 가리킨다. 추남은 놀라지 않을 수 없었다. 도쿄 치안을 맡고 있는 경찰 본부의 경비가 그토록 허술하다는 것이 도무지 의아스럽게만 생각되었다. 보이지 않는 눈이 어디선가 감시하고 있겠지. 아무튼 경비 경찰이 보이지 않으니 얼마나 분위기가 자유스러운가. 출입하는 민간인들도 위압감을 느끼지 않겠지.

그가 어정거리고 있는데 어디선가 본 듯한 사나이가 경시청에서 천천히 걸어 나왔다. 그는 가로수 뒤로 급히 몸을 가렸다. 나타난 사나이는 서울서 온 조문기 형사였다. 그 뒤를 조금 전 가사오까를 연행해 간 안경 낀 일인 형사가 급히 따라붙고 있었다. 그들은 곧 경시청 앞 대로변에서 악수를 나누고 헤어졌다. 조 형사는 인파에 섞여 걸어갔고 일인 형사는 건물 안으로 사라졌다.

추남은 석간신문을 한 장 사들고 급히 칵테일 코너로 달려갔다. 보화와 대식은 지친 모습으로 앉아 있었다.

"다이몽이 자살했어! 신문에 났어! 경찰이 우리를 찾고 있는 모양이야!"

추남은 다급하게 말하고 나서 신문을 펴 보였다. 일어를 모르는 두 사람은 다이몽의 사진만 물끄러미 들여다보았다.

"그리고 다이몽은 도쿄 헬스클럽에서 일하던 놈이야. 가사오까의 심복이었던 모양이야. 조금 전에 가사오까란 놈이 경찰에 연행되는 걸 보았는데 다이몽의 자살 때문에 연행된 것 같아. 혐의가 없으니 곧 나오겠지. 지금 경시청에 있어. 헌데 말이야, 조 형사가 경시청에서 나오는 걸 봤어."

"그쪽에서도 봤나요?"

보화가 초점을 모으며 물었다.

"아니요. 그쪽에서는 보지 못했어요. 그런데 가사오까를 연행했던 일인 형사와 악수를 나누고 헤어지더라구요. 서로 잘 아는 사이인 것 같아요."

추남은 자못 흥분해서 말했는데 듣는 사람들 쪽에서는 별로 이렇다 할 반응을 보이지 않았다. 흥신소 직원을 동원해서 조사하려던 것도 실패로 돌아간 지금 그들은 오직 추남이 좋은 성과를 거두어 줄 것만 기대하고 있었다. 그러나 추남이 물어온 것들이란 대수로운 것이 못되었다. 그는 아직 가사오까에 한 발짝도 접근 하지 못하고 있었다.

"우리가 한 번 그 자에게 직접 부딪쳐 보는 게 어떨까요?"

"가사오까에게 말이야?"

추남이 대식을 바라보며 물었다.

"네, 그 자에게 말입니다."

"어떻게? 상대는 암흑가에서 주먹깨나 쓰는 놈이야."

보화는 잠자코 대식의 다음 말을 기다리고 있었다. 대식은 글라스에 남은 술을 들이켰다.

"그런 놈일수록 의외로 약하게 무너지는 수가 있습니다. 깡패라고 해서 대단하게 볼 것은 없습니다. 약점을 찌르면 무너지기 마련입니다."

"듣고 보니까 그렇긴 해. 하지만 어떻게 부딪치게? 여간한 솜씨가 아니고는 힘들 텐데……."

"조 형사 힘을 빌면 어떨까요?"

"조문기 형사 말이야?"

"네, 그 사람도 일본말을 잘 하는 것 같으니까."

"글쎄, 그렇다면 결국 서로 손잡는 게 아닌가?"

"할 수 없죠, 뭐."

두 사람은 잠자코 있는 보화를 바라보았다. 그녀의 의사를 타진하기 위해서였다. 보화는 고개를 설레설레 저었다.

"안 돼요. 그건 안 돼요. 그렇게 되면 우리는 뒷전에 물러나게 돼요. 저는 제 힘으로 해결하기 위해 여기까지 온 거예요. 힘들더라도 수단 방법을 가리지 말고 직접 해 주세요."

그녀의 말은 강경한 것 같으면서도 호소력이 있었다. 두 사람은 더 이상 다른 의견을 주장할 수가 없었다.

"그래, 보화 씨 말이 옳아. 해 보는 데까지 우리 힘으로 해 보는 거야."

"알겠습니다."

"정 일이 안 될 경우에는 돈이 들더라도 정보를 사는 방향으로 유도해 봐요. 그런 사람들은 돈 앞에서는 무릎을 꿇기 마련 아니에요?"

"그렇죠."

"제가 그 사람을 유인하면 어떨까요? 자신 있을 것 같은데……"

두 남자는 동시에 머리를 저었다.

"그건 안 됩니다. 위험합니다."

두 사람이 볼 때는 그녀의 의견은 천부당만부당한 소리였다. 그러나 그녀는 물러나지 않고 고집을 피웠다.

"그게 가장 손쉬운 방법 아닐까요? 계획만 잘 짜면 문제없을 것 같은데……. 유혹하는 데는 자신 있어요."

"아무리 자신 있다고 하지만 그건 곤란합니다. 그러다가 사고라도 나면 큰 일입니다."

"그런 것 따지다가는 아무 일도 못 해요. 저는 어떻게 돼도 상관없어요. 모든 경우를 각오하고 있으니까 염려 말아요."

그녀는 계속 고집을 부렸다. 완강히 반대하면 꺾이려니 했는데 그게 아니었다. 대식과 추남은 몹시 난처했다.

"계획을 세워서 진행시키면 그를 고스란히 우리 속에 집어 넣을 수가 있을 거예요. 그 때 가서는 우리 마음대로 다룰 수 있지 않아요?"

"그것 참 곤란한데……."

추남은 입맛을 다셨고 대식은 담배만 빨아댔다. 마침내 그들은 보화의 고집에 꺾이고 말았다. 그 때부터 그들은 계획을 세우기 위해 조용한 음식점으로 장소를 옮겼다. 하나의 계획을 세우기까지는 많은 장벽이 있었다. 그러나 그들은 그것을 최대한도로 줄이기 위해 노력했다.

그날 저녁 도쿄 경시청을 나온 가사오까 에이지는 회의에 참석하기 위해 보디가드 두 명을 데리고 도쿄 교외에 자리 잡은 보스의 별장으로 갔다. 8시께였다. 이미 별장에는 각 구역을 맡고 있는 책임자들이 모여 있었다.

보스 아사야마 시게오는 보료 위에 비스듬히 앉아 쿨럭쿨럭 기침을 하면서 안으로 들어서는 가사오까를 맞았다. 50대의 그는 반백의 머리와 굵은 주름살로 해서 60대로 보였다. 진홍의 비단 가운을 걸친 그는 손아귀 속에서 끊임없이 두 개의 호두알을 드르륵드르륵 마주치고 있었다. 짙은 잿빛 눈썹 밑에서 길게 찢어진 두 눈은 언제나처럼 졸고 있는 듯했다. 가사오까가 무릎을 꿇고 앉자 보스는 졸린 듯한 목소리로,

"우리 애가 죽었다는데…… 어떻게 된 일이야? 설명해 봐."

하고 말했다.

가사오까는 무릎을 두 손으로 짚으면서 방바닥을 내려다보았다. 그런 자세로 그는 입을 열었다.

"다이몽은 한국인 계집애를 처치하려다가 희생됐습니다."

"그럼 실패했단 말인가?"

"죄송합니다."

"그것 참, 호리 과장에게 면목이 없게 됐는데……."

아사야마는 이맛살을 찌푸리더니 시가에 불을 붙였다. 각 지역 책임자들은 20여 명쯤 되었는데 모두가 부동자세로 귀를 기울이고 있었다. 그들은 하나같이 궁금하다는 눈치였다.

"수치스러운 일이야. 그런 계집애한테 당하다니! 더구나 한국에서 건너온 계집애가 아닌가!"

"그 계집애를 호위하고 있는 놈들이 대단한 것 같습니다. 놈들은 다이몽을 가해한 다음 병원에 입원시켜 놓고 자살하게 만든 것 같습니다. 경찰이 그들을 찾고 있습니다."

"경찰이 그들을 체포하기 전에 우리가 먼저 그것들을 처치하지 않으면 안 돼! 다이몽이 그들한테 자백했을 가능성이 많단 말이야!"

"다이몽은 아무 것도 모른 채……."

"그렇지만 우리 조직에 대해서 말했을지도 모르지 않아?"

아사야마는 목소리를 높였다. 조는 듯한 눈이 어느새 희번덕거리고 있었다.

"바보 같은 자식! 경찰은 뭐라구 그래?"

"경찰은 그들이 한국인이란 걸 모르고 있습니다. 다른 조직원들인 줄 알고 있습니다. 시종 모르는 일이라고 잡아뗐습니다."

"호리 겐로가 누군지 알고 있나?"

보스가 부하들을 둘러보았다. 아무도 대답하는 사람이 없었다. 가사오까도 모르겠다는 표정을 지었다.

"나도 이번에야 알게 됐어. 방위청 정보국 소련 담당이야. 그 사람을 직접 만난 게 아니고 그 사람 부하라는 사람이 나를 찾아왔어. 그리고 그 일을 부탁한 거야. 극비를 요하는 일이라고 하면서 말이야. 특수 기관의 인물이 살인 청부를 하다니 이건 좀 의외더란 말이야."

보스는 부하들의 반응을 살피면서 쿨럭쿨럭 기침했다.

"함정일지도 모른다고 생각했지만 아무리 생각해도 우리 조직에 그런 식의 어리석은 함정을 만들 까닭이 없더란 말이야. 알아봤더니 호리란 자가 분명히 있어. 난 호리와 전화 통화까지 했는데 어디까지나 개인적인 일로 부탁한다는 거야."

두 줄로 마주보며 나란히 앉아 있는 사나이들의 얼굴에 의혹과 놀라움이 나타나고 있었다. 아사야마는 자세를 고쳐 앉으며 다시 말을 이었다.

"그쪽에서는 그 대가로 꽤 그럴듯한 제의를 해 왔어. 현금 1억 엔에다 우리 조직을 보호해 주겠다는 제의였어. 그리고 만일 들어 주지 않으면 우리 조직의 비행을 경찰에 폭로하겠다고 그랬어. 하는 수 없이 수락했어. 극비를 요하는 일이었기 때문에 나 혼자만으로 결정을 내렸어. 그리고 아무한테도 이야기 하지 않고 가사오까에게 집행하도록 지시한 거야. 내 결정이 잘못 됐나?"

그는 부하들을 위엄 있게 둘러봤다. 부하들은 머리를 깊이 조아렸다.

"아, 아니, 백 번 잘 하셨습니다."

보스는 만족한 듯 끄덕거렸다.

"그런데 일이 성공했다면 모든 게 좋았을 텐데 일을 실패한 바람에 문제가 커졌어. 저쪽에서 돈을 돌려받지 않고 있어."

"돈을 받으셨습니까?"

"음…… 받았어."

아사야마는 괴로운 듯 신음했다.

"일방적으로 돈을 내밀었어. 틀림없이 해치울 것으로 믿겠다고 하면서……. 값이 괜찮아서 받긴 받았는데 이젠 일이 실패했는데도 불구하고 돌려받지 않으려고 해. 한 번 계약한 걸 파기할 수 없다는 거야. 꼭 해내라는 거야."

"나쁜 놈이군."

사나이들의 얼굴에 분노의 빛이 서리기 시작했다. 아사야마는 쿨럭쿨럭 기침하면서도 계속 시가를 빨아 대고 있었다.

"나쁜 놈이야. 특수 기관에 있는 놈이 우리에게 살인 청부를 강요하다니 무언가 구린 것이 있는 게 분명해. 그렇다고 손을 댈 수도 없고 난처하단 말이야. 말을 안 들으면 우리 조직에 치명상을 입힐 게 분명해. 어떻게 하면 좋을까?"

무거운 침묵이 흘렀다. 말은 안했지만 결론은 뻔 한 것이었다.

"악질한테 걸렸어. 그 놈에 대해서는 정보국 소련과 과장이란 것 외에는 아무 것도 아는 게 없어."

"호리의 협박도 협박이지만 우리 조직을 보호하기 위해서도 그 한국 계집애를 제거해야 할 것 같습니다."

"그 계집애뿐 아니라 그녀를 호위하고 다니는 남자 녀석들도 제거해야 합니다."

"호리 쪽의 조건도 나쁜 건 아니지 않습니까?"

사나이들은 이구동성으로 입을 모아 말했다. 두목은 자세를 바로 하면서 목청을 가다듬었다.

"알았어. 우리 애들을 총동원해서 그것들을 찾아내도록 해. 찾는 즉시 수장시켜! 행방불명으로 처리되게 말이야!"

"알았습니다!"

일제히 합창하듯 대답한다.

"그리고 호리 과장에 대해서도 철저히 알아보도록 해. 어떤 인물인지, 그리고 왜 그 한국 계집애를 죽이려고 하는지 말이야. 이 일을 마쓰노(松野)가 맡아서 처리해 봐."

"알았습니다. 신명을 걸고!"

마쓰노라고 불린 자가 대머리를 조아리며 힘차게 대답했다. 씨름꾼처럼 거구의 40대 사나이였다.

조금 있자 술상이 들어왔다. 장방형의 긴 상 위에 값비싼 양주와 함께 기름진 중국식 요리가 가득했다.

그들은 요란스럽지 않게, 매우 조용히 술을 마셨다. 두목 앞에서의 사나이들의 태도는 절대 복종 그것이어서 조금도 흐트러진 모습을 보이거나 하지 않았다.

"호리 과장의 배후에 어떤 정치적인 흑막이 있는 게 아닐까?"

턱이 유난히 튀어나온 자가 보스의 눈치를 살피며 물었다. 보스는 술잔을 들다 말고,

"음, 나도 그 점을 염려하고 있어."

하고 중얼거리듯 말했다.

"정치적인 문제에 말려들면 재미없어. 마지막에 가서 희생되

는 건 결국 우리니까.”

“개인적인 일이라면 별 문제가 없겠지만 호리란 인물이 현재 특수 기관에 근무하고 있고 더구나 소련 문제 담당이라는 사실이 어쩐지 개운치가 않습니다. 살인을 막아야 할 인물이 오히려 그 것을 부탁하다니 도대체 이해가 안 갑니다.”

“제 생각은 이렇습니다.”

이번에는 광대뼈가 주먹만큼 튀어나온 자가 끼어들었다.

“오늘날 전 세계의 비밀 정보기관이란 냉혹하기 이를 데 없습니다. 그들은 국익을 위해서는, 다른 말로 말씀드린다면 목적을 위해서는 수단 방법을 가리지 않습니다. 즉 목적을 위해서는 악(惡)과도 손을 잡는 것이 그들입니다. 따라서 우리한테 청부 살인을 부탁했다고 해서 이상할 것은 하나도 없다고 봅니다. 그들은 단지 자기들이 관련됐다는 것을 은폐하기 위해 우리를 이용하려는 것 같습니다. 그러므로 그들이 어떤 이유로 살인 청부를 했든 우리가 거기에 간섭할 이유는 없다고 봅니다. 오히려 그런 것을 캐다가는 긁어 부스럼이 될지 모르겠습니다. 그들은 우리들의 움직임을 철저히 감시하고 있을 테니까요.”

“그 말도 일리는 있어.”

보스는 쿨럭이며 고개를 끄덕거렸다. 그러자 가사오까가 반격하고 나왔다.

“무턱대고 들어 준다는 건 말이 아닙니다. 그건 말도 안 되는 소립니다. 우리의 안전을 위해서도 최소한 조사할 것은 조사해 두어야 한다고 생각합니다. 그리고 정 불리할 경우 조사한 것을 가지고 반격할 준비라도 갖추고 있어야 합니다. 그렇지 않다간 하루아침에 모두…….”

“옳은 말입니다.”

“배수의 진을 치지 않는 행동은 금물입니다.”

이구동성으로 가사오까를 옹호하고 나선다. 아사야마는 손을 들어 막았다.

“알았어, 알았다구. 이제 그 문제를 놓고 재론하지 마. 시간 낭비야.”

“그리고 조사해야 할 일이 또 하나 있습니다.”

가사오까의 말이었다.

“응, 뭐야?”

“그 한국인들 말입니다. 왜 그들이 일본에 나타났는지 그 이유도 조사해야 합니다.”

“알았어. 그건 자네가 처리해.”

가사오까는 두 손을 모았다.

“신명을 걸고 완수하겠습니다.”

가사오까가 별장을 나온 것은 10시가 지나서였다. 술에 약한 그는 조금 취기가 있었다. 그는 운전석에 앉아 직접 운전대를 잡았고 보디가드 두 명은 뒷자리에 앉았다.

가사오까는 입을 꾹 다물고 천천히 차를 몰아갔다. 부슬비와 함께 안개가 내리고 있어서 속도를 낼 수가 없었다. 그는 부하가 운전하겠다는 것을 뿌리치고 굳이 운전대를 잡고 있었다.

얼큰히 술이 취한 김이라 한 번 속력을 내어 달려 보고 싶었지만 안개 때문에 그럴 수가 없는 것이 불만이었다. 눈을 끔벅거리면서 앞을 바라보는데 차 한 대가 저만큼 앞에 서 있는 것이 보였다. 아마 고장 난 차인 것 같았다. 그대로 옆을 스쳐 가면서 힐끗 보니 차의 보닛이 열려 있고 여자가 그 위에 엎드려 있는 것이 보였다. 청바지에 감싸인 둥그스름한 엉덩이가 불빛 속에 육감적으로 드러나고 있었다. 외딴 길인데다 밤이 깊어 차량의 통행이 거의 없었다. 가사오까의 가슴 속에 두 가지 생각이 스쳐 갔다. 하나는 어울리지 않게도 신사도를 발휘해 볼까 하는 것이었고 다른 하나는 반사적으로 부딪쳐 오는 성욕이었다. 그대로 달릴 듯하던 차가 갑자기 급정거했다. 뒷자리의 사나이들이 의아한 듯 그를 바라보았다.

"구해 줘야겠어."

가사오까는 차를 뒤로 굴렸다. 도와주겠다는 신호로 경적을 울리면서 접근해 갔다. 보닛에 엎드려 있는 여자가 상체를 일으켰다. 빨간 티셔츠 위로 풍만한 젖무덤이 터질 듯 부풀어 있었다. 한 손으로 휘어잡을 수 있을 것 같은 가는 허리와 그 밑으로 퍼져 내린 하체의 볼륨이 좋은 먹잇감임을 그대로 보여주고 있었다. 가사오까는 군침을 삼키며 차에서 내려 여인에게 다가갔다. 보디가드들도 그를 뒤따랐는데 그 때만은 부하들이 귀찮은 생각이 들었다.

여자를 보는 순간 가사오까는 흑하고 숨을 들이켰다. 흑발에 덮인 청초한 얼굴이 기막히도록 아름다웠던 것이다. 순간 그는 결심했다. 이 여자를 손아귀에 넣어야겠다고. 여자에 대한 남자의 판단은 순간적이고 충동적이기 마련이다.

여자의 머리칼도 티셔츠도 비에 후줄근히 젖어 있었다. 꽤 오랫동안 비를 맞은 것 같았다. 얼굴은 추위에 파랗게 질려 있었다. 젖은 티셔츠가 몸에 착 달라붙는 바람에 노브라의 젖꼭지가 툭 튀어나와 있었다. 다른 사나이들도 숨을 죽이고 그녀를 바라보았다. 그들의 눈은 이미 야수처럼 이글거리고 있었다. 외진 곳에 동행도 없이 서 있는 여자 하나쯤 처리하는 것은 그들로서는 아주 간단한 일이다.

가사오까는 가슴이 뛰는 것을 느꼈다. 젊다면 차 속에 끌고 들어가 강제로라도 해 보겠지만 지금 그런 짓을 하기에는 그의 나이가 너무 많았다. 그리고 그는 거리의 똘마니가 아니었다. 비록 몸은 암흑가에 있지만 도쿄를 활보하는 일류 신사였다. 따라서 저 정도의 미녀라면 최고급 호텔로 점잖게 데리고 들어가 농락해야 한다는 것이 그의 생각이었다. 그런 생각 때문에 여자가 왜 깊은 밤에 그런 외진 곳에서 차 고장을 일으키게 되었는지 한 번쯤 의심스럽게 생각해 볼 수도 있는 기회를 놓치고 말았다.

"고장 났습니까?"

그는 차 앞으로 다가서면서 은근히 물었다. 여자는 낯선 사나이들을 경계하면서 주춤 물러섰다.

"고장이 났습니까?"

그는 다시 한 번 물었다. 여자가 안심하도록 부드럽게 물었다. 여자는 눈치를 보다가 고개를 약간 끄덕였다.

"이거 봐, 손 좀 봐 줘."

가사오까는 점잖게 부하들에게 지시를 내렸다. 그리고 추위에 떨고 있는 여자를 다시 바라보았다. 젖은 티셔츠 위로 선명하게 드러난 젖가슴의 윤곽과 도드라진 젖꼭지가 볼수록 자극적이었다. 캄캄한 어둠을 배경으로 비를 맞으며 헤드라이트 속에 서 있는 여인의 모습은 신비스러워 보이기까지 했다. 나이는 스물댓쯤 될 것 같았다.

"비 맞지 말고 차 안으로 들어갑시다."

그는 자신의 슈퍼살롱을 손을 가리켰다. 여자는 싫다는 듯 고개를 저었다. 가사오까는 도통 말이 없는 그녀가 혹시 벙어리가 아닌가 하고 생각했다. 그러나 말소리를 알아듣는 것으로 보아 벙어리는 아닌 것 같았다.

보디가든 한 명은 운전대에 앉아서 시동을 걸어 보고 있었고 다른 한 명은 보닛 밑에 상체를 구부린 채 엔진을 들여다보고 있었다. 그 차는 빨간색의 무스탕이었다.

"휘발유가 안 올라오는데요."

"왜 그래?"

"펌프가 작동하지 않습니다."

"고칠 수 없나?"

"안 되겠는데요."

"저런, 어떡하지?"

가사오까는 어떻게 하면 좋겠느냐는 듯 여인을 바라보았다. 그는 답답한 생각이 들었다.

"우리 차로 갑시다. 데려다 줄 테니까."

"고칠 수 없나요?"

여인이 처음으로 질문을 던졌는데 영어였다. 아름다운 목소리였다.

"일본인이 아닌가?"

가사오까는 서툰 영어로 물었다.

"홍콩……."

"아, 홍콩서 오셨구먼!"

사나이들은 기쁘다는 듯 유쾌하게 웃었다. 가사오까는 홍콩 여인을 만났다는 사실에 한층 기쁨이 충만했다.

"우리 차로 모셔 드릴 테니 갑시다. 아가씨 차는 내일 우리가 고쳐 드리겠소."

"고마워요."

여인은 갑자기 경계심을 풀고 방긋 웃더니 가사오까의 차에 올랐다. 가사오까는 운전석 옆자리에 그녀를 태우고 출발했다.

"이 밤중에 어디 다녀오는 길입니까?"

"드라이브하던 중이었어요."

"홍콩서는 언제 오셨나요?"

"일주일 쯤 됐어요."

"거처는 어딘가요?"

"친구 아파트에 있어요."

가사오까는 끄덕이며 낮게 휘파람을 불었다. 도심에 들어서자 뒷자리에 앉아 있던 보디가드 두 명이 먼저 내렸다.

"저도 여기서 내리겠어요."

여자가 내리려는 것을 가사오까가 말했다.

"잠깐, 추운데 한 잔 하지 않겠소? 집까지 바래다주겠소. 아가씨 차도 책임지고 고쳐다 놓을 테니까 안심해요."

여인은 잠시 생각해 보는 듯하다가,

"좋아요. 한 잔 정도는……."

하고 말했다.

가사오까는 힐튼호텔 앞에 차를 세웠다. 잠시 후 그들은 다정한 연인처럼 나이트클럽으로 들어갔다.

세계적인 공황이라고 하지만 그것을 유일하게 피하고 있는 나라가 일본이었다. 따라서 유흥가는 그 어느 때보다도 흥청거리고 있었다. 그들이 들어간 나이트클럽은 이미 손님들로 초만원을 이루고 있었다. 더 이상 손님을 받기가 어려운데도 가사오까가 들어서자 지배인이 달려와 안쪽으로 정중히 안내한다. 가사오까는 한껏 거드름을 피우며 안내하는 대로 안으로 들어갔다. 그들은 무대 가까운 곳에 자리 잡고 앉았다. 가사오까는 여인에게 맥주를 따라주면서

"도쿄에 대해 잘 모른다면 내가 안내해 주겠소. 괜찮겠소?"

하고 물었다.

"감사합니다."

여인은 알 듯 모를 듯한 미소를 지어 보였다.

"난 가사오까…… 당신은?"

여인이 뭐라고 말했는데 그의 귀에는 <샤샤>라고 들렸다. 그래서 그 때부터 그는 그녀를 샤샤라고 불렀다.

"직업은?"

"모델……."

샤샤는 매우 간단히 대답하곤 했다. 술이 들어가자 그녀는 얼어붙었던 몸이 풀리는 것 같았고 얼굴빛도 발그레해지고 있었다. 자주 미소를 짓곤 하는 것이 매우 호의적인 반응을 보이고 있었다. 상체를 움직일 때마다 노브라의 젖가슴이 터질 듯 흔들렸고 그것을 훔쳐보는 가사오까의 눈은 차차 야욕의 빛을 띠어 가고 있었다.

"출까요?"

"네, 좋아요."

그녀는 기다렸다는 듯이 응해 왔다. 홀로 나간 그들은 광란의 무리 속에 섞여 디스코 춤을 추기 시작했다. 샤샤의 흔들어대는 모습은 단연 일품이었다. 머리칼은 수세미처럼 뒤엉키고 젖가슴은 미친 듯이 흔들리고 있었다. 탄력 있는 히프는 참을 수 없다는 듯 좌우로 떨어대고 있었고 유연한 허리는 괴로운 듯이 비틀리고 있었다. 거의 모든 사람들의 시선이 자기한테 쏠리고 있다는 것을 아는지 모르는지 그녀는 맹렬히 전신을 흔들고 떨고 부수고 있었다. 음악이 브루스로 바뀌자 가사오까는 그녀를 품에 안았다. 그리고 그녀의 귀에 입을 대고,

"샤샤, 정말 굉장했어."

라고 중얼거렸다.

그녀는 어리광하듯 그의 가슴을 파고들었다. 바싹 몸을 밀착하고 있었기 때문에 여체의 볼륨이 고스란히 느껴지고 있었다.

가사오까는 그녀의 허리를 더욱 바싹 죄면서 자신의 하체를 앞으로 밀어붙였다. 샤샤도 즉시 반응을 보여 왔다. 하체와 하체가 거추장스러운 옷을 사이에 두고 괴로운 듯 몸부림쳤다.

"샤샤……."

강압적으로 난폭하게만 여자를 다루어 온 가사오까는 자신의 그런 짓에 염증을 느끼고 있었다. 그래서 착실한 샐러리맨의 사랑을 흉내 내려고 열정을 자제하는 은근한 목소리로 그녀를 불렀다. 그리고 조명이 갑자기 어두워지는 순간 그녀를 으스러지게 끌어안으며 키스를 퍼부었다. 그녀도 적극적으로 그의 목을 끌어안으며 입술을 받았다.

"아, 따뜻한 물로 목욕하고 싶어요."

키스가 끝났을 때 샤샤가 열에 뜬 목소리로 말했다.

"방금 뭐라고 그랬지?"

"목욕하고 싶다고 그랬어요."

"그럼 우리 나가지. 함께 목욕해."

그는 코끝으로 여자의 귀를 비벼댔다. 샤샤는 신음하면서 상체를 비틀어댔다.

"좋아요. 나가요."

나이트클럽을 나온 가사오까는 바로 호텔방을 얻으려고 했다. 그것을 샤샤가 막았다.

"제가 있는 아파트로 가요."

"친구와 함께 있다고 그러지 않았어?"

샤샤는 가사오까의 팔에 매달렸다.

"오늘 밤 친구는 집에 없어요. 출장 갔어요. 모레쯤 돌아올 거예요."

"그럼 그렇게 할까."

경계심이 완전히 풀린 남자는 강한 호기심을 느끼고 있었다. 차에 오른 그는 여자를 껴안은 채 운전했다. 홍콩에서 온 여자 모델을 손아귀에 완전히 넣었다고 생각하자 그는 더없이 기분이 흡족했다. 이제 손 안에 든 먹이를 어떻게 요리해 먹느냐 하는 것만 남아 있었다. 어떻게 요리해 먹을까. 그 생각을 하자 절로 웃음이 나왔다.

여자가 가리키는 대로 그는 차를 몰아갔다. 아파트는 도심에서 30분 쯤 벗어난 곳에 있었는데 어두워서 잘 알 수는 없지만 서민용 아파트인 것 같았다. 가사오까는 아파트 앞에 차를 주차시켜 놓고 샤샤의 뒤를 따랐다. 5층까지 걸어 올라간 그들은 이윽고 515호라고 쓰인 곳으로 들어갔다.

"휴우, 힘든데……."

가사오까는 거실에 놓인 소파에 주저앉으며 실내를 둘러보았다. 실내에는 사람이 살고 있다고 보기에는 너무나 썰렁한 느낌이었다. 있어야 할 것들이 갖추어지지 않은 텅 빈 느낌 바로 그것이었다. 그가 의아해하고 있을 때 샤샤가 술잔을 두 개 들고 왔다.

"위스키예요. 드세요."

가사오까는 술잔을 받아들며 샤샤가 들고 있는 보랏빛 잔을 바라보았다.

"그건 뭐지?"

"포도주……. 우리 건배해요."

"좋아."

그들은 잔을 부딪쳤다.

"오늘 밤의 사랑을 위해!"

여자는 웃기만 했다. 가사오까는 술을 쭉 들이켠 다음 팔을 벌리자 그녀는 기다렸다는 듯이 그의 품에 뛰어들었다. 뜨겁고 긴 입맞춤이 끝났을 때 샤샤의 상체는 이미 벌거벗겨져 있었다.

"목욕…… 목욕하고 난 다음에 해요…… 제발……."

여자가 숨넘어가는 소리로 말했지만 그는 듣지 않았다.

"땀을 흠뻑 흘린 다음에 샤워를 하자구. 그게 더 시원하지 않아?"

그의 손이 여자의 복부를 더듬더니 바지 쟈크를 열어젖혔다. 그녀는 바지가 쉽게 벗겨지도록 엉덩이를 쳐들어 주면서 손을 뻗었다. 마침내 조그만 삼각팬티가 손가락에 걸려 나오자 그는 그것을 높이 던져 버렸다. 팬티는 포물선을 그으며 현관 쪽으로 날아가 떨어졌다. 샤샤의 나체는 한 마디로 황홀했다. 거기에 도취된 그는 아무런 의혹도 느낄 여유가 없이 그녀를 안아들었다.

"침실이 어디지?"

"저쪽이에요."

가사오까는 그녀가 가리키는 대로 비틀비틀 걸어갔다.

방 안은 어두웠고 한편에 침대가 놓여 있었다. 가사오까는 여자를 침대 위에 내던졌다. 침대 스프링이 튀면서 여자의 나체도 튀어 올랐다. 사내는 급히 옷을 벗어부치고 여자에게 달려들었다. 첫 단계로 막 진입하려는 순간 그 때까지 적극적인 자세를 취하던 여자가 돌연 엉덩이를 돌려 뺐다. 헛다리를 짚은 사내는 더욱 우악스럽게 그녀를 덮쳐누르면서 조준을 맞추려고 기를 썼다.

그리하여 마침내 아슬아슬하게 성사시키려는 찰나 여자가 다시 살짝 히프를 돌려 뺐었다. 아주 간단한 몸놀림으로 그녀는 남자의 공격을 가볍게 피하고 있었다.

"왜 이래? 가만있어!"

가사오까는 허덕거리며 다시 도전했다. 그러한 시도가 몇 번 더 계속되고 그 때마다 일이 실패로 끝나자 사내는 점점 힘이 빠져갔다.

"왜 이래? 왜 이러는 거야? 즐기기로 했으면 즐겨야 할 거 아녀야?"

그는 신경질을 부렸지만 여자는 들어먹지를 않았다.

"그것만은 안 돼요."

"안 되다니? 그럼 뭣 하러 왔지?"

"페팅만 해도 좋지 않아요?"

"뭐가 어째?"

나체의 두 남녀는 씩씩거리며 돌아갔다. 한쪽은 겁탈하려들고 있었고 다른 한쪽은 잔뜩 열을 올려놓고 나서 교묘하게 회피하고 있었다. 먼저 지친 쪽은 가사오까였다. 여자의 배 위에 얼굴을 처박더니 지친 듯 늘어져 버렸다. 그리고 얼마 안 있어 코를 골기 시작했다.

샤샤는 사내를 밀어젖히고 침대 밑으로 내려와 불을 켰다. 가사오까는 사지를 벌리고 그것을 드러낸 채 잠에 빠져 있었다. 그녀는 거실로 나가 전등불을 세 번 껐다 켰다 했다. 그런 다음 옷을 입고 기다렸다. 조금 있자 노크 소리가 들려왔다. 문을 열자 남자 두 명이 조용히 들어섰다. 대식과 추남이었다.

"어떻게 됐나요?"

대식이 숨 가쁘게 물었다. 비에 젖은 머리칼이 불빛을 받아 반짝거리고 있었다. 보화는 침실을 턱으로 가리켰다.

"잠들었어요."

그들은 방 안으로 뛰어 들어갔다. 그리고 침대 위에 나체로 뻗어 있는 사내를 보고 눈이 휘둥그레졌다.

"보기 흉하군."

"꼴불견인데요."

그들은 시트로 놈의 하체를 덮어 놓고 거실로 나왔다. 보화는 창밖을 바라보고 있었다. 창문에 빗방울이 뿌리고 있었다.

"수고했습니다."

대식이 말을 걸자 그녀는 몸을 돌려 그를 바라보았다.

"혼났어요. 약이 잘 듣지 않으면 어쩌나 하고 꽤 걱정했어요."

"우리도 진땀을 빼고 있었지요."

추남이 말했다.

"하여튼 대단하십니다."

"마음을 굳게 먹으니까 별로 겁나지 않았어요."

"저 자식을 어떻게 족치지?"

약효는 세 시간 지속된다. 세 시간 후에는 놈이 깨어난다. 그들은 우선 가사오까를 꼼짝 못하게 묶어두기로 했다.

　가사오까는 세 시간 후 눈을 떴다. 먼저 느낀 것은 눈을 찌르는 강렬한 불빛이었다. 그는 눈을 도로 감았다가 떠 보았다. 여전히 강렬한 불빛이 눈을 찌르고 있었다. 불빛 저쪽은 보이지 않았다. 그것은 플래시 불빛이었다. 누군가가 플래시를 그의 얼굴 가까이 비추고 있었다. 그는 몹시 답답해서 몸을 움직이려고 했다. 팔목에 통증이 왔다. 비로소 손목에 수갑이 채워져 있는 것을 알았다. 수갑은 침대 모서리에 걸려 있었다. 입을 벌려 말하려고 했지만 입을 움직일 수가 없었다. 입은 강력한 접착제로 봉해져 있었다.

　그는 겨우 몸을 일으켜 침대위에 걸터앉았다. 두 손이 속박당해 움치고 뜰 수 가 없었다. 어떻게 된 일일까? 여기가 어디지? 어쩌다가 내가 이렇게 됐지? 그는 생각을 해내려고 애를 쓴 끝에 마침내 자신이 홍콩에서 온 젊은 여자를 따라 어느 아파트에 들어간 것을 알아냈다. 그럼 여기가 아파트란 말인가? 그럼 그 계집애는 어디 갔지? 비로소 공포가 엄습했다.

　두 개의 플래시가 양쪽에서 그를 집중적으로 비추고 있었다. 눈물이 나왔다. 머리를 흔들고 소리쳤다. 그러나 소리는 목구멍에서 맴돌기만 했다. 어둠속에 세 개의 그림자가 우뚝 서 있는 것이 보였다. 가운데 서 있는 그림자는 여자였다. 직감적으로 샤샤라고 생각했다.

　"샤샤!"

　여자를 불러보았다. 그러나 아무 소리도 나오지 않았다. 그는 안타까운 나머지 손을 흔들었다. 그 바람에 수갑이 침대 모서리에 부딪쳐 절그럭 소리를 냈다.

"가사오까, 이제 정신이 드나?"

냉엄한 남자 목소리가 처음으로 들려왔다. 능숙한 일본말이었다.

"우리가 누군지는 곧 알게 될 거다. 소리치지 않겠다고 약속하면 입을 자유롭게 해 줄 수 있어. 어때?"

가사오까는 고개를 끄덕였다. 곧 손이 다가와 입에서 테이프를 뜯어냈다. 코밑수염이 뜯겨 나가는 바람에 가사오까는 고통스러운 신음소리를 토했다.

"샤샤는 어디 있어?"

"존대어를 써!"

가사오까는 마른 침을 삼켰다.

"샤샤는 어디 있습니까?"

"우리와 함께 있다."

"다, 당신들은 누굽니까? 왜 이러는 거요?"

"그보다도 네가 먼저 대답해. 왜 다이몽에게 그런 지시를 내렸지?"

순간 일본인의 얼굴에 심한 경련이 일었다. 얼굴 근육이 실룩거렸다.

"그, 그렇다면 당신들은 한국인……?"

"그렇다! 이제 알겠나?"

"함정에 걸렸군!"

가사오까는 탄식했다. 그리고 잠시 몸부림쳤다. 그러나 침대만 삐걱거릴 뿐이었다.

"우리는 오래 기다릴 수 없어. 바른대로 말하지 않을 때 어떤 결과가 돌아오리라는 건 잘 알고 있을 거야. 다이몽의 최후를 생각하면 될 거야."

가사오까의 얼굴에 구슬 같은 땀방울이 맺히기 시작했다. 거친 숨을 몰아쉬다 말고 그는

"물, 물 한 잔 주시오."

하고 말했다.

곧 노란 플라스틱 컵이 그의 턱 밑으로 디밀어졌다. 그는 얼굴을 숙이고 컵으로 입을 가져갔다. 막 물을 마시려는데 여자의 날카로운 소리가 들려왔다. 한국말이었다.

"안 돼요, 주지 말아요."

여자의 손이 컵을 후려치는 바람에 컵은 방바닥 위로 굴러 떨어졌다. 가사오까는 분노에 찬 눈으로 여자를 노려보았다. 여자는 어둠 속에 서 있었기 때문에 표정을 볼 수가 없었다.

"아무 것도 주지 말아요. 굶어죽어도 좋으니까."

여자가 명령조로 말하고 있는 것으로 보아 남자들은 그녀가 시키는 대로 듣는 입장인 것 같았다.

"정말 이렇게 대하기요?"

가사오까는 깡패답게 위협적인 표정을 지어 보였다. 그러나 그들은 조금도 동요하는 것 같지 않았다.

"다시 말하는데 솔직히 자백하기 전에는 여기서 살아서는 못

나간다. 네가 우리를 죽이려고 하는 이상 우리도 너를 죽일 작정이야."

중년의 목소리가 일어로 말했다.

"그건 오해야. 뭔가 오해하고 있는 거야."

추남이 존대어를 쓰라면서 옆구리를 심하게 걷어차자 가사오까는 신음했다.

"오해란 말이요. 난 도무지 무슨 일인지 모르겠소. 도대체 왜 이러는 거요? 내가 뭘 어쨌다는 거요……?"

"시침 떼지 마. 그래 봐야 소용없어."

그 때부터 가사오까에게는 식사도 물도 주어지지 않았다. 그에게 치욕을 안겨주기 위해서 팬티마저 벗겨 버렸다. 그에게 허락된 것은 배설뿐이었다.

대식과 추남도 고역을 치르고 있었다. 가사오까가 플라스틱 통에다가 오물을 쏟아낼 때마다 그것을 화장실에 갖다 버려야 했기 때문이다. 보화만은 그 짓에서 제외되었다. 남자들은 교대로 24시간 일본인을 감시했다. 일본인과 그들은 마치 누가 인내심이 많은가를 시험하는 것 같았다.

가사오까는 무엇보다도 갈증에 견딜 수가 없었다. 목이 타는 듯했고 가슴은 용광로처럼 활활 타오르고 있었다. 미쳐서 날뛸 것만 같았다. 수갑이 채워진 손목의 통증도 견디기 어려웠다.

악이라도 쓰고 싶었지만 입이 막혀 그럴 수도 없었다. 잠을 잘 수 없는 것도 큰 고통이었다.

눈만 감으면 물에 젖은 걸레로 얼굴을 얻어맞았다. 사흘 째 되

는 날 그는 비참한 몰골로 눈물을 흘렸다. 배고픔이 무서운 고통
이 되어 위를 쿡쿡 찌르기 시작했다. 그것은 마치 송곳 같았다. 그
런 고통은 난생 처음이었다. 그는 이를 악물고 버텨 보려고 기를
썼다. 눈에서는 계속 분노의 눈물이 흘러나오고 있었다.

"여기서 풀려나기만 해라, 이 년놈들을 잡아서 갈기갈기 찢어
죽이고 말 테다. 갈아먹어도 시원치 않을 놈들."

나흘 째 되는 날 분노의 눈물은 굴욕의 눈물로 바뀌었다. 그는
마침내 자신이 그대로 죽을지도 모른다고 생각하게 되었다. 한국
인들은 조용히 끈질기게 기다렸다. 그가 굴복해 오리라는 것을
처음부터 확신하고 있었던 것 같았다.

닷새 째 되는 날 가사오까는 몸도 마음도 완전히 허물어져 버
렸다. 그는 기절했다가 깨어났다. 그리고 마침내 그들에게 굴복
했다.

# 곤충 학도

〈하라 레이지로(原禮次郞) : 1940년 2월 8일 오사까에서 한국인 노무자 김광일(金光一)과 일본 여인 미야자와 아사꼬(宮澤麻子)사이에서 태어났다. 김광일은 일찍이 2차 대전 중 한국에서 징용되어 일본으로 건너왔는데 종전 후에도 귀국하지 않고 일본에 잔류했다. 하라 레이지로의 한국명은 김 표(金彪)이고 10세 때 아버지를 따라 일본에 귀화했다.

그는 독학으로 동경대에 진학하여 곤충학을 전공했으며 졸업 후 동 대학원에 입학해서는 나비 연구에 몰두했다. 당시 그를 지도한 교수는 나비 연구의 권위자인 스즈키 다쓰오(鈴木龍夫) 박사였다.

28세 때인 1967년 7월, 하라는 당시 동경대 강사였는데 돌연 살인혐의로 체포되었다. 피살자는 와따나베 이찌로(渡邊一郞)교수로, 알려진 바에 의하면 그는 한국인을 경멸하는 대표적인 지식인이었다고 한다.

사건 현장은 야마구찌현 도요우라군에 있는 산 속이었는데 스즈끼 박사의 인솔 하에 9명이 나비 채집을 하고 있던 중 와따나베 교수와 하라 사이에 사소한 언쟁이 벌어져 그것이 민족 감정을 건드리는 바람에 격노한 하라가 재크나이프로 와따나베의 가슴을 찔러 숨지게 했다. 하라는 현장에서 체포되었는데 호송 도중 탈출함으로써 세상을 놀라게 했다.

이후 오늘날까지 14년 동안 전담 수사진이 그를 체포하기 위해 노력했지만 그의 행방은 오리무중이다.>

조문기 형사는 일어로 된 타이핑 서류를 놓고 사진을 집어 들었다. 그것은 대학 노트 크기의 확대된 흑백 사진으로 준수하게 생긴 미남 청년의 얼굴이 찍혀 있었다. 얼른 보기에도 보화가 그린 몽타주와 비슷한 데가 많은 것 같았다.

"그 자의 스물여덟 살 때 사진입니다. 그 사진을 가지고 14년 동안 그 자를 쫓고 있습니다."

사또 형사가 술잔을 돌리며 말했다.

조 형사는 마른 침을 삼켰다.

"우리가 찾고 있는 인물이 이 자라는 것을 어떻게 단정할 수 있죠?"

"좋은 질문입니다. 하라는 조사도 받기 전에 도주했기 때문에 경찰은 지문도 확보하지 못했습니다. 그쪽의 지문도 없으니 양쪽을 비교할 수 없는 이상 단정을 내린다는 것은 속단일지 모릅니다. 그렇지만 전담 수사반원들은 그 몽타주를 보는 순간 거기에서 14년 전의 하라의 얼굴을 발견할 수가 있었습니다. 14년이 흘렀다고는 하지만 정형 수술을 하지 않은 이상 영 엉뚱하게 변할 리는 없거든요. 스즈끼 박사와 그를 아는 사람에게도 보였더니 틀림없는 하라 레이지로의 모습이라고 말했습니다. 사람의 눈은 속이지 못합니다."

조 형사는 낮게 신음을 토했다. 별로 기대하지 않았던 것인데 킬러의 신원이 드러난 것이다.

"하라의 가족 관계는 어떻습니까?"

"그의 부친은 25년 전에 사망하고 미야자와 부인은 현재 오사카의 딸네 집에 얹혀살고 있습니다."

"그의 변신이 놀랍군요. 14년 동안에 곤충 학도가 전문적인 킬러로 변하다니 믿어지지 않습니다."

"네, 그렇죠. 그 점에 대해서 수사가 재개되었습니다."

"14년 동안 체포되지 않았다는 것은 그만큼 그를 보호해 준 곳이 있었다는 게 아닐까요?"

사또 형사는 동의했다. 그는 음악이 그치기를 기다렸다가,

"그러지 않아도 경찰은 그 점을 중시하고 있습니다. 그가 경찰의 추적을 받으면서도 일급 킬러로 변신했다는 것은 매우 중요한 사실입니다. 배후 세력이 없고서는 그럴 수가 없는 거죠. 지난 14년 동안 미제 살인 사건들이 상당수 발생했는데 그 중 몇 건이 그 자의 소행이 아닌가 하고 생각합니다만 확실한 건 조사가 끝

나 봐야 알겠습니다."

하고 말했다.

"곤충 학도가 킬러로 변신했다니 믿어지지 않습니다."

"학교에 가서 학생 때의 성적을 알아봤는데 성적이 뛰어나더 군요. 그를 알고 있는 사람은 이구동성으로 머리가 좋다고 말했 습니다. 그런 머리로 킬러가 되었으니 일반적인 살인범하고는 비 교가 안 될 정도로 무서운 놈이지요."

"그렇겠군요."

"한국인들 중에는 머리가 좋은 사람들이 많아요."

"……."

조 형사는 갑자기 가슴이 막히는 것을 느꼈다. 사또 형사의 그 말이 빈정거리는 소리로 들린 것이다.

그것은 마치 재일 한국인들은 범죄에 비상한 재주가 있지 않 느냐 하고 말하는 것 같았다. 킬러가 일본에 귀화한 한국인이라 는 사실도 그로서는 매우 부끄러운 점이었다. 그런데 사또는 은 근히 그런 점을 꼬집고 있는 것 같았다.

그 때 조 형사도 안면이 있는 나까야마(中山)라는 형사가 술 집으로 들어와 그들이 있는 쪽으로 급히 다가왔다.

그는 머리는 스포츠형으로 짧게 깎은데다가 움직임이 경쾌해 서 얼른 보기에는 운동선수 같았다.

"어, 웬일이야?"

"문제가 생겼습니다."

나까야마는 사또 곁에 다가앉더니 낮은 소리로 무엇인가 속삭였다. 귀를 기울이고 있는 사또의 얼굴이 굳어지고 있었다.

"가사오까가 행방불명됐습니다."

"가사오까가 누구죠?"

조 형사는 의아하게 바라보았다.

"아, 제가 말씀 안 드렸던가요? 다이몽의 직속상관이 되는 놈입니다."

조 형사는 다이몽에 대해 귀가 따갑게 들어오고 있었다. 다이몽이 빈사 상태에서 자살을 한 데에는 유보화 일행이 결정적인 영향을 끼쳤을 것이라는 설이 유력하게 나돌고 있었던 것이다. 조 형사도 그 점에는 상당히 수긍이 가고 있었다.

문제는 다이몽의 자살이나 가사오까의 실종보다도 보화 일행이 왜 일본의 폭력 조직에 뛰어들고 있는가 하는 점이었다. 그는 그 결과가 두려웠고 하루 빨리 그들을 찾아야 한다고 생각하고 있었다.

"다이몽 관계로 우리는 가사오까를 조사하고 있습니다. 헌데 행방불명이라니……."

"잠적한 것 아닙니까?"

"아닙니다!"

나까야마 형사가 강하게 머리를 저었다.

"어떤 미모의 여자가 그를 유혹한 것 같습니다. 홍콩에서 온 여자라는데…… 부하들도 자세한 것은 모르고 있더군요."

그는 가사오까의 부하들로부터 들은 이야기를 대충 전해 주었다.

"자동차 사고를 가장해서 유혹한 거군."

"그 여자의 인상이 유보화라는 여자의 인상과 흡사한 것 같습니다."

나까야마 형사가 조심스럽게 조 형사를 바라보며 말했다. 조 형사는 고개를 갸우뚱했다. 유보화 일행은 아마추어들이다.

그런 인물들이 자국도 아닌 타국에서 폭력 조직의 지역 책임자를 납치했다는 것이 도무지 실감나게 믿어지지가 않았다.

"그들을 찾으면 확실한 게 밝혀지겠지요. 전 뭐라고 말할 수 없군요."

조 형사가 좀 난처한 듯 말하자 사또 형사는 어깨를 으쓱했다.

"행방이 묘연해요. 어딘 가에 숨어 있는지 모르겠어요."

"그들이 왜 그런 조직을 건드리고 있는지 조사해 보셨나요?"

나까야마 형사가 고개를 끄덕였다.

"네, 조금 전에 그 이유를 알게 됐는데…… 그 한국인들이 투숙했던 여관을 찾아냈어요. 한데 투숙하던 날 밤 여자 방에 어떤 놈이 침입했다가 발각된 모양이에요. 다이몽으로 생각되는데 그때 한국인들에게 붙잡혀서 부상당한 것 같아요."

"왜 침입했나요?"

조 형사의 눈이 빛났다.

"그거야 알 수 없죠."

"다이몽이라면 단순한 절도범이 아닐 테고…… 제 생각에는 해치려고 침입한 것 같은데 어떻습니까?"

조 형사가 동의를 구하려는 듯 사또를 바라보자 그는 수긍하는 빛을 보였다.

"방위청 정보국은 어떻게 나오고 있습니까?"

"전혀 알 수가 없어요. 우리 같은 형사들은 상대도 안 해 주니까요."

"그래도 대충 짐작이라도……."

"모릅니다. 우리도 사실은 답답해요."

사또는 정말 모르는 것 같기도 했고 알면서도 딱 잡아떼는 것 같기도 했다. 그들과 헤어진 조 형사는 기분이 좋지 않았다. 보화 일행의 행방도 행방이려니와 그들이 자꾸만 위험 속으로 빠져드는 것 같아 불안했다.

그들이 희생된다면 정말 큰 일이었다. 서울로부터는 그들을 돌려보내지 않는다고 성화가 빗발치고 있었다.

그는 강 형사와 함께 호텔까지 걸어갔다. 덩치 큰 강 형사는 언제나 묵묵히 그림자처럼 그를 따르고 있었다. 별 일거리도 없이 빈둥빈둥 지내게 되자 그는 갑자기 풀이 죽은 것 같았다. 처음 일본에 왔을 때는 거리를 구경하느라고 쉴 새 없이 눈을 돌려대더니 지금은 그것도 시들해진 것 같았다.

그들이 3류 호텔방으로 돌아와 샤워를 하려고 옷을 벗는데 전화벨이 울렸다.

"서울입니다."

강 형사가 전화를 받아 그에게 전해 주었다.

"유보화는?"

과장의 목소리가 수화기를 통해 거칠게 들려왔다.

"아직 행방을 모릅니다."

"도대체 뭐 하는 거야?"

그는 머리가 멍해질 정도로 질책을 받았다. 변명할 것도 없었으므로 잠자코 듣기만 했다.

"보고 사항은 없나?"

"없습니다."

"잘들 노는군. 정보국과 합동 수사본부를 설치했다. 내일 사람이 두 명 도쿄에 갈 테니까 함께 잘해 봐! 지휘는 그쪽 사람이 한다! 이상!"

조 형사는 수화기를 내려놓으며 얼굴을 찌푸렸다.

다음 날 아침 조 형사는 강 형사와 함께 서울서 올 사람들을 기다리지도 않고 오사카로 향했다. 하라 레이지로, 한국명 김 표의 어머니를 만나 보기 위해 간 것이다. 출발할 때는 쉽게 만날 수 있을 것이라고 생각하진 않았는데 생각과는 달리 가자마자 의외로 빨리 만날 수가 있었다.

미야자와 아사꼬는 머리가 하얗게 세어 있었고 기동이 불편한지 앉은 채 방문객들을 맞았다. 마침 그녀의 딸 되는 여자도 집에 있었다. 30대의 아름다운 부인이었다. 조 형사는 한국에서 온 것을 말하고 킬러의 몽타주를 꺼내 놓았다.

"아드님의 얼굴이 맞습니까?"

아사꼬는 그것을 뚫어지게 내려다보기만 할 뿐 아무런 대답이 없었다.

"이거 누가 그린 거죠?"

젊은 부인이 눈을 크게 뜨고 물었다.

"어떤 한국 여자가 그랬습니다."

그 한국 여인은 하라와 서울에서 열렬한 연애를 해서 아기까지 배게 되었는데 그가 갑자기 자취를 감추는 바람에 난처하게 되었으며 자신은 그녀의 오빠 되는 사람으로 그녀의 부탁을 받고 일본에 오는 길에 한 번 들르게 된 것이라고 그럴 듯하게 꾸며서 말해 주었다.

"뭐라구요? 그 애 아기를 뱄다구요?"

비로소 노파의 얼굴에 반응이 나타났다.

"네, 아기를 배었습니다. 아이를 낳아야 할지 말아야 할지 몹시 고민하고 있습니다. 하라 씨는 어디 있나요?"

노파는 고개를 천천히 저었다.

"우린 모릅니다. 그 애를 본 지 너무 오래 돼서 얼굴도 잊어먹었어요."

"이 그림은 아드님과 닮았나요?"

"그애 옛 모습을 많이 닮았군요. 어떻게 해서 이곳을 알게 됐나요?"

"여동생이 가르쳐 주었습니다. 아마 하라 씨가 여동생한테 어머니 계신 곳을 가르쳐 주었던 모양이지요."

"이상하다. 어머니를 버린 오빠가 왜 그런 짓을 했을까?"

젊은 부인이 이해하기 힘들다는 듯 고개를 갸우뚱했다.

"사람은 젊었을 때 정신없이 돌아다니다가도 나이 들면 다 고향이 그리워지는 법 아닙니까? 참 그리고 자기한테 무슨 일이 생기면 고향의 어머니를 찾아가라고 그랬다는군요."

"설마 그 애가 그랬을라구?"

노파는 의혹과 감동이 섞인 눈으로 그를 쳐다보았다. 조 형사는 거짓말을 계속 그럴 듯하게 꾸며댔다.

"사실 저는 주로 외국에 나돌아 다니기 때문에 하라의 얼굴을 모릅니다. 한 번도 본 적이 없습니다. 단지 여동생의 이야기만을 들었을 뿐이지요."

"여동생이 뭐라고 하던가요?"

두 모녀는 긴장한 눈으로 그를 주시했다.

"그 애는 지금 스물넷입니다. 그 애가 볼 때 하라 씨가 나이가 많다고 생각되는 것은 당연합니다. 그렇지만 매우 점잖은 신사이고 보기 드문 미남이라고 하더군요. 생활에 여유도 있는 것 같고요. 그 애가 걱정하는 것은 혹시 일본에 본부인이 있지 않나 하는 점입니다만……."

"아, 아니에요! 오빠는 총각이에요!"

"진짜 총각이지."

모녀는 약속이나 한 듯 하라를 두둔하고 나섰다.

"그럼 안심입니다. 이제 하라 씨를 찾는 일만 남았군요."

"그 색시는 어떻게 생겼나요?"

두 여자는 눈도 깜박이지 않고 조 형사를 바라보았다.

"사진 가져온다는 걸 깜박 잊었습니다. 제 누이동생을 오빠 되는 제가 말씀드린다는 게 뭣합니다만…… 사실 그 애는 어디다 내놔도 손색이 없습니다. 대학에서 미술을 전공했는데 아까도 말씀드렸지만 이 초상화도 직접 그린 겁니다. 그리고 학교에서 퀸에 뽑힐 정도로 미인입니다. 지금 어느 여학교에서 교편을 잡고 있는데 저는 사실 그 애가 훌륭한 한국 청년하고 결혼하기를 바랐었지요. 하지만, 기왕 이렇게 된 거 어떻게 합니까? 저는 나이 차이가 많긴 하지만 두 사람이 행복한 가정을 꾸려 나간다면 더 이상 바랄 게 없겠습니다."

문득 아사꼬의 눈에 이슬이 맺히고 있었다. 젊은 부인의 눈도 촉촉이 젖어들고 있었다. 조 형사는 기회를 놓치지 않고 물었다.

"두 사람의 결혼을 원치 않으십니까?"

"왜 바라지 않겠소? 아들이라곤 그 애 하난데……."

"그럼 서둘러서 성사를 시켜 보지요."

"서둘러서 된다면야 백번 천번이라도 하지요. 하지만 그 애 행방을 모르니 우린들 어쩌겠소?"

"소식도 없습니까?"

"소식 끊어진 지가 10년이 넘었대두요."

노파는 소매로 눈물을 찍었다. 그러자 노파의 딸이 원망스러운 듯 한마디 했다.

"우리 엄마는 오빠 생각에 세상을 떠나도 눈을 감지 못하실 거예요. 세상에 우리 오빠처럼 불효막심한 자식도 없을 거예요. 10년이 넘도록 홀로 계신 어머님한테 소식도 없다니…… 그런 자식을 어머님은 그래도 자식이라고 한 시도 잊지 않고 기다리고 계셔요. 그렇지만 저는 오빠라고 생각하고 싶지도 않아요. 저는 오빠를 저주해요!"

말을 마친 그녀는 흑흑 흐느껴 울었다. 거기에는 거짓 같은 것이 없는 것 같았다.

"오빠께서는 왜 그렇게 소식이 없습니까? 무슨 특별한 이유라도 있습니까?"

그 질문에 그녀들은 약속이나 한 듯 입을 다물었다.

"네, 좋습니다. 말씀하시기 싫으시면 하는 수 없지요. 하라 씨의 과거에 대해서 좀 말씀해 주십시오. 하라 씨의 부친이 한국인이라는 말을 들었는데 정말인가요?"

아사꼬는 가만히 고개를 끄덕였다.

"저는 물론이지만 제 여동생도 하라 씨에 대해 별로 깊이 아는 것이 없습니다. 과거에 대해서는 거의 말해 주지 않은 모양입니다. 이왕 여기까지 온 김에 좀 자세히 알았으면 합니다."

"그 애는 여자처럼 얌전했지요. 저 애도 마찬가지지만…… 집안이 가난해서 별로 잘 먹이지를 못했어요. 그 애 아버지는 징용으로 끌려왔다가 여기에 주저앉아 막일을 했는데 아주 선량한 분이었지요. 레이지로가 13세 때 그 분은 공사판에서 일하시다가 돌아가셨어요. 높은 데서 떨어져 비명에 가신 거지요. 그때부터 저는 두 남매들을 데리고 살아가야 했는데 고생이 이만 저만 아니었어요."

하라 레이지로는 좀 특이한 데가 있는 아이였다고 한다. 나이가 어린 데 비해 생각하는 것이나 행동하는 것이 어른스러웠고 입이 무거워 좀처럼 누구하고 다정하게 말하는 법이 없었다. 머리가 비상해서 학교를 줄곧 수석으로 다녔는데 특히 곤충의 생리에 대해 남다른 관심이 있었다. 그리고 이성을 알 무렵부터는 그의 주위에 이미 많은 여자들이 따르고 있었다.

어렸을 때는 그렇지 않았는데 커 가면서부터 그는 여자들의 눈길을 끌 만큼 미남으로 변해 갔다. 그런데 그는 어떤 여자와도 오래도록 깊이 사귀는 법이 없었다. 아무리 상대가 좋은 여자라 해도 일단 육체를 정복하고 나면 칼로 베듯이 관계를 끊어 버리곤 했다. 그리고 새로운 여자 사냥에 나서는 것이었다. 그런데 그의 여자 사냥은 언제나 일본 여자에 한정되어 있었다.

제일교포 여자는 거들떠보지도 않는 대신 일본 여자라고 하면 반드시 그의 제물이 되기 마련이었다. 그런 이유로 해서 그에게는 일본 여성 킬러라는 달갑지 않은 별명까지 붙게 되었다. 그런데 그를 거쳐 간 숱한 일본 여성들은 하나같이 깊은 상처를 받았으면서도 이상하게도 그를 원망하거나 저주하지 않았다. 그가 일본 여자들만을 상대로 그렇게 킬러 짓을 한 데에는 민족적 모멸감이 크게 작용한 것 같았다. 어릴 때 아버지에 의해 일본으로 귀화했으면서도 그는 체내에 흐르는 한국인의 피를 언제나 의식하고 있었다. 그의 그러한 민족의식은 그의 아버지에 의해 심어진 것이었다.

그의 아버지가 귀화한 것은 한국인에 대한 멸시에서 벗어나 일본인과 똑같은 대우를 받기 위해서였다. 그러니까 어쩔 수 없는 생활의 방편으로 귀화한 것에 불과했다. 대전 중 일본에 끌려와 청춘을 희생당한 그는 항상 일본에 대한 증오감을 품고 있었고 기회 있을 때마다 자식에게 자신의 증오감을 나누어 주곤 했다. 그리고 그가 태어나 자란 조국이 얼마나 아름다운 나라인가를 하라에게 자주 이야기해 주곤 했다. 그래서 하라는 한 번도 가보지 않은 아버지의 고향을 아버지 못지않게 그리워하게 되었고 어느새 그 곳을 자신의 고향으로 생각하게끔 되었다.

그리고 언젠가는 커서 꼭 고향에 가 보리라고 마음먹었다.

"그 애가 결국은 한국에 갔군요."

하라의 어머니 아사꼬는 허공을 쳐다보며 중얼거리듯 그렇게 말했다.

"고향이 한국의 어딥니까?"

"전라남도 G군이에요."

아사꼬는 종이에다 남편의 고향 주소를 적어 주었다. 그녀는 아들이 왜 갑자기 행방불명이 되었는지에 대해서는 한 마디도 말하지 않았다. 어머니로서 자기 자식이 살인범으로 쫓기고 있다는 말만은 차마 할 수 없었을 것이다.

그녀와 헤어져 밖으로 나왔을 때 어느덧 해가 뉘엿뉘엿 지고 있었다. 역으로 가는 길에 조 형사는 강 형사에게 노파와 나눈 이야기를 들려주었다.

"이상한 놈이군요."

이야기를 다 듣고 난 강 형사는 심각한 표정을 지었다.

"이상한 놈이야. 민족적 모멸감으로 시작된 여자 사냥과 살인이 나중에 가서 전문적인 킬러로 변한 거야. 그는 이제 사람을 가리지 않고 죽이고 있어. 일종의 정신 이상 상태가 아니고는 그럴 수가 없어."

한 시간 후 그들은 도쿄 행 열차에 올랐다. 어둠이 묻어 내리는 차창 밖을 물끄러미 바라보면서 조 형사는 기분이 착잡해지는 것을 느꼈다. 하라 레이지로 — 한국명 김 표에 대한 생각으로 그의 머리는 가득 차 있었다. 그가 만일 학문의 길로 계속 나갔다면 지금쯤 저명한 소장 학자가 되어 있었을 것이다. 곤충, 그 중에서도 나비 연구에 정열을 불태우던 젊은이가 후에 인간을 사냥하는 도살자가 되다니 너무도 이해할 수 없는 일이었다.

"극과 극이 통한다더니 정말 그런 것 같아."

"네? 뭐라고 하셨죠?"

강 형사가 졸음이 오는 눈을 끔벅이며 물었다.

"극과 극이 통한다고 그랬어. 곤충학도가 도살자로 변한 걸 보니까 그런 생각이 들어. 곤충학도가 나비 채집하는 식으로 일본 처녀들을 닥치는 대로 농락한 것 정도는 그래도 이해가 가. 그런데 사람 사냥꾼으로 변했다는 데 대해서는 너무 극에서 극으로 변했다는 생각이 든단 말이야. 하긴 역사적으로 보면 순수한 학자였다가 인간 도살에 참여한 인물들이 상당수 있지."

"그 놈은 인간을 곤충 정도로 생각하는 게 아닐까요?"

"그럴지도 모르지. 그렇지 않고서야 살인을 그렇게 쉽게 행할 수가 없겠지. 그는 대담하고 교활해. 그게 그의 강점이야. 그의 행동의 시초가 한국인이라는 민족적 모멸감에서 비롯되었다 해도 지금의 행동까지 합리화시킬 수는 없어. 지금은…… 그는 순수한 살인자…… 사람 잡는 도살자야. 민족적 감정 따위도 사라지고 오직 자신의 이익을 위해서 사람을 파리처럼 죽이는 킬러야. 인터내셔널 킬러……."

"정상적인 인간이라면 그럴 수가 있을까요?"

강 형사의 눈은 반쯤 감겨 있었다.

"그럴 수가 없지. 살인할 수 있다는 자체가 벌써 비정상적인 것을 의미하는 거지. 살인을 직업으로 가진 자라면 완전히 정신 이상자야. 그렇지만 자기 자신은 그걸 믿지 않지. 치밀한 계획 하에 한 치의 오차도 없이 사람을 죽이고 수사망을 멋지게 빠져나가는 자신이 어째서 정신 이상자냐는 거겠지. 정신 이상자 중에는 우리가 알아볼 수 없는 겉으로 보기에는 극히 정상적인 사람들이 적지 않아. 그런 사람들일수록 두뇌가 치밀하고 명석하기 마련이지. 누구를 의심하고 뒤를 집요하게 캐어 본다든가, 증오에 사무쳐 끈질기게 물고 늘어져 괴롭힌다든가 피해 의식에 사로잡혀 하루 종일 석고처럼 굳어 있다든가 등등 그 양상은 이루 헤아릴 수 없이 많지. 그렇지만 그들은 자신들을 이상하다고 생각지 않는단 말이야. 김 표, 그 놈은 바로 정신병자야. 정신병자이기 때문에 그 자는 무서운 거야. 그래서 대담할 수 있고, 교활해질 수 있는 거야."

강 형사의 머리가 기울어져 있었다. 어느 새 그는 가늘게 코를 골고 있었다. 호텔에 돌아오니 출입구 밑으로 메모 쪽지가 디밀어져 있었다. 오는 즉시 어디로 연락해 달라는 내용이었다. 서울서 날아온 정보 요인들이 남긴 쪽지였다.

30분쯤 지나 형사들과 정보 요원 두 명은 인사를 나누었다. 정보 요원이 묵고 있는 힐튼 호텔에서였다. 풍채가 좋은 사나이는 마흔 댓쯤 되어 보였는데 반들반들한 대머리였다. 눈이 유난히 가늘게 찢어져서 동공이 거의 보이지 않았다. 또 한 사나이는 서른 댓쯤 되었는데 고수머리에 눈이 부리부리하고 턱이 튀어나와 있었다. 키는 큰 편이었고 적당히 살이 올라 있었다.

조 형사와 강 형사가 그들이 묵고 있는 방에 닿았을 때 고수머리는 방 안에 있었고 대머리는 욕실에서 목욕하고 있었다. 소파에 앉아 10분쯤 기다리고 있자 대머리가 욕실에서 나왔는데 놀랍게도 벌거벗은 채였다. 수건으로 머리를 털면서 그는

"아, 미안합니다."

라고 말했다. 그러고는 자기 혼자

"어, 시원하다. 어, 시원하다."

하고 말했다.

말로는 미안하다면서 사실은 전혀 그렇지 않은 것 같았고 그 행동이 당당하고 안하무인이어서 오히려 보는 쪽이 위축되는 기분이었다. 조금도 꺼려하거나 부끄러워하는 기색 없이 몸을 닦고 난 그는 팬티를 훌훌 털어 입었다. 팬티 바람으로 소파에 털썩 주저앉는데 보니 배가 임신 8개월쯤 된 여자 같았다. 남들이 보거나 말거나 상관하지 않고 그는 맥주를 한 잔 쭉 따라 마셨다.

그 때까지 조 형사와 강 형사는 잠자코 그를 지켜보고만 있었다. 대머리는 단숨에 맥주 한 병을 다 비우고 나서야 업무에 대한 이야기를 꺼냈다.

"에또, 그럼 슬슬 시작해 봅시다. 참 어느 쪽이 조 형사지?"

"네, 제가……."

"아, 그럼 이쪽은 강 형사인가?"

"네, 그렇습니다."

"나만큼 뚱뚱한데 무게가 얼마나 나가요?"

"90킬로 나갑니다."

"나보다 5킬로 적군. 살을 빼야겠는데 이거 도무지 안 된단 말이야."

스스럼없이 웃는 그의 모습은 마치 오랜 지기를 만난 그런 모습이었다.

"사안이 중대한 것이라고 판단했기 때문에 우리가 개입하게 된 거요. 경찰과 함께 수사를 벌일 필요가 있기 때문에 합동 수사 본부가 설치 된 거니까 그렇게 알고 같이 일해 봅시다. 여기서 지휘는 내가 하겠소. 일본 국내 지리에 대해서는 내가 일본 사람 이상으로 잘 알고 있으니까 좀 더 기동성 있게 움직일 수 있게 될 거요. 지금까지의 경과를 말해 보시오."

대머리는 담배에 불을 붙인 다음 상체를 뒤로 젖혔다. 고수머리가 소형 녹음기의 버튼을 눌렀다. 뭐든지 다 녹음해 두겠다는 태도였다.

조 형사는 마치 자석에 끌리듯이 끌려 들어갔다. 그렇게 사람을 끌어들이는 사람을 만나기는 처음이었다. 그는 지금까지의 경과를 소상히 이야기해 주었다. 별로 신이 날 것까지는 없으므로 낮은 목소리로 이야기했다.

"모두 사표를 써야겠군."

이야기를 듣고 난 대머리는 눈을 더욱 가늘게 뜨면서 중얼거렀다.

"지금부터는 좀 바쁘게 뛰어야 할 거요."

대머리는 몸을 일으키더니 방 안을 왔다 갔다 했다. 조금 후
그는 수트케이스 속에서 서류를 꺼내 들었다.

"이건…… 일본 방위청 정보국의 보고 내용인데…… 한 번 읽
어 봐요. 흥미 있을 테니까."

조 형사는 대머리가 탁자 위에 던져 놓은 서류를 얼른 집어 들
었다.

〈한국인 세균학자 유한백의 일본에서의 활동 내용에 관한
검사보고.

유한백은 지난 71년부터 일본에 수시로 출입했는바 그 동
안 일본에 입국한 회수는 41회에 이른 것으로 밝혀졌다.
이상은 외무성에 비치된 자료에서 밝혀진 것이다. 일본에
올 때마다 그는 언제나 특급 호텔에 투숙했으며 Y대 세균
학자인 이시바 기이찌(石破喜一)와 접촉했다. 이시바 교
수는 현재 나이 54세로 한국계 일인이며 지난 63년에 일
본에 귀화한 것으로 밝혀졌다. 또한 그는 공산주의자로서
극좌적인 대학생들에게 많은 영향을 끼쳐 왔으며, 72년과
74년에는 극좌 학생들을 이끌고 평양과 모스크바에 다녀
오기까지 했다.

그리고 77년 5월에는 유한백과 함께 파리에 갔는데 파리
경시청에 조회한 결과 그들은 그곳에서 에어 프랑스 편으

로 모스크바에 갔던 것으로 밝혀졌다. 그들이 모스크바에 간 이유는 밝혀지지 않았다. 일본에 있을 때 유한백은 이시바 교수와 함께 주일 소련 대사관 참사관인 이반 페드로프를 자주 만났으며 그들이 무슨 일로 자주 자리를 같이 했는지는 아직 알 수 없다. 그 밖에 유한백은 긴자에 있는 흑룡(黑龍)이라는 요릿집에 자주 출입하면서 그 곳에 있는 호스티스와 깊은 관계를 가졌으며 1년 전부터는 일본에 올 때마다 그녀의 아파트에서 지낸 것으로 밝혀졌다. 나까네 나오꼬라는 이름의 그 호스티스는 지난 2월 4일 이후 행방불명되었는데 여러 가지 정황으로 보아 살해되었을 가능성이 높다.

이시바 교수 역시 지난 2월 초 행동을 개시했는데 현재 주일 소련 대사관에 은신하고 있는 것으로 생각되며 모스크바 당국은 조만간 그의 망명을 공식적으로 발표할 것으로 사료된다.>


서류를 읽고 난 조 형사는 얼굴이 벌겋게 상기되어 있었다. 그것은 일어로 타이핑된 것이었다.

"일본에 도착하자마자 받은 거요. 어때요?"

대머리가 턱을 치켜들며 물었다.

"놀라운 사실입니다."

조 형사는 마른 침을 꿀꺽 삼켰다.

"이건 놀라운 정도가 아니지. 이제부터 밝혀내야 할 것은 유 박사가 모스크바로부터 무슨 지령을 받았느냐 하는 거요. 안 그래요?"

"그렇습니다."

"그는 아주 거물급 스파이일 가능성이 커요."

대머리는 서류를 도로 자신의 수트케이스 속에 집어넣은 다음 말했다.

"한데 이 보고는 불완전한 거요. 방위청 정보국의 호리 과장이 이번 사건에 어떻게 관련되어 있는지에 대해서는 한 마디도 없어요. 내가 슬쩍 물어 보았더니 호리 과장의 입장이 현재 매우 난처해져 있다고 했어요."

"유 박사의 죽음과 킬러에 대해서도 언급이 없습니까?"

"그것도 앞으로 우리가 밝혀내야 할 사항이오. 일본 쪽은 가능한 한 자기 기관에서 발생한 문제를 밖으로 드러내지 않으려고 신경을 쓰고 있어요. 호리 과장에 대한 언급이 없는 것도 그런 이유 때문일 거요."

"알 만합니다. 호리 과장의 입장이 난처해졌다는 것은 무엇을 의미하는 건가요? 그가 정말 어떤 관계가 있다는 뜻인가요?"

"그렇다고 볼 수 있죠."

"어느 정도인가요?"

"그건 몰라요."

"불리한 입장인가요?"

"아마 그런 것 같아요. 지금 조사를 받고 있는 것 같아요."

대머리 김기원(金起元)은 머리를 문질렀다.

"호리 과장이란 사람을 아십니까?"

"잘 아는 사이요. 필요한 일이 있으면 서로 협조하고 그랬는데 일이 벌어지고 나서는 연락도 안 돼요. 물론 만나 볼 수도 없고……. 내가 보기에는 그는 조사받을 만한 짓을 할 사람이 아닌데 아무래도 이상해요."

호리 겐로는 특히 한국에 대해 호의적이고 과거 일본의 한국 식민지화에 대해 죄의식을 느끼고 있는 지식인이라고 했다. 그러한 점이 다른 일본인들과는 다른 점인데 갑자기 이번 일에 말려든 것 같다는 것이었다.

"소련 문제에 대해서는 호리 과장만큼 깊고 넓게 알고 있는 사람이 드물지. 그리고 그는 조만간에 국장이 될 거라는 소문이 파다하게 나돌 만큼 유력한 후보였지."

호리 과장은 소련 스파이 킬러로 소문난 사람이었다. 그는 일본에서 암약하고 있는 소련 KGB팀을 연전에 일망타진함으로서 그 진가를 십분 발휘했다. 소문에 의하면 모스크바에는 그가 심어 놓은 스파이 조직이 깊이 뿌리를 내리고 있으며 그는 그 조직으로부터 정보를 입수하고 있는 것 같았다. 일개 형사에 불과한 조문기로서는 스파이 세계의 이야기가 마치 잠꼬대 같은 소리로 들렸다. 그러면서도 호리 겐로에 대한 호기심만은 강하게 느끼고 있었다.

"정보 요원의 말은 어디까지가 진실인가요?"

"진실이란 게 없지."

대머리는 웃으면서 담배 연기를 후우 하고 내뿜었다.

"진실을 말하는 정보 요원이 어디 있겠나? 그들은 죽을 때까지 진실을 말해서는 안 되는 입장이지. 타고난 운명처럼 그것을 받아들여야 해요."

"그렇다면 호리 과장을 믿는다는 것도 위험하지 않습니까?"

"잘 말했어요. 그와 나 사이에는 일종의 우정 같은 것이 있는데…… 그런 거야 일을 위해서는 내버릴 수도 있어요. 감정상으로는 그를 신뢰해요. 그렇지만 그런 것을 버리고 냉정한 눈으로 볼 때는 얼마든지 그를 의심할 수도 있어요. 그는 이중 스파이일지도 모르니까요."

만일 호리가 이중 스파이로 소련을 위해 일했다면 유한백 박사 살인 사건에 깊이 관련되어 있을 가능성이 얼마든지 있을 수 있지 않을까 하고 조 형사는 생각했다.

호리가 한국으로 자객을 보내 유 박사를 살해했다고 치자. 그렇다면 왜 그를 죽여야 했을까? 그 이유를 밝히기 전에는 이 사건은 해결되지 않을 것이다.

창문으로 달빛이 흘러들고 있었다. 이미 자정이 지난 시각이라 아파트 단지는 적막에 휩싸여 있었다. 그는 아까부터 꼼짝 않고 창가에 붙어 서 있었다. 그렇게 서 있는 모습이 마치 마네킹 같다. 그는 이제 자신이 완전히 고립되어 있다는 것을 절실히 깨닫고 있었다. 불안과 고독이 질식할 것처럼 온 몸을 죄어 오고 있다. 일찍이 그런 기분을 맛본 적이 없는 그는 적이 당황하고 있었다. 거기에서 벗어나 침착을 되찾으려고 무진 애를 쓰고 있었지만 마음대로 되지가 않았다.

이윽고 그는 어두운 방 안을 소리 없이 움직이기 시작했다. 증오와 좌절이 엇갈리는 미묘한 기분을 안고 그는 마치 울안에 갇힌 짐승처럼 왔다 갔다 하고 있었다. 그는 아직 결정을 못 내리고 있었다. 그것은 즉 자기를 이용하고 끝내 기만한 조직에 보복을 가할 것이냐 아니면 당하기만 한 채 잠자코 물러날 것이냐 하는 문제였다. 적은 개인의 힘으로는 상대하기 어려운 어마어마한 조직이다. 그 조직의 정체가 무엇인지는 그 자신도 확실히 모르고 있었다. 그는 다만 누군가로부터 연락을 받고 고액의 사례금을 받는 조건으로 유한백 박사를 해치웠던 것이고 그것은 약속대로 모든 것이 원만하게 처리되었다. 그런데 두 번째 일을 처리하는 데 있어서 조직은 그를 배신한 것이다.

그 조직이 어마어마한 것이라는 것은 순전히 그의 추측이었다. 그는 자신의 추측을 믿고 있었다. 청부 살인의 대가로 그러한 거액을 지불할 수 있는 조직이라면 틀림없이 시시한 조직이 아닐 것이라는 것이 그의 생각이었다. 그러한 조직을 상대로 싸운다는 것은 마치 달걀로 바위를 치는 격이나 다름없다는 것도 그는 알고 있었다. 그런 줄 알면서도 그는 순순히 물러설 수가 없었다. 겁에 질려 물러난다는 것은 자신의 끝장을 의미한다. 소문은 금방 퍼질 것이다. 약자에 대한 소문은 매우 빠른 법이다. 그렇게 되면 사면초가에 빠져 결국은 비참한 최후를 맞게 될 것이다. 도피와 공격이 잘 조화를 이루어야만 오래까지 살아남을 수 있는 법이다. 그렇지 않으면 끊임없이 도망자 생활만 하다가 비참하게 죽어 갈 것이다.

"반격만이 여기서 내가 살아날 수 있는 길이야."

그는 멈춰 서서 중얼거렸다.

"놈들이 나를 죽이려고 들겠지. 당하고만 있을 수 없어. 약속대로 대가를 받아 내야 해."

창문을 열고 강바람을 깊이 들이마셨다. 오염될 대로 된 강의 악취가 폐부 깊숙이 흘러들었다. 조직은 나를 죽이는 것이 여의치 않을 때는 수사 기관에 나를 넘길 것이다. 나에 관한 모든 자료를 수사 기관에 넘기면 되는 것이다. 그렇지만 나는 그렇게 쉽게 최후를 맞지는 않을 것이다. 그는 담배를 꺼내 들고 성냥불을 댕겼다. 바람에 금방 불이 꺼져버렸다. 세 번 만에 그는 담배에 불을 붙일 수가 있었다. 담배 연기를 가슴 깊숙이 들이켰다가 길게 내뿜었다.

조금 후 그는 마침내 주저하던 문제에 점을 찍었다. 일단 결심하고 나면 두 번 다시 거기에 대해 생각하지 않는다.

그는 잠자리에 들었다가 아침 10시 조금 지나 눈을 떴다. 정성들여 분장한 다음 밖으로 나가 택시를 잡아탔다. 시무카 소형은 버린 지 이미 오래였다. 전화국에 닿은 것은 20분 후였다. 문을 밀고 안으로 들어가 적당한 상대를 찾다가 곱상하게 생긴 여직원 앞으로 다가섰다. 한가롭게 앉아 있던 여직원이 미소하며 그의 시선을 붙잡는다.

"실례합니다."

그도 창구 저쪽으로 미소를 던지며 고개를 끄덕였다.

"어떻게 오셨는가요?"

"네, 뭐 하나 알아 보려구 그럽니다만……."

그는 007가방을 창구 옆에 올려놓았다. 말씨나 행동, 옷차림이 세련되어 보이는 초로의 신사를 보고 여직원은 금방 호기심을 느낀 것 같았다.

"네, 무슨 일인데요?"

"다름이 아니라……."

그는 주머니에서 종이쪽지를 꺼내 창구 속으로 디밀었다. 전화번호를 적은 쪽지였다.

"이게 뭔가요?"

"네, 그 전화번호의 주소를 좀 찾으려고 하는데 가능할까요?"

"아, 주소 말씀이군요. 전화번호부에 나와 있을 텐데요?"

"소유자의 이름을 모르고 있습니다."

"그러시다면…… 잠깐만 기다려 주세요."

여직원은 경쾌한 걸음걸이로 칸막이 저쪽으로 사라지더니 5분쯤 지나 돌아왔다.

"가까운 곳인데요."

"감사합니다."

그는 여직원이 내주는 메모지를 받아들고 그 곳을 나왔다. 거리에는 따뜻한 봄 햇살이 포근히 내리쬐고 있었다. 그는 왼손에 007가방을, 오른손에는 지팡이를 들고 매우 한가롭게 걸어갔다. 조금씩 다리를 저는 것이 남들의 눈에는 일시적인 것이 아닌 오래 전부터 그렇게 굳어져 버린 불구자로 보일 정도로 매우 자연스러워 보였다.

거리에는 눈에 보이지 않는 감시망이 철저히 행인들을 감시하고 있었지만 그는 한 번도 검문을 당하지 않은 채 거리를 유유히 걸어갔다. 메모지에 적혀 있는 주소지에 닿은 것은 10분 후였다. 큰길가에 자리 잡은 10층짜리 빌딩으로, 지은 지 오래된 듯 매우 낡아 보였다. 입구로 들어선 그는 벽에 붙어 있는 입주 회사 이름을 훑어보았다. 수위가 일어섰다가 차림을 보고 도로 주저앉는다.

그는 계단을 천천히 올라가다가 3층에 이르자 복도를 따라 오른쪽으로 걸어갔다. 대풍상사(大豊商社)는 맨 안쪽에 자리 잡고 있었다. 멈춰선 그는 지팡이 끝으로 문을 노크했다. 한참 두드려도 반응이 없자 그는 손잡이를 잡고 비틀었다. 그제서야 안에서,

"누구십니까?"

하는 남자의 목소리가 들려왔다. 문은 이미 조금 열려있었다.

"실례합니다."

그는 상대가 막을 사이도 없이 문을 밀어젖히면서 안으로 들어섰다.

"누, 누구요? 무슨 일입니까?"

서른 댓쯤 된 사나이가 그를 가로막아 서면서 물었다. 그 보다는 한 뼘 정도 키가 더 큰 그야말로 장대 같은 남자였다. 낯선 사람이 갑자기 밀고 들어서는 바람에 꽤나 놀란 것 같았지만 상대가 노인임을 알자 다소 안심하는 눈치와 함께 불쾌한 빛을 드러내고 있었다.

"저, 실례지만…… 왕 선생님 계십니까?"

그는 웃으면서 부드럽게 물었다.

"왜, 무슨 일로 그러시는가요?"

"네, 좀 만나 뵐 일이 있어서 그러는데요."

"어디서 오셨는가요?"

장다리는 경계의 눈초리를 번득인다.

"아, 네 일본에서 왔는데…… 잘 아는 사입니다."

"아, 그러신가요. 지금 여기 안 계신데 좀 앉으시죠."

권하는 대로 그는 소파에 조심스럽게 앉았다. 장다리도 방 한 가운데 덩그러니 놓여 있는 책상 앞으로 가서 회전의자에 털썩 앉는다. 그리고 몸을 홱 돌리더니 수화기를 집어 들었다가 도로 놓으며,

"누구시라고 전해 드릴까요?"

하고 묻는다.

"네, 도쿄 초밥 집에서 온 김 영감이라고 하면 알 겁니다. 어디 멀리 가셨는가요?"

"요 아래 다방에 좀 내려갔습니다. 연락해 드릴 테니 기다리 십시오."

"아, 괜찮습니다. 그냥 기다리죠 뭐."

그러나 장다리는 수화기를 집어 들고 다이얼을 돌리기 시작 했다. 이윽고 신호가 떨어졌는지,

"아, 여기 3층인데 왕 선생님 좀 바꿔."

하고 큰소리친다.

그 소리가 떨어지기가 무섭게 안개의 사나이는 비호처럼 몸을 일으켰다. 장다리도 수화기를 든 채 일어났다. 그러나 그가 미처 수비태세를 취할 겨를도 없이 지팡이가 바람을 일으키며 날아왔다. 지팡이에 목을 얻어맞은 장다리는 의자와 함께 뒤로 벌렁 나자빠졌다. 벌어진 입 속에서는 피가 흘러나오고 있었다.

책상 뒤로 돌아간 킬러는 잠자코 장다리의 옆구리를 걷어찼다. 힘차게 두 번을 걷어차자 장다리는 경련을 일으키면서 피거품을 뿜었다. 심한 충격에 소리도 못 지르고 있었다. 마지막 숨을 몰아쉬는 소리가 거칠게 들려오고 있었다.

계단을 올라오는 소리가 들려오자 킬러는 문 쪽으로 다가가 붙어 섰다. 곧이어 문이 벌컥 열리면서 한 사나이가 들어섰다. 40대로 보이는 비만한 사나이였다.

"어?"

사나이가 주춤하는 순간 김 표는 발로 문을 밀어붙이면서 지팡이 끝으로 상대방의 가슴 밑을 쿡 찔렀다. 급소를 찔린 사나이는 비명도 지를 사이 없이 무릎을 꺾으며 몸을 웅크렸다.

그는 문을 잠근 다음 사나이의 엉덩이를 걷어찼다.

"기어가."

낮으면서 날카로운 소리에 사나이는 허덕거리면서 개처럼 기어갔다. 책상 뒤쪽까지 기어간 그는 거기에 장다리가 쓰러져 있는 것을 보고는 공포에 질린 눈으로 그를 돌아보았다.

"일어나 앉아. 소리치거나 도망치면 죽일 테야!"

충격에서 아직 벗어나지 못한 사나이는 책상을 붙잡고 겨우 몸을 일으켜 의자 위에 걸터앉았다.

김 표는 지팡이 손잡이를 비틀어 뽑았다. 놀랍게도 그 속에서 시퍼런 칼이 나왔다. 칼끝을 목에 들이대자 사나이는 눈을 크게 뜨면서 뒤로 몸을 젖혔다.

"왜, 왜 이러십니까? 다, 당신은 누구요?"

"조용히 해! 묻는 말에 대답만 해! 바른대로 대답하지 않으면 갈가리 찢어놓을테다!"

"네네네네, 말씀하십시오!"

"당신이 왕가인가?"

"네네, 그렇습니다. 어떻게 저를?"

"묻는 말에 대답만 하라고 그랬어!"

칼끝으로 건드리자 넥타이가 두 줄로 갈라졌다. 사나이는 두 손을 싹싹 비비며 사시나무 떨듯 떨어댔다.

"네가 제로지?"

"네?"

"네가 제로냐 말이야!"

"아, 아닙니다…… 저는 다만…….

"그렇지, 넌 제로가 아니야. 목소리가 달라. 제로는 어디 있는가?"

사나이는 먼저 머리를 가로 저은 다음,

"모, 모릅니다."

하고 대답했다.

"모른다고? 그런 말이 통할 줄 알았나?"

책상 위에 아직 뜯지 않은 담뱃갑이 하나 있었다. 김 표는 그것을 턱으로 가리켰다.

"그걸 입 속에 집어넣어!"

사나이는 시키는 대로 그것을 입 속에 집어넣었다.

"깊이 집어넣어! 다 들어갈 때까지 밀어 넣어!"

담뱃갑은 입 속을 빈틈없이 가득 채웠다.

"허락 없이 그걸 빼서는 안 된다!"

칼끝이 가슴을 건드리자 와이셔츠가 찢어지면서 피가 나왔다. 사나이는 비명을 질렀지만 입이 틀어 막혀 소리가 되어 나오지는 않았다.

"대답하고 싶으면 그 내용을 종이에다 적어. 넌 쓰기만 하면 돼. 한 번 거절할 때마다 상처가 생긴다는 걸 알아둬."

왕가는 공포에 질리다 못해 기절해 버릴 것만 같았다.

"자, 제로는 어디 있나?"

"……."

칼끝이 이번에는 왼쪽 손등을 찔렀다. 왕가가 몸부림치며 일어나려고 하자 칼끝이 머리에 닿았다.

"제로는 어디 있어?"

"……."

왕가가 볼펜을 집어 들었다가 도로 놓으며 머리를 저었다. 칼끝이 목을 스쳤다. 이제 왕가는 피투성이가 되어있었다.

"제로는 어디 있어?"

그는 흥분하지 않고 물었다. 그것이 왕가를 더욱 공포에 사로 잡히게 했다. 와이셔츠가 젖혀지더니 눈 깜짝할 사이 가슴에 X자형의 상처가 생겨났다. 왕가는 두 손으로 가슴을 부둥켜안고 울부짖었다. 그러나 겨우 낮은 신음 소리만 흘러나오고 있을 뿐이었다.

"나는 제로를 만나고 싶다. 제로는 어디 있나?"

왕가의 손이 마침내 볼펜을 집어 들었다. 그는 떨리는 손으로 백지에다 이렇게 썼다.

〈제로가 어디 있는지는 모릅니다. 본 적도 없고 전화 연락만 가능합니다. 전화 번호는 598국에 37887입니다.〉

"정말인가?"

왕가는 끄덕였다.

"거짓말인가 아닌가는 금방 드러나. 거짓말하면 양쪽 귀를 잘라 버릴 테다!"

왕가는 고개를 저었다. 정말이라는 뜻이었다.

"제로를 불러내. 이리 오라구 그래. 아니야. 여기는 곤란해. 제로의 인상을 말해 봐."

왕가는 종이에다 〈한 번도 본 적이 없습니다〉라고 썼다.

"거짓말 마. 아직도 거짓말을 하다니 넌 어리석은 놈이구나. 내가 누군지를 모르는 모양인데……."

그는 왕가를 가만히 응시하다가 다시 말을 이었다.

"나는 지금 굉장히 화가 나있어. 너한테 무슨 짓을 할지도 몰라. 이 칼로 네 살찐 몸뚱이를 난도질해 버릴지도 몰라. 그러니까 살고 싶으면 바른대로 대답하란 말이야. 내가 이곳으로 전화를 걸면 제로는 여기서 전화를 받고는 했어. 그러니까 제로는 여기에 항상 출입하는 사람이야. 그런데도 이 방 주인인 당신이 모르다니 말이 되는 소리냐 말이야? 자, 제로의 인상을 말해봐."

왕가는 한참 머뭇거리다가 〈대머리에 뚱뚱하다〉고 썼다.

"틀림없지?"

"……."

끄덕인다.

"그 밖의 특징을 말해 봐."

〈한쪽 발을 약간 접니다〉

왕가는 재빨리 썼다.

"좋아. 그를 불러내. 그는 무얼 좋아하나? 여자는 어때?"

〈매우 좋아합니다〉

"그럼 됐어. 미인을 소개해 준다고 그래. A호텔 커피숍에서 3시 정각에 만나자고 그래. 자, 빨리 전화해! 제로를 보고 싶다!"

"제 목숨을 보장해 주십시오."

"보장해 주고말고! 자, 입 속에 든 것을 빼고 전화를 걸어!"

왕가는 시키는 대로 입 속에서 담뱃갑을 꺼낸 다음 한 곳으로 전화를 걸었다. 다이얼을 돌리는 손이 덜덜 떨리고 있었다.

"자연스럽게 말해야 한다. 저쪽에서 눈치 채게 해서는 안 돼. 실패하면 죽일 테다!"

칼날이 빛을 받아 번쩍이고 있었다. 왕가가 목을 움츠렸다.

"여기 바, 바둑집인데…… 배 사장님 계십니까?"

"지금 안 계시는데요."

저쪽의 목소리가 킬러에게도 또렷이 들려오고 있었다. 상대는 여자였다.

"언제쯤 들어오실까요? 지, 지금 연락이 가능할까요? 급한 일 때문에 그러는데……."

"곧 들어오실 거예요. 연락을 취할 수는 없어요. 어디 가신다고 말씀을 안 하시고 나가셨으니까요."

"네, 그럼 오시는 대로 이, 이쪽으로 전화를 좀 부탁합니다."

"네, 알겠습니다."

왕가는 수화기를 내려놓으며 그를 힐끗 쳐다보았다.

"그럼 기다릴 수밖에 없군."

킬러가 잠깐 시선을 돌리는 사이 왕가는 재빨리 재떨이를 집어 들어 던졌다. 그러나 그의 움직임은 킬러에 비해서 너무나 느렸다. 재떨이는 귓가를 스치고 지나가 벽에 부딪혀 산산조각이 났다.

"으아악!"

왕가는 칼끝에 목이 찔린 채 비명을 지르며 쓰러졌다.

킬러는 급히 그 곳을 나왔다. 비명을 듣고 옆방 남자가 어느새 문 앞에 다가와 있었다. 강도라고 직감했던지 그 남자는 손을 뻗어 그를 붙잡으려고 했다. 킬러는 지팡이로 그 남자의 목덜미를 후려쳤다. 격심한 충격에 그 남자는 계단 밑으로 데굴데굴 굴렀다. 킬러는 날쌔게 계단을 내려왔다.

건물을 빠져나올 때까지 아무도 그를 눈여겨보는 사람이 없었다. 10분쯤 부지런히 걷다가 그는 공중전화 부스로 들어가 제로에게 전화를 걸었다. 598을 먼저 돌린 다음 이어서 37887을 돌리자 '다르르' 하고 신호가 가는 소리가 들려왔다. 곧 신호가 떨어지면서

"네"

하는 여자 목소리가 귓속으로 흘러 들어왔다.

"여기 바둑집입니다. 배 사장님 계십니까?"

"아직 안 들어오셨는데요. 조금 전에 전화 거신 분 목소리가 아닌 것 같은데……"

"네, 아닙니다. 함께 있는 사람입니다."

"아, 그러세요?"

긴장을 녹이는 것 같은 간드러진 목소리다.

"배 사장님 들어오시면 급히 바둑 집으로 와 주십사고 전해 주십시오. 부탁합니다."

"네네, 전해 드리겠습니다."

전화를 걸고 난 그는 아까 갔던 건물로 다시 되돌아왔다. 경찰 패트롤카 한 대가 사이렌을 울리며 그의 곁을 지나쳐 가더니 뒤이어 앰뷸런스가 달려갔다. 그는 건너편 일식집으로 들어가 창가에 자리를 잡고 앉았다. 거기에서는 건물 정면이 바로 보이고 있었다. 유리창은 밖에서 볼 때는 검은 빛이 나고 있어서 안이 들여다보이지 않지만 안에서는 밖이 잘 보이고 있었다. 패트롤카와 앰뷸런스는 그 건물 앞에 서 있었다. 어느새 사람들도 잔뜩 몰려와 있었다.

조금 후 피투성이가 된 남자 두 명이 들것에 실려 나왔다. 두

사람 다 죽은 것 같았다. 그 때 그의 시야를 가로막는 사람이 하나 나타났다. 대머리에 다리를 약간 저는 뚱뚱한 사람이었다. 킬러는 수저를 놓으면서 그 뚱보 사나이의 움직임을 주시했다. 뚱보는 사람들의 어깨 너머로 시체 2구가 앰뷸런스에 실리는 것을 보고 나더니 몸을 홱 돌려 걸어가기 시작했다. 몹시 당황하는 모습이었다.

킬러는 식사대를 치른 다음 밖으로 나왔다. 시켜 놓은 식사에는 거의 손도 대지 않은 채 일어서는 그를 보고 식당 주인은 음식 맛이 형편없이 나빠서 그러는 줄 알고 몹시 민망해했다.

킬러는 적당한 간격을 유지한 채 뚱보를 미행했다. 뚱보는 몹시 허둥대면서 걸어가고 있었지만 다리를 절고 있었기 때문에 별로 빠르지가 못했다. 자신이 미행당하고 있는 줄은 생각조차 못하고 있는 것 같았다. 뚱보가 갑자기 멈춰서더니 잠시 머뭇거렸다. 킬러는 그대로 걸어가면서 담배에 불을 댕겼다. 두 사람 사이가 가까워졌다. 뚱보가 급히 차도를 건너뛰었다.

킬러도 차도를 건너려는데 빨간 신호등이 켜졌다. 그는 멈춰섰다가 녹색등이 켜지자 길을 건너갔다. 뚱보의 모습이 보이지 않았다. 그는 얼마쯤 걷다가 지하도 앞에서 걸음을 멈추고 건너편을 바라보았다. 뚱보가 지하도에서 막 빠져나와 그 옆에 설치되어 있는 공중전화 부스 안으로 들어가는 것이 보였다. 그는 즉시 지하도로 들어갔다. 수십 계단을 내려가 지하도를 건너 다시 계단을 오르는 그의 모습에는 서두르는 기미 같은 것이 전혀 보이지 않았다. 그런데도 그의 움직임은 몹시 빨랐다. 순식간에 지하도를 벗어난 그는 공중전화 부스 앞으로 다가섰다.

공중전화 부스는 모두 다섯 개로 이어져 있었는데 부스마다 사람들이 한두 명씩 차례를 기다리고 있었다. 그는 뚱보가 들어가 있는 맨 오른편 부스 앞에 다가섰다. 그의 앞에는 여대생으로 보이는 처녀 한 명이 서 있었다. 뚱보는 전화가 걸리지 않는지 계속 다이얼을 돌리고 있었다.

"제가 먼저 쓰면 안 될까요? 급해서 그런데……."

여대생이 급하다는 듯 한마디 했다. 뚱보가 휙 뒤를 돌아보았다. 사나운 눈매였는데 그 시선이 여대생을 지나쳐 킬러의 얼굴에 머물렀다. 킬러는 시선을 피하지 않은 채 무표정하게 뚱보를 바라보았다. 뚱보는 이내 시선을 거두고 다시 여대생을 쳐다보았다. 그리고

"급하기는 다 마찬가지야."

하고 쏘아붙였다. 여대생이 대꾸하는 대신 뾰로통한 얼굴로 가버리자 그는

"조막 만한 계집애가 건방지게……."

하고 투덜거린 다음 다시 다이얼을 돌렸다.

신호 중인 것을 붙들고 계속 다이얼을 돌리고 있으면서도 그는 뒷사람에게 사과 한마디 하지 않았다. 킬러는 담배를 피우면서 묵묵히 기다리고 있었다.

한참 후 마침내 신호가 떨어졌는지 뚱보가 통화를 시작했고 킬러는 좀 더 가까이 다가갔다.

"아, 난데 왜 이렇게 통화하기가 힘드나? 전화통을 붙들고 살

고 있나?”

"……."

"빌어먹을 년 같으니! 아가리 닥쳐! 지금 즉시 연락을 취해!”

"……."

"모두 모이라구 해! 3시 30분까지 R호텔 10층 5호실로 오라구 해! 비상이다.”

"……."

"알았어? R호텔 10층 5호다.”

수화기를 거칠게 내려놓고 부스를 나온 그는 킬러 곁을 거들 떠보지도 않고 휑하니 지나 쳐갔다.

킬러는 천천히 몸을 돌려 다시 미행을 시작했다. R호텔은 걸어서 10분 거리에 있었다. 뚱보는 R호텔로 들어갔다. 뒤따라 들어간 킬러는 뚱보가 엘리베이터 앞에 서 있는 것을 곁눈질로 보면서 커피숍 쪽으로 들어갔다. 그는 커피숍에서 5분쯤 앉아 커피를 마셨다. 시간은 3시 10분이었다. 5분 후 커피숍을 나온 그는 엘리베이터를 타고 10층으로 올라갔다.

10층 복도는 은은한 빛에 감싸여 있었고 바닥에는 카펫이 깔려 있었다. 5호실 앞에 이른 그는 주위에 사람이 없는 것을 확인한 다음 노크했다.

"누구야?”

안에서 거친 목소리가 들려왔다.

"네, 룸서비스입니다.”

그는 조심스럽게 대답했다.

"왜, 왜 그래? 부르지도 않았는데 무슨 일이야?"

"네, 죄송합니다. 손님이 물건을 놓고 나갔다고 해서 찾으러 왔습니다. 죄송합니다만……."

"무슨 물건을 놓고 나갔다는 거야? 아무 것도 없는데……."

"반지를 화장실에 놓아 둔 모양입니다."

"이런 제기랄……."

투덜거리면서 문을 열어 준다.

"죄송합니다."

문틈이 벌어지는 순간 킬러는 문을 안쪽으로 홱 밀어젖히면서 번개같이 안으로 뛰어드는 것과 동시에 지팡이로 상대방의 턱을 올려쳤다.

"억!"

갑자기 공격을 받은 뚱보는 뒤로 벌렁 나가떨어졌다. 킬러는 문을 닫아걸고 나서 엉거주춤 막 일어나려는 뚱보의 복부를 힘껏 걷어찼다. 뚱보는 미처 비명을 지를 새도 없이 바닥에 엎어져 게 거품을 뿜었다.

"제로, 내가 누군지 아나? 야마다!"

연거푸 두 번 다시 걷어차자 뚱보는 기절해 버렸다. 킬러는 열쇠를 주머니에 넣고 나서 밖으로 나와 문을 닫아걸었다. 아래층으로 내려와 프런트 데스크에 다가가 10층에 방을 하나 얻고 싶다고 말했다.

"5호실이나 6호실 아니면 7호실도 좋습니다."

"모두 찼는데요, 18호실이 비었습니다만……."

"그쪽은 전망이 별로 안 좋지 않아요?"

"네, 그래서 좀 쌉니다."

"할 수 없지 뭐. 18호실 주시오."

그는 마지못한 체하면서 카드에 인적 사항을 적고 방세를 지불한 다음 열쇠를 들고 다시 10층으로 올라왔다. 18호실은 5호실과 비스듬히 마주 보고 있었다. 그는 방문을 활짝 열어 두었다. 그리고 5호실 문을 열고 들어가 뚱보를 밖으로 끌어냈다. 마침 한 사람이 복도를 걸어오고 있었기 때문에 그는 뚱보를 다시 안으로 끌어들이고 나서 문을 닫았다가 잠시 후 다시 열었다.

복도에는 쥐새끼 한 마리 보이지 않았다. 그는 뚱보의 양쪽 겨드랑이에 손을 집어넣어 어깨를 움켜잡은 다음 재빨리 그를 밖으로 끌어냈다.

뚱보를 18호실로 옮기는 데는 불과 수초밖에 걸리지 않았다. 5호실을 닫아걸고 나서 그는 18호실로 들어와 문에 고리를 걸었다. 뚱보는 그 때까지 정신을 차리지 못한 채 가늘게 신음만 흘리고 있었다. 킬러는 욕실로 들어가 컵에 물을 떠다가 뚱보의 얼굴에 들이부었다. 그래도 뚱보는 깨어나지 않고 있었다.

욕실로 끌고 들어가 욕조 속에 처박았다. 수도 밑에 얼굴을 들이민 다음 꼭지를 틀자 차가운 물이 쏴아 하고 쏟아져 나왔다. 뚱보의 머리가 조금씩 좌우로 움직였다. 뜨거운 물로 바꾸자 뚱보는 마침내 머리를 흔들며 상체를 일으키더니 욕조 밖으로 기어나왔다. 짐승처럼 신음을 토하며 욕실을 기어 나갈 때까지 내버려두었다. 욕실에서 나온 뚱보는 벽을 더듬으며 일어섰다. 킬러는 왼손을 뻣뻣이 펴서 그 끝으로 놈의 늑골을 적당히 찔렀다.

"아이 구구구!"

뚱보는 무릎을 꺾으며 다시 쓰러졌다.

쓰러진 제로의 가슴을 왼발로 짚고 서서 그는 상대를 가만히 내려다보았다. 생명이 없는 눈, 마치 의안 같은 눈이 아무 표정 없이 한동안 제로를 내려다보고 있었다. 제로는 경악하고 있었다. 그는 일찍이 그러한 눈을 본 적이 없었다. 전화로 통화를 했을 때는 대단찮은 킬러 정도로 알았었는데 막상 이렇게 부딪치고 보니 상대가 범상한 인물이 아니라는 것을 직감적으로 알 수가 있었다. 소름끼치는 전율을 느끼면서 그는 호소하는 눈길로 킬러를 올려다보았다.

"사, 살려 주십시오! 시키는 대로 하겠습니다."

"살려 주는 건 문제가 아니야, 제로. 알겠어?"

어느새 그의 손에는 독일제 와루사가 들려 있었다. 총구에다 천천히 소음 장치를 끼우면서 그는 말했다.

"자, 말해 봐. 조직에 대해 말해 봐. 이번의 거래 책임자가 누구인지 말해 봐."

"누군지 모릅니다. 저는 다만…… 연락을 받고 지시대로 한 것뿐입니다."

"거짓말을 하는군."

그는 소음 권총의 총구를 제로의 이마에 박았다.

"나는 머뭇거리지 않는다. 자, 바른대로 말해 봐. 1분 여유를 주겠다."

무거운 침묵이 흘렀다. 제로는 괴로운 신음을 길게 토하더니 말했다.

"말 할 테니 좀 앉게 해 주시오"

"그래 거기에 꿇어앉아."

김 표는 소파에 앉아 여전히 무표정한 눈으로 제로를 바라보았다. 제로는 카펫 위에 무릎을 꿇었다. 잔뜩 부어오른 코에서는 피가 흘러내리고 있었다. 그 바람에 옷은 온통 피투성이였다.

"약속대로 돈을 모두 주겠소. 그리고 그것으로 서로 끝내기로 합시다."

"거래는 끝났어. 믿을 수 없는 놈들하고 거래는 할 수 없어. 자, 말해 봐. 처음부터 이야기해야 되겠지. 내가 일본에서 피치 못할 사정으로 지하 생활을 하게 되었을 때 나를 도와준 재일 동포가 있었다. 그가 누구인지를 나는 아직 모르고 있어. 그는 나를 숨겨 주었고 나는 그가 시키는 대로 몇 건의 살인을 했지. 그의 은혜에 보답하는 마음에서 말이야. 그 때마다 나한테는 막대한 돈이 굴러 들어왔어. 결국 나는 나도 모르는 사이에 프로페셔널 킬러가 됐어. 지금 생각하면 그가 나를 이용한 거야. 한국은 내 아버지의 고향이고 나는 언제나 한국에 오고 싶어 했지. 그는 내 청을 받아 주었어. 한국에 가면 안전할 거라고 말이야. 그러면서 제로한테 도움을 청하라고 했어. 우리의 관계는 그렇게 해서 시작된 거지. 당신은 나한테 직장을 알선해 주고 움직이는데 불편하지 않게 위조 신분증까지 만들어 주었지. 그 대가로 당신은 유한백 박사를 살해해 달라고 요구해 왔어. 일본에 있는 그 재일 동포의 지시라고 하면서 말이야. 그를 나는 대부라고 불렀지. 나는 더 이상 살인하고 싶지 않았지만 거절할 수 없었어. 나는 나와는 아무 상관도 없는 세균 학자를 죽였어. 그런데 나를 이용할 대로 이용한 당신들은 약속을 지키기는커녕 나를 배반했어. 이제 당신들한테 남은 것은 나를 죽이는 일이야. 그래야만 당신들은 두 다리를 쭉 뻗을 수 있을 테니까 말이야."

말이 끝나는 것과 동시에 그는 방아쇠를 당겼다. '슉' 하는 소리와 함께 제로는 어깨를 싸쥐고 나뒹굴었다. 오른쪽 어깨에서 피가 뿜어져 나오고 있었다.

"자, 다음은 왼쪽 어깨다. 당신들의 정체가 뭐지?"

"잘못 했습니다! 목숨만 살려 주십시오!"

그러는데 건넌방 쪽에서 노크 소리가 났다. 노크 소리는 한참 동안 들려 왔고 인기척으로 보아 여러 명인 것 같았다. 제로의 연락을 받고 달려온 자들인 것 같았다. 킬러는 제로의 입 속에 총구를 박았다.

"소리치면 쏴 버릴 테다."

제로는 부들부들 떨면서 고개를 끄덕였다.

"25만 달러를 주기로 해 놓고 너는 약속을 어겼어. 잔금 15만 달러를 내 놓지 않고 오히려 나를 궁지에 빠뜨렸어. 나를 출국하지 못하게 함으로써 내가 독 안에 든 쥐가 되게 한 거야. 약속을 어긴다는 것이 어떤 보복을 몰고 오는 것인지 너희들은 아직 모르는 모양인데 지금부터 나는 그걸 보여주겠어."

그는 구둣발로 제로의 목줄을 짓밟았다.

"으으으윽……."

제로는 괴로움에 얼굴을 일그러뜨리면서 신음했다. 킬러는 주머니에서 일제 소형 녹음기를 꺼내 놓고 버튼을 눌렀다.

"자, 나는 한가한 사람이 아니야. 조직의 정체를 말해 봐. 왜 유 박사와 황 회장을 죽이게 했지? 일본에서 내 대부 노릇을 해 준 그 자는 누구야? 막대한 자금은 어디서 나오는 거지? 이 피스톨도 당신들 조직에서 전해 받은 거야. 자, 어서 말해 봐."

어깨에서 흘러내린 피가 옷과 카펫을 온통 붉게 물들이고 있었다. 피를 갑자기 많이 쏟는 바람에 제로의 얼굴은 창백해지고 있었다.

"넌 서서히 죽어가고 있어. 빨리 자백하지 않으면 살아나기 어려워."

제로가 다급하게 고개를 끄덕이자 킬러는 그의 입에서 총구를 빼냈다.

"마, 말씀드리겠습니다."

제로가 헐떡거리면서 상체를 일으키려는 것을 킬러가 눌러 막았다.

"그대로 천정을 보고 누워서 이야기 해. 움직이면 안 돼."

복도에서는 더 이상 노크 소리가 들려오지 않았다.

"먼저 네 이름부터 말해 봐. 이름이 뭐야? 주소는? 표면상의 직업은?"

"네, 제 이름은 지익수(池益洙)…… 직업은 식당업입니다."

킬러는 제로의 주머니에서 지갑을 꺼내 주민등록증을 들여다

보았다. 자백한 대로 제로의 이름은 지익수였다. 제로가 경영한
다는 식당으로 전화를 걸어보았다. 사장은 지금 외출 중이라는
대답이었다. 제로의 수첩만 챙기고 나머지는 모두 버렸다.

"조직의 정체는 모릅니다. 저는 다만 부탁을 받고 움직였을
뿐입니다."

"이 자식이 아직도……."

와루사가 다시 불을 뿜었다. 제로의 왼쪽 어깨가 금방 피로 물
들었다. 양쪽 어깨에 총상을 입은 제로는 죽어가는 소리로 신음
했다.

"아이고, 나 죽네…… 아이고, 나 죽네…… 아이고…… 아이
고……."

"조용히 해. 다음은 다리다."

그는 총구를 허벅지에 갖다 댔다.

"말씀드리겠습니다. 사, 살려 주십시오."

"빨리 말해."

제로는 킬러를 더 이상 속일 수 없다고 생각한 것 같았다. 그
러다가는 자신의 목숨이 지탱될 수 없다는 것을 뒤늦게 깨달은
것 같았다. 비밀을 지키려면 죽음을 받아들일 수밖에 다른 도리
가 없는데 그는 몹시 생명에 집착이 강한 사나이였다. 그리고 거
짓말을 꾸며 대기에는 너무 상황이 급박해서 도저히 그럴 여유도
없었다.

"조직 이름은 따로 없습니다. 어느 기관으로부터 지령을 받고
움직이고 있을 뿐입니다."

"어느 기관이야?"

"소, 소련의 기관입니다."

침묵과 긴장이 흘렀다. 킬러는 몹시 놀란 것 같았다. 그의 침묵이 그것을 말해 주고 있었다.

"소련의 어느 기관이야?"

"그건 정확히 모릅니다. 자금이 그쪽에서 흘러 들어오고 있다는 것만 알고 있을 뿐입니다."

그는 재일 교포였다. 한국에 온 것은 3년 전. 일본에 있을 때 그는 조그만 식당을 경영하면서 공산주의자들과 접촉을 가졌고 어느 친소 단체에 가입했다. 그러던 중 그는 유럽 여행을 하게 되었고 극비리에 모스크바에 들어가 이름이 밝혀지지 않은 기관에서 두 달간 세뇌교육을 받고 나왔다. 그 때 그는 이미 소련을 위해 신명을 바칠 각오가 되어 있었다.

그 후 두 번째로 모스크바를 방문한 그는 거기서 스파이 교육을 받았다. 3개월 후 도쿄로 돌아온 그는 방위청 정보국의 호리 겐로 과장과 접선했다. 접선은 언제나 전화로만 이루어졌지 직접 상면한 적은 한 번도 없었다.

"호리 겐로는 정보국에서는 무슨 일을 맡고 있나?"

"소련 문제를 담당하고 있습니다."

"그럼 그 자가 소련 스파이란 말인가?"

"네, 그는 소련 스파이 킬러로 명성을 떨치고 있어서 방위청 내에서는 신망이 두터운 걸로 알고 있습니다. 그래서 그가 소련에 포섭당한 스파이라고는 상상도 못하고 있습니다."

"한 번도 본 적이 없다고 그랬지?"

"네, 네, 그렇습니다."

"일본에서 나를 숨겨주고 나의 대부 노릇을 한 자가 그 자인가?"

"확실한 건 모르지만…… 당신에 관한 정보를 전해 준 건 호리 과장이었소."

"그래서? 계속해 봐."

3년 전 한국에 위장 입국한 지익수는 호리 과장을 통해 막대한 자금을 입수, 서울 번화가에 고급 레스토랑을 차려 사업가 행세를 하면서 기반을 다져 나갔다. 3년 동안 그는 특별한 지령을 받음이 없이 거점을 확보하고 동조자를 포섭하는 데만 열중했는데 마침내 작년 10월 유한백 박사를 암살하라는 특별 지령을 호리 과장으로부터 받았다. 살인 청부업자는 이미 정해져 있었기 때문에 그는 그 일에 필요한 자료를 수집하여 그에게 넘기기만 하면 되었다. 그 밖에 그가 하는 일은 그 일을 해 주는 대가로 금액을 정하는 일이 고작이었다.

"원화는 여기서 직접 지불이 가능했지만 달러는 좀 곤란해서 호리 과장이 맡아서 처리했습니다. 제가 연락을 취하면 그쪽에서 스위스 은행에 입금시킨 걸로 알고 있습니다. 아니면 제3국에서 모스크바 요원이 입금시켰을지도 모릅니다."

"호리 과장과의 연락은 어떻게 취하고 있나?"

"특별 전화가 있습니다. 정보국 전화는 모두 녹음되고 있기 때문에 그쪽으로는 전화가 금지되어 있습니다."

"번호를 말해 봐."

"도쿄 4882에 35795입니다."

"암호는?"

"이쪽은 어글리 코리언이고 저쪽은 다크호스입니다."

"몇 시에 전화를 걸어야 하나?"

"새벽 1시에서 2시 사이에만 통화가 가능합니다."

"나는 유 박사와 황 회장이 왜 죽어야 했는지 그 이유를 알고 싶어. 그들을 죽인 이유가 뭐야? 너희들이 최종적으로 노리고 있는 건 뭐야?"

"그건 정말 모릅니다. 저는 다만 시키는 대로 명령에 따랐을 뿐입니다. 이유 같은 것은 알 수도 없고 알아서도 안 됩니다."

"앞으로 너는 어떻게 되지?"

"조직을 배반한 이상 조직을 떠나야 합니다. 그들은 나를 죽이려고 할 겁니다."

"계약을 어긴 것은 누구의 결정인가?"

"호리…… 호리 과장의 결정입니다."

"그가 뭐라고 했는가?"

"야마를 제거하라고 그랬습니다. 그래야 우리가 안전하기 때문에……."

"입을 벌려."

제로가 입을 벌리자 야마는 그의 입에 총구를 박았다. 제로는 목이 막혀 캑캑거렸다.

"당신은 어차피 죽을 사람이야. 일찍 눈을 감는 게 서로를 위해 좋을 거야."

말을 끝내는 것과 동시에 킬러는 주먹으로 제로의 가슴 밑 급소를 힘껏 내리쳤다.

"으윽!"

제로는 몸을 뒤틀면서 괴로운 신음을 토했다. 급소를 맞았기 때문에 모든 기능이 일시에 정지되었고 그래서 비명도 지르지 못하고 있었다. 킬러의 주먹이 다시 한 번 급소를 내리쳤다. 무자비한 주먹이었다. 제로는 무섭게 경련할 뿐이었다. 그는 엎어졌고, 뒤에서 숨이 끊어질 때까지 목이 조여졌다. 제로가 죽은 것을 확인한 킬러는 욕실로 들어가 얼굴과 손을 깨끗이 씻었다.

10분 후 그는 007 가방과 지팡이를 들고 방을 나왔다. 1층 로비에서는 제로의 부하들이 서성거리고 있었지만 킬러를 알아보는 사람은 아무도 없었다. 그는 프런트로 가서 열쇠를 맡기면서,

"좀 나갔다 오겠소."

하고 말했다. 그렇지만 그날 밤 그는 호텔에 돌아오지 않았다.

다음 날 12시 프런트 직원은 체크하기 위해 1018호실로 전화를 걸었는데, 아무리 신호가 가도 받지를 않았다. 1005호실도 역시 마찬가지였다. 직원은 달려 올라가 먼저 5호실 문을 열어 보았는데 텅 비어 있었다. 18호실 역시 비어 있었는데, 방 안은 어지럽게 흩어져 있었고 카펫은 피로 얼룩져 있었다. 침대 밑에 무엇이 처박혀 있는 것 같았다. 떨리는 손으로 침대 밑을 더듬어 보던 그는,

"으악!"

하고 비명을 지르며 뒤로 주저앉아 버렸다.

직원은 밖으로 정신없이 뛰쳐나가면서,

"주, 주, 주, 죽었어! 죽었어."

하고 소리 질렀다.

고함 소리에 청소부와 투숙객 수명이 몰려왔다. 직원은 용기를 얻어 방 안으로 다시 들어가 침대 밑에서 시체를 끌어냈다.

20분 쯤 지나 경찰이 달려왔다. 그러나 그 때는 이미 킬러가 완전히 잠적해 버린 뒤였다. 경찰은 5호실 투숙객이 18호실에서 죽어 있었다는 것 정도는 알아낼 수 있었다. 그러나 그 이상은 전진이 불가능했다. 범인은 18호실을 얻은 자인 것 같은데 숙박 카드에 적혀 있는 이름과 주소는 모두 가짜였다.

피살자의 신원은 곧 밝혀졌다. 음식점을 경영하는 지익수라는 자로 재일 동포였다. 모든 살인 사건을 체크하고 있던 합동 수사본부가 그 사건을 세밀히 조사한 결과 그보다 조금 전에 발생한 두 건의 살인 사건의 수법과 범인의 인상이 서로 비슷하다는 결론에 이르렀다. 그리고 그 결론은 다시 그들이 쫓고 있는 킬러가 바로 그 범인이라는 최종적인 결론으로 이어졌다.

그는 계속 사람을 죽이고 다닌다. 피살자들은 그와 어떤 관계에 있는 사람들일까? 그는 왜 그들을 죽여야만 했을까? 여러 가지 의문들이 꼬리를 물고 일어났고 그 의문들을 해결하기 위해 수사본부는 바쁘게 돌아갔다.

김 표는 30대로 변장을 바꾸었다. 면도를 깨끗이 하고 장발을 머리에 뒤집어썼다. 눈썹을 가늘게 만들고 은도금을 한 가는 테의 안경을 썼다. 모든 것은 그대로 두었다. 언젠가는 버려야 할 것들이었다. 배낭에 필요한 도구들을 갖춘 다음 등산복으로 갈아입고 밖으로 나왔다. 등산모를 눌러 쓴 그는 전연 딴 사람으로 보였다. 밤이 깊어 10시가 지난 시간이었다. 일부러 주민들의 눈에 띠지 않으려고 그 시간을 택해 집을 나선 것이다. 밤 11시 10분에 출발하는 호남선 특급 열차 침대칸에 올랐다. 침대 위에 누워 어둠에 잠긴 야경을 바라보면서 캔 맥주를 마셨다. 두 시간쯤 지나그는 조용히 잠들었다.

다음 날 이른 아침 그는 K역에 내렸다. 조그만 역으로 거기서내린 사람은 서너 명밖에 되지 않았다. 택시가 대기하고 있었지만 그는 일부러 버스를 택했다. 버스가 비포장도로를 덜컹거리며달리는 동안 아침 해가 서서히 떠올랐다. 눈부신 햇살에 막 돋아나기 시작한 가로수 잎새들이 무수한 입자로 부서지면서 반짝이기 시작했다. 그는 눈을 가늘게 뜨고 차창을 통해 들어오는 냉기를 가슴 깊이 들이마셨다. 그의 눈은 호기심으로 가득 차 있고 무엇을 찾으려는 듯 끊임없이 반짝이고 있었다. 그러한 그의 표정에는 놀랍게도 소년 같은 천진함도 깃들어 있었다. 그는 아버지가 생전에 말하던 고향에 돌아온 것이다. 꿈에 그리던 고향에 마침내 발을 들여놓은 것이다.

그는 아이처럼 잔뜩 흥분해 있었다. 그가 그렇게 가슴 설레일정도로 흥분해 보기는 처음이었다. 지나는 마을마다 아침 짓는연기가 평화롭게 피어오르고 있었다. 아버지의 고향이 그토록 평화로워 보인다는 사실에 그는 자못 놀라고 있었다. 비록 빈곤을

면치 못한 인생이 느껴지기는 했지만 그렇게 평화로운 시골 풍경을 보기는 처음이었다.

20분쯤 지나 버스는 읍내 거리에 사람들을 풀어 놓았다. 조그만 읍내 거리에는 다방이며 약국 · 음식점 · 여관 등이 제법 늘어서 있었고 일찍 일어난 사람들이 거리 청소를 하느라고 부산하게 움직이고 있었다. 그는 다방으로 들어가 호감어린 눈으로 레지를 바라보았다.

콧잔등에 주근깨가 오밀조밀 난 레지는 스물도 채 안 돼 보였고 유난히 부끄러움을 타고 있었다. 그에게 다가오더니 허리를 틀면서 웃기만 한다.

"커피 하나 주시오."

"예에."

공손히 대답하면서 돌아서는데 보니 엉덩이 부분 스커트에 밥풀이 붙어 있었다. 그는 빙그레 웃으면서 실내를 둘러보았다. 실내 장식은 조잡하기 짝이 없었다. 음악도 흘러간 유행가가 대부분이었다. 그렇지만 조잡하고 유치하고 서툰 그 모든 것들이 어쩐지 정겹게 느껴지는 것이었다. 레지가 커피를 가져왔다.

"앉아요. 아가씨도 차 한 잔 하시지."

레지는 부끄러워하면서 자기 몫을 가지고 와 의자에 조심스럽게 앉았다.

"아저씨, 여기 처음이시지요?"

"음, 처음이야."

그는 미소하며 고개를 끄덕였다.

"어디서 오셨어요?"

"그냥 떠돌아다니는 사람이야."

"지리산에 등산 오셨는가 보지요?"

"음……."

"혼자서요?"

"음."

"오마나……."

레지는 부끄러워하면서도 호기심에 가득 찬 눈으로 그를 바라보았다. 30분 후 그는 다방을 나와 차편을 알아보았다. 아버지의 고향 마을은 워낙 첩첩산중이라 정기 차편이 없었다. 거기까지는 삼십 리 남짓 되는 거리였으므로 그는 걸어가기로 하고 길을 나섰다.

남쪽 지방이라 산과 들은 이미 초록으로 단장되고 있었다. 싱그러운 흙내음을 맡으며 그는 포근히 내리쬐는 햇살 속으로 천천히 걸어갔다. 워낙 느리게 걸어갔기 때문에 고향 마을까지는 두 시간이 더 걸렸다.

마을이 내려다보이는 곳에 조그만 야산이 하나 있었는데, 노송 밑에 앉아 땀을 닦고 있으려니 나비 두 마리가 날아왔다. 처음 보는 나비라 그의 눈이 번쩍했다. 그는 배낭에서 잠자리채를 꺼내 들고 나비 사냥에 나섰다. 그가 너무 서둘렀기 때문에 나비들은 놀라서 멀리 날아가 버렸다. 그 때 인기척이 나서 돌아보니 어느새 나타났는지 소년이 하나 거기에 서 있었다. 열 살쯤 된 아이로 옷차림이 몹시 남루해 보였다.

"너, 이 동네 사니?"

그는 웃으며 부드럽게 물었다.

소년은 대꾸 없이 잠자코 고개를 끄덕거렸다.

"몇 살이니?"

"……."

"이름이 뭐지?"

"……."

그는 주머니에서 백 원짜리 동전을 꺼내 들고 공중으로 던졌다가 받았다. 그리고 그것을 소년에게 내밀었다.

"자, 가져."

소년은 망설이다가 받아 들고 꼭 움켜쥐었다.

"몇 살이니?"

"아홉 살이요."

소년이 무뚝뚝하게 대답했다.

"이름은?"

"김진호요."

김가라면 어쩌면 나하고 일가가 될지 모른다고 그는 생각했다.

"저 마을에 사니?"

"예에……. 아, 나비!"

소년이 활기 있게 소리쳤다. 과연 날아갔던 나비가 돌아오고 있었다. 짝을 잃었는지 아까처럼 한 쌍이 아니고 한 마리였다. 유난히 큰 날개를 가지고 있었고 검정 빌로드 같은 바탕에 여러 가지 색깔들이 화려하게 수놓아져 있었다. 나비를 쫓는 그의 눈이 깊은 잠에서 깨어난 듯 반짝거리기 시작했다. 그는 잠자리채를 쳐들고 살금살금 나비를 쫓아갔다. 소년도 그의 뒤를 따랐다. 두 사람은 어느새 호흡을 같이 하고 있었다. 그들은 아주 오래 전부터 사귀어 온 사이처럼 허물없이 행동하고 있었다.

나비가 마침내 풀 위에 내려앉아 살포시 날개를 접는 순간 그는 기회를 놓치지 않고 채로 내리쳤다. '휙' 하고 바람 가르는 소리에 이어 나비가 망 속에 갇혀 퍼덕거리는 것이 보였고 그것을 본 소년이 깡충깡충 뛰며,

"야, 잡았다!"

하고 환성을 질렀다.

그도 이를 드러내고 웃었는데 그것은 오랜만에 볼 수 있는 흡족한 웃음이었다. 소년은 영리하게 생긴 큰 눈을 반짝이며 다음에 그가 어떻게 할 것인가를 잔뜩 호기심 어린 눈으로 기다리고 있었다.

"날개가 상하면 안 돼."

그는 중얼거리면서 망 위로 가만히 나비를 눌렀다. 그런 다음 밑으로 손을 뻗어 날개를 포개 잡았다. 나비는 다리와 몸뚱이를 떨어 대면서 그의 손을 벗어나려고 기를 쓰고 있었다. 그는 나비를 이리저리 들여다보면서,

"아주 멋진 놈이야. 이렇게 멋진 놈은 드물어."

하고 말했다.

그의 손에는 어느새 날카로운 핀이 들려 있었다. 핀 끝이 나비

의 가슴을 노리는 것을 보고 소년의 눈이 놀라움으로 커졌다.

"고통은 잠깐이야."

그는 가슴을 쿡 찔렀다. 나비는 파르르 떨다가 수초 후에 움직임을 멈췄다. 그의 솜씨를 보고 소년의 표정에는 어느 새 감탄하는 빛이 서리고 있었다. 킬러는 플라스틱으로 된 투명 대통 속에 나비를 집어넣고 뚜껑을 닫았다. 그리고 손을 털면서 소년을 보고 웃었다.

"아저씨 나비 잡는 사람이에요?"

소년으로서는 매우 용기를 내어 묻는 말이었다.

"응, 그래."

"나비 잡아서 뭐 하실 거예요?"

"모아 두려고 그래."

"그래서요?"

"모아 두고 보는 거지."

"죽은 거 봐서 뭐 해요?"

소년의 호기심은 쉽게 끝날 것 같지가 않았다. 그는 소년의 머리를 쓰다듬어 주었다.

"음, 나는 나비를 채집해서 연구하는 사람이야, 너 초등학교 다니니?"

"네……."

"몇 학년이지?"

"3학년이에요."

"왜 오늘 학교 안 갔지?"

"오늘은 일요일이에요."

"아, 그렇구나."

그는 배낭을 지고 일어서서 마을을 한참 동안 내려다보았다.

"이 마을에는 김 씨가 많이 살고 있니?"

"전부 김 씨만 살아요."

소년은 자기 친구들의 이름을 주워댔는데 모두가 김 아무개였다.

"너 말이야, 내 심부름 하나 할래?"

"네, 뭔데요?"

"이 마을에 김광식이라는 사람 살고 있는지 알아봐 줘."

"어른이에요?"

"응, 노인이야. 살고 있으면 어디서 살고 있는지 집까지 좀 알아봐 줘. 내가 시켰다고 하면 안 돼. 몰래 알아봐 달란 말이야."

그는 천 원짜리 지폐 하나를 꺼내 소년에게 주었다. 소년은 생전 처음 그런 큰돈을 받은 모양인지 눈을 휘둥그레 뜨고 어쩔 줄 몰라 하다가 쏜살같이 산비탈을 뛰어 내려갔다.

소년이 다시 나타난 것은 20분쯤 지나서였다. 그의 뒤에는 고만한 아이들 두 명이 따라붙고 있었다. 킬러는 여러 사람들 눈에 띄는 것이 싫었지만 내색하지 않고 아이들을 맞았다.

"친구들인 모양이구나."

"따라오지 말래두 말을 안 들어요."

진호는 숨이 턱에 차서 헐떡이며 말했다.

"괜찮아, 그거 알아봤나?"

"네, 우리 할아버지 이름이에요."

"그래? 저런! 괜히 왔다 갔다 했구나. 넌 지금까지 할아버지 이름도 몰랐니?"

"네, 몰랐어요."

"우연치고는 참 괴상한 우연이구나."

그는 하마터면 소년에게 넌 내 조카야 하고 말할 뻔했다.

"지금 할아버지 계시니?"

"네······."

"아버지는?"

"서울로 돈 벌러 가셨어요."

"음······ 자, 가 보자."

그는 소년을 앞세우고 산을 내려갔다. 마을로 들어서자 그를 따르는 아이들의 수는 더욱 많아졌다. 그는 어느새 아이들 사이에 나비 잘 잡는 사람으로 소문나 있었다. 진호네 집은 유난히 찌그러져 보이는 초가였다. 대문도 없고 지붕은 금방이라도 폭삭 꺼질 듯 내려앉아 있었다.

"할아부지!"

진호는 거름 짐을 지고 막 집을 나서는 노인을 향해 뛰어갔다. 노인은 반백의 머리에 까맣게 찌든 모습이었다. 흐릿한 눈으로 낯선 사람을 쳐다보더니 그냥 지나치려고 한다.

"실례합니다."

그는 등산모를 벗어 들고 정중히 인사했다.

"뉘신가요?"

노인은 쭈뼛거리며 물었다.

"실례지만 존함이 김광식 씨 되시는가요?"

"그렇소."

"저기…… 그러면 김광일 씨가 아우님 되시는가요?"

"그, 그렇소. 어찌 내 아우 이름을 아시오?"

"제가 바로 아들 되는 놈입니다."

"뭐, 뭐라고?"

노인은 주춤거리다 갑자기 다리에서 힘이 빠지는지 그만 털썩 주저앉아 버렸다. 그 바람에 지게에 잔뜩 지고 있던 거름이 와르르 쏟아져 내렸다. 노인은 거름을 잔뜩 뒤집어쓰고도 그 자리에 멀거니 앉아 있었다.

"일어나십시오, 큰아버님."

킬러는 노인의 손을 잡아 일으켰다. 노인은 그제야 거름을 털어 내고 일어나면서 믿어지지 않는다는 듯 물었다.

"정말 광일이 아들인가?"

"네, 그렇습니다."

"믿어지지 않는구먼. 동생이 오래 전에 죽은 뒤로는 통 연락이 있어야지."

노인은 40대 조카의 손을 꼭 잡고 눈물을 글썽거렸다. 킬러는 노인을 따라 집 안으로 들어갔다. 냄새가 진동하고 몹시 누추한 방이었다. 거기서 그는 형수뻘 되는 노인의 며느리와 그 여섯 아이들, 그 밖에 소식을 듣고 달려온 친척들과 형식적인 인사를 나누었다. 그들은 일본에서 왔다는 낯선 사내를 호기심에 찬 눈으로 관찰했다.

"동생은 고생만 하다가 불쌍하게 세상을 떠났어. 그것도 왜놈 땅에서……."

김광식 노인은 슬픔에 잠겨 말끝을 잇지 못했다. 그러면서도 한편으로는 생전 처음 보는 방문객에게서 죽은 아우의 모습을 찾으려 애를 썼다. 이야기는 주로 과거에 머물고 있었다. 킬러는 일찍 세상을 떠난 아버지에 대해 그가 알고 있는 한 성의껏 대답해 주었다. 그리고 지금은 모두가 잘 살고 있다는 말도 부연했다.

"음, 참 다행이구만. 그래 어머님도 안녕하시고?"

노인은 본 적도 없는 아우의 미망인에 대해 물었다.

"네, 잘 계십니다."

"자네는 뭘 하고 있는가?"

"네 조그만 사업을 하고 있습니다."

"무슨 사업인가?"

"무역입니다."

"그럼 사장인가?"

"네, 그렇습니다."

가난한 친척들은 부러운 눈으로 그를 쳐다보았다.

"자식은 몇이나 있는가?"

"셋입니다."

"아들은 몇이고?"

"둘입니다."

"허어, 자식 수도 딱 맞는구먼."

그는 그야말로 귀빈 대접을 받았다. 가난하기 짝이 없는 그 집에서는 귀한 손님을 위해 닭도 잡고 술도 받아 왔다. 그는 난생 처음 극진한 대접을 받으면서 그날 밤을 그 집에서 보냈다. 사람들은 그가 고향도 둘러볼 겸 관광차 건너온 것으로 알고 있었다. 그래서 그의 등산복 차림은 하등 이상하게 보이지가 않았다. 밤이 깊어 잠자리에 들게 되었을 때 그는 노인에게 거액을 내어 놓았다. 2천만 원이나 되는 큰돈이었다.

"얼마 되지 않지만…… 가사에 보태 쓰십시오. 돌아가신 아버님을 대신해서 드리는 겁니다."

빳빳한 만 원짜리 묶음 스무 개가 눈앞에서 굴러 들어오는 것을 보자 노인은

"어어……"

하면서 그만 실신하고 말았다.

한참 후 냉수 한 그릇을 들이켜고 나서 겨우 정신을 차린 노인은 눈을 비비면서 이것이 꿈인가 생시인가 하고 생각 해 보는 것 같았다.

"얼마 되지 않습니다. 성의로 알고 받아 주십시오."

킬러는 공손하게 말했다. 노인은 70평생에 그런 큰돈을 만져 본 적도 구경해 본 적도 없었다. 세상에 태어나 가난을 운명처럼 받아들이며 살아왔으니 그럴 만도 했다.

"정 그렇다면…… 이렇게까지 많이는 필요 없고 요거 하나면 되겠네."

노인은 떨리는 손으로 돈 뭉치를 하나 집어 들었다.

"그러시지 마십시오."

그는 웃으며 돈 뭉치를 밀어 놓았다. 노인은 다시 허물어졌고 끝내 눈물을 글썽이며 고맙다는 말만 되풀이했다.

그날 밤 그는 실로 오랜만에 편안한 잠을 잘 수가 있었다. 비록 냄새나고 누추한 잠자리였지만 그는 뿌리를 찾았다는 생각에 그 어느 때보다도 편안한 마음으로 잠들 수가 있었다. 그런데 무서운 살인 청부업자인 그가 인간적인 면을 보였다는 사실은 확실히 놀라운 일이었다. 그에게 그런 면이 있을 줄이야 상상도 못 한 일이었다.

다음 날 아침 자리에서 일어난 그는 집 앞에 사람이 몰려와 있는 것을 보고 좀 놀랐다. 그가 거액을 내놓았다는 소문이 삽시간에 퍼져 마을 사람들이 도대체 어떤 사람인가 하고 구경하기 위해 몰려든 것이다. 아침 식사를 든 다음 그는 노인과 함께 조부모 산소를 찾아갔다. 소년이 그들의 뒤를 졸졸 따라왔다.

마을에서 5리쯤 떨어진 곳에 공동묘지가 있었는데 그의 조부모 산소는 거기에 초라하게 자리 잡고 있었다. 그는 그 앞에 무릎 꿇고 두 번 큰 절을 했다. 그런 절을 해 보기는 처음이었다. 노인은 세상을 떠난 조부모가 얼마나 고생을 많이 하고 근면했던가를 그에게 이야기해 주었다.

"두 분 다 세상을 뜨실 때까지 작은 아들 생각에 차마 눈을 못 감으셨네. 자나 깨나 자네 아버님 한 번 보고 돌아가면 원 없다고 하셨지. 부모는 눈을 감을 때까지 자식을 못 잊나 봐."

"아버님도 항상 고향 얘기만 하셨습니다. 돈 벌어 고향에 가겠다고 하시다가 돌아가셨죠."

"이젠 다 옛날 얘기야. 다음에 올 땐 유골을 모셔 오게. 고향에 안장하면 편히 잠들 걸세."

"네, 그러겠습니다."

그는 진정으로 말했다. 그러나 그것을 이룰 수 있을지 어떤지는 그 자신도 알 수가 없었다. 점심을 먹고 나서 그는 고향 마을을 떠났다. 노인과 소년은 멀리까지 나와 그를 배웅했다. 그들이 어디까지나 따라오려는 것을 만류하고 그는 걸음을 재촉했다.

# 신 문

호리 겐로(保利謙郞)는 46세였다. 마른 얼굴에 검은 테 안경을 끼고 있는 그의 모습은 겉보기에는 학자풍이었다.

그의 학력은 미국 하버드대를 졸업한 것이 마지막인데, 거기서 그는 러시아 문학을 전공했고 그 후 일본의 최대 재벌 회사인 M그룹의 모스크바 주재 지사장으로 근무하다가 방위청 정보국으로 자리를 옮겨 지금까지 11년 동안 착실히 근무해 왔다. 남들이 보기에 그는 흠잡을 데 없는 정보 요원이었다.

뛰어난 러시아어 실력과 빠른 판단력 그리고 성실성 등으로 하여 그는 정보국 내에서 확고한 위치를 차지하게 되었고 소련 문제 전문가로서 자타가 공인하고 있는 형편이었다. 그리고 최근에는 소련 스파이망을 분쇄함으로써 그의 성가는 최고조에 달해 있었다. 따라서 그의 장래가 크게 열려 있다는 것을 의심하는 사람은 아무도 없었다. 그러한 그가 스파이 혐의로 조사를 받게 된 것이다.

그에 대한 신망이 두터웠던 만큼 정보국으로서는 실망 또한 클 수밖에 없었다. 이중 스파이란 스파이 세계에서 가장 큰 혐오의 대상이 된다. 그는 지금 소련에 협조한 이중 스파이로서 심판대에 올라 있었다.

조사는 비밀리에 진행되고 있었다. 사실이 밖으로 새면 보도진들이 벌떼처럼 달려들 것이고 그렇게 되면 정보국은 깊은 수렁 속으로 걷잡을 수 없이 빠져들 것이기 때문이었다. 호리는 우선 과장직을 박탈당하고 외부와 완전히 차단된 상태에서 밀실에 갇혀 조사를 받았다. 밀실은 4, 5평 되는 조그만 방이었는데 방음 장치가 되어 있었고 창문이 없어서 낮이나 밤이나 불이 켜져 있었다. 한쪽에는 침대가 놓여 있었는데 시트 같은 것도 없었다. 자살을 막기 위해 그런 것도 없는 것이다. 넥타이며 허리띠도 착용이 금지되어 있었다. 그래서 그는 걸을 때면 언제나 허리춤을 붙잡고 있어야 했다.

신문이 끝나면 그는 할 일이 없었기 때문에 침대 위에 누워 지내곤 했다. 라디오도 들을 수 없었고 신문도 볼 수 없었다. 활자로 된 것은 아무 것도 볼 수 없었다. 그러나 방은 깨끗했고 온도도 적당했다.

그러한 분위기 속에서 밤낮을 구별하지 못한 채 지내야 하기 때문에 더욱 미칠 것 같았다. 환경이 나쁘면 거기에 대한 저항력을 기르기 위해 노력하게 된다. 그러나 그는 신문이 끝나면 할 일이 없었다. 모든 것은 질서정연했고 먹을 것과 마실 것도 시간 맞추어 정확히 제공되고 있었다. 물론 담배며 술 같은 것은 금지되고 있었다. 담배는 신문하는 자가 때때로 하나씩 주는 것이 고작이었다. 대단한 골초인 그는 처음에는 담배 때문에 몹시 괴로워했지만 지금은 그런 것이 문제가 아니었다. 그는 와이셔츠 바람으로 침대 위에 누웠다. 새우처럼 등을 구부리고 잠을 청했지만 잠이 올 리가 없다. 시트도 없이 침대 위에 새우처럼 웅크리고 누워 있는 그의 모습은 그야말로 초라하기 짝이 없었다. 수염은 자랄 대로 자라 턱을 온통 뒤덮고 있었다.

그가 압수당하지 않은 것은 안경이었다. 굵은 검은 테 안경은 그를 학자처럼 보이게 하고 있었다. 안경을 벗으면 신문을 읽기도 어려울 정도로 그는 눈이 나빴다. 그래서 그의 안경은 도수가 높은 편이었다. 그는 지치고 귀찮은 표정으로 앉아 있었다. 허탈에 빠진 두 눈은 허공에 머물러 있었다. 탁자를 사이에 두고 그와 마주 앉은 무명의 사나이는 그보다 젊어 보였다. 감찰과 소속 직원들로 직위로 말하면 햇병아리에 불과했지만 어쩔 수 없이 그들의 신문을 받고 있었다.

그들은 매우 정중하고 공손하게 그를 대하고 있었지만 그러한 태도 뒤에는 냉혹함이 엿보이고 있었다.

"한 대 피우시죠."

신문자가 담배를 내민다. 호리는 고개를 저었다.

"괜찮아. 피우고 싶지 않아."

그의 목소리에는 억양이 하나도 없었다.

"어디 불편하지 않으십니까?"

그들은 언제나 은근하게 묻는다. 가장 이쪽을 걱정해 주는 것처럼.

"자고 싶어. 제발 나를 내버려 둬."

"그건 안 됩니다. 일이 끝나기 전에는 안 됩니다. 규칙이 그래서 저희들도 어쩔 수 없습니다."

"그놈의 규칙…… 사람을 미치게 만들 셈인가?"

그는 정말 미칠 것 같았다. 발버둥치면서 악이라도 쓰고 싶었다. 잠을 못 자게 하는 것이 제일 고통스러웠다. 곤히 잠들면 사정없이 깨우는 것이었다. 그것은 그야말로 무자비한 짓이었지만 그들은 개의치 않고 그 짓을 되풀이하고 있다.

"저희들도 얼른 일을 끝내고 쉬고 싶습니다. 제발 협조해 주십시오."

"말하지 않았나? 도대체 나는 모르는 일이란 말이야."

"증거가 이렇게 드러났는데도 모르시겠다는 겁니까?"

"그게 도대체 무슨 증거야? 생사람 잡으려고 하지 마! 난 결백해! 국장을 불러 줘! 국장을 불러 달란 말이야!"

그는 주먹으로 탁자를 두드렸다. 그리고 분노를 이기지 못해 식식거렸다.

"국장님은 바쁘십니다. 우리는 국장님의 명령을 받고 조사하고 있는 겁니다. 협조해 주십시오."

"협조 못 하겠어!"

"부탁입니다. 협조해 주십시오."

"못 해! 못하겠어!"

"협조해 주십시오."

"……."

그는 입을 다물어 버렸다. 그리고 눈을 감았다. 고뇌의 빛이 얼굴 가득히 나타나고 있었다.

"왜 유한백 박사를 살해했습니까? 그 사람과는 어떤 관계였습니까?"

"……."

"그는 한국에서 가장 권위 있는 세균학자입니다. 그리고 생전에 일본에 올 때마다 과장님을 만나곤 했습니다."

"난 만난 적 없어. 그런 사람 보지도 못했어."

그는 눈을 감은 채 대답했다.

"유 박사는 소련 측과 모종의 거래를 해 오고 있었습니다. 과장님이 거기에 개입되어 있었을 가능성은 매우 큽니다."

"과장이라고 부르지 마. 난 이제 과장이 아니야. 그리고 멋대로 추측하지 마. 난 소련의 킬러지 그쪽 스파이가 아니야."

그의 목소리는 공허하게 허공을 울렸다. 신문자들은 그를 바라보고 있었지만 그의 말을 듣고 있는 것 같지는 않았다.

"나를 이중 스파이로 보지 마! 나는 그럴 인물이 아니야! 조국을 배신할 수 있는 배덕도 용기도 없어! 나는 정직하게 내 맡은 바 임무를 수행해 왔을 뿐이야! 그런데 나를 이중 스파이로 보다니 기가 막히군! 내가 이중 스파이라면 왜 소련 스파이들을 체포했겠나?"

"그거야 위장일 수도 있죠. 자신의 안전을 위해 다른 사람들의 피를 제단에 뿌린 거죠. 그럴수록 더욱 신망이 두터워질 거 아닙니까?"

"흥, 그럴듯하군. 사람을 옭아매는 방법도 여러 가지군. 왜 나를 거세하려고 하는 거지?"

"그럴 리가 있습니까. 우리는 사실을 밝히려는 것뿐입니다. 과장님께 감정이 있어서 이러는 게 아닙니다."

"맘대로 해 봐. 나는 전혀 모르는 일이기 때문에 더 이상 할 말도 없어!"

호리는 팔짱을 끼더니 다시 눈을 감았다. 눈꺼풀이 자꾸만 무겁게 내려 덮여 눈을 뜨고 있을 수가 없었던 것이다.

"눈을 뜨십시오. 협조하셔야 고생이 덜합니다."

"……."

그는 미동도 하지 않았다.

"하라 레이지로가 잡히면 모든 게 밝혀질 겁니다. 그는 살인 청부업자입니다. 한국에서도 몇 건의 살인을 했고…… 일본에서 발생했던 미제 살인 사건에도 관련되어 있을 가능성이 큽니다. 지금 세밀한 조사가 진행 중이니까 조만간 밝혀지겠지요. 그걸 염두에 두시고 자백하십시오."

신문자들은 그야말로 끈질겼다. 그들은 결코 지치는 법이 없었다. 호리는 진저리를 쳤지만 별 수 없었다.

"말씀하고 안 하시고는 자유입니다. 그렇지만 우리는 바른 말을 듣기 전에는 결코 포기하지 않을 겁니다."

"……."

"주무십니까?"

"……."

"주무시면 안 됩니다."

"……."

호리의 머리가 점점 뒤로 젖혀지고 있었다. 그는 잠 속에 빠져들고 있었다. 그러자 신문자가 서랍 속에서 캔 맥주같이 생긴 것을 꺼내 들었다. 뾰족한 주둥이를 호리의 얼굴 쪽으로 향하게 하고 버튼을 누르자 '쉬익' 하고 차가운 가스가 뿜어져 나갔다. 영하로 냉각된 가스였다.

"으억!"

호리는 질겁하며 벌떡 일어섰다. 그의 얼굴은 축축이 젖어 있었다. 그는 부들부들 떨며 신문자들을 노려보았다.

"죄송합니다. 저희들도 어쩔 수 없습니다."

그들은 예의 바른 태도로 정중히 사과했다. 그것이 그를 더욱 성나게 만들었다.

"이 나쁜 자식들! 내가 무슨 죄가 있다고 이러는 거야? 상은 주지 못할망정 사람을 이렇게 대할 수가 있어?"

"죄송합니다. 그러나 책임은 과장님한테 있습니다. 다시 한 번 생각하셔서 선처를 내려 주시기 바랍니다."

그들은 일어서서 나가 버렸다. 호리는 주먹으로 탁자를 후려쳤다. 그리고 성난 표범처럼 거칠게 숨을 내뿜다가 머리를 싸안고 엎드렸다.

나는 어쩌다가 이렇게 되었을까 ─. 그는 자문한다. 그 자신에게 지금까지 부닥친 의혹 중에 그것은 가장 풀기 어려운 문제였다. 아무리 생각해도 그 수수께끼는 풀리지가 않는다. 그는 하루 아침에 갑자기 체포되어 직위를 박탈당하고 독실에 감금되어 밤낮을 가리지 않고 조사를 받고 있는 것이다. 한 가지 가능성이 계속 그의 머릿속에서 꼬리를 물고 그를 괴롭히고 있지만 그것은 한낱 추측일 뿐이었다. 그 추측이란 누군가가 그를 제거하려 들고 있다는 것이다. 혹시 억측이 아닐까. 그렇지는 않다. 추측은 추측을 낳는다. 누가 왜 나를 제거하려는 것일까? 여러 사람들의 얼굴이 주마등처럼 스쳐간다. 내가 제거됨으로써 이익을 보는 자는 누구일까?

자신이 정보국 내에서 선망과 질시의 대상이 되고 있다는 것은 그 자신도 잘 알고 있는 사실이었다. 그러나 질투를 느낀다는 것은 인간의 보편적인 감정에 불과한 것이다. 따라서 그를 질시하는 사람들을 의심한다는 것은 어리석은 일이다. 그는 혼란을 느꼈다. 자신의 목을 노리는 정체불명의 검은 손을 생각하자 오싹 소름이 돋았다. 상대가 누구라는 것을 알 수만 있다면 이렇게 소름끼치지는 않을 것이다. 상대를 알면 이쪽에서 반격을 가할 수 있다. 그러나 알지 못하기 때문에 속수무책이다. 그는 자신이 팔다리가 잘린 풍뎅이라고 생각한다. 날지도 못하고 바닥에 등을 대고 누워 빙글빙글 돌아가기만 하는 풍뎅이. 지금의 자신의 신세가 영락없이 풍뎅이와 같다. 면회도 금지되고 외부와의 연락도 완전히 두절되어 있다. 뉴스에 접할 수도 없다. 그는 고도에 갇혀 있는 기분이다.

다시 생각해 보자. 나는 소련의 이중 스파이 혐의를 받고 있다. 한국인 세균학자 유한백과 일본인 세균학자 이시바 기이찌는 소련을 위해 무슨 일인가 하고 있었는데 그 배후에 내가 있었다는 것이다. 그러던 중 유한백이 살해되었다. 그들은 내가 원격 조종으로 유 박사를 살해했다고 생각하는 것 같다. Y대의 이시바 교수는 현재 소련 대사관에 피신 중이다. 그와는 안면이 있다. 나는 서너 번 어떤 문제 때문에 그의 조언이 필요했었는데 그 어떤 문제란 소련의 세균 무기에 관한 것이다. 수년 전 소련이 아프리카의 한 소국을 침략했을 때 세균 무기를 사용한 흔적이 많이 발견되었다. 유엔이 조사에 나섰고 이시바 교수도 그 틈에 끼여 현장에 다녀왔던 것이다. 그 결과를 알아보기 위해 나는 이시바 교수를 만나 본 것이다. 그 때의 결과는 소련이 세균 무기를 사용한 사실이 뚜렷한 것으로 나타났었다.

정체불명의 검은 손은 나를 소련의 이중 스파이로 만들려 하고 있다. 그것이 함정이다. 소련인 킬러인 내가 소련 측 스파이로 걸려든 것이다. 내가 쓰러지면 소련에 심어 놓은 나의 정보망도 일시에 무너져 버릴 것이다. 결국 박수를 치게 될 사람은 소련 측이 아닌가? 그는 벌떡 일어나 방 안을 빙빙 돌아갔다. 처음으로 자신이 모스크바의 원격 조종에 걸려들었다는 생각이 들었다. 정체불명의 검은 손은 바로 모스크바이다. 그는 주먹으로 책상을 쳤다. 눈앞에는 어느 새 거대한 장벽이 가로놓여 있었다. 그는 질식할 것 같은 기분으로 와이셔츠를 찢어발겼다.

밤이 깊은 도쿄 거리에 안개가 흐르고 있었다. 짙은 안개라 차량들과 행인들은 조심스럽게 움직이고 있었다. 유보화는 아까부터 가로수 옆에 서서 거리의 움직임을 물끄러미 지켜보고 있었다. 그러한 모습은 안개 때문에 환상적으로 보이고 있었다.

"헤이……."

중년의 술주정뱅이가 가까이 다가와 안경 너머로 그녀를 노려보다가 씩 웃었다.

"얼마야?"

"……."

일본말을 모르는 그녀는 고개를 돌려 버렸다. 남자는 얼른 가지 않고 치근거렸다.

"얼굴이 반반하다고 재는군. 이봐, 나 돈 많이 있어. 함께 가지 않을래?"

주머니 속에서 돈 뭉치를 꺼내 보인다. 보화는 거들떠보지도 않았다. 여자가 너무 당당하다고 생각했는지 사내는 주춤주춤 물러가 버렸다.

그녀는 활동하기에 편한 옷차림이었다. 블루진 바지에 파란 T셔츠를 입고 있었고 위에는 검정 점퍼를 걸치고 있었다. 머리는 손질하지 않고 그대로 내버려 두고 있었다.

다음에는 오토바이 두 대가 그녀 앞에 멈춰 섰다. 두 명 다 20대 청년들이었다. 그들은 주위에 전혀 개의치 않고 노골적으로 수작을 걸어왔다.

"야, 요 계집애 늘씬하게 뻗었는데……."

"쿠션이 좋겠어. 아주 폭신해 보여."

"야, 우리 따라가지 않을래?"

"……."

보화는 바지에 두 손을 찌른 채 희미하게 웃기만 했다.

"잘 놀아줄게 함께 가자구."

"……."

"파티 열어 줄게!"

"……."

"자, 타!"

그들 중의 하나가 그녀의 손을 잡아끌었다. 그녀는 냉큼 손을 잡아 뽑았다.

"젖비린내 나는 것들이……."

"뭐라구?"

한국말을 모르는 그들은 어리둥절한 표정을 지었다. 보화는 어깨를 흔들면서,

"젖비린내 난다구."

하고 말했다.

그 때 두 사나이가 안개 속에서 나타났는데 추남과 민대식이었다. 그들이 보화와 알아들을 수 없는 소리로 지껄이면서 자기들을 험한 눈초리로 쏘아보자 폭주족들은 기성을 지르며 도망쳐버렸다. 추남과 대식은 몹시 피곤한 기색들이었다. 그들은 그 곳에서 한동안 담배를 피웠다. 세 사람 다 말이 없었다. 이윽고 그들은 어깨를 나란히 하고 걸어가기 시작했다.

"안개가 심하군."

추남이 혼잣말처럼 중얼거렸다.

"이렇게 심한 안개는 처음인데요."

대식이 추남의 말을 받아 말했다. 안개는 공평하게 모든 것을 집어삼키고 있었다. 그들은 거의 같은 생각에 잠겨 있었다. 파고 들수록 사건은 안개에 싸여 간다는 생각이었다. 보화는 머리를 흔들었다. 안개가 몸에 착 감겨드는 것이 어쩐지 싫었다.

그녀는 안개 속에 그 사나이가 서 있는 것을 본다. 그 사나이는 뒷모습을 보이고 있다. 결코 뒤돌아보는 법이 없이 안개 속을 걸어가고 있다. 그녀는 부지런히 그를 뒤쫓아 가지만 좀처럼 간격이 좁혀지지 않는다. 사나이는 서두르지도 않고 유유히 걸어가고 있다. 두 사람 사이가 점점 벌어지고 있다. 놓쳐서는 안 된다고 이를 악물면서 그녀는 젖 먹던 힘을 다해 쫓아간다. 그러나 사나이의 모습은 마침내 안개 속으로 사라져 버리고 만다.

클랙슨 소리에 그녀는 퍼뜩 정신을 차린다. 여기저기서 클랙슨 소리가 요란스럽게 들려오고 있다. 그녀는 허둥지둥 건널목을 뛰어갔다. 이미 건너간 남자들이 그녀를 위험스럽다는 듯이 바라보고 있었다. 그들은 말없이 서로를 바라보다가 다시 걷기 시작했다. 보화는 남자들 사이에 서서 걸어갔다. 남자들은 그녀를 양쪽에서 보호하듯이 하고 걸어갔다.

"그 사람을 봤어요."

그들은 동시에 걸음을 멈추고 그녀를 바라보았다.

"그 놈을 말인가요?"

민대식이 눈을 크게 뜨고 물었다.

"네, 환상이었지만······ 사실 같았어요."

"환상으로 나타나다니 그 심정 알 만합니다."

"아무리 쫓아가도 가까워지지가 않았어요. 그 사람은 안개 속으로 사라져 버렸어요. 마치 안개 속에 사는 사람처럼······."

"너무 피로하신가 본데 좀 쉬시지요."

추남이 턱을 치켜들며 말했다.

"아니에요, 괜찮아요."

그들은 일정하게 갈 곳도 없어 도쿄 밤거리를 거닐고 있었다. 세 사람 모두 답답한 심정에 사여 있었던 것이다. 그들이 헬스클럽 주인인 가사오까 에이지로부터 받아낸 자백 내용에 따르면 문제의 키는 호리 겐로라는 사나이가 쥐고 있는 것 같았다. 호리 겐로는 방위청 정보국 소련 담당이다. 그 이름은 두 번째 등장이었다. 그들이 처음 일본에 건너와 조사했을 때도 그 이름이 나왔고 이번에 가사오까를 족쳤을 때에도 똑같은 이름이 나타난 것이다. 그들은 조명이 어두운 살롱으로 들어가 2층 창가에 자리 잡았다. 창 밑 안개 속으로 사람들이 흘러가고 있는 것이 보였다. 그들은 칵테일을 한 잔씩 주문했다.

"태양족들과의 관계는 더 이상 없는 것 같아."

추남이 말했다. 폭력 조직 태양에 대해 말하고 있었다.

"보스를 만나 보셨어요?"

보화가 두 남자를 번갈아 바라보고 있었다.

"네, 만나 보았는데······ 상당히 노련한 놈이더군요."

그들은 위험을 각오하고 그런 모험을 감행했던 것인데 다치지 않고 살아나올 수 있었던 것만도 성공적인 것으로 보고 있었다. 가사오까로부터 자백을 얻어낸 그들은 그를 미끼로 태양의 보스인 아사야마 시게오에게 면담을 신청했던 것이다. 상대는 폭력 조직의 두목인 만큼 위험을 각오하지 않고는 그런 짓을 감행할 수가 없었다. 그들이 그런 위험을 자청한 것은 어떤 돌파구를 마련하지 않고는 더 이상 앞으로 나아갈 수 없다고 생각했기 때문이었다.

물론 아마추어인 그들로서는 겁이 나지 않는 게 아니었다. 그러나 호랑이굴 속에 들어가지 않으면 호랑이를 잡을 수 없다는 생각에 위험을 각오하고 부딪쳐 본 것이다. 보화는 현장에 나가지 않았다. 추남과 대식만 거기에 나갔다. 가사오까 에이지의 신병을 확보하고 있으니 협상하는 게 어떻겠느냐고 하자 아사야마 시게오는 순순히 응해 왔다. 이쪽에서 신사협정을 강조하자 그렇지 않아도 전전긍긍하고 있던 저쪽은 응낙하고 나왔다.

"아사야마라는 놈, 정말 능구렁이 같고 여우같은 놈이더군요. 현장 분위기는 그야말로 살벌했지요. 그렇지만 가사오까의 신병이 이쪽에 있기 때문에 놈들도 어쩔 수 없었지요. 우리는 끝까지 신분을 숨김으로써 저쪽이 불안을 가지게 했지요. 놈들은 우리가 어떤 비밀 기관에 있는 걸로 착각하고 있는 것 같았어요. 내가 일본말을 그럴듯하게 구사할 줄 알았기 때문에 놈들을 속여 넘길 수가 있었지요."

추남은 만족스럽다는 표정을 지으며 술을 쭉 들이켰다. 보화는 눈 하나 까딱하지 않고 그의 다음 말을 기다리고 있었다.

"대식이는 입을 꾹 다물고 인상만 쓰고 있었죠. 그게 또 상당한 효과를 거두었어요."

대식은 가볍게 미소만 지어보였다.

"나는 먼저 선수를 쳤어요. 호리 과장이 지금 체포되어 조사를 받고 있는데 당신도 곧 불려가게 될 것이다. 당신이 호리 과장에게 협조한 거 다 알고 있다. 당신이 다치지 않고 무사하려면 우리에게 협조하는 길밖에 없다. 그러니 잘 알아서 하라. 이렇게 엄포를 놨더니 먹혀 들어가더군요. 남한테 협박·공갈이나 하면서 살아가는 놈이라 그런 데는 어수룩하더군요. 특히 정보계통에 대해서는 전혀 백지더군요. 단지 막연히 공포의 대상으로만 알고 있는 것 같더군요."

그들은 아사야마와 단독으로 대좌했다. 암흑가에서 잔뼈가 굵어 이제 인생의 황혼기에 접어든 그는 어떤 위험에도 끄떡하지 않는 바위 같은 사나이였다. 그야말로 피나는 투쟁을 거쳐 오늘날 정상에 오른 사나이였다. 따라서 산전수전 다 겪은 사나이인 만큼 웬만한 일에는 눈 하나 까딱하지 않았다. 그런데 이번만은 그렇지가 않았다. 그에게 있어서 이런 경험은 처음이었다.

다시 말해 비밀 정보 요원으로 생각되는 사나이들에게 협박을 당해 보기는 난생 처음이었던 것이다. 그것도 면전에서 말이다. 그래도 호리 과장의 협박은 어디까지나 거래의 성격을 띤 것이었었다. 그는 1억 엔이라는 보수를 미리 선불까지 하지 않았던가. 그런데 사정이 급변한 것이다. 정말 그로서는 생각 밖의 일이 터진 것이다. 호리 과장이 어떤 일로 체포되어 수사를 받고 있다는 것은 그 자신도 알고 있는 사실이었다. 그의 사조직을 통해서 알아본 결과 그것은 사실인 것 같았다. 그래서 불안해하고 있던 판에 마침내 이상한 사나이들이 나타난 것이다.

호리 과장이 연행되어 조사를 받고 있다면 그 자신도 틀림없이 조사를 받을 것이라고 그는 생각하고 있던 참이었는데 과연 예감이 적중한 것이다. 심복인 가사오까가 이미 연행되어 고생하고 있다고 생각하니 그는 모골이 송연했다. 여기서 잘 하지 않으면 그동안 쌓아 올린 공든 탑은 하루아침에 무너져 버릴 것이고 자신은 감옥에서 여생을 마치게 될지도 모르는 일이라고 그는 생각했다. 그래서 마침내 방문객들의 요구에 순순히 응하기로 마음먹었다.

"놈은 아주 술술 불더군요. 물어보지도 않은 것까지 죄다 털어놨어요."

추남은 기분이 좋은지

"후후후."

하고 웃었다.

보화가 아무 말 없이 술을 따라주자 추남은 그것을 단숨에 들이켜고 나서 다시 말을 이었다.

"아사야마의 말은 우리가 가사오까한테서 들은 내용과 별로 다른 점이 없었어요. 그러니까 그들이 우리를 노린 것은 순전히 호리란 사나이의 부탁을 받고 한 거라는 거예요. 그 대가로 1억 엔을 받기로 했다는 것은 가사오까의 말과 일치해요."

"우리가 찾고 있는 살인범이 혹시 그 아사야마 조직 일원이 아닐까요?"

보화가 처음으로 눈을 빛내며 물었다. 그것은 자기 아버지를 죽인 범인이 혹시 아사야마의 부하가 아니냐는 물음이었다.

"그렇지 않아도 그 점을 집중적으로 캐물었는데 그건 아닌 것 같았어요. 그전부터 그들이 호리와 거래를 해 왔다면 그럴 가능성이 많은데 자세히 알아보니까 그렇지는 않았어요. 아사야마가 호리와 거래를 시작한 것은 불과 얼마 전이었어요. 그러니까 첫 거래로 맡은 것이 우리를 제거하는 일이었죠. 그 전에는 서로 알지도 못했나 봐요. 호리에 대해서는 아사야마 자신도 그 자가 정보기관의 간부라는 것 외에는 아는 것이 없나 봐요. 인상이 어떻게 생겼는지조차 모르고 있더군요."

"인상을 모르다니 그게 말이 되나요?"

보화의 눈매가 날카로워졌다. 추남은 다시 한 잔을 들이켰다.

"네, 그러니까 아사야마는 호리를 직접 만나보지도 못한 거죠. 다만 호리가 보낸 사람을 통해 우리를 제거해 달라는 요구를 받은 거죠."

"폭력 집단에게 살인 청부를 부탁하면서 정보기관에 있는 사람이 자신의 신분을 밝혔다는 것이 이상하군요. 얼굴을 보이지는 않았다고 하지만 말입니다."

그때까지 잠자코 있던 대식이 고개를 갸우뚱하면서 말했다. 보화도 거기에 동의했다. 추남은 거기에 대해 이미 할 말을 준비한 듯 이렇게 말했다.

"자기의 신분을 밝히지 않고는 아사야마가 들어먹을 리 없기 때문에 밝힐 수밖에 없었겠지. 물론 신중을 기해서 밝혔겠지. 어떠한 경우에도 절대 누설하지 않는다는 다짐을 받았을 거야."

"그렇다고는 하지만 아사야마는 너무도 쉽게 불어 버리지 않았습니까?"

"물론 그런 감이 없지 않아 있지. 하지만 아사야마로서는 그것이 최선의 방법이라고 생각했을 거야. 호리가 체포된 마당에 그와의 약속 따위에 충실할 필요가 없다고 생각했겠지. 그는 무엇보다도 자기 살 길이 급했을 거란 말이야."

"그가 자백한 것 가운데 그 밖에 특별한 것은 없었나요?"

보화의 질문이었다.

"가사오까가 자백한 것 이상은 없었어요. 그래서 나는 킬러의 몽타주를 내보였지요. 당신의 사조직을 총동원해서라도 이 자에 대해서 알아봐 달라고 말입니다. 킬러에 대한 모든 것을 말이에요. 그 자를 체포할 수 있게 해 주면 좋겠다고 했지요. 아사야마는 자신이 살아날 수 있는 길이라 생각하고 나의 요구를 쾌히 받아들였습니다. 이제 그로부터 연락이 오기만을 기다리면 됩니다."

"그가 연락을 해 줄까요?"

"아무튼 기다려 봐야죠. 밑져 봐야 본전이니까요. 내 생각에는 그 놈이 연락해 줄 것 같습니다. 예감이긴 하지만……."

"어디로 연락해 주기로 했죠?"

"이쪽에서 연락처를 알려 주겠다고 했습니다."

"그럼 연락처를 어디다가 해 두죠?"

보화의 물음이었다.

"우리들 숙소를 알려 주면 위험하니까 그건 안 되고 내 생각 같아서는 우체국 사서함을 이용하는 게 좋을 것 같습니다만."

"네, 그게 좋겠습니다."

대식이 찬성을 표시했다. 추남은 그동안 쌓인 긴장감을 풀려는 듯 술을 거푸 마셨다. 보화도 대식도 그것을 말리려 들지 않고 내버려 두었다. 그들은 한 번쯤 곤죽이 되도록 취하게 내버려 두는 것도 괜찮을 것이라고 생각한 것 같았다.

"이거 나만 혼자 술을 마시네. 미안합니다. 그만 마셔야지."

보화가 따라 주는 술을 사양하지 않고 받아 마시면서 그는 이렇게 중얼거렸다.

"난 그 놈을 찾아낼 수 있어요. 조금만 기다리슈. 기다리라구. 어여쁜 아가씨!"

그는 보화의 얼굴을 들여다보듯이 하면서 그녀의 어깨를 툭툭 쳤다. 보화는 얼굴 하나 찌푸리지 않은 채 미소 짓고 있었다.

"그 놈의 자식 붙잡기만 해 봐라. 다리몽댕이를 분질러 놓을 테니까. 지놈이 도망치면 어디까지 도망갈 거야. 끝까지 따라가서 놈의 등짝을 툭 치는 거야. 그리고 이렇게 말할 거야. 내가 뭐라고 말할 것 같니?"

추남의 게슴츠레한 눈이 대식을 바라보았다. 대식은 웃으며 고개를 저었다.

"글쎄요. 모르겠는데요."

"이렇게 말할 거야. 야, 술 한 잔 어때? 히히히……."

오랜만에 그들 사이에 웃음꽃이 피었다. 그들이 자리에서 일어났을 때 추남은 몸을 가누지 못할 정도로 취해 있었다.

　아파트로 돌아오니 가사오까는 그때까지도 의식 불명 상태에 빠져 있었다. 강력한 마취 주사를 놓았기 때문이었다. 추남은 방 바닥에 뻗어 있는 가사오까를 툭 걸어차면서,

　"이 새끼 일어나!"

하고 소리쳤다.

　그러나 가사오까는 가늘게 신음만 토할 뿐 움직일 기미를 보이지 않았다.

　"이, 이 새끼를 어떻게 운반하지?"

　"글쎄, 골친데요."

　그들은 가사오까를 내려다보며 궁리했지만 뾰족한 수가 생각나지 않았다. 더구나 추남은 만취되어 있었으므로 가사오까를 운반하는 데 도움이 될 수가 없었다.

　"좋은 수가 있어. 여기다 그대로 내버려 두고 우리만 내빼는 거야."

　추남이 침대 위에 누운 채 말했는데 그 방법이 제일 좋을 것 같아 급히 짐을 챙겼다. 시간은 새벽 2시 가까이 되어 있었다. 막상 아파트를 나오긴 했지만 그들은 갈 만한 데가 없었다. 숙박업소는 모두 체크되고 있을 것이기 때문에 피할수록 좋았다.

　"아, 이 넓은 하늘 아래 갈 곳이 없구나."

　추남은 한숨을 내쉬었다. 그들은 인적이 드문 밤거리를 느릿느릿 걸어갔다. 거리에는 여전히 안개가 짙게 끼여 있었다.

　생각 끝에 그들은 오히려 사람들이 득실거리는 일류 호텔이

차라리 낫겠다 싶어 중심가에 자리 잡고 있는 라이온스 호텔을 찾아들었다. 함께 몰려다니는 것이 아무래도 남의 눈에 띌 것 같아 따로따로 호텔에 들어갔다. 세 사람 다 안경으로 위장하고 있었다. 대식과 보화가 커피숍에서 따로 떨어져 앉아 기다리고 있는 동안 추남은 프런트 데스크에서 방을 계약했다. 숙박 카드에 나까가와 효오따스께(中川兵輔)라는 가명과 함께 빈 칸을 적당히 메운 다음 그는 열쇠를 받아들고 엘리베이터를 탔다.

방은 10층 2호실이었다. 방으로 들어선 그는 커피숍으로 구내전화를 걸어 가메오까 상을 바꿔 달라고 했다.

웨이터가 가메오까 상을 찾는 소리를 듣고 대식은 급히 다가가 전화를 받았다.

"네, 접니다."

"음, 10층 2호실이다."

"알았습니다."

그는 수화기를 내려놓고 엘리베이터 쪽으로 걸어갔다. 커피숍 카운터에 설치되어 있는 구내전화 벨이 또 '빽빽' 울었다.

"고모또 미찌꼬 씨 계신가요?"

보화는 커피 잔을 내려놓고 벌떡 일어섰다.

추남의 전화를 받고 난 그녀는 엘리베이터를 타고 10층으로 올라갔다.

"이젠 할 수 없습니다. 이 방에서 함께 지낼 수밖에……"

마지막으로 들어서는 보화를 보고 추남이 말했다. 보화도 그것은 이미 각오하고 있었다. 그녀는 먼저 샤워를 한 다음 잠옷 바람으로 침대 속으로 들어갔다. 추남과 대식은 카펫 위에서 잠을 잤다.

이튿날 아침 추남은 혼자서 가까운 우체국을 찾아가 사서함을 하나 개설했다. 호텔로 돌아온 그는 아사야마 시게오에게 전화를 걸었다.

이름을 밝힐 수 없는 기관이라고 하자 아사야마가 나왔다. 이미 약속이 되어 있었던 터라 이야기는 쉽게 진행되었다.

"S우체국 사서함 6958로 결과를 갖다 놓으시오."

추남은 근엄한 목소리로 말했다.

"네네, 알았습니다."

"좀, 알아 봤나요?"

"네네, 가능성이 있을 것 같습니다."

아사야마는 절절 기고 있었다.

"우리가 기대하고 있는 것을 얻는 것과 동시에 가사오까도 석방할 테니 그렇게 아시오."

"네네, 선처를 바라겠습니다."

전화를 끊고 난 추남은 기지개를 켜면서,

"자, 이제부터 기다리는 거야."

라고 말했다.

그들은 자주 외출했다. 하나는 사서함을 열어 보기 위해서였고 다른 하나는 가사오까에게 마취제 주사를 놓기 위해서였다. 가사오까가 갇혀 있는 아파트는 그가 배설한 오물 때문에 악취가 진동하고 있었다. 손발이 묶이고 입이 반창고로 틀어 막힌 그는 거의 죽어가는 상태에 놓여 있었다. 죽지 않을 정도로 하루에 날계란 하나씩만 먹였기 때문에 그는 마취에서 깨어나도 손가락 하나 까딱하지 못하고 있었다.

불과 며칠 사이에 눈이 움푹 들어가고 피골이 상접한 것이 보기에도 비참한 몰골이었다. 그는 죽지 않을 정도로만 방치되었는데 상태가 너무 지나쳐 죽게 된다 해도 하는 수 없는 일이었다.

아사야마로부터 기다리던 것이 도착된 것은 보화 일행이 라이온스 호텔에 틀어박힌 지 닷새째 되는 날이었다. 밖에 나갔던 추남이 사서함에서 봉투를 하나 들고 왔는데 봉투 속에 그들이 기다리고 있던 것이 들어 있었다. 그것은 킬러의 신상에 대한 기록으로 비교적 상세하게 적혀 있었다.

"이 정도면 되지 않았습니까?"

추남이 보화를 바라보며 들뜬 목소리로 물었다.

"네, 됐어요! 정말 수고 많으셨어요."

추남이 읽어 주는 것을 듣고 난 보화 역시 잔뜩 흥분해 있었다. 그런데 보화가 갑자기 고개를 돌리면서 손으로 입을 틀어막았다. 갑자기 헛구역질이 난 것 같았다.

"아니, 왜 그러십니까?"

두 남자가 걱정스러운 눈으로 바라보자 그녀는 고개를 저으면서,

"아, 아무 것도 아니에요! 괜찮아요!"

라고 외치면서 욕실로 뛰어 들어갔다.

"저 아가씨 왜 저러지?"

"글쎄요."

"혹시 임신한 거 아니야?"

추남과 대식의 시선이 맞부딪쳤다.

"에이, 형님두……. 설마 그럴라구요. 농담이라도 그런 말씀 마십시오."

대식이 사촌형의 입을 막기는 했지만 사실 추남의 지적은 맞아 들어가고 있었다. 보화는 세면기 위에 얼굴을 떨어뜨린 채 '억, 억!' 하고 헛구역질을 하고 있었다. 입에서는 신물만 나오고 있었다. 그녀는 거푸 숨을 몰아쉬며 거울을 들여다보았다. 거울 속의 얼굴은 창백하다 못해 푸른 빛이었고 눈에 눈물까지 글썽이고 있었다.

"이상하다……."

그녀는 눈물을 훔치면서 고무풍선처럼 부풀어 오르는 불안감을 씻으려고 애를 썼다.

"아니야, 아닐 거야. 그럴 리가 없어."

그러나 부인하면 할수록 불안감은 커져 가고 있었다. 그녀는 욕조 속에 따뜻한 물을 받은 다음 옷을 벗고 안으로 들어가 눈을 감았다. 그러자 그 끔찍하던 밤의 장면이 스크린처럼 눈앞에 나타났다. 꿈에도 잊을 수 없는 그날 밤의 일이 다시 생생히 가슴에 부딪쳐 오고 있었다. 그의 강간은 완벽한 것이었다. 그렇게 완전하게 당해 보기는 처음이었다. 그 뒤로는 남자관계가 없었다. 그렇다면 그 때 그것이 임신되었다는 말인가! 여성 특유의 예감이라는 것이 그녀의 몸을 떨게 만들었다.

점심 식사 때 그녀는 두 남자 앞에서 다시 한 번 헛구역질을 했다. 더 이상 의심할 나위가 없다고 생각한 그녀는 초조와 불안으로 몸 둘 바를 몰랐다. 혼자 호텔을 빠져나온 그녀는 부근의 산부인과를 찾았다.

일본말을 모르는 그녀는 의사에게 손짓발짓으로 설명했다. 젊은 남자 의사는 고개를 끄덕이며 아랫도리를 모두 벗으라고 손짓했다. 보화는 얼굴을 붉히면서 머뭇거리다가 돌아서서 옷을 벗었다. 팬티까지 모두 벗고 난 그녀는 진찰대 위에 올라가 다리를 벌리고 누웠다. 수치심을 견디다 못해 눈을 감았지만 소용없었다. 의사의 손이 하체를 더듬는 동안 그녀는 숨을 죽인 채 죽은 듯이 누워 있었다. 의사가 정밀 검사를 하는 것 같았다. 시간이 한참이나 흐른 것 같았다. 진찰이 끝났을 때 그녀의 몸에는 진땀이 눅눅히 배어 있었다. 그녀가 옷을 입고 자리에 앉자 의사는 백지에다 영어로 다음과 같이 썼다.

"임신 3개월입니다."

보화는 마른 침을 삼키며 바닥을 내려다보았다. 예상했던 일이지만 막상 확인을 받고 나니 전기에 감전이라도 된 듯 몸이 떨리고 있었다. 그것은 굉장한 쇼크였다. 그녀는 전율을 느끼면서 자꾸만 마른 침을 삼켰다.

"어떻게 하시겠습니까?"

의사가 종이에다 또 적었다. 수술하지 않겠느냐는 뜻인 것 같았다. 그녀는 심한 현기증에 정신을 차릴 수가 없었다. 대답을 못

하고 머뭇거리자 의사가 다시 이렇게 썼다.

"수술은 안 좋으니까 웬만하면 낳으십시오."

보화는 고개를 저으며 일어났다.

"고맙습니다."

가볍게 인사를 하고 밖으로 뛰쳐나온 그녀는 다시 현기증을 느끼고 비틀거렸다. 거리에는 포근한 봄 햇살이 내리쬐고 있었다. 긴 동면을 거쳐 오랜 만에 풀린 날씨에 사람들은 기지개를 켜면서 움직이고 있었다. 모두가 하나 같이 행복한 표정들이었다. 단 한 사람 유보화만이 햇빛을 보기가 두려운 듯 고개를 떨어뜨린 채 힘없이 걸어가고 있었다.

믿을 수 없는 일이 엄연한 사실로 나타난 지금 그녀는 몹시 당황하고 있었다. 그와 함께 일말의 경이스러운 감정이 가슴 저 깊은 곳에서 꿈틀거리고 있는 것도 느끼고 있었다. 사실을 확인한 즉시 수술해 버리지 않고 도망치다시피 밖으로 뛰쳐나온 자신의 행동을 그녀는 이해할 수 없었다. 내가 왜 이러지? 범인의 아기를 낳겠다는 것인가? 그 저주스러운 놈의 핏줄을 말이다.

그녀는 숨을 깊이 들이켜고 이마에 배는 진땀을 손수건으로 닦아냈다. 저주와 증오로 가슴은 터질 것 같았다. 그런데 뱃속에 든 아기에 대해서는 그런 감정이 일지 않았다. 그러기는커녕 오히려 경이감을 느끼고 있었다. 그녀로서는 첫 임신이었다. 낙태 경험이 있다면 그렇게 신기하게 느껴지지는 않았을 것이다. 첫 임신이었기 때문에 그녀는 어쩔 줄을 모르고 있었다.

두 개의 상반되는 감정이 소용돌이가 되어 그녀를 괴롭히기 시작했다. 생각해 볼 것도 없이 저주의 씨를 제거해야 한다는 것을 그녀는 잘 알고 있었다. 그녀의 이성은 그렇게 말하고 있었다. 그러나 다른 하나의 감정이 그녀를 주춤거리게 하고 있었다. 그 감정은 이성보다 더 강했다.

추남과 대식은 전전긍긍하고 있었다. 행방을 알리지도 않고 말없이 나간 보화가 날이 저물었는데도 돌아오지 않고 있었던 것이다.

"웬일이지?"

추남이 안절부절 못하며 물었다.

"글쎄요. 이상한데요. 전화 연락이라도 해 줄 것이지……."

"혹시 경찰에 연행된 게 아닐까?"

"글쎄요. 이런 적이 없었는데…… 이상한데요."

"안 되겠어. 나가 보고 올 테니까 넌 여기서 기다리고 있어."

추남은 부리나케 밖으로 나갔다. 두 시간 뒤 그는 지친 모습으로 돌아 왔다.

"이거 정말 무슨 사고가 난 모양인데. 경찰에 신고할 수도 없고 어떡하지?"

"좀 더 기다려 보죠."

대식은 무뚝뚝한 반응을 보였다. 남자들이 이렇게 눈이 빠지게 기다리고 있을 때 보화는 엉뚱한 곳에 있었다. 왜 그런 곳에 갔는지 그녀 자신도 모르고 있었다. 자신의 육체를 나락으로 떨어뜨리고 싶었기 때문일까. 아무튼 육체를 아무렇게나 굴리고 싶은 충동을 느끼며 그 곳에 발을 들여 놓았던 것이다.

별로 넓지 않은 실내는 여자의 자지러질 듯한 교성으로 가득차 있었다. 화면에서는 벌거벗은 남녀가 땀을 뻘뻘 흘리며 역시 섹스에 몰입하고 있었다. 배우는 백인 여자와 흑인 남자였다. 백인 여자는 10대 소녀로 아주 앳돼 보였고 흑인은 고릴라같이 흉측하고 거대하게 생긴 놈이었다.

실내는 입추의 여지없이 관객들로 꽉 들어차 있었는데 거의가 남자들이었다. 빈 좌석은커녕 서서 보기조차 어려웠기 때문에 보화는 사람들 사이를 뚫고 조금 앞으로 나갔다. 그녀의 오른쪽은 벽면이었다. 벽에 의지해서 조금씩 앞으로 나가다가 그녀는 남자들 틈에 끼어들어 옴짝달싹할 수조차 없게 되었다. 남자들은 그녀가 앞으로 나가는 것을 허용하지 않았다. 의식적으로 빈틈을 막아 버린 다음 그녀의 반응을 기다리는 것 같았다. 앞으로 나갈 수도 뒤로 물러설 수도 없게 된 그녀는 남자들 어깨너머로 발돋움하면서 가까스로 화면을 볼 수가 있었다.

배우들은 갖가지 기교를 보여 주고 있었는데 보화는 그 기교의 다양함과 흑인의 위력에 자못 충격을 느끼고 있었다. 땀으로 번들거리는 흑인의 등판이 파도처럼 화면 가득히 출렁이자 자신이 마치 파도를 타고 있는 기분을 느꼈다. 놈이 충격을 가할 때마다 보화 역시 하복부 깊숙이 충격을 느끼고 있었다. 그녀는 거칠어지는 숨결을 진정시키려고 손으로 입을 막았다. 그때 비로소 자신의 몸이 죄어지고 있음을 느꼈다. 뒤에 서 있는 남자가 하체를 밀어붙이고 있는 것이 뚜렷이 느껴졌다. 발기물이 히프 사이를 교묘히 비집고 들어오고 있었다. 그뿐만이 아니었다.

왼쪽의 사나이는 오른손을 그녀의 허벅지에 대고 있었다. 그 손이 점점 움직이더니 마침내 두 다리 사이의 언덕 위에 자연스럽게 얹혀졌다. 앞 사나이는 팔꿈치로 그녀의 젖가슴을 밀어대고 있었다. 그녀는 움직이지 않고 가만히 기다렸다. 드릴과 쾌감에 몸이 떨리고 있었다. 이래서는 안 된다. 여기를 빠져나가야 한다고 생각했지만 웬일인지 움직일 수가 없었다.

세 사나이는 그녀가 싫은 기미를 보이지 않자 이제 노골적으로 나오고 있었다. 그녀는 점점 숨이 가빠 왔다. 화면이 뿌옇게 흐려 왔다. 눈은 화면을 보고 있었지만 거기서 무엇이 일어나고 있는지 알 수가 없었다. 정신은 온통 세 사나이들 쪽으로 분산되고 있었다. 앞의 사내가 팔꿈치로 젖가슴을 너무 밀어대는 바람에 젖가슴이 아팠다. 뒤로 주춤 물러나자 뒤의 사내가 기다렸다는 듯이 돌진해 들어왔다. 옆의 사내가 제일 노골적이었다. 술 냄새를 풍기고 있었는데 그녀가 조금도 거부하는 기미를 보이지 않자 안심하고 거침없이 손을 놀려대고 있었다. 손가락이 언덕 밑으로 내려와 옷을 뚫으려고 비비적거리자 그녀는 너무 흥분한 나머지 몸을 바르르 떨었다.

그 사내는 수법을 바꾸어 이번에는 그녀의 손을 잡았다. 반사적으로 손을 빼려고 했지만 사내는 놓아 주지 않았다. 사내는 그녀의 손을 끌어다가 자기의 물건 위에 대고 꽉 눌렀다. 단단한 것이 손바닥 가득히 잡히는 순간 그녀는 오르가슴을 맛보았다. 그때 불이 들어왔다. 영화가 끝났는지 사람들이 움직이기 시작했다. 그녀에게 수작을 부리던 남자들은 언제 그랬더냐 싶게 딴청을 부리고 있었다. 보화는 손수건으로 얼굴에 밴 땀을 닦아내면서 재빨리 밖으로 빠져 나갔다.

밖은 이미 어두워져 있었다. 큰길로 나와 부지런히 걸어가는데 뒤에서 그녀를 부르는 남자 목소리가 들려왔다. 그녀가 멈추지 않고 내처 걸어가자 남자의 손이 우악스럽게 그녀의 팔뚝을 움켜잡았다. 그녀는 홱 돌아서서 상대를 바라보았다. 건강한 노동자 모습의 30대 사내가 충혈 된 눈으로 이쪽을 쏘아보고 있었는데 바로 가장 노골적인 수작을 부리던 사내임을 알 수가 있었다. 사내가 뭐라고 말했는데 그녀는 알아들을 수가 없었다. 그렇지만 대강 짐작은 갔다. 이를테면 호텔로 가자는 것이리라.

"이거 봐요! 안 돼요!"

그녀는 낮으면서도 앙칼지게 소리쳤다. 그러나 사내는 그녀의 팔을 놓아 주려고 하지 않았다. 그러기는커녕 그녀를 끌어당기고 있었다. 행인들은 지나치면서 힐끗 쳐다보기만 할 뿐 누구 하나 그녀를 도와주려고 들지 않았다. 재미있다는 듯 웃고 가는 사람들이 의외로 많았다. 안 되겠다 생각한 그녀는 백으로 상대방의 얼굴을 후려쳤다.

"어이쿠!"

사내가 두 손으로 얼굴을 감싸 쥐는 순간 그녀는 재빨리 길을 건너 뛰어갔다. 호텔방에 도착하니 남자들이 불안한 기색으로 서성이고 있었다. 안으로 급히 들어서는 그녀를 보고 그들은 자못 놀라고 불만스러운 표정을 지었다.

"걱정하고 있었습니다. 무슨 사고라도 있었나요?"

대식이 걱정스러운 듯 물었다.

"아니요. 별일 없었어요. 걱정 끼쳐드려 미안해요."

그녀는 고개를 젓고 나서 욕실로 들어가 옷을 벗었다. 땀으로 끈적끈적한 몸을 샤워로 씻어 내리자 겨우 뛰던 가슴이 가라앉는 것 같았다. 남자들은 보화가 입을 다물고 있는 이상 굳이 캐물으려고 하지 않았다. 그녀가 무사히 돌아와 준 것만도 다행으로 생각하고 있었다.

그들은 분위기가 가라앉고 나자 아사야마가 보내 온 자료를 놓고 최종 검토와 대책에 들어갔는데 킬러에 대한 그 자료라는 것은 다음과 같은 것이었다.

▲ 회신= 그 자는 한국계 일본인으로서 한국명은 김 표(金彪)이고 일본 이름은 하라 레이지로(原禮次郞)임. 십수 년 전 어느 대학 교수를 살해하고 도주한 이후 아직까지 체포되지 않고 있다. 그 동안 그는 3건의 살인 사건을 저지른 것으로 알려지고 있는데 대동아(大東亞)가 그의 비호 세력으로 가장 유력시되고 있다. 대동아는 전국에 깊이 뿌리박고 있는 반사회적 폭력 집단으로 범죄자들을 비호하고 그들을 하수인으로 이용하는 것을 다반사로 하고 있다. 대동아는 최근에 들어서는 사회 각 분야에도 침투, 특히 종교계와 정치에 마수를 뻗치고 있으며 그에 의해 조종되고 있는 정치인들도 상당수 있는 것으로 알려지고 있다. 하라 레이지로가 지금까지 체포되지 않고 있었던 데에는

이러한 대동아 세력의 입김이 크게 작용하고 있었다고 볼수 있다. 대동아와 하라 레이지로와의 관계를 보다 정확히 알기 위해서는 야마노우찌 시게요시(山內滋與史)를 만나볼 필요가 있다. 그는 대동아의 전 보스로서 2년 전 은퇴하여 시골 별장에 은신하고 있는데 이상의 사실도 그의 입을 통해 흘러나온 것이다. 그는 현재 중풍으로 누워 있으며 사람을 만나는 것을 몹시 꺼려하고 있으며 과거에 대해 입을 여는 것도 될수록 삼가하고 있다. 그에게는 미찌꼬라고 하는 애첩이 있는데 그녀는 지금 긴자에 있는 요릿집 흑룡(黑龍)을 경영하고 있다. 우리는 귀하가 부탁한 건을 최대한 알아보았는바 이상의 사실 외에는 더 이상 첩보 수집이 불가능함을 유감으로 생각한다.

추남이 소리 내어 읽는 동안 보화와 대식은 심각한 표정으로 귀를 기울이고 있었다. 추남은 두 번 거듭해서 읽고 난 다음 두 사람의 의견을 묻는 듯 그들을 번갈아 쳐다보았다.

"미찌꼬라는 여인을 만나 보는 것이 좋을 것 같습니다. 현재 우리가 접근할 수 있는 사람은 그 여자밖에 없으니까요."

대식의 말이었다. 추남은 고개를 끄덕였다.

"조심스럽게 접근해야 될 거야. 아사야마라는 놈이 우리한테 속은 줄 알면 틀림없이 거리에다 부하들을 풀어둘 거란 말이야."

"그것도 그거지만 미찌꼬라는 여인 자체도 조심해야 될 상대가 아닌지 모르겠어요."

보화가 신중하게 입을 열어 말했다.

"그렇죠. 그야 당연히 경계를 해야겠지요."

"자, 그럼 먼저 흑룡이라는 요릿집을 찾아내야겠군. 내일부터 긴자를 훑어야겠어."

추남은 카펫에 늘어지면서 하품을 했다. 대식도 방바닥에 누웠다. 맨 마지막으로 보화가 방안의 불을 끄고 옷을 벗었다. 어두운 방 안에서 여자의 옷 벗는 소리가 유난히도 맑게 들려오고 있었다. 자리에 누웠지만 그녀는 도무지 잠이 오지 않았다. 잠이 올 리가 없었다.


아사야마의 부하들이 그 아파트에 들이닥쳤을 때 가사오까는 오물이 뒤범벅이 된 채 의식을 잃고 있었다. 사내들은 악취에 코를 싸쥐면서 당황해했다. 한 명이 창문을 열어젖히는 동안 나머지 두 명은 가사오까의 맥을 짚어 보고 있었다.

"아직 숨이 남았어! 빨리 앰뷸런스를 불러!"

가사오까의 모습은 그야말로 눈 뜨고 볼 수 없을 정도로 비참했다. 두 눈이 움푹 꺼져 들어간 얼굴은 해골 같았고 너무 심하게 굶주린 탓으로 몸은 피골이 상접해 있었다. 거기에다 배설물이 말라붙어 있어 더럽기 짝이 없었다.

20분 쯤 지나자 앰뷸런스가 도착했다. 한 명이 가사오까를 차에 싣고 출발하자 다른 두 명은 아파트에 남아 내부를 샅샅이 뒤졌다. 그러나 거기에는 참고가 될 만한 어떤 것도 남아 있지 않았다. 한편 병원에 입원한 가사오까는 생명이 위독했다. 원래가 지병이 있는 터에 그런 꼴을 당했으니 중태에 빠질 수밖에 없었다. 의사는 마취제를 너무 심하게 놓았기 때문에 그것이 치명적인 영향을 끼친 것 같다고 말했다.

가사오까는 입원한 지 하루가 지나서야 겨우 눈을 뜨고 의식을 차렸는데 아무리 말을 걸어도 입을 꾹 다문 채 대꾸하려고 들지를 않았다. 두 눈은 멀거니 천정을 바라보고 있었다. 넋 빠진 사람의 모습 그대로였다. 이제나 저제나 하고 소식을 기다리던 아사야마가 더 참지 못하고 직접 병원을 방문했는데 가사오까가 입원한 지 사흘이 지나서였다.

"고생이 심했다는 건 알고 있어."

그는 부하의 손을 어루만지며 부드럽게 말했다.

"위독한 상태는 지난 모양이야. 다행이야. 내가 누군 줄 알겠나?"

가사오까의 시선이 천천히 밑으로 내려오더니 보스의 얼굴 위에 머물렀다. 이윽고 그의 머리가 조금씩 끄덕거려졌다. 아사야마는 의자를 침대 곁으로 바싹 끌어다 놓고 앉았다. 그리고 상체를 기울이며 물었다.

"제발 말 좀 해봐. 자세한 걸 이야기해 봐야 알지 않겠나? 어쩌다가 그렇게 됐지?"

"……."

가사오까의 시선이 보스를 떠나 다시 허공에 머물렀다.

"말을 해 봐. 너를 이렇게 만든 놈이 누구야? 기관에 있는 놈들인가?"

"……."

가사오까는 고개를 살래살래 흔들었다.

"그럼 누구야?"

아사야마는 숨 가쁘게 다그쳤다. 창백하던 가사오까의 얼굴에 핏기가 돌기 시작했다. 답답한 듯 그는 몸을 뒤척거렸다. 이윽고 입에서,

"하…… 하…… 한국인들…… 조센징…… 그놈들…….."

하는 소리가 흘러나왔다.

"뭐라구? 조센징이라구?"

아사야마는 엉덩이를 들었다가 놓았다. 가사오까는 고개를 끄덕였다.

"다이몽을 해친 그, 그, 연놈들인가?"

"그…… 그렇습니다."

"너 같은 놈이 그런 촌놈들한테 이렇게 당했단 말이냐?"

"……."

"예끼! 멍텅구리 같으니!"

아사야마는 손을 쳐들어 가사오까를 내려치려다가 차마 그럴 수 없다는 듯 손을 도로 거두었다. 가사오까는 변명하려고 입을 움직였는데 혀가 꼬부라져 있어 몹시 힘들게 말하고 있었다.

"그 놈들은…… 만만한 놈들이…… 아, 아니었습니다. 대단한 놈들이었습니다. 그 중에서…… 특히 그 여자…… 그 계집애가 보, 보통이 아니었습니다. 아주 독종이었습니다. 저를 이 지경으로 만든 건…… 그 년이었습니다. 잡기만 하면 가랑이를 찢어 죽

여야지. 흐흐흐."

"바보 같은 자식! 이제 와서 그래 봐야 무슨 소용이 있어? 그 놈들은 뭘 알려고 했지?"

"왜 다이몽을 시켜 자기들을 죽이려고 했느냐…… 배후 인물이 누구냐…… 그런 것을 무, 물었습니다."

"그래서?"

"할 수 없이……."

"할 수 없이 말했단 말이지? 예끼, 이 바보 같은 놈!"

"죄, 죄송합니다…… 할 수 없었습니다."

"너를 용서해 주면 규율이 엉망진창이 돼. 마음 같아서는 용서해 주고 싶다만 매우 중요한 건을 털어놨으니 봐 줄 수 없어. 넌 조직을 배신한 거나 다름없어."

"그, 그럴 리가……. 배신은 아닙니다!"

가사오까는 침대에서 몸을 일으키려고 애를 썼다. 아사야마는 지팡이를 들어 가사오까의 가슴을 눌렀다.

"떠들지 말고 그대로 누워 있어. 시끄럽다."

"요, 용서해 주십시오! 한 번만 용서해 주십시오!"

"이 놈을 끌고 나가! 데리고 가서 본때를 보여 줘!"

간호사와 의사가 와서 말렸지만 소용이 없었다. 건장한 사내 두 명이 눈을 부라리면서 환자를 데리고 나가자 감히 그 앞을 가로막는 사람이 없었다. 가사오까가 끌려간 곳은 부둣가의 창고였다. 뱃고동 소리와 기중기 소리가 뒤엉켜 시끄럽기 짝이 없었다. 네 명의 험상궂은 사나이들이 가사오까를 둘러싸고 내려다보고 있었는데 그 중 한 명의 손에는 도끼가 들려 있었다.

창고는 몹시 컸다. 창고 한 쪽에는 나무 상자가 산더미처럼 쌓여 있었다. 한 명이 구석 쪽으로 걸어가더니 한 아름 되는 나지막한 통나무를 가운데로 굴렸다. 통나무가 바로 세워졌을 때 거기에는 검붉은 피가 말라붙어 있었고 도끼로 찍은 자국들이 어지럽게 흩어져 있었다. 그것을 본 가사오까는 부들부들 떨었다. 두 명이 양쪽에서 그를 부축하고 통나무 앞으로 다가갔다.

"보시면 안 됩니다. 잠깐이면 되니까 다른 곳을 보고 계십시오."

가사오까의 왼손이 통나무 위에 놓이려다가 도로 얼른 거두어졌다.

"너, 너희들이 나한테 이럴 수가 있나?"

그러나 그의 부하들은 냉담했다.

"강제로 하지 않게 해 주십시오. 우리도 괴롭습니다."

"안 돼! 안 돼!"

그 때까지 거동도 잘 못 하던 가사오까가 부하들을 뿌리치고 출입구 쪽으로 돌진했다.

"잡아!"

"놓치면 안 돼!"

사나이들은 고함치면서 가사오까를 뒤쫓아 갔다. 가사오까는 죽을힘을 다해 뛰었지만 출입구에 이르기 전에 당하고 말았다. 도끼가 오른쪽 어깨 위에 내려찍히자 그는 비명을 지르며 쓰러졌다. 부둣가의 시끄러운 소음이 비명을 집어삼켰다. 그들은 지체

없이 가사오까를 끌어내다 물속에 집어던졌다. 가사오까는 한쪽 팔을 잃지 않으려다 목숨까지 잃은 것이다.

"조센징 놈들, 흑룡의 마담을 찾아갔을지도 모른다. 거기 가서 지켜보도록 해. 마담의 기분을 상하게 해선 안 된다."

아사야마의 지시를 받은 사나이들이 긴자의 흑룡을 찾아간 것은 가사오까가 물 속에 처박힌 지 얼마 지나지 않아서였다. 그러나 그들이 거기에 도착했을 때 흑룡의 미찌꼬는 이미 행방을 감춘 채 보화 일행과 접촉하고 있었다.

아사야마가 부하들에게 미찌꼬의 기분을 상하게 해서는 안 된다고 다짐한 것은 대동아의 보스를 염두에 두고 있었기 때문이다. 미찌꼬는 그 보스의 애첩이었다. 지금은 나이 들어 별 볼일 없지만 젊었을 때는 꽤나 미인이었고 한 때 스타덤에까지 올랐던 배우 출신이었다. 그녀의 기분을 상하게 하면 즉각 기둥서방의 귀에 들어갈 것이 뻔 하기 때문에 아사야마는 부하들에게 주의를 준 것이다. 그는 대동아 보스의 비위를 건드리고 싶지 않았다. 대동아는 그의 조직과는 상대가 안 될 정도로 거대했다. 잘못 비위를 상하게 했다가는 큰 코 다치기 십상이었다.

흑룡은 긴자의 요지에 자리 잡은 꽤 고급의 요릿집이었다. 대동아의 애첩에게 마련해 준 것인데 그녀의 솜씨가 뛰어나 매일 손님들로 흥청거리고 있었다. 아사야마의 부하 네 명은 두 명씩 짝을 지어 따로따로 그 요릿집에 들어갔다. 그들은 여러 손님들 틈에 끼여 구석진 곳에서 술을 마시며 이제나 저제나 하고 마담이 나타나기를 기다렸지만 그녀는 좀처럼 모습을 드러내지 않았다. 한참 지나 기다리다 못한 그들 중의 한 명이 여자 종업원을 불러 마담의 안부를 물었는데 잘 계시다는 대답이었다.

"지금 안에 계시나?"

"아녜요, 나가셨어요."

"언제?"

"아까 낮에 나가셨는데요."

"어디 간다고 나가셨지?"

"왜 그러세요?"

"아, 급히 만나볼 일이 있어서 그래. 아는 대로 좀 대답해 줘."

지폐 한 장을 손에 쥐어 주자 그녀는 아는 대로 자상하게 대답했다. 젊은 여자 한 명이 낀 세 명의 낯선 사람들이 나타나 진수성찬으로 요리를 시켜 먹으면서 마담을 불렀는데 거기에 동석한 마담이 얼마 후에 그들을 따라 나갔다는 것이다. 어디로 간다는 말도 없이 나갔는데 지금까지 전화 연락도 없는 것이 좀 이상하다고 여자 종업원은 고개를 갸우뚱했다.

한편 보화 일행은 흑룡의 여주인 미찌꼬를 극적으로 만나보고 있었다. 그들이 대좌한 곳은 어느 전통적인 일본식 가옥의 안방이었다. 도심에서 한 시간쯤 벗어난 곳에 위치한 그 집은 수 백평 되는 정원에 수목이 울창했고 연못까지 갖추고 있었다. 세 사람은 다다미 위에 놓여 진 방석 위에 얌전히 앉아 있었고 40대 중반의 일본 여인은 화려한 무늬의 기모노 차림으로 그들을 마주 대하고 있었다. 여배우 출신이라 그런지 이목구비가 조화를 이루고 있었지만 나이가 나이인데다 군더더기 살이 많이 쪄서 아름다

움은 이미 사라지고 없었다.

그녀를 이렇게 만날 수 있게 된 것은 순전히 도박에 성공한 덕이었다. 아무리 생각해도 그녀에게 접근하여 그녀의 입을 열게할 마땅한 방도가 생각나지 않은 그들은 앞뒤 가릴 것 없이 쳐들어가 단도직입적으로 흥정을 걸어 보기로 작정하고 뛰어들었던것이다. 흑룡에 찾아가 방 한 칸을 빌어 놓고 제일 비싼 음식을 차려오게 한 다음 그들은 주인 마담을 불렀다. 미찌꼬는 매상을 많이 올려주는 손님들의 부름이라 의당 거절하지 못한 채 들어왔는데 추남이 처음부터 끝까지 그녀를 상대했고 보화와 대식은 일본말을 몰라 꿰다 놓은 보릿자루처럼 가만히 앉아 있기만 했다.

추남은 다짜고짜 하라 레이지로를 아느냐고 물었다. 그 이름을 듣자마자 미찌꼬의 얼굴에 증오가 서리면서 왜 그러느냐고 되묻는 것이었다. 이 여자가 하라를 증오하고 있구나 하고 생각한추남은 됐다 싶어 한 수 더 떴다. 만일 하라에 대해 아는 대로 대답해 주면 백만 단위의 돈을 주겠다고 제의했다.

"지금은 은퇴한 대동아의 전 보스 야마노우찌를 설득하면 하라에 대해 자세한 것을 알아 낼 수 있을 것입니다."

이 말에 그녀는 적이 놀라는 표정을 지었다.

"당신들은 누구죠? 그리고 무슨 일로 하라를 찾는 거죠?"

"우리는 한국인들입니다."

그는 여권을 꺼내 보였다.

"우리는 나쁜 사람들이 아닙니다. 저 여자의 아버지가 하라의손에 죽었습니다. 그래서 찾고 있는 겁니다."

미찌꼬는 계산이 빠르고 과단성이 있는 여자였다. 돈벌이에 혈안이 된 그녀는 손가락 하나 까딱하지 않고 거액의 돈을 벌 수 있다는 데 마음이 동했다. 방문객들은 착한 한국인들인 것 같았다. 그녀는 마음을 정한 다음 정보의 질에 따라 값도 달라야 한다고 말했다. 추남은 보화와 상의한 다음 좋다고 동의했다.

이틀 뒤 그들은 흑룡에 다시 나타나 저녁 식사를 했고 미찌꼬가 직접 운전하는 차를 타고 그 곳까지 안내되어 온 것이다.

"흥정에 성공하려고 벼르는 저 꼴 좀 보십시오."

추남이 한국말로 보화의 귀에 대고 재빨리 속삭이자 보화는 알겠다는 듯 가볍게 끄덕였다. 미찌꼬는 기모노 속에 묻혀 잔뜩 기품 있게 보이려고 애쓰고 있었지만 즉물적인 모습을 감출 수는 없었다.

거래의 순서인양 먼저 일본차가 들어왔다. 네 사람은 곧은 자세로 뜨거운 차를 후후 불어가며 마셨다. 그 순서가 끝나자 비로소 거래가 시작되었다.

미찌꼬가 먼저 조용히 입을 열었다.

"부탁하신 건에 대해 열심히 알아봤습니다. 물론 제가 모르는 점에 대해서 알아봤지요. 그 결과 의외로 도움이 될 만한 것들을 알아낼 수가 있었어요."

세 사람은 꿀 먹은 벙어리처럼 앉아 있었다.

"하라 레이지로의 과거부터 현재에 이르는 이력을 먼저 말씀드릴 수가 있어요. 그것이 첫 번째예요."

"네, 좋습니다."

추남이 수첩에다 메모하며 말했다.

"두 번째는 현재 하라가 있는 곳을 알고 있어요."

"정말입니까?"

추남의 눈이 빛났다. 미찌꼬는 추남을 똑바로 바라보았다.

"정말이니까 거래를 하는 거죠. 세 번째는 한국인 세균 학자 바로 저 아가씨의 부친인 유한백 박사에 대한 거예요."

추남은 벌어진 입을 한동안 다물지 못하고 있다가,

"매우 좋은 정보들입니다. 좋습니다. 모두 사겠습니다."

하고 말했다.

"좀 비싸요. 저는 지금 홀몸이고 그래서 혼자서 제 자신을 지켜나가야 해요. 그러려면 돈이 많이 필요해요. 액수를 놓고 흥정하는 건 싫어요. 값은 제가 정하겠어요."

"얼마나 필요하십니까?"

"세 가지 합해서 1억 엔. 계산하기 좋은 액수 아니에요?"

추남은 또 한 번 놀란 표정이 되었다. 그것은 정보 댓가치고는 너무 엄청난 금액이었다.

"저도 목을 내놓고 하는 일인걸요. 그 점을 참작하시면 많은 액수도 아니에요."

여자는 이쪽의 약점을 환히 들여다보고 있었다. 그래서 일방적으로 거액을 요구하고 있는 것이다.

"잘 알겠습니다. 하지만 우리는 한국에서 왔고 그렇게 많은 돈을 가지고 있지 못합니다. 그 점을 좀 참작하셔서……"

"그럼 안 되겠군요. 공연히 시간만 낭비했군요."

여자가 소맷자락을 훌훌 털며 일어서려는 것을 추남이 황급히 막았다.

"아, 잠깐 기다려 주십시오! 우리끼리 잠시 이야기 좀 하겠습니다."

"네, 충분히 이야기하세요. 30분 후에 다시 오겠어요."

그녀가 자리를 비워 주자 추남은 사정을 설명했다. 이야기를 듣고 난 두 사람은 완전히 흥분해 버렸다.

"돈 때문에 포기할 수는 없어요! 1억을 지불하겠어요."

보화는 결연히 말했다. 그 단호한 말에 두 남자는 한 대 맞은 듯 멀거니 그녀를 바라보았다.

"일본 돈 1억이면 우리 돈으로 3억 5천입니다. 엄청난 돈입니다. 그래도 하시겠습니까? 잘 생각하십시오. 내 돈이 없어지는 건 아니지만……"

"저한테 돈은 아무 의미가 없어요. 그대로 지불하겠어요."

그녀의 마음은 이미 결정되어 있었다.

"정 그렇다면 좋습니다. 지불하도록 하죠. 그런데 어떻게 지불하겠습니까? 돈이 준비 안 됐을 텐데……"

"지금 지불할 수 있어요. 만일에 대비해서 도쿄 은행 부산 지점에 3억 엔을 예금시켜 놓고 왔어요."

"대단하시군요."

"제 일이니까요."

"그렇지만……."

두 사람은 보화의 철저한 준비에 내심 탄복했다.

"그건 그렇다 하고…… 만일 정보가 가짜라면 어떻게 하죠? 돈만 날리는 거 아닙니까?"

이것은 대식의 질문이었다.

"들어 보면 알 수 있어. 그리고 사전에 단단히 보장을 받아 둬야지."

그러고 있는데 미찌꼬가 들어왔다.

"결정을 보셨나요?"

"네, 지불하겠습니다. 그런데 그것이 진짜라는 것을 어떻게 믿죠?"

그 말에 여자의 얼굴빛이 흐려졌다.

"그것을 증명하는 방법은 당신들이 직접 확인해 보는 수밖에 없어요. 지금 이 자리에서는 증명할 수가 없어요. 이런 거래는 서로 믿고 하는 수밖에 별 도리가 없지 않아요?"

"그렇긴 합니다. 그럼 믿기로 하고 털어놓으시죠."

"먼저 돈을 주세요."

그녀는 1억 엔을 지금 당장 받을 수 있으리라고는 생각지 않은 듯했다. 보화는 수표를 꺼내 거기에다 1억 엔이라고 쓰고 사인했다. 수표를 받아든 미찌꼬는 믿어지지 않는다는 듯 수표의 앞뒷면을 유심히 관찰한 후 그것을 품속에 찔러 넣었다. 그리고 창백한 표정으로 입을 열었다.

"무엇을 먼저 말씀드릴까요?"

"하라의 있는 곳을 먼저 알려 주시오."

"하라는……"

그녀는 그 한 마디를 몹시 힘들게 꺼냈다.

"하라는 내일 밤 일본에 와요. 일본에 오는 대로 여기에 묵을 거예요."

"아니, 뭐라구요?"

추남은 소리치고 나서 그녀를 똑바로 쏘아보았다.

"놀리는 건 아니겠죠?"

"사실이에요."

그녀는 차갑게 대꾸했다.

"몇 시에 어느 비행기로 올 겁니까?"

"JAL 항공기로 밤 10시 10분에 나리타 공항에 도착할 예정이에요."

"어떻게 그렇게 정확히 알고 있죠? 그리고 그 자가 왜 귀댁에 묵는 거죠?"

"그는 내 사위예요. 내 딸애의 남편이에요."

추남은 담배를 집어 들다가 떨어뜨렸다. 추남의 통역을 듣고 이번에는 보화와 대식이 눈을 크게 떴다.

"왜 사위의 목을 우리한테 파는 거죠? 보호해야 할 입장이면서 말입니다."

"이유는 간단해요. 죽었기 때문이죠. 죽은 사람을 보호할 장모는 없을 거예요."

전율과 함께 추남은 두 손을 뻗었다. 금방이라도 그녀의 목을 비틀어버릴 듯한 기세였다.

"저리 비켜요!"

미찌꼬는 냉소하며 쏘아붙였다.

"이 사기꾼!"

"흥, 말을 삼가세요. 사기꾼이라니요."

일본 여인의 눈이 세모꼴로 변했다. 두 사람은 잡아먹을 듯이 서로를 노려보았다.

"죽은 놈을 가지고 살아 있는 것처럼 수작을 부리지 않았느냐 말이야! 돈 도로 내 놔! 이미 죽은 놈에 대해서 더 이상 무슨 정보가 필요 있어?"

"내놓을 수 없어요. 어린애 장난인 줄 아세요. 어디까지나 정보를 파는 대가로 받은 거예요."

그들이 다투는 것을 보고 보화가 무슨 일이냐고 물었다. 추남이 들은 대로 전해 주자 보화는 창백하게 질렸다.

"어떻게 해서 죽었대요?"

"그건 아직 미처 들어 보지 못했습니다."

추남은 다시 미찌꼬를 노려보았다. 그녀는 말하기를 수일 전에 경찰로부터 딸에게 연락이 오기를, 하라가 한국에서 죽었으니 시체를 인수해 가라고 했다는 것이다. 사인은 자살이라고 했다. 그래서 그녀의 딸은 남편의 시신을 인수해 오기 위해 한국에 건너갔다는 것이다. 딸은 시체를 확인했고 내일 밤 10시 10분 비행기로 도착하겠다고 연락이 왔다는 거였다.

그러면 미찌꼬는 어떻게 해서 하라 레이지로(김 표)를 사위로 맞게 되었을까. 그녀가 기둥서방인 야마노우찌로부터 하라를 소개받은 것은 10년쯤 전이었다. 그 때만 해도 야마노우찌는 대동아의 보스로서 한창 암흑가를 주름잡고 있었는데 어느 날 느닷없이 창백한 청년 하나를 데려왔던 것이다.

누구의 부탁으로 보호해 주어야 할 청년이니 그녀가 책임지고 집에 숨겨 주라는 것이었다. 매우 똑똑한 청년인데 사고를 저질러 피신 중이라고 했는데 그녀가 보기에는 때 묻지 않고 명석해 보였다. 그리고 굉장한 미남이었다. 나중에 알고 보니 그는 곤충학자로서 대학의 강단에까지 섰던 인물로 같은 학교의 와따나베라는 교수를 살해하고 도피 중이었다. 그리고 그는 한국계로 민족적 모욕에 참지 못하고 와따나베를 살해했기 때문에 뜻있는 재일 교포들의 동정을 사고 있었다.

야마노우찌 역시 한국계였기 때문에 하라를 조직의 힘으로 보호해 준 것인데 그 배후에는 그의 도움을 강력히 지원하고 있는 또 다른 인물이 한 사람 있었다.

"그 사람은 누굽니까?"

"모르겠어요. 중요한 것 같지 않아서 알아보지 않았어요."

"야마노우찌는 알고 있겠군요?"

"그렇겠지요."

"그래서 어떻게 됐습니까?"

"하라는 잠시 우리 집에 있을 줄 알았는데 그게 아니고 거의 10년 가까이 우리 집에 숨어 있었어요. 영감이 그를 몹시 좋아했고 나도 우리 딸애도 그를 몹시 좋아했어요. 그에게는 사람을 매료시키는 무엇인가가 있어요. 딸애는 그의 포로가 되었고…… 그래서 어쩔 수 없이 결혼을 시켰어요. 물론 신고도 할 수 없는 비밀

결혼이었죠."

"자식은 있습니까?"

"없어요. 하라가 자식 갖는 걸 반대했어요. 살인범으로서 한 곳에 뿌리박는 걸 싫어했기 때문이죠. 그러다가 그는 홀연히 사라져 버렸어요."

그녀는 담배에 불을 붙이더니 연기를 깊이 빨아 후우 하고 내뿜었다.

# 악(惡)의 얼굴

창문으로 어둠이 스며들고 있었다. 실내는 담배 연기로 자욱했다. 커튼이 드리워지자 실내는 갑자기 어두워졌다. 곧 불이 들어와 거기에 앉아 있는 사람들의 모습을 뚜렷하게 드러내 주었다. 장방형의 긴 탁자를 사이에 두고 사람들이 몇 명 앉아 있었는데 한편에는 한국 사람들이, 맞은편에는 일본인들이 자리 잡고 있었다. 한국인들 중에는 조문기 형사도 보였는데 그는 아까부터 미간을 찌푸리고 있었다.

실내에는 질식할 것 같은 무거운 침묵이 흐르고 있었다. 모두가 입을 다문 채 무엇인가 기다리고 있는 눈치들이었다.

한참 후 두 사람이 안으로 들어왔다. 앞장서서 들어온 사람은 반백에 콧수염을 기르고 키가 컸다. 옷차림새가 서구적으로 세련되어 보였다. 뒤따르는 사람은 유난히도 작은 키에 땅딸막했고 머리까지 반들반들해서 매우 볼 상 사나웠다. 콧수염은 맨 상석에 동행해 온 사람과 함께 앉았다. 그리고 양쪽에 앉아 있는 사람들을 향해 빠른 말투로 다음과 같이 말했다.

"여러분들에게 쓰노다 긴고(角田金五)씨를 소개합니다. 이분은 현재 시내에서 조그만 병원을 개업하고 있는데 여러분들에게 매우 흥미 있는 이야기를 들려주기 위해 자진해서 여기까지 오신 겁니다."

사람들은 자세를 고쳐 앉았다. 콧수염은 일본 측 수사반장인 요시다 신지(古田信二)라는 사나이였다. 실제 나이는 갓 50이었는데 어느 새 반백이 되어 나이보다 열 살은 더 먹어 보인다. 소개를 받은 쓰노다라는 병원장은 손수건을 꺼내 이마에 번진 땀을 닦은 다음 사람들을 힐끗 쳐다보면서 입을 열었다. 목소리가 벽을 긁는 것처럼 듣기에 거북살스러웠다.

"저는 2차 대전 중에 Y대 의학부에 재학 중이었습니다. 현재 Y대 의학부 교수인 이시바 기이찌는 저와 동기 동창생입니다. 저는 이시바 교수가 현재 소련 대사관에 망명을 신청하고 거기에 피신 중이라는 신문 기사를 보고 그는 그럴 수 있는 위인이라고 생각했습니다."

사람들은 미동도 하지 않고 그를 바라보고 있었다. 쓰노다는 목청을 가다듬어 다시 말을 이었다.

"이시바는 학창 때부터 공산주의 운동을 했으니까 이상할 게 하나도 없습니다. 저도 물론 그 때는 공산주의자였습니다. 지금은 아닙니다만……. 그런데 당시 우리에게 인기 있는 교수가 한 분 있었습니다. 한국인 교수로 이름은 유한백 씨였습니다. 그는 당시 조교수로 세균학 전공이었습니다. 그런데 그는 우리보다 2

년 앞서 군에 입대했습니다. 이시바와 저는 2년 후에 함께 입대해서 관동군 특수 부대에 배속 받았습니다. 물론 우리는 위생병이었는데 그 특수 부대는 만주 하르빈 부근에 주둔하고 있었습니다. 도착 해보니 거기에 바로 유한백 교수가 기다리고 있었습니다. 그는 중위 계급장을 달고 있었습니다."

조 형사는 자기도 모르게 손가락을 비틀고 있었다. 그의 눈은 쓰노다를 향해 차갑게 빛나고 있었고 입은 꾹 다물어져 있었다.

"유 교수는 군의관이었습니다. 그러나 그가 하는 일은 일반 군의관들이 하는 일과는 달랐습니다. 그건 특수 부대였으니까요."

"부대 이름이 뭐였죠?"

요시다 반장이 그를 보지 않고 재빨리 물었다.

"방역 급수부라고 했습니다. 겉으로는 그럴싸했지만 사실은 끔찍한 기관이었습니다. 포로들을 데려다가 생체 실험을 하는 기관이었습니다."

"생체 실험?"

요시다가 되물었다.

"네, 생체 실험이었습니다. 구체적으로 말해서 살아 있는 포로의 몸속에 각종 세균을 배양해서 투입시킨 다음 그 반응을 보는 것이었습니다. 그 밖에 인간이 고문에 얼마나 견딜 수 있는가, 또 아무 것도 먹지 않고 얼마 동안 살아남을 수 있는가 등등 여러 가지 실험들이 행해졌습니다. 유 교수는 그러니까 그러한 실험 중 세균 실험을 담당하는 장교였습니다."

조 형사는 비틀던 손가락을 풀었다. 손끝이 절로 바르르 떨리고 있었다. 무거운 침묵을 깨고 그가 물었다.

"포로는 어느 나라 사람들이었습니까?"

"대부분 중국인과 한국인이었습니다."

조 형사는 마치 불볕에 목이 타는 것 같았다. 물을 마시고 싶었지만 손가락 하나 까딱하기가 힘들었다.

"왜 세균 실험을 했나요?"

그는 입만 움직였는데 목이 콱 잠겨서 말소리가 잘 나오지 않았다.

"그거야…… 세균전을 위해서였죠. 전황이 점점 불리해지자 수단 방법을 가리지 않고 이기기 위해 그런 악랄한 것을 계획 한 거죠."

"그래서 써 먹었습니까?"

"실전에 사용하기 전에 종전이 됐습니다. 거의 완성 단계에 이르렀었는데……."

"생체 실험을 당한 포로들은 어떻게 됐습니까?"

"모두 죽었습니다. 비참하게……."

"당신도 거기에 가세했겠군요?"

조 형사는 분노를 드러내지 않으려고 애쓰면서 나직이 물었다. 쓰노다는 당황해 하면서 고개를 저었다.

"저는 단지 위, 위생병에 불과했습니다. 졸병이니까 장교가 시키는 대로 하는 수밖에……."

"그렇겠지요."

조 형사는 비로소 적의와 냉소를 동시에 드러냈다.

"한데 왜 이제 와서 그런 추악한 것을 공개하죠? 당신한테 하나도 도움 될 게 없을 텐데요."

"아, 그건 내가 부탁했기 때문입니다."

요시다 반장이 진땀을 흘리고 있는 쓰노다를 구해 주려는 듯이 말했다.

"소련 대사관에 피신 중인 이시바의 과거를 수사하는 과정에서 쓰노다씨가 등장했습니다. 그래서 협조를 부탁한 겁니다. 모든 걸 비밀로 하기로 하고……."

요시다가 가도 좋다고 말하자 쓰노다는 어깨를 웅크리고 재빨리 빠져나갔다.

"다 들어서 아시겠지만…… 유한백 씨의 과거는 이제 어느 정도 드러난 셈입니다. 우리는 그가 어떤 인격을 갖춘 인물이었는지 이제 알게 됐습니다. 과거 그에게 희생된 사람들이나 그 유가족들은 그를 악마라고 단정하는 데 주저하지 않을 것입니다. 한국에서 세균학의 권위로 알려져 있는 그의 과거가 만일 백일하에 드러날 경우 한국인들은 매우 크게 놀라게 될 것입니다."

조 형사는 요시다 반장의 말이 왠지 싫었다. 한국인도 아닌 일본인의 입에서 그런 말을 듣는다는 것이 여간 언짢지가 않았다. 그래서,

"저는 별로 놀라지 않았습니다. 다른 한국인들도 다 마찬가지일 겁니다."

라고 말했다.

"그럴까요?"

요시다는 의외라는 듯이 그를 바라보았다.

"네, 식민지 시대의 잔학상에 대해서는 너무나 많이 들었으니까요."

그 말이 내포하고 있는 의미를 눈치 챈 요시다의 얼굴 표정이 굳어졌다. 분위기가 갑자기 딱딱해지자 한국 측 수사 책임자인 뚱보 김기원이 탁자 밑으로 조 형사의 구두 끝을 지그시 누르면서 요시다를 향해 호의적으로 말했다.

"하여튼 매우 중요한 사실을 알아냈습니다. 그리고 그것으로 우리는 어떤 가공할 사실까지도 상상할 수 있을 것 같습니다."

"네, 바로 그 점입니다. 그 점에 대해서는 우리가 일치된 생각을 가지고 있으리라고 믿습니다."

요시다는 서류를 펼쳐 들고 잠시 들여다보더니 다음과 같이 말했다.

"최근 강대국들은 비밀리에 생화학 무기 개발에 박차를 가하고 있습니다. 그 중에는 세균 무기도 있는데 소련은 이미 그것을 실전에 이용할 수 있는 단계에까지 와 있다는 믿을 만한 정보들이 들어오고 있습니다. 최근 아프가니스탄 사태에서…… 회교 반군 지역에 병명 미상의 무서운 전염병이 발생해 많은 사람들이 죽었는데, CIA 보고에 의하면 소련이 세균 무기를 살포했기 때문이라고 합니다."

"네, 우리도 그 정보는 들었습니다."

뚱보가 파이프에 불을 붙이면서 끄덕거렸다.

"결론적으로 말해서 세균학의 권위인 유한백 박사와 이시바기이찌 교수가 소련에 봉사할 수 있는 것이란 그들이 연구한 세균학일 것이라는 점입니다. 그들은 일찍이 관동군에서 생체 실험을 통해 세균 무기를 제조하는 데 일익을 담당했던 인물들이기도 합니다. 따라서 소련이 그들에게 손을 뻗쳤다면…… 그들의 세균 제조 기술을 노리고 그랬을 가능성이 큽니다."

모두가 입을 다문 채 반응을 보이는 것을 삼가하고 있었다. 너무나 충격적인 사실이 최초로 공개 석상에서 거론되었기 때문이다. 그러나 그들의 무거운 침묵은 바로 요시다의 말에 동감이라는 뜻이었다.

조 형사는 그 곳을 가만히 빠져나왔다. 가슴이 터져 버릴 것 같아서 더 이상 앉아 있을 수가 없었던 것이다.

"그렇다면 그가 반역자였단 말인가."

그는 믿을 수가 없어 절로 고개를 내저었다.

"믿어지지 않는 일이야. 믿을 수가 없어. 유 박사가…… 아닐 거야."

조문기는 부인하려고 애써 보았지만 그럴수록 눈앞에 드러난 사실은 확연한 모습으로 점점 더 커지기만 했다. 만일 유보화가 자기 아버지의 과거와 그가 한 일을 알게 되면 어떤 심정이 될까? 그래도 그녀는 범인을 찾아 나설까? 그래도 아버지를 사랑할까? 이 사실을 그녀에게 과연 알려야 할까? 그건 그렇고, 그녀는 도대체 어디서 무슨 짓을 하고 있을까?

그는 걸음을 멈추고 갑자기 얼굴을 찌푸렸다. 한 손은 이미 배를 움켜쥐고 있었다. 진통제도 이젠 잘 듣지 않았다. 많이 먹어야 겨우 통증을 가라앉힐 수 있었다. 비틀거리며 걸어가는 그를 사람들이 신기한 구경거리나 되는 듯 바라보고 있었다. 술 취한 사람인 줄 아는 모양이었다. 죽음의 손에 덜미가 잡힌 그는 마치 바람에 건들거리고 있는 마지막 잎새 같았다.

"죽으려면 빨리 죽을 것이지."

그는 약방 문을 밀고 들어갔다.

"배가 아파서 그러는데…… 진통제를 좀 주시오."

예쁘게 생긴 여자 약사가 눈을 동그랗게 뜨고 그를 바라보더니 물었다.

"위경련인가요?"

"빨리 주시오!"

그는 의자에 웅크리고 앉았다.

"많이 좀 주시오!"

약사가 캡슐을 한 알 내주자 그는 한 주먹을 요구했다.

"병에 가득 담아 주시오!"

"많이 드시면 안 돼요. 큰 일 납니다."

"알고 있어요. 어서 팔기나 하시오."

그녀가 마음이 안 놓인다는 듯 약병을 꺼내 주자 그는 그 속에서 10여 알을 꺼내 입 속에 털어 넣었다.

"어머나, 안 돼요!"

여자가 소리쳤을 때 그는 이미 기침하며 물을 들이켰다.

"정신이 나갔군요! 어떻게 그럴 수가……."

"조금 먹으면 듣지를 않아요. 실례했소."

그는 눈물을 닦고 나서 돈을 지불했다. 약사는 돈을 받으면서도 불안한 기색을 감추지 못하고 있었다.

"그렇게 아프시면 병원에 가셔야죠."

그는 희미하게 웃었다. 서글픈 미소였다.

"고맙소."

"저기, 잠깐……"

돌아서 나가려는 그를 약사가 불러 세웠다.

"혹시 외국에서 오셨나요?"

"그렇소. 한국인이요."

"그렇군요. 어쩐지 일본말 하시는 것이 너무 표준 말씨만 쓰시기에……. 조심해서 가세요."

그는 고개를 끄덕이고 나왔다. 목덜미에 진땀이 흥건히 배어 있었다. 그는 비참하고 외로운 기분으로 걸음을 옮겼다. 죽음에 패배 당하지 않기 위해서는 충만한 삶을 살아야 한다는 것을 그는 잘 알고 있었다. 그래서 그는 열심히 뛰고 있었던 것이다.

그러나 죽음의 냄새는 시간이 흐를수록 짙게 풍겨 오고 있었다. 그는 자신이 인생에 대해서 혹시 빚진 게 없는가 하고 생각해 본다. 빚진 것은 없는 것 같다. 그 나름대로 열심히 살아왔다는 생각이 든다. 그렇지만 부끄러운 생각이 드는 것은 웬일일까?

공원에는 안개가 짙게 끼여 있었다. 그는 벤치에 앉아 이마에 번진 식은땀을 닦아냈다. 이제 악의 얼굴은 안개 저쪽에서 서서히 그 모습을 드러내고 있었다.

그는 증오에 찬 눈으로 그 얼굴을 노려보았다. 지킬 박사와 하이드 씨, 숨어 있지 말고 이리 나오시오. 당신의 정체는 이제 드러났어. 겉으로는 중후한 인품의 세균학자로 보이지만 사실 알고 보면 당신은 악마요. 당신은 당신이 연구한 학문을 이용해서 가장 악한 짓을 한 거요. 세균 무기를 만들어 그 논문을 외국에 팔아먹은 경우 도대체 얼마의 대가를 받는가요? 아니라고 부인해도 소용없어요. 멀지 않아 모든 것이 백일하에 드러날 텐데 왜 부인하는 거요? 당신은 더구나 다른 나라도 아닌 소련과 거래했소. 그 결과가 어떻게 나타날지 당신은 충분히 알고 있으면서도 그런 짓을 자행했소. 당신 딸은 그것도 모른 채 아버지를 죽인 범인을 찾아 복수하겠다고 돌아다니고 있소. 만일 당신 딸이 당신의 정체를 알면 어떤 기분일까? 딸한테는 말하지 말라고? 그래도 딸한테는 훌륭한 아빠로 기억되고 싶은 모양이군. 반역자, 당신은 반역자야!

목이 타는 듯했다. 그는 마른 침을 삼키면서 지킬 박사와 하이드 씨를 상대로 계속해서 이야기했다.

안개는 지척을 분간할 수 없을 정도로 짙게 끼고 있었다. 밤늦게 호텔로 돌아오니 모두가 자지 않고 그를 기다리고 있었다. 뚱보는 불쾌한 표정으로 조 형사를 대했다. 연락도 없이 개인 행동을 한 데 대해 기분이 상한 것 같았다.

"앞으로 연락을 좀 하고 다닙시다."

"죄송합니다."

"모두가 걱정하고 있었단 말이요. 헌데 얼굴이 왜 그래요? 푸르딩딩한 것이 꼭 죽은 사람 얼굴 같은데……. 어디 아파요?"

"아뇨, 괜찮습니다."

"아프면 좀 쉬어요. 아까 중요한 전화가 왔어요."

"어디서요?"

"서울에서 왔는데…… 킬러가 죽었다는 거요. 자살했다는데 내일 밤 10시 10분 JAL기편으로 나리타공항에 시체가 도착한답니다."

조 형사는 믿을 수 없다는 듯 다른 사람들의 얼굴을 쳐다보았다. 모두가 멍한 표정들인 것이 충격이 큰 모양이었다.

"그럴 리가……"

"그 부인이라는 여자가 서울에 나타나서 시체를 인수해 오는 모양인데 서울에서도 믿기지가 않는지 조사를 철저히 해 달라는 부탁이요."

"일본 측은 알고 있습니까?"

"알고 있어요."

"지문이나 얼굴을 보면 알 수 있을 것 아닙니까?"

"그게 좀 어려운 모양이에요."

뚱보는 조금 여유를 두었다가 말을 이었다.

"얼굴을 알아볼 수 없게 만들어 놨어요. 그 사람 지문은 체포된 적이 없으니 아예 남아 있는 게 있을 수가 없지."

"어떻게 발견됐답니까?"

"숲 속에서 발견됐다는데……자세한 것은 사람을 만나 봐야 알겠지."

조 형사는 자꾸만 고개를 갸우뚱했다. 아무래도 믿어지지 않았기 때문이다.

"이렇게 되면 우리 일은 거의 다 끝난 거 아닙니까?"

"그렇겠지. 이쪽 사람들은 아직 할 일이 있겠지만 말이야."

"이건 너무 단순하게 끝나는 거 아닙니까? 너무 갑작스런 일이라서……."

"물론 내 기분도 마찬가지야. 하지만 사건이란 또 으레 이런 식으로 끝나는 게 아닌가."

"그렇긴 합니다만…… 그렇게 강철 같은 무자비한 킬러가 자살하다니 어쩐지 믿기지가 않습니다. 아무래도……."

"사실이니까 그런 연락이 왔겠지. 모두 확인이 끝난 모양이야. 그 놈 여편네가 자기 남편인 것을 확인했다니까 할 말 없지."

"그 친구가 미혼인 걸로 알고 있는데요?"

"적법한 절차를 따라 결혼했을 리가 있겠어? 그저 데리고 살았겠지."

"도대체 그 여자가 누굽니까?"

"아직은 모르겠어. 내일은 알 수 있겠지."

모두가 의혹에 잠긴 채 한참 동안 침묵을 지키다가 잠자리에 들었지만 조 형사는 쉽게 잠 들 수가 없었다.


이튿날 밤 9시가 되기 전에 한국 팀 수사 요원들은 나리타공항에 들어섰다. 공항에는 이미 일본 팀이 나와 있었다. 한국 팀이 나타나자 사또 형사가 먼저 다가왔다.

"기분이 어떠신가요?"

그는 조 형사와 악수를 나누면서 흰 이를 드러내고 웃었다. 조 형사는 웃지도 않고 착잡한 표정을 지었다.

"하라 레이지로가 틀림없습니까?"

"난 아직 못 봤어요. 한국 경찰이 보증을 서 준 거니까 믿을 수밖에 없겠죠."

사또는 어깨를 으쓱해 보였다.

"도대체 하라의 부인이라는 여자는 누굽니까?"

"그게 맹랑해요."

사또는 뜸을 들이려는 듯 담배를 꺼내 한국 팀 모두에게 하나씩 나누어 주었다. 마지막으로 자기 담배에 불을 댕긴 다음 연기를 후우 하고 내뿜었다.

"야마노우찌 가스꼬라는 여잔데…… 아직 만나 보지는 못했습니다. 누군가 하니 요릿집 흑룡의 마담인 미찌꼬의 딸이에요."

"아니, 뭐라구요?"

조 형사도 흑룡의 미찌꼬에 대해서는 어느 정도 알고 있었다. 유 박사의 아기를 배었다는 행방불명된 나오꼬, 그녀가 일하던 곳이 바로 흑룡이었기 때문이다.

"그리고 그 아버지는 야마노우찌 시게요시라고…… 대동아의 전 보스예요. 대동아는 일본 최대의 범죄 조직이죠."

어떠냐는 듯 사또는 또 이를 드러내고 웃었다.

"그럼 도대체 어떻게 된 일인가요?"

조 형사는 기가 막혀 입이 다물어지지 않았다. 그로서는 기가 막힐 수밖에 없었다.

"사실대로입니다. 하라는 야마노우찌의 비호 아래 그의 총애를 받으면서 그의 딸과 동거 생활을 했습니다. 그가 체포되지 않을 수 있었던 것은 비호 세력이 든든했기 때문입니다."

"그 배후에 호리 과장이 있나요?"

"그건 아직 밝혀지지 않았어요."

"살인범을 은닉했다면 구속할 수 있겠지요."

"구속 사유가 드러나지 않아서 어렵습니다. 증거가 없단 말입니다. 심증은 충분히 가는데 증거가 없어요."

사또는 억울하다는 듯 입술을 깨물었다. 조금 후 그는 의미심장하게 웃어 보이면서 이런 말을 했다.

"그 자식, 킬러 말입니다. 사람 죽이는 솜씨 못지않게 여자 후리는 데도 베테랑인 모양이에요. 믿을 만한 정보원 말에 의하면 그 놈은 미찌꼬 모녀를 다 건드렸던 모양이에요. 그러니까 미찌꼬와 그녀의 딸인 가스꼬가 킬러의 정부로 놀아난 셈이었고 그 삼각 관계도 아주 미묘했던 것 같아요. 결국 가스꼬가 승리해서 그를 독차지하자 미찌꼬는 딸을 상대로 싸울 수도 없고 해서 물러나긴 했지만 사위에 대한 감정이 좋을 리가 없겠지요."

"그럴 수도 있군요."

"여자들이란 일단 애욕의 노예가 되면 모녀간에도 연적이 될 수 있나 봐요. 기막힌 일이죠."

"가스꼬라, 어떻게 생겼는지 호기심이 동하는데……."

뚱보가 한국말로 중얼거렸다. 그 때 사또 형사가 턱으로 한 곳을 가리켰다. 모두 그쪽으로 시선을 돌렸는데 거기에 미찌꼬가 서 있었다. 의외로 화사한 기모노 옷차림이었다.

JAL기는 예정 시간보다 5분 늦어 도착했다. 한일 수사 요원들은 활주로까지 나가 가스꼬를 기다렸다. 그녀는 맨 마지막으로 트랩을 내려왔는데 퇴역 여배우 딸답게 대단한 미녀였다. 스물댓쯤 되어 보였는데 아래위 검정 투피스를 입고 있었고 비탄에 잠긴 표정을 짓고 있었다.

"미찌꼬 그 여자 매우 일찍 자식을 두었군요?"

조 형사의 속삭이는 말에 사또 형사는

"햇병아리 배우가 되자마자 야마노우찌가 낚아채서는 임신을 시킨 거겠지요."

하고 말했다.

가스꼬는 어머니의 품에 잠시 얼굴을 묻었다가 그녀와 함께 수사 요원들이 안내하는 대로 승용차에 올랐다.

화물칸에서 관이 운반되어 나왔다. 그것은 즉시 앰뷸런스에 실려 공항을 빠져나갔다. 시체는 어느 종합 병원의 시체 안치실로 운반되어 거기서 수사 요원들에게 공개되었는데 듣던 대로 얼굴은 눈 뜨고 볼 수 없을 정도로 참혹하게 일그러져 있었다.

"이건 숯제 흉기로 얼굴을 짓찧은 것 같은데……."

"이래 가지고야 어디 알아볼 수 있겠나."

제각기 한 마디씩 하면서 구역질난다는 듯 침을 뱉는다. 조 형사는 그들의 어깨 너머로 시체를 뚫어지게 들여다보고 있었다. 시체는 아래위 감색 양복 차림이었고 갖추고 있는 것이 하나같이

고급스러워 보였다. 가슴 위에 올려놓고 있는 두 손은 여자처럼 아주 곱고 부드러워 보였다.

"치명상은 목입니다. 목을 부러뜨렸습니다. 힘이 대단한 사람의 짓인 것 같습니다. 그리고 나이는 40세 전후로 보이고 사망한 지 50시간 정도 됐습니다. 손이 부드러운 것으로 보아 노동일을 한 사람 같지는 않습니다."

검시 의사의 말이었다. 조 형사의 귀에는 대단히 힘센 자에 의해 목이 부러졌다는 말이 깊이 들어와 박혔다. 얼마나 힘이 센 놈이면 성인 남자의 목을 부러뜨려 죽였을까.

그는 시체를 인도해 주기 위해 일본까지 날아온 한국 형사 두 명을 밖으로 불러냈다. 한 사람은 새파랗게 젊은 형사였고 또 한 사람은 안면이 있는 나이 많은 형사였다. 그는 나이 많은 형사한테 질문을 던졌다.

"어떻게 발견된 시체인가요?"

"강변도로에 팽개쳐져 있었습니다. 처음에는 뺑소니차에 치여 죽은 줄 알았는데 주머니를 뒤져 보니까 유서가 있었습니다."

"어떤 유서였나요?"

"자기가 유한백 박사를 살해한 범인이라고 밝혔습니다. 그리고 일본에 있는 자기 부인한테 연락을 해 달라고 부탁했습니다."

"그러니까 놈은 달리는 차에 뛰어들어 자살했다는 겁니까?"

"그렇죠. 얼굴을 심하게 부딪치면서 목이 부러진 겁니다."

"어떤 차였나요?"

"모릅니다. 아직 그 차를 찾지 못했어요."

"목격자는?"

"목격자도 없었어요."

"애매하군요."

"아, 그런 점이 없지 않아 있어요. 하지만 그 놈이 맞는 것 같아요. 유품 중에 권총이 있었고 일본 돈과 달러도 상당액 발견되었어요. 위조 여권도 발견되었고요."

"무슨 권총이었나요?"

"리벌버였어요."

"여권에 적힌 이름은요?"

"이노우에 오사무라고 되어 있었는데 일본 경찰에 조회해 보니까 모두 가짜였어요."

"신문에 대서특필 되었겠군요?"

"네……."

"왜 우리한테는 이렇게 연락이 늦었나요?"

"아, 그건…… 신중을 기할 필요가 있어서 확인해 보느라고 좀 늦은 것 같습니다."

가스꼬 모녀는 특수부에 연행되어 조사를 받았는데 거기에는 한국 팀도 참석하는 것이 허용되었다. 먼저 가스꼬부터 조사를 받았다. 그녀는 여전히 비탄에 잠긴 모습이었고 듣기 어려울 정도의 작은 목소리로 대답했다.

"하라 레이지로가 맞습니까?"

"네……."

"당신 남편이 틀림없나요?"

"네⋯⋯."

그녀는 기계적으로 대답하고 있었다.

"얼굴이 저렇게 됐는데 알아볼 수가 있나요?"

"알아볼 수 있어요."

가스꼬는 뚜렷한 어조로 차갑게 말했다.

"어떻게 알아볼 수 있나요?"

"부부 사이에는 얼굴 말고도 알아볼 수 있는 부분들이 많이 있어요."

수사 요원들은 한 대 얻어맞은 표정을 지었다.

"그렇다면 말씀해 보십시오. 알고 있는 부위를⋯⋯."

"양쪽에 사랑니가 하나씩 있는데⋯⋯ 모두 썩었어요. 왼쪽 새끼손가락 손톱은 죽어서 까맣게 변했어요. 뒤통수에 상처가 있는데 결혼 전부터 있던 거예요. 머리칼로 덮고 있기 때문에 겉으로 볼 때는 몰라요. 그리고 복부에는 맹장 수술 자국이 있어요."

"알았습니다. 확인해 보죠."

수사관은 검시 의사를 들어오게 하여 가스꼬의 진술 내용을 말해 준 다음 사실이냐고 물었다. 의사는 틀림없다고 말했다. 수사관들은 맥이 빠진 듯한 표정을 지었다. 그러나 조문기 형사만은 독수리 같은 눈으로 그녀를 바라보고 있었다. 그의 눈은 그녀가 무슨 말을 해도 믿을 수 없다고 말하고 있었다.

"하라 레이지로는 살인범입니다. 그것도 전문적인 킬러입니다. 가스꼬 씨, 당신은 알고 있었죠?"

"모르고 있었어요."

가스꼬는 딱 잡아떼고 있었다. 화가 난 취조관은 주먹으로 탁자를 두드렸다.

"당신 남편은 경찰이 13년 동안 찾던 인물이오. 와따나베 교수를 살해했을 때 온 매스컴이 떠들썩하게 취급했어요. 그리고 지금까지도 줄곧 심심치 않게 보도되었단 말이요. 그런데도 몰랐다 이 말이오?"

"그건 알고 있었어요. 그렇지만 살인 청부업자인 줄은 몰랐어요. 다만 화가 나서 발작적으로 살인을 저지르고 숨어 다니는 줄 알았어요. 그는 인텔리였고 우리는 서로 사랑했어요. 그가 살인범이라는 사실이 우리의 사랑을 막지는 못했어요. 우리는 그런 장벽을 넘어 사랑할 수가 있었어요. 저는 그의 살인을 이해할 수가 있었어요. 우리는 서로 피가 통하는 사이였으니까요."

"피가 통하다니, 그럼……?"

"네, 저는 한국인 2세예요. 한국말은 할 줄 모르지만 저는 제 자신이 한국인이라는 사실을 한 시도 잊은 적이 없어요."

"그렇군요."

그녀의 말에 딱딱하던 수사관들의 표정이 조금씩 풀어지기 시작했다.

"그럴듯한데요."

조 형사는 뚱보를 힐끗 쳐다보며 중얼거렸다. 가스꼬는 좀 더 완벽한 연기를 위해 마침내 눈물까지 흘렸다.

"저는 그가 한국에 갈 때 더 이상 숨어 있을 수가 없어서 가는 줄 알았어요. 그래서 그를 순순히 보냈던 거예요. 그런데 그런 엄청난 짓을 저지르다니…… 도무지 믿을 수가 없어요. 지금 생각하니까 결국 그에게 이용만 당했다는 생각이 들어요. 그는 저를 배신했어요. 미워요! 참을 수 없이 미워요! 그렇지만 그에 대한 제 감정은 아직 식지 않았어요! 더욱 타오르고만 있어요!"

슬픔이 복받치는지 그녀는 억눌린 듯한 소리로 마구 흐느껴 울기 시작했다.

"범인 은닉죄로 처벌하시겠다면 달게 받겠어요. 그를 숨겨 주었다는 사실을 부인하지는 않겠어요. 그는 왜 그런 짓을 했을까요? 네? 말씀해 주세요! 아무리 청부 살인이라고 하지만…… 저는 이해할 수가 없어요. 그는 그럴 사람이 아니에요! 그는 더없이 착한 사람이에요!"

"우리가 알고 싶은 것도 바로 그 점입니다. 왜 그가 살인 청부 업자가 되었는가, 누가 그의 배후에서 그런 짓을 시켰는가…… 우리는 그것을 알고 싶습니다. 그의 착해 보이는 얼굴 뒤에는 또 다른 무서운 얼굴이 있었던 게 틀림없습니다. 가스꼬 씨, 당신은 눈이 어두워 그것을 보지는 못했을 뿐입니다. 애욕에 눈이 어두워지면 그 사람의 좋은 점만 보이는 게 아닙니까?"

"아니에요! 그렇지 않아요!"

"부인하고 싶으시겠죠. 그래야 자신에게 조금이라도 위안이 되니까요. 당신이 그를 알게 된 건 당신 아버지가 그를 집안으로 끌어들였기 때문입니다. 도대체 왜 그를 숨겨 주었을까요?"

"모르겠어요. 아마 같은 한국인이기 때문이었을 거예요."

"글쎄, 그런 이유로 야마노우찌 씨가 그런 위험 덩어리를 받아 들였을까요? 더구나 야마노우찌 씨는 언제나 경찰의 감시를 받고 있는 입장이었는데 말입니다."

"모르겠어요. 전 아는 바가 없어요. 저는 다만 제가 열 살쯤 되었을 때 그 사람이 우리 집에 들어왔고 그때부터 저는 그를 오빠라고 부르면서 자라다가 결국 그를 사랑하게 되었다는 것밖에 말씀드릴 게 없어요. 죄송해요. 이루 말할 수 없이……"

문이 열리면서 두 사람이 들어왔다. 한 사람은 미찌꼬였고 또 한 사람은 야마노우찌 시게요시였다.

가스꼬는 자기 아버지를 보자,

"아빠!"

하고 부르면서 품속으로 뛰어들었다.

야마노우찌는 살찐 턱을 씰룩거리면서 딸을 부둥켜안았다. 그리고 등을 다독거려 주다가 갑자기 들고 있던 지팡이로 탁자를 후려쳤다. 지팡이는 두 동강이가 났고 탁자 위의 재떨이가 산산조각이 났다.

"이 놈의 쥐새끼 같은 놈들, 내 딸이 무슨 죄가 있다고 괴롭히는 거냐? 죄가 있으면 내가 죄가 있지 내 딸이 무슨 죄가 있느냐 말이다! 이 쥐새끼 같은 놈들, 이 야마노우찌가 은퇴했다고 이렇게 괄시하기냐? 그 전에는 고개도 못 들던 놈들이 이제는 건방지게 나를 오라 가라 하고 그것도 부족해 내 딸·내 여편네까지 데려다가 조사를 해? 어디 두고 보자, 두고 봐!"

짙은 잿빛의 눈썹 밑에서 쭉 찢어진 두 눈이 분노에 떨고 있는 것을 조 형사는 유심히 바라보았다. 일본팀은 야마노우찌로부터 진실을 듣는 데 실패한 듯했다. 그래서인지 낭패의 빛이 역력히 나타나 있었다.

야마노우찌는 정부와 딸을 데리고 떵떵거리며 나갔다. 수사 요원들은 그것을 지켜보면서 한숨만 내쉬고 있었다.

"야마노우찌 일가에 대한 수사를 면밀히 재개해. 그리고 그들과 접촉하는 사람들을 하나도 빼놓지 말고 체크하도록 해."

일본팀 수사반장이 마지막으로 내린 지시였다.

그날 밤 한국 팀이 호텔로 돌아와 막 잠자리에 들었을 때 조 형사를 찾는 전화가 걸려 왔다. 여자 목소리였다. 조 형사는 목소리를 듣자마자 상대가 유보화란 것을 알았다.

"도대체 뭐 하고 있는 거요?"

조 형사는 노여움을 누르고 나직이 물었다.

"그런 식으로 묻지 마세요."

보화 역시 감정을 억누른 채 말했다.

"어리석은 짓만 저지르고 다니니까 하는 말이요."

"전 어리석은 짓 한 적 없어요. 물어볼 게 있어요."

"말해 보시오."

"시체는 확인하셨나요?"

조 형사는 멈칫했다.

"어떻게 알았죠?"

"다 알고 있었어요."

"시체는 확인했습니다."

"그 살인자가 틀림없나요?"

"왜요?"

숨 가쁘게 다그치는 기미가 느껴졌다.

"그냥 말할 수는 없어요. 나도 알고 싶은 게 있으니까 서로 바꿉시다."

"그게 뭐죠?"

"전화로는 곤란해요. 직접 만나서 이야기합시다."

"고약한 분이시군요."

잠시 침묵이 흐른 뒤 그녀가 물었다.

"혹시 저를 강제 귀국시키려고 그러시는 건 아니겠죠?"

"설득시키면 시켰지 강제로 그러지는 않을 테니까 안심해도 좋아요."

"혼자 나오세요."

"물론……. 당신도 혼자 나오시오."

"어디서 만나죠?"

"시간과 장소는 맘대로 정하시오."

"그럼 나이트클럽에서 만나요. 힐튼 호텔 나이트클럽."

"그럽시다."

"지금 1시니까 30분 후에 만나기로 해요."

"좋아요."

전화를 끊고 난 조 형사는 서둘러 옷을 입고 밖으로 나갔다. 다른 사람들은 그가 무슨 일로 그렇게 다급하게 밖으로 나가는지 일체 묻지 않았다.

힐튼 호텔 나이트클럽은 초만원이었다. 조 형사가 자리를 잡지 못한 채 출입구 쪽에서 서성거리고 있자 조금 후에 보화가 들어섰다.

그들은 손을 잡고 안쪽으로 들어가 겨우 자리를 잡고 앉았다. 밴드 소리가 너무 시끄러워 큰 소리를 질러야 알아들을 수 있을 정도였다. 그들은 술을 시켜 놓고 마시지도 않은 채 서로 한참 동안 쏘아보기만 했다.

보화는 수척해져 있었다. 보화 쪽에서도 조 형사의 마른 모습을 보고 사뭇 놀라고 있었다. 조 형사는 하루가 다르게 무섭게 말라가고 있었던 것이다.

"어디 아프세요?"

"아뇨."

보화의 근심 어린 표정으로 서로 경계하던 딱딱한 분위기가 수그러졌다. 비로소 술잔을 들었다.

"시체를 확인해 봤는데 알아볼 수가 없어요. 얼굴이 알아볼 수 없게 상해 있어서……."

"그 부인이란 여자도 만나 보셨나요?"

"만나 봤어요. 틀림없는 자기 남편이라고 하면서 여러 군데 특징을 말했는데 모두 그대로였어요."

조 형사는 확인한 것을 보화에게 모두 이야기해 주었다.

"어떻게 생각하세요?"

"내 감각으로는 그의 죽음을 받아들일 수가 없어요. 그런 자가 자살하다니 믿을 수가 없어요."

조 형사의 말에 보화는 동의한다는 듯 고개를 끄덕거렸다.

"그렇다면 가스꼬가 거짓말을 한 걸까요?"

"그랬을 가능성이 커요."

"그럼 그 시체는 누굴까요?"

"우리가 전혀 모르는 희생자이겠지요."

"그가 왜 그런 짓을 했을까요?"

"수사망에서 벗어나 보려고 그랬겠지요."

"그렇다면 그는 지금 어디 있을까요?"

"모르죠. 우선 살아 있다는 걸 알아내야겠죠."

그들은 홀로 나가 블루스 곡에 맞춰 돌아갔다.

"대동 그룹 회장이 살해된 거 알고 계시나요?"

"알고 있어요."

"황 회장도 그 킬러의 소행이라고 하던데 정말인가요?"

"수법이나 대담성 그리고 인상 등으로 보아 그의 소행일 가능성이 커요."

"전 이런 생각을 했어요. 우연의 일치인지는 모르지만 황 회장의 대동 그룹과 야마노우찌의 대동아가 서로 이름이 비슷하다고 말이에요. 물론 한쪽은 재벌 회사 이름이고 다른 쪽은 폭력 조직의 이름이긴 하지만서두요."

조 형사는 멈칫했다. 그로서는 거기까지 미처 생각이 미치지 않았던 것이다.

"그러고 보니까 비슷하군요. 조사할 필요가 있겠는데……. 그건 그렇고 이제 보화 씨가 대답해 줘야 할 차례요."

"네, 물어 보세요."

그녀는 안기다시피 몸을 기대 왔다. 조 형사는 그녀의 허리를 바싹 끌어당겼다.

"유 박사의 유품 중에 노트가 있었는데 그걸 좀 빌립시다."

"……"

보화는 그의 품에서 몸을 빼냈다.

"그건 뭐 하시려구요?"

"좀 조사해 보려구요."

"그 내용을 말인가요?"

"그렇소."

"없어요. 모두 태워 버렸어요."

"뭐라구요?"

조 형사는 그녀의 허리를 끌어당겨 숨 막히게 죄었다. 그리고 그녀를 쏘아보면서 물었다.

"왜 그걸 없애 버렸죠?"

"그냥…… 별 생각 없이…… 이거 놓으세요!"

"못 놓겠소. 바른 대로 말하기 전에는……. 당신은 그걸 없애지 않았어. 당신 눈이 그렇게 말하고 있어요! 내 눈은 속이지 못해요! 자, 어디다 숨겨 뒀소?"

"없어요……."

그녀는 앙칼지게 말하면서 도리질했다.

"왜 그걸 보이지 않으려는 거죠? 이유가 뭐요?"

"이유는 없어요."

그녀는 급히 홀을 빠져나갔다. 조 형사는 뒤따라가 그녀의 팔을 낚아채서 자리로 돌아와 앉았다.

"자, 말해 봐요! 그걸 보이지 않으려는 이유가 뭐요?"

"이유는 없다고 그러지 않았어요?"

그녀는 제법 앙칼지게 말하고 있었다. 조 형사는 성난 눈으로 그녀를 쏘아보다가 말했다.

"거짓말하면 약속이 틀리지 않아요. 보화 씨는 숨기는 게 너무 많아요. 서로 협조하면 잘 될 일을 가지고 혼자서 그렇게 거머쥐고 있으니 될 일도 안 되지 않아요."

"일이 그렇게 됐지 않아요."

"맘대로 하시오. 진실을 숨기고 있는 한 이 사건은 해결되지 않을 거요. 도대체 진실을 숨긴 채 무엇을 하겠다는 거요?"

"제가 진실을 숨기고 있다는 건가요?"

"그러지 않기를 바라요."

두 사람은 입을 다문 채 서로 상대방의 마음을 헤아려 보려는 듯 한동안 말없이 쳐다보기만 했다. 조 형사는 언젠가는 공개될 수밖에 없다면 지금 차라리 사실을 알리고 그녀의 입을 열게 하는 게 나을 것 같았다. 그래서 잔인하다고 생각하면서도 마침내 입을 열었다.

"유 박사의 과거가 밝혀졌을 때 나는 깜짝 놀랐습니다. 그것은 정말 놀라운 사실이었습니다."

"우리 아빠의 과거가 어땠는데요?"

"유 박사는 일제 강점기에 관동군 장교였는데…… 방역 급수부라고 하는 특수부에 근무했습니다. 그 부대는 가장 비인간적인 것을 연구하는 부대였습니다."

"……."

보화는 미동도 하지 않고 그를 쏘아보고 있었다. 조 형사는 내친 김에 이어서 말했다.

"자세히 말하면 그 곳은 세균전에 대비해서 각종 무서운 세균을 연구하는 부대였습니다. 중국인, 한국인, 그 밖에 죄수들을 데려다가 몸속에 세균을 주입시킴으로써 이른바 생체 실험을 자행하곤 했죠. 물론 그런 사람들은 모두 죽게 마련이었습니다. 그야말로 잔인무도하기 짝이 없는 그 짓을 지휘한 사람이 바로 유한백 박사였습니다. 가공할 일이죠."

그는 보화의 손끝이 바르르 떠는 것을 놓치지 않고 바라보았다. 보화는 천천히 고개를 내젓다가 갑자기 주먹을 움켜쥐면서,

"아니에요! 그럴 리가 없어요!"

하고 말했다. 조 형사는 더욱 냉정하게 나갔다.

"믿고 싶지 않겠지요. 한국의 권위 있는 세균 학자를 아버지로 두었다는 사실을 조금이라도 훼손당하고 싶지 않겠지요. 사실이라 해도 세상에 알려지는 게 싫겠지요."

"아니에요! 아니에요!"

조 형사를 노려보는 보화의 두 눈은 원망에 가득 차 있었다.

"유 박사님 밑에서 위생병으로 근무했던 사람이 나타나서 증언해 준 겁니다. 쓰노다 긴고라는 사람으로 현재 병원을 운영하고 있습니다. 한일 수사 회의석상에 나와 진술한 겁니다. 나도 그것을 듣고는 믿어지지 않았습니다. 원죄는 일본 제국주의자들에

게 있지만 하여튼 한국인으로서 그런 야만적인 일에 협조했다는 것은 심히 부끄러운 일입니다. 그 죄상은 민족의 이름으로 지탄받아 마땅한 것입니다."

고개를 젓는 모습에 힘이 빠지는가 싶더니 그녀는 마침내 두 손으로 얼굴을 가리고 흐느끼기 시작했다. 그것을 냉정히 지켜보면서 조 형사는 사정없이 쏘아붙였다.

"유 박사님은 두 개의 얼굴을 가지고 있었습니다. 지킬 박사와 하이드 씨 같은 그런 양면의 대립되는 얼굴들 말입니다. 아무도 몰랐지요. 아주 감쪽같았으니까요."

"그건 과거의 일이에요. 누구나 다 더러운 과거를 갖고 있기 마련이에요!"

그녀는 울면서 말했다. 울음을 삼키려고 애쓰는 바람에 어깨가 들먹거리고 있었다.

"그런 식으로 합리화시키려고 하지 말아요. 인정할 것은 솔직하게 인정해요. 그리고 유 박사님의 과거는 과거에 그친 것이 아니고 지금까지 계속되어 왔어요. 그것을 입증하는 여러 가지 사실들이 속속 드러나고 있어요."

"그것이라니요? 그것이 무엇이에요?"

"Y대에 이시바 기이찌라는 세균학 교수가 있는데 그는 지금 수사의 손길을 피해 주일 소련 대사관에 피신 중입니다. 유 박사님은 일본에 올 때마다 이시바 교수와 함께 소련 대사관의 이반 페드로프라고 하는 참사관을 수시로 만났고 모스크바까지 방문했습니다. 이것은 수사 결과 밝혀진 사실입니다. 그들이 무슨 일로 소련과 접촉했을까 하는 것은 자명합니다. 그들은 세균에 관한 것 외에는 내놓을 것이 없습니다. 소련은 세균 무기를 개발하기 위해 혈안이 되어 있었고 실제로 아프가니스탄 등지에서 그것을 사용했다는 증거들이 나오고 있습니다. 유 박사님은 우리 국내뿐 아니라 세계적으로도 널리 알려진 세균 학자입니다. 아직 확실한 증거는 없지만……. 소련은 유 박사님의 학문을 매수한 것이고 유 박사님은 자신의 양심과 학문을 그들에게 판 것입니다. 그 학문이란 바로 세균 무기입니다. 유 박사님은 세균 무기를 연구해서 소련에 넘겼고 그 대가로 막대한 돈을 받고는 했습니다. 이것이 수사 회의에서 내려진 지배적인 의견입니다. 내 생각에는 보화 씨가 가지고 있는 그 연구 노트에 결정적인 내용이 담겨 있으리라고 봅니다. 보화 씨는 이미 그 내용을 알고 있고 그래서 숨기려고 드는 게 아닙니까? 숨기지 말고 공개하십시오. 적어도 수사 요원들에게 만이라도……."

격하게 흐느끼고 있던 보화는 어느새 차갑게 가라앉아 있었다. 석고처럼 창백하게 굳은 얼굴로 그녀는 말했다.

"아빠는 돌아가셨어요. 잔인하게 살해되셨어요. 누가 왜 그랬죠? 제가 알고 싶은 건 그거예요."

"그것을 안다 해도 그리고 범인을 체포한다 해도 근본적인 문제가 해결되는 건 아닙니다."

"전 다른 건 알고 싶지 않아요."

"그건 위선이오. 모두 공개하십시오. 그래야만 사건이 해결됩니다. 나는 그 연구 노트가 내가 생각하고 있는 것과는 다른 내용

이기를 바라고 있어요. 하지만…….''

"생각대로 맞아떨어지기를 바라시겠지요."

음악이 갑자기 귀청을 찢을 듯이 시끄러워졌기 때문에 그들은 그것이 가라앉을 때까지 기다렸다. 조 형사는 더 추궁하지 않았다. 그런다고 해서 그녀가 입을 열 것 같지 않았기 때문이다.

음악이 계속되는 동안 유 보화는 술을 거푸 들이켰다. 그 때까지 거의 입에 대지 않고 있던 것을 마구 들이키고 있었다.

조 형사는 말리지 않고 그것을 가만히 지켜보고 있었다.

한참 후 조 형사를 바라보는 보화의 눈이 게게 풀려 있었다. 그녀의 얼굴은 빨갛게 달아올라 있었다. 그녀는 얼굴에 웃음을 띠우면서…….

"그렇게 알고 싶으세요? 그렇게 알고 싶으시면 말씀드리겠어요. 정말 잔인하신 분이군요. 남이야 가슴이 찢어지건 말건……. 저는 피해자예요. 피해자한테 이렇게 고통을 줄 수가 있어요? 정말 원망스러워요."

"미안합니다. 그렇게 괴롭다면 말하지 마십시오."

"아니에요. 말씀드리겠어요. 이왕 이렇게 된 거 철저히 파헤쳐 주세요. 저도 더 이상 버틸 수가 없어요."

그녀는 한숨을 길게 내쉬고 나서 말을 이었다.

"조 형사님 말씀은 맞았어요. 아빠의 그 연구 노트는 세균 무기에 관한 것이었어요."

이번에는 조 형사의 안색이 창백해졌다.

"그 연구 노트는 전문가가 아니면 알아볼 수 없을 텐데 어떻게 그 내용을 알 수가 있었죠?"

"아빠의 수제자한테 보여 드렸어요."

"그 사람은 누굽니까?"

"방명환 씨라고…… B의대 교수예요. 그 분이 그걸 보고 나서 이야기해 주었어요. 자세한 내용은 이야기해 주지 않고 세균 무기에 관한 것이니 세상에 알려지지 않게……."

"노트를 태워 버렸나요?"

"태우려다가 말았어요. 왠지 그러고 싶지 않았어요. 그렇지만 실험실은 모두 태워 버렸어요."

"그 노트는 어디 있습니까?"

"집에 깊이 숨겨 뒀어요."

"장소를 자세히 말해 봐요."

그녀는 멀거니 그를 바라보다가 탁자 위로 상체를 엎었다. 술병이 굴러 떨어지고 술이 쏟아졌지만 그대로 엎어져 있었다.

"보화씨, 보화씨, 일어나요!"

조 형사는 당황해서 소리쳤다. 그러나 그녀는 꼼짝도 하지 않았다. 그는 하는 수 없이 그녀를 끌어안다시피 하고 그 곳을 나왔다. 그녀는 겨우 비틀비틀 걸음을 옮기고 있어서 놓기만 하면 금방 쓰러져 버릴 것 같았다.

"정신 차려요! 안 그러면 때려 줄 테니까!"

"맘대로 하세요. 맘대로 하라구요."

그녀는 눈을 감은 채 중얼거렸다.

"빌어먹을!"

그는 멀리 갈 수도 없고 해서 호텔방으로 그녀를 데리고 갔다. 방으로 들어가 손을 놓자 그녀는 바닥에 그대로 구겨져 버렸다. 두 손으로 안아 들자 몸이 그렇게 무거울 수가 없었다.

"원, 여자 몸이 왜 이렇게 무겁담."

겨우 여자를 들어 올린 그는 끙끙거리며 침대 쪽으로 다가가서는 그녀를 침대 위에다 던져 버렸다. 그녀는 몇 번 요동치다가 침대 속으로 깊이 가라앉았다. 그 바람에 스커트가 말려 올라갔고 팬티 바람의 늘씬한 하체가 눈부시게 드러났다. 그는 고개를 돌리면서 스커트 자락을 끌어내려 하체를 덮어 주었다.

그녀가 물을 달라고 했을 때 기회를 놓치지 않고 물었다.

"연구 노트를 숨겨 둔 데가 어디죠? 말해 봐요. 어디다 숨겨 뒀는지 말해 봐요."

"물…… 물……."

그녀의 입술은 바싹 말라 있었다.

"물을 줄 테니까 말해 봐요. 연구 노트 숨겨 둔 데가 어디요?"

"물…… 물……."

"말하지 않으면 물을 안 줄 거요! 어딘지 말해 봐요!"

그녀는 몸을 뒤채더니 눈을 게슴츠레하게 뜨고 바라보았다.

"악질…… 당신은…… 악질."

"그래. 난 악질이고 당신은 천사요. 어디다 숨겨 뒀죠?"

"제 화실…… 화실에 있어요."

"화실 어디?"

"화실에…… 석고 비너스상이 있어요. 그 속에……."

"비너스상 속에 있단 말이오?"

"네, 그 속에 넣고…… 구멍을 막아 버렸어요. 깨뜨려야…… 꺼낼 수 있을 거예요. 이제 물 좀 줘요."

"고맙소. 실컷 마시고 한숨 푹 자도록 하시오."

그녀는 거푸 물 두 잔을 마시고 다시 눈을 감아 버렸다. 조 형사는 아침 첫 비행기를 예약한 다음 소파에 앉아 눈을 붙였다.

그가 눈을 떴을 때 시계는 아침 7시 30분을 가리키고 있었다. 보화는 그 때까지 잠들어 있었다. 방을 나온 그는 프런트에 가서 숙박비를 치른 다음 그 길로 나리타공항으로 향했다. 공항 스낵 코너에서 햄버거와 커피로 간단히 아침 식사를 때우고 반장에게 용건을 이야기한 다음 10시발 KAL기에 올랐다.

먼저 서울에 도착했다. 부산에 직접 갈 수도 있으나 비행기 시간이 오후에 있었기 때문에 급한 대로 서울로 날았던 것이다. 김포 공항에 닿자 그는 부산행 비행기에 다시 올랐다. 보화의 집에 닿았을 때는 오후 3시께였다.

젊은 가정부 혼자서 집을 지키고 있었다. 신분증을 내보이고 2층 화실로 올라가 보니 과연 석고 비너스상이 구석진 창 가에 놓여 있었다. 망치를 집어 들고 밑동을 깨자 가정부가 기겁을 하며 달려들었다.

"보화 씨하고 이야기가 다 되어 있으니까 염려하지 마시오."

뚫린 구멍 속으로 손을 집어넣자 손에 잡히는 것이 있었다. 꺼내 보니 그도 본 적이 있는 유 박사의 연구 노트였다. 이마에 번진 땀을 닦아내고 담배를 한 대 맛있게 피우고 나서 B의과 대학으로 전화를 걸었다.

방명환 교수는 자리에 없었다. 강의 중이라는 것이었다. 보화의 집을 나온 그는 어떻게 할까 망설이다가 택시를 집어타고 바로 B의과 대학으로 향했다. 방 교수의 연구실은 잠겨 있었다. 그 앞에서 한참 동안 서성거리고 있는데 마침내 안경을 낀 40대의 남자가 다가왔다.

"실례합니다."

조 형사는 꾸벅하고 절했다. 상대는 의아한 듯이 쳐다보았다.

"네, 어떻게 오셨는가요?"

"방 교수님 되시는가요?"

"네, 그렇습니다만……."

온후한 인상의 사나이였다.

"경찰입니다."

조 형사는 공손히 신분증을 꺼내 보였다.

"아, 그러신가요? 무슨 일로 그러시는지……?"

방 교수는 별로 안색을 바꾸지 않고 물었다.

"네, 좀 긴히 여쭐 말이 있어서 찾아왔습니다."

"시간이 좀 걸리는 일인가요?"

"네, 그렇습니다."

"그러시다면 들어가시죠."

방 교수는 열쇠로 방문을 열고 앞장서서 들어갔다. 좁은 실내에는 알아볼 수도 없는 외서들이 무질서하게 쌓여 있었다. 교수는 책상 앞에 놓여 있는 의자에 앉고 조 형사는 그 옆에 하나밖에 없는 소파에 조심스럽게 자리를 잡았다.

"말씀하시지요. 제가 좀 바쁜 일이 있어서……."

"아, 네…… 다름이 아니라……."

조 형사는 봉투 속에서 유 박사의 연구 노트를 꺼내 방 교수에게 내밀었다.

"이거 기억나시죠?"

"이게 뭡니까?"

"유한백 박사의 연구 노트입니다."

"아, 그런가요!"

눈 꼬리에 감돌던 미소가 사라지는 것을 조 형사는 놓치지 않고 바라보았다.

"한데 어떻게 이걸 입수하셨죠?"

"유보화 양의 양해를 얻고 빌려 온 겁니다. 선생님의 고견을 들으려구요."

"그래요?"

감정을 숨기려고 애쓰는 모습이 역력히 보였다.

"저한테 무얼 들으시려구?"

"이 노트 속에 있는 내용을 들으려고 그럽니다."

"왜 하필 저한테……?"

"유 박사님의 제자라고 들었습니다. 그래서 찾아온 겁니다."

방 교수는 난처한 표정을 지었다.

"전…… 이 내용을 알아볼 만큼 그렇게 학문이 깊지가 못합니다. 죄송합니다."

"이미 이걸 검토하셨다는 말을 들었습니다. 부탁합니다."

"누, 누가 그러던가요?"

"유보화 양이 그랬습니다."

"유 양이 말입니까?"

"네, 바로 그 아가씨가……."

"미쳤군! 어쩌자고 이걸……."

방 교수는 안경을 벗더니 그것을 넥타이 끝으로 문질러 닦았다. 난처할 때의 버릇인 것 같았다. 그러느라고 방 안에는 한참 동안 무거운 침묵이 흘렀다. 이윽고 방 교수는 고개를 쳐들더니,

"만일 제가 거절한다면 어떡하시겠습니까?"

라고 물었다.

"만일이란 있을 수 없습니다. 반역자를 비호하시리라고는 믿지 않습니다."

"유 박사님이 반역자인가요?"

방 교수의 눈이 크게 확대되었다.

"우리는 지금 그 구체적인 자료를 확보하고 있는 중입니다."

"사실은…… 이건……."

방 교수는 노트를 두려운 듯이 바라보다가 그 위에다 오른손을 얹었다.

"이건 좋은 내용이 아닙니다. 세균 무기에 관한 내용입니다."

"그 정도는 저도 알고 있습니다. 좀 더 구체적인 내용을 말씀해 주십시오."

방 교수는 손으로 이마를 짚었다. 몹시 고통스러운 표정이었

다. 조 형사는 안 포켓에 넣어 둔 소형 녹음기의 버튼을 살그머니 눌렀다. 이윽고 방 교수가 입을 열었다.

"저는 도무지…… 유 박사님이 왜 이런 것을 연구하셨는지 이해할 수가 없습니다. 이런 비인간적인 무기를 말입니다. 그리고 왜 비참하게 돌아가셔야 했는지…… 그것도 알 수가 없습니다."

"모두가 이것 때문입니다."

"이것 때문에 그렇게 돌아가셔야 했는가요?"

"그렇습니다."

"어째서요? 자세히 말씀해 주십시오!"

"지금은 수사 단계라 말씀드릴 수 없습니다. 차차 아시게 될 겁니다. 자, 이 노트 내용에 대해서 이야기해 주십시오. 한 시가 급합니다."

방 교수는 담배를 찾았다. 마침 담배가 떨어졌기 때문에 조 형사는 얼른 자기 담배를 꺼내 주었다.

"고맙습니다."

방 교수는 떨리는 손으로 담배를 받아 두어 모금 피우고 나서 노트의 뚜껑을 열었다.

"첫 번째는…… 곰팡이 균입니다. 이것은 병원성진균(病原性眞菌)으로서…… 무기화할 때는 진균병기(眞菌兵器)가 될 수 있습니다. 곰팡이 균은 햇빛이나 온도, 습도 등 기압 변화에도 저항력이 강하고 효력이 안정되어 있습니다. 거기다 장기 저항이 가능합니다. 그 외에도 에어졸 같은 것으로도 간단히 뿌릴 수가 있습니다. 그래서 현재 각국은 다투어 곰팡이 균 개발에 힘을 쏟고 있습니다. 이것은……."

방 교수는 담배를 비벼 끄고 나서 이마에 번진 땀을 닦았다. 마치 힘든 일을 하다가 잠시 휴식을 취하는 것 같았다.

"이것은…… 곰팡이 균 중에서도 새로 개발된 무서운 것으로…… 크립트 코커스—네오포르만스라는 것입니다. 이것을 인체에 살포하면 중추신경계가 마비되어 생활 능력이 상실되고 맙니다. 병상 진행은 완만한 편으로 죽기까지는 수개월로부터 수년이 걸립니다. 그만큼 환자는 오랫동안 고통을 겪다가 죽는 거죠. 이것은 이미 무기화할 수 있도록 완성되어 있습니다. 여기 그어놓은 빨간 라인이 그 완성된 공식입니다. 더 구체적인 설명을 드릴 수가 없어 유감입니다. 유 박사님은 언제나 한 발 앞서 가시기때문에 저는 이 정도밖에 설명 드릴 수가 없습니다."

방 교수는 두 대째의 담배에 불을 붙였다.

"두 번째는…… 바이러스 균입니다. LSV−15라고 되어 있는 이 균은 1g으로 2천만 명을 발병시킬 수 있는 무시무시한 것입니다. 바이러스는 살아 있는 세포 내에서만 증식이 가능한 것이므로 생체에 대해서는 가장 큰 효과를 거둘 수가 있습니다. 이것은 세균의 침투를 막는 필터도 쉽게 통과할 수 있기 때문에 이른바 마이크로 병기라고 할 수 있습니다. 이것은 아주 강력하게 배양되는 것으로 어떠한 치료약에도 견딜 수 있는 내인성이 강한 바이러스 균입니다. 이것이 인체에 침투하면 급성 폐렴을 일으키고 끝내 죽게 됩니다."

창문으로는 기우는 햇빛이 가득 들어오고 있었다. 그 햇빛을 받은 조 형사의 얼굴은 보랏빛을 띠고 있는 것이 병색이 완연했다. 이마와 콧잔등에는 땀방울이 맺혀 있었다. 그는 입 속이 바짝 타들어 가는 것을 느끼면서 방 교수를 응시하고 있었다.

방 교수는 곤혹스러운 표정으로 계속 설명해 나갔다.

"세 번째는 페스트균입니다. 요즘은 페스트가 거의 없어졌죠. 의학의 발달로 전염병 세균이 거의 기를 펴지 못하고 있습니다. 그러나 SP-5…… 이것은 유 박사님이 새로 개발한 페스트균인 것 같은데…… 특이한 겁니다. 기존의 어떠한 완친이나 항생제로도 치유될 수 없는 아주 강력한 페스트균입니다. 그런데 이것은 특수한 예방약까지 개발한 것이 더욱 특이합니다. 약은 SP-9라고 되어 있군요. 여기에 이런 내용이 있습니다. SP-5를 살포하기 전에 먼저 SP-9를 주사할 것. 그러면 면역이 되어 SP-5로부터 자기 측을 보호할 수 있다. 이것은 지금까지 세균전에서의 가장 큰 딜레마로 생각되어 왔던 것을 해결한 것이라고 볼 수 있습니다. 세균을 살포하면 상대측은 물론 자기 측까지 전염되기 때문에 그것이 가장 난점으로 지적되어 왔습니다. 물론 예방약이 없는 것은 아니지만 별 효과를 거두지 못했습니다. 그런데 SP-9는 매우 강력한 면역을 지니고 있어서 SP-5에 끄떡도 하지 않습니다. 그 대신 SP-9를 맞지 않은 사람은 아주 치명적입니다. 사망률이 95%라고 나와 있습니다."

"그런 통계는 믿을 만한 건가요?"

"100% 믿을 만합니다. 학자의 연구 노트는 사실만을 기록하는 것이니까요. 특히 이런 것은 여러 차례의 실험을 거친 끝에 나온 통계입니다."

"살포는 어떻게 하나요?"

"과거에는 벼룩이나 쥐 같은 것에 묻혀 퍼뜨렸는데 그것은 원시적인 방법입니다. 유 박사님은 세균을 분말로 처리하는데 성공했습니다. 그리고 그것은 특수 총탄이나 폭탄 속에 넣어 발사할 수 있도록 했습니다. 그렇게 광대한 지역을 순식간에 세균으로 뒤덮을 수가 있습니다. 요점을 설명하면 대강 이렇습니다. 세밀한 부분은 너무 전문적이라 알아들으시기 어려울 겁니다."

"좋습니다. 이 정도만 해도 됐습니다."

조 형사는 주머니에서 수첩을 꺼내 펴 들고 한 곳을 가리켰다.

"이건 일본에서 유 박사 앞으로 보내졌던 편지들 중에서도 이상하게 생각되어 골라낸 것들입니다. 한 번 읽어 보십시오."

첫 번째 것은 <P-15의 식욕은 양호하나 기대에 이르지 못함>이라는 내용이었고 두 번째 것은 <C-5 때문에 100을 1천 번 토함>이라고 되어 있었다.

그것을 읽고 난 방 교수는 알겠다는 듯 고개를 끄덕거렸다.

"P-15는 무엇을 나타내는 건가요?"

"페스트입니다."

방 교수는 노트를 넘겼다. 그가 가리킨 페이지 다섯 장이 모두 붉은 X자형으로 그어져 있었는데 거기에 바로 P-15라는 약어가 나오고 있었다.

"이 붉은 표시는 바로 폐기 처분한다는 뜻입니다. 그러니까 P=15는 연구 결과가 신통치 않아 버린 모양입니다. 그 대신 유 박사님은 SP-5를 만들어내신 겁니다."

"C-5는 뭡니까?"

"그건 콜레라일 겁니다. 앞에 목차가 있죠? 목차에는 C-5가 나와 있는데 안에는 없습니다. 이걸 보십시오. 페이지가 비지 않습니까? C-5부분은 완성되어 페이지를 빼낸 것 같습니다."

방 교수는 노트를 덮었다. 그리고 참담한 표정으로 담배를 피워 물고는 허공에 시선을 던졌다. 조 형사는 노트를 챙겼다. 그리고 마지막으로 물었다.

"아직도 믿지 않으십니까?"

"사실이 이런데 믿어야죠."

그는 억양 없이 말했다.

"지금도 유 박사를 존경하십니까?"

"……."

조 형사는 대답을 기다리지 않고 일어섰다. 방 교수가 말했다.

"그건 말하고 싶지 않습니다. 그리고…… 모든 것이 세상에 공개되지 않고 극비리에 처리되었으면 합니다. 자세한 내막은 잘 모르겠지만……."

"그렇게 해 보도록 노력하겠습니다. 수고 많으셨습니다. 감사합니다."

조 형사는 문을 조용히 닫고 나왔다. 비탈길을 내려오면서 보니 멀리 수평선 위로 해가 막 떨어지고 있었다. 수평선은 온통 붉은 빛이었다. 그는 비탈길에 서서 한참 동안 황혼의 바다를 바라보다가 다시 천천히 걸음을 옮겼다.

차도로 나온 그는 해운대행 버스에 올랐다. 버스는 낡을 대로 낡아 몹시도 덜컹거렸다. 그는 창가에 앉아 암울한 눈빛으로 어둠이 내리는 거리를 바라보고 있었다. 유 박사의 실체를 확인한 지금은 차라리 담담한 기분이었다. 분노나 증오 같은 것도 느껴지지 않았고 단지 서글픈 느낌만이 어둠처럼 밀려들었다.

해운대에 닿았을 때는 완전히 어두워져 있었다. 그는 C호텔에 들어가 바다에 면한 창가에 자리 잡고 앉아 커피를 마셨다. 바다에는 어둠과 함께 안개가 잔뜩 밀려와 있었다. 조금 후 그곳에서 나와 바닷가로 내려갔다. 어둠 저쪽에서 철썩이는 파도 소리가 들려오고 있었다. 습기 찬 바람이 불어왔다. 찬 공기를 가슴 깊숙이 들이켰다. 모래가 부드럽게 발에 밟히고 있었다. 파도 소리가 더욱 날카로워지고 있었다. 어둠과 안개로 지척을 분간할 수 없었다. 그는 돌멩이를 집어 들고 바다 위로 힘껏 던졌다.

안개는 눅눅하게 젖어 들고 있었다. 그것은 소리 없이 뼈 속까지 스며들어 온몸을 녹여 버리는 것 같았다. 그는 돌멩이를 또 하나 집어 던졌다. 그리고 물었다.

"유한백이 반역자라면…… 그는 왜 죽었을까?"

물보라가 덮쳐 오는 바람에 그는 흠뻑 젖어 버렸다.

추워서 견딜 수 없을 때까지 그는 바닷가를 거닐었다. 짙은 안개 때문인지 배들이 불을 밝히고 돌아오고 있었는데 안개에 가려 모든 불빛들이 가스등처럼 뿌옇게 보이고 있었다.

"빌어먹을 안개 때문에 아무 것도 할 수 없어."

"웬 안개가 이렇게 자주 끼지. 그러다간 정말 굶어 죽겠어."

어부들이 모래밭에 배를 대면서 주고받는 소리가 들려왔다.

"안개가 자주 끼나요?"

희미하게 움직이고 있는 실루엣을 향해 그가 물었다. 그쪽에서도 이쪽을 알아볼 리 없었다. 잠시 대화가 중단되더니 이윽고 한 사람이 대답했다.

"안개가 자주 끼어 손해가 막심합니다. 금년 들어서는 거의 매일이다시피 안개가 낍니다."

"안개 때문에 배를 움직일 수 없나 보군요?"

"이런 안개에는 움직이기만 하면 사고지요. 안개도 이렇게 지독스런 안개는 처음이에요."

"그거 야단났군요."

그는 다시 걷다가 조그만 술집으로 들어갔다. 구석에 빈약하게 자리 잡고 있어서 파리만 날리고 있는 술집 같았다.

나이 든 작부가 별로 환영하는 기색도 없이 하품을 하면서 그를 맞았다. 정작 작부와 마주앉아 술을 마시게 되었을 때 그는 복통 때문에 한 잔도 마실 수가 없었다.

"이거 사양하지 말고 혼자 다 마셔요. 안주도 다 들어요. 얼마든지 다 들어요."

"어머나, 이러면 미안하지 않아요?"

작부는 미안한 기색도 없이 소주를 거푸 들이켰고 안주를 닥치는 대로 먹어 치웠다. 조 형사는 술 대신 진통제를 먹으면서 벽에 비스듬히 기대 앉아 작부의 술 마시는 모습을 멍하니 바라보고 있었는데 그녀는 술에 얼큰히 취하자 혼자 젓가락을 두들겨

대며 노래를 부르기 시작했다. 노래는 쉼 없이 흘러나왔고 나중에는 흐느낌으로 변했다.

조 형사는 그녀의 흐느끼는 소리를 들으며 잠이 들었다. 아침이 되어 눈을 떴을 때 그의 옆에는 작부가 누워 있었는데 그녀는 실오라기 하나 걸치지 않는 벌거숭이였다.

셈을 치르고 술집을 나온 그는 수사본부로 가서 대강 보고를 마쳤다. 그의 이야기를 듣고 난 본부장 이하 간부들은 녹음 내용을 확인하고 나서 하나같이 놀라움을 표시했다.

"유한백 박사가 그런 인물이었다니, 정말 믿어지지 않는 일이야. 그는 전무후무한 반역자로 기록되겠어."

이것은 본부장이 파이프를 빨면서 한 말이었다. 조 형사는 김표(하라 레이지로)가 정말로 죽었는지를 알아보려고 했지만 확인할 도리가 없었다. 본부에서는 그의 자살을 거의 믿고 있는 형편이었다. 점심 식사를 마치고 나서 그는 시외버스를 타고 킬러의 고향을 찾아갔다.

G군에 도착했을 때는 이미 날이 저물어 있었다. 읍에 있는 여관에서 그날 밤을 지내고 이튿날 11시게 마을을 찾아 나섰다. 읍에서 그 마을까지는 30여 리 길이었다. 포장이 안 된 울퉁불퉁한 길을 택시로 15분 쯤 달리자 그가 찾는 마을이 나타났다.

그는 징검다리를 건너 마을로 들어갔다. 조그만 가게에 들어가 이 마을에 김광식이라는 사람이 살고 있느냐고 물었더니 중년의 아낙네는 종잡을 수 없게 요리조리 가리켜 주고 나서 이렇게 덧붙였다.

"벼락부자가 됐응께 찾아오는 사람도 많소 잉. 참말로 사람 팔자 알 수 없당께."

가게를 나오려다 말고 그는 돌아서서 사과 하나를 집어 들고 꽉 깨물었다.

"벼락부자가 됐다니…… 그게 무슨 말인가요?"

아낙네는 흰자위가 많은 눈으로 그를 힐끗 쳐다보았다.

"그것도 모르고 오셨나 베?"

"네, 처음 듣는 이야긴데요. 어디 한 번 들어봅시다."

그는 땅콩 봉지를 집어 주머니 속에 넣었다.

"아, 글쎄 하룻밤 새에 벼락부자가 됐다니까요. 호박이 덩굴째 굴러 들어온 거지요."

"어떻게 말입니까?"

"엊그제만 해도 참말로 째지게 가난했는데…… 뭐, 조카라는 사람이 와서는 돈을 산더미처럼 내놓고 갔대요. 글쎄……"

"도대체 얼마나 주고 갔기에 그럽니까?"

"뭐, 2천만 원이라든가, 3천만 원이라든가…… 하여간 그것 받고 떼부자가 됐당께 말할 것 있것소."

"2, 3천만 원이면 꽤 큰돈이군요."

"아, 큰 돈이다마다요. 시골서는 그런 큰 돈 평생 가도 못 만져 봐요."

"그 조카라는 사람은 뭐하는 사람인데 그렇게 돈이 많아요?"

"일본서 무슨 사업을 하고 있다지요."

"그럼 일본서 왔나요?"

조 형사의 눈이 빛났다. 아낙은 파리 한 마리를 손바닥으로 철썩 후려쳤다.

"일본서 왔대나 봐요."

"그 사람, 보셨나요?"

"전 못 봤어요. 어떻게 생겼는가 한 번 보려고 했는디…… 못 봤어요."

그녀는 아쉽다는 표정을 지었다. 가게를 나온 조 형사는 자신이 현재 범인의 족적을 따라 움직이고 있을지도 모른다는 생각에 일말의 전율을 느꼈다.

범인의 큰아버지 되는 김광식의 집은 초라하기 짝이 없는 오막살이였다. 겉으로 보아서는 벼락 부잣집 같지가 않았다. 그러나 안에서 나오는 노인의 차림새는 돈푼이나 만지는 사람 같아 보였다. 반백의 머리에 까맣게 찌든 얼굴이 새로 만들어 입은 듯한 깨끗한 바지저고리와 너무 대조적으로 보이고 있었다.

노인의 곁에서는 열 살쯤 된 소년이 눈을 반짝이며 낯선 방문객을 바라보고 있었다. 경찰에서 왔다고 하자 노인은 갑자기 겁을 집어먹은 표정을 지으면서 그를 방으로 안내했다.

"일본에 사는 조카라는 사람이 다녀갔다고 했는데 그게 언제였습니까?"

"네, 한 열흘 됐습지요. 헌디 왜 그러시는지요?"

"아닙니다. 뭐 좀 알아볼 일이 있어서 그럽니다. 그전부터 서로 연락이 있었나요?"

"어디요. 그런 거 없었지요. 갑자기 나타난 거지요."

노인은 자기 조카가 있다는 말은 들었지만 그를 본 것은 이번이 처음이었다고 했다.

그러면서 하는 말이 조카가 동생을 쏙 빼닮았다고 했다. 노인은 될수록 추켜세우려고 애쓰고 있었다. 조 형사는 킬러의 몽타주를 꺼내 보였다. 그것을 본 노인은 멈칫했다.

"이 사람이 조카의 얼굴 맞습니까?"

"예, 맞습니다. 한데 이건 어디서……?"

"조카의 이름이 뭐라고 하던가요?"

"김영일이라고 그랬습니다."

"조카가 많은 돈을 내놓았다면서요?"

"예, 안 받으려고 했는데 하도 권해서 그만…….""

"얼마 받으셨나요?"

"2천만 원입니다."

"잘 받으셨습니다."

"예?"

"아, 아무 것도 아닙니다. 그 사람이 갑자기 여긴 왜 왔나요?"

"글쎄, 특별한 이유 같은 것은 없고…… 어렸을 때부터 지 아부지한테 고향 이야기를 자주 듣곤 해서 꼭 한번 오고 싶었던 모양입니다."

"와서 무슨 이야기를 하던가요?"

"뭐, 별 이야기는 하지 않고 집안 이야기만 했지요. 젊은 사람이 별로 말이 없었지요."

그들이 나눴다는 이야기 중에는 참고가 될 만한 것이 없었다.

"여기 와서 무슨 일을 했나요? 얼마나 있다 갔나요?"

"하룻밤 자고 갔는데…… 특별히 한 일은 없고 선영에 가서 인사드렸지요."

"그 사람 주소는 어딥니까?"

"그렇지 않아도 주소를 물으니까 나중에 조카가 연락을 주겠다고 했습니다."

"연락처도 안 알려 주던가요?"

"네, 그런 건 없었지요."

"언제 다시 온다고 안 그러던가요?"

"내년쯤 다시 오겠다고 했습니다."

"어떤 차림을 하고 왔던가요?"

"요새들 흔히 하고 다니는 그 등산복 차림인가 뭔가 하는 그런 차림이었습지요."

조 형사는 꼬투리 하나라도 잡아 보려고 꼬치꼬치 캐어물었지만 막상 이야기를 끝냈을 때는 추적에 도움이 될 만한 것은 하나도 없었다. 일단 그 집을 나오자 범인이 다시 안개처럼 사라져 버렸다는 생각이 들었다.

범인은 그 곳에도 수사의 손길이 미칠 것을 생각하고 단서가 될 만한 것은 하나도 남겨 두지 않고 떠나 버린 것이다. 그는 왜 이 곳에 찾아와 거금을 내놓고 갔을까? 무슨 이유로 그랬을까? 놈은 확실히 보통 살인자와는 다르다. 이곳은 그의 마음의 고향이 아니었을까? 뿌리 없이 일본에서 살던 사나이가 경찰에 쫓기면서도 그 뿌리를 찾아 마음의 고향을 찾아왔다. 서정적이고 로

맨티스트라면 충분히 그럴 수 있는 일이다. 아버지의 고향을 찾은 그는 가난에 찌든 모습을 보고 가슴이 아팠을 것이고 그래서 그런 거액을 내놓았을 것이다. 살인 청부로 번 돈을 조금이라도 뜻있게 써 보려고 말이다.

조 형사는 마을을 얼른 벗어나고 싶지가 않았다. 얻은 것 하나 없이 그냥 떠나려니 너무 아쉬운 생각이 들었다. 그는 징검다리 앞에서 누군가가 자기를 미행하고 있는 기미를 느끼고는 휙 돌아섰다. 소년이 저만큼서 멈칫하고 서서 그를 바라보고 있었는데 아까 김 노인 집에서 본 그 소년이었다.

조 형사는 소년을 손짓해 불렀다. 소년은 조심스레 다가왔다. 처음 보았을 때처럼 눈이 유난히 빛나고 있었다.

"너, 왜 나를 따라오지?"

"……."

소년은 얼굴을 붉히면서 멈칫거렸다. 조 형사는 소년의 팔을 꽉 움켜쥐었다. 소년은 겁을 먹으면서 팔을 빼내려고 기를 썼다.

"누가 나를 따라가라고 그랬지? 말해 봐. 누가 그랬어?"

"아니요. 아무도 안 그랬어요."

"그럼 왜 나를 따라오는 거지?"

"……."

소년은 자기도 모르겠다는 듯이 고개를 저었다. 조 형사는 소년의 팔을 놓고 머리를 쓰다듬어 주었다.

"가거라. 따라오지 말고 가거라."

소년은 뒷걸음치다가 갑자기

"아저씨 형사세요?"

하고 물었다.

"그래, 그렇다. 나한테 할 말 있니?"

"아니요. 형사면 권총도 있겠네요."

"그래, 가지고 있어. 네 이름이 뭐지?"

"진호요. 김진호……."

"그래. 김진호, 아까 그 분이 할아버지 되시니?"

"네……."

"그럼 너희 아버지는 어디 계시니?"

"서울로 돈 벌러 가셨어요."

"그럼 일본서 왔다는 그 사람은 너한테 뭐가 되지?"

"당숙이요."

"음, 그렇구나. 할아버지들끼리는 형제간이고 아버지들끼리는 사촌 간이니까 너한테는 그 사람이 당숙이 되겠구나."

"그런데 왜 우리 당숙 찾아요?"

"음, 낯선 사람이 왔었다고 하기에 궁금해서 와 본 거야. 알고 보니까 훌륭한 사람이더구나."

"네, 그래요. 나비도 잘 잡아요. 나비 잡는 사람이래요."

"나비?"

조 형사의 눈이 번쩍 빛났다. 소년은 자랑스러운 듯이 웃었다.

"네, 나비 잡는 사람이에요."

"어떻게 네가 그걸 알지?"

"저랑 함께 나비 잡았는데요 뭐."

"그래······."

그는 뛰는 가슴을 진정하고 소년을 데리고 징검다리를 건너 갔다. 먼저 가게에 들러 과자 한 상자를 사서 소년에게 주었다. 소년은 안심이 되는지 아까부터 노리던 것을 노골적으로 말했다.

"권총 좀 볼 수 없어요?"

"좋아, 보여 주지. 사람들이 보니까 조용한 데로 가자."

소년은 앞장서서 야산 쪽으로 그를 안내했다. 야산 위에 오르자 소년은 키 큰 소나무를 한 손으로 껴안고 한 바퀴 돌았다.

"여기서 당숙이랑 나비 잡았어요. 권총 어딨어요?"

"음. 보여 주지."

그는 왼쪽 겨드랑이 밑에서 권총을 꺼내 탄창을 빼냈다. 소년은 눈을 크게 뜨고 그것을 바라보았다. 그것은 45구경이었다.

"자, 만져 봐."

소년은 두 손으로 그것을 받쳐 들더니,

"아이구 무거워."

했다.

"그렇게 무겁니?"

"네, 무거워요."

"쇳덩어리라 그렇게 무겁단다."

소년은 호기심과 두려움이 뒤섞인 눈으로 권총을 들여다보다가 앞을 겨누었다.

"방아쇠를 당겨 봐."

소년은 겁먹은 얼굴을 흔들었다.

"괜찮아. 총알이 없으니까 당겨 봐."

그제야 소년은 손가락 두 개를 방아쇠에다 걸고는 두 눈을 딱 감고 잡아당겼다. 딱 하는 금속성 소리가 났고 소년은 눈을 동그랗게 뜨고 그를 쳐다보았다. 조 형사는 권총을 받아 옆구리에 다시 찔러 넣었다.

"자, 이 과자 먹으면서 당숙에 대해 아는 대로 이야기해 봐."

소년은 시키는 대로 과자를 꺼내 먹기 시작했다.

"당숙이 좋은 분이냐?"

"네, 아주 좋아요."

소년은 그 사나이에게 홀딱 반한 것 같았다.

"나비 잡는 사람이라고 했는데 그게 무슨 말이지?"

"당숙이 그랬어요. 나비 잡는 사람이라고. 여기서 나비 잡는 거 보았어요."

"어떻게 잡던?"

"배낭 속에서 잠자리채를 꺼내 가지고 그걸로 잡았어요. 그리고 바늘로 가슴을 콕 찌르니까 나비가 죽었어요."

"그래서?"

"나비를 대롱 속에 집어넣었어요. 아주 멋진 놈이라고 그랬어요. 나비를 잡아서 뭐 할 거냐고 하니까 당숙은 그걸 모아 두고 본다고 그랬어요. 나비 연구하는 사람이래요."

"나비 연구하는 사람…… 음."

그 때 소년이 갑자기 소리쳤다.

"아, 나비! 저 나비예요! 바로 저거예요!"

소년이 가리키는 곳을 보니 과연 나비 한 마리가 날아오고 있었다. 얼른 보기에도 호화스럽게 생긴 놈이다. 조 형사는 긴장했다. 마치 범인을 상대하고 있는 듯 날카로운 눈으로 나비를 쏘아보았다. 소년이 나비 쪽으로 접근하자 그는 소리쳤다.

"움직이지 마! 내가 잡을 테다!"

그는 저고리를 벗어 들고 나비가 가까이 오기를 기다렸다. 마침내 나비가 가까이 날아왔다. 나비는 그들의 머리 위를 맴돌더니 풀 위에 살포시 내려앉아 날개를 세웠다. 검은 빌로드 같은 바탕에 여러 가지 색깔들이 화려하게 뿌려진 나비였다. 그는 저고리를 높이 쳐들었다가 나비를 향해 휙 내리쳤다. 나비가 날아오르는 것이 보이지 않는 것이 저고리 밑에 깔린 모양이었다.

"잡았다!"

소년이 손뼉을 치며 껑충껑충 뛰었다. 조 형사는 저고리를 접어 가며 밑으로 손을 집어넣었다. 나비가 퍼덕거리고 있는 것이 손끝에 느껴졌다.

나비는 날개 한쪽이 부러져 있었다. 저고리를 쳐들어도 날아가지 못하고 있었다.

"날개가 부러졌어요!"

소년이 성난 목소리로 말했다.

"그래, 부러졌다."

"아저씨는 엉터리야."

소년이 뛰어가려는 것을 조 형사가 막았다.

"가만 있어. 아직 끝나지 않았어."

그는 나비를 종이에 싸서 주머니 속에 집어넣었다.

"당숙이 언제 또 오겠다고 하지 않았니?"

"선물을 보내 주겠다고 했어요."

소년은 자랑스러운 표정으로 대답했다.

"언제?"

"언제라고는 말하지 않았어요. 곧 보내 주겠다고 그랬어요."

"너를 좋아하나 보구나?"

"네……."

"됐다. 이젠 가도 좋아. 나를 만났다는 말 아무한테도 해서는 안 돼. 알았지?"

"네, 알았어요."

소년은 뒷걸음질 치다가 갑자기 돌아서서 비탈길을 뛰어 내려갔다.

한 시간 뒤 조 형사는 본부로 전화를 걸어 지원 요청을 했다. 그런 다음 우체국으로 가서 책임자를 만났다.

"이 주소로 오는 우편물은 본인에게 배달되기 전에 먼저 경찰의 검열을 받도록 협조해 주십시오."

그는 주소를 적은 종이쪽지를 우체국장 앞에 내밀었다. 머리가 희끗희끗한 국장은 선뜻 수락하려 들지 않았다.

"이 주소에서 발신되는 우편물도 마찬가집니다."

"그건 좀 곤란합니다. 우체법상 사신 검열은 금지되어 있습니다. 여하한 경우라 하더라도……."

"알고 있습니다. 그러니까 협조를 해 달라는 겁니다. 매우 중요한 사건에 관계되는 일이기 때문에 그렇습니다.”

“글쎄요, 아무리 그렇더라도 위법은 위법입니다.”

국장은 대단한 고집불통이었다. 행여 법에 어긋나는 짓을 함으로써 신상에 좋지 않은 일이라도 일어날까 봐 전전긍긍하고 있었다.

“좋습니다. 우체국의 비협조로 살인 사건 수사를 더 이상 진행할 수 없다고 상부에 보고하겠습니다.”

조 형사는 벌떡 일어나 나오려고 했다. 그제야 국장은 다급하게 그를 붙들었다.

“그런 사건인 줄 몰랐습니다. 죄송합니다. 차나 한 잔 하시고 가시지요.”

다음 날 조 형사는 본부에서 파견되어 온 젊은 요원을 그 우체국에 상주시키고 자신은 서울로 올라왔다. 그는 먼저 나비를 유리병 속에 집어넣고 밀폐시켰다. 그 다음 그는 M대학의 유명한 곤충 학자를 찾아갔다.

나학진(羅學晉) 박사는 연구실에 없었다. 몸이 불편해서 학교에 나오지 않았다는 것이다. 조 형사는 직접 집으로 찾아갔다. 몸이 아파 만날 수 없다는 것을 명함을 디밀고 버티자 조금 후 들어오라는 허락이 떨어졌다.

응접실에 안내되어 커피 한 잔을 들고 나자 와이셔츠 차림의 나 박사가 손녀로 보이는 앳된 소녀의 부축을 받고 나타났다. 반백의 머리에 병색이 완연하고 깡마른 인상이었는데 눈빛은 부드러웠다. 조 형사는 연락도 없이 불쑥 찾아온 무례에 대해 용서를 빈 다음 유리병을 꺼내 놓았다. 나 박사는 유리병 속의 나비를 안경 너머로 한참 동안이나 응시하다가 눈을 들었는데 이미 그 눈에서는 부드러운 빛이 사라지고 없었다.

"이 나비 어디서 잡았지요?"

"전라도 지방에서 잡았습니다. 구체적인 것은 말씀드릴 수 없습니다."

"그래요? 이건 진기한 놈입니다. 처음 보는 아주 훌륭한 놈입니다."

나 박사는 손수건으로 입을 틀어막더니 심하게 기침하기 시작했다.

# 음모의 현장

그는 난간에 기대서서 새벽의 바다를 바라보았다. 새벽의 바다는 안개 속에 자욱이 가라앉아 있었다. 바람 한 점 없는 날씨였기 때문에 파도 소리도 들리지 않고 있었다. 그는 가슴을 펴고 차가운 바다 공기를 폐부 깊숙이 들이마셨다.

안개의 베일 저쪽으로 시모노세끼 항구의 윤곽이 어슴푸레하게 드러나고 있었다. 바다를 비치던 불빛들이 어둠이 물러가는 것과 함께 하나 둘씩 꺼지고 있었다.

부관 페리호는 검역을 마치자 부두 쪽으로 서서히 접근했다. 이윽고 배가 부두에 닿자 하선이 시작되었다. 김 표는 중간쯤에 배를 내려 대기실로 들어가 차례를 기다렸다. 입국 수속은 꽤 느리게 진행되고 있었다.

그는 짐이라고는 수트케이스 하나뿐이었다. 세관원이 수트케이스를 열었을 때 그 속에는 옷가지와 책들만 잔뜩 들어 있었다. 책은 영·독·불어로 된 원서들로 거의가 소설류였다.

"좋습니다."

세관원은 미소하면서 고개를 끄덕였다. 그는 수트케이스를 들고 출구로 나갔다. 거기에는 네 사람이 서 있었다. 세 명은 사복 차림이었고 나머지 한 명은 경비대원 복장을 하고 있었다. 사복 차림의 세 명 중 한 명은 출입국 수속을 맡고 있는 관리였고 다른 두 명은 정체불명이었다. 김 표는 그들 두 명의 몸이 긴장되어 있음을 직감적으로 느꼈다. 먼저 경비대원이 그의 몸을 수색했다. 이상이 없었다.

다음에 그는 여권과 대조되었다. 사냥개 냄새가 나는 두 사나이가 여권에 붙은 사진과 그의 얼굴을 뚫어지게 번갈아 보았다. 여권에 표기된 그의 이름은 시오까와 로꾸스께(鹽川六助)였고 나이는 51세, 직업은 상업, 주소는 도쿄로 되어 있었다. 짧게 깎은 머리와 코밑수염, 한껏 멋을 낸 것 같은데 어딘지 촌스럽게 느껴지는 모습 등이 얼른 보기에도 장사꾼처럼 보였다. 그는 무사히 통과되었다. 그는 부두를 따라 한참 동안 걸어가다가 어느 삼류 호텔로 들어갔다. 엘리베이터를 타지 않고 5층까지 걸어 올라갔다.

방 번호를 확인한 다음 문을 노크를 하자 안에서 즉시 반응이 왔다.

"영도다리……."

그는 낮게 암호를 말했다. 문이 열리고 늙수그레한 사내의 모습이 나타났다. 붉은 색의 파커를 입고 있었는데 지저분한 모습이었고 바다 냄새가 났다.

그들은 악수를 나눈 다음 탁자 쪽으로 걸어가 앉았다. 늙은 사내는 아무 말 없이 침대 밑에서 조그만 철제함을 꺼내 탁자 위에 올려놓았다.

김 표는 자물통이 잠겨 있는가를 확인한 다음 지갑에서 지폐를 꺼내 잔금을 치렀다.

"고맙소."

"부탁할 일 있으면 언제라도 찾으슈."

밀항 전문의 한국인 선장은 엄지손가락을 세워 보인 다음 급히 밖으로 사라졌다. 그는 자물통을 열고 함 속에서 묵직한 것을 꺼내 놓았다. 피스톨이었다.

호텔을 나온 그는 역으로 가서 도쿄행 열차에 몸을 실었다.

열차는 아름다운 해안을 따라 달려갔다. 파도가 일으키는 흰 포말과 바다 위에 쏟아져 내리는 햇빛을 눈부신 듯 바라보다가 그는 갑자기 오사카에서 열차를 내렸다. 문득 어머니와 누이가 보고 싶었던 것이다. 실로 오랜 만에 와 보는 오사카 거리였다. 그가 어머니와 누이를 본 것은 10년도 훨씬 전이었다.

막상 그 곳에 발을 딛기는 했지만 그는 곧바로 집으로 찾아갈 수가 없었다. 그래서 일단 호텔에 방을 정해 놓고 시내를 배회했다. 그러다가 누이한테 전화를 걸었다.

날이 저물었을 때 그는 다리 위에 서 있었다. 다리 밑은 바닷물이었고 배가 지나다니고 있었다. 다리 위에 세워진 수은등에 불이 켜졌다. 그는 파이프에 담배를 눌러 담았다. 불을 붙인 다음 깊숙이 연기를 빨아들였다가 후우 하고 내뿜었다.

난간에 기대서서 담배 한 대를 다 피우고 났을 때 다급히 다가오던 하이힐 소리가 바로 뒤에서 딱 멎는 것이 느껴졌다. 그는 천천히 고개를 돌렸다. 거기에 그의 누이가 서 있었다. 그러나 그의 누이는 그의 변장한 모습 때문에 그를 못 알아보고 있었다.

"나…… 오빠다."

"어머, 오빠!"

오누이는 서로 손을 맞잡았다. 누이가 눈물을 글썽이는 것을 보고 그는 서글픈 듯 미소를 지었다.

"자, 여기 이러고 있지 말고 걷자. 미행하는 사람은 없었니?"

"없었어요!"

여자는 남자의 팔짱을 꼭 끼고 걸었다.

"오빠, 괜찮으세요?"

"음, 난 괜찮아. 어머니는 어떠시니?"

"건강이 안 좋으셔요."

"많이?"

"네, 오래 사실 것 같지가 않아요. 요새 부쩍 오빠를 찾고 계셔요. 오빠를 찾는 사람들이 다녀간 뒤로 더 그래요."

"경찰에서 왔더냐?"

"한국 사람들이었어요."

"자세히 말해 봐."

그들은 걸음을 멈추고 서로 쳐다보다가 다시 걸어갔다.

"오빠, 혹시 한국에 다녀오셨어요?"

"그래, 어떻게 알았지?"

"한국인 남자 두 명이 찾아왔었는데 그 중 한 사람이 하는 말이 자기 여동생이 오빠의 아기를 배었다는 거예요. 오빠한테서 소식이 없어서 여동생의 부탁을 받고 일본에 오는 길에 들렀다는 거예요. 그러면서 자기 여동생이 그렸다는 그림도 보여 줬는데 오빠 모습하고 꼭 닮은 것이었어요. 그 사람은 자기 여동생이 미인이고 지금 미술 교사로 근무하고 있는데 임신까지 했으니 하는 수 없이 결혼을 시켜야겠다고 하면서 오빠를 만나게 해 달라고 했어요. 오빠 소식을 모른다고 하자 그냥 돌아갔는데 매우 점잖은 사람이었어요. 그런데 그저께 그 여자가 나타났어요. 정말 미인이었어요."

그는 다시 걸음을 멈추었다.

"한국에서 왔다고 하던?"

"네, 어떤 중년 남자와 동행이었는데 그 남자가 통역을 해 주었어요."

"그 여자, 이름이 뭐라고 하던?"

"유보화라고 했어요."

수은등에 비친 그의 얼굴은 몹시 창백했다. 유보화가 자기 본명을 서슴없이 밝힌 것을 보면 공개적으로 추적해 오고 있음이 분명했다. 그 때 죽여 버려야 했어. 살려 두었더니 끝내 말썽을 부리고 있군.

"그 여자, 정말 임신했던?"

"네, 정말 같았어요. 아직은 눈에 띄게 배가 부르지는 않았지만……."

"그럼 어떻게 알지?"

"여자들이 알 수 있는 느낌이 있잖아요."

그들은 바닷가를 따라 걸어갔다. 바닷바람이 차갑게 불어오고 있었다.

"그 여자는 오빠와 함께 살기를 바라고 있었어요. 제가 보기에는 그만한 여자라면……."

"나도 가정을 한 번 가져 보고 싶다. 그렇지만 쫓기고 있는 몸으로 어떻게……. 그 여자는 내가 어떤 입장이라는 걸 전혀 모르고 있어."

"아니에요. 알고 있었어요."

"그래?"

"그렇지만 그 여자는 그런 거 상관하지 않았어요. 아기 낳아 기르면서 언제까지고 기다리고 있겠다고 그랬어요."

그는 고개를 천천히 저었다. 여자는 글썽이는 눈으로 그를 쳐다보았다.

"오빠, 자수하세요. 그리고 새 삶을 찾으세요."

그는 멈춰 서서 바다를 바라보았다. 파도치는 소리가 발밑에서 들려오고 있었다.

"난 잡히면 사형이다. 그래도 넌 내가 자수하기를 바라니?"

"……."

그녀는 아무 대답도 하지 못하고 있다가 두 손으로 얼굴을 싸쥐며 울음을 터뜨렸다.

"미워요! 오빠가 미워요!"

"미안하다."

그는 여동생을 껴안고 걸었다.

"이거 받으세요."

울음을 그쳤을 때 그녀가 종이쪽지 하나를 꺼내 주었다.

"이게 뭐지?"

"그 여자의 연락처예요. 지금 도쿄에 있대요."

그는 쪽지를 받아서 보지도 않고 주머니 깊숙이 집어넣었다. 헤어질 때 그는 누이를 껴안았다. 그리고 등을 두드리면서,

"아무 말 하지 말자. 어머니를 잘 부탁한다. 돌아보지 말고 곧장 걸어가."

하고 말했다.

그녀는 그가 시킨 대로 뒤돌아보지 않고 울면서 어둠 속으로 걸어갔다. 그는 여동생의 모습이 보이지 않을 때까지 그곳에 우두커니 서 있다가 발길을 돌렸다.

다음 날 오전 도쿄에 잠입하는 데 성공한 그는 시 변두리에 위치한 별장용 주택을 하나 빌렸다. 다음에는 독일제 1,500cc짜리 오토바이 한 대를 구입했다. 그것은 전체가 흑색으로 되어 있었고 시속 2백 킬로까지 낼 수 있는 매우 강력한 오토바이였다.

그는 헬멧과 복장 그리고 장화까지 모두 흑색으로 통일시킨 다음 그것을 몰고 고속도로를 달려 보았다. 그것은 속력을 내면 낼수록 안정감이 있었다. 핸들이나 바퀴 어디에도 흐트러짐이 없었다. 2백 킬로까지 속력을 올렸을 때는 몸이 공중을 나는 것 같았다.

오토바이에 이상이 없음을 확인한 그는 집으로 돌아와 날이 저물 때까지 내내 드러누워 있었다. 날이 어두워지자 그는 야마노우찌 시게요시한테 전화를 걸었다. 야마노우찌는 집에 있었는데 그의 전화 목소리를 대뜸 알아듣고는 몹시 긴장하는 눈치를 보였다.

"아니, 하라……, 죽은 줄 알았는데……."

"네, 죽어서 이렇게 전화를 걸고 있는 겁니다. 긴 말은 하지 않겠습니다. 일당의 이름과 음모의 내용을 모두 말씀해 주십시오."

"무, 무슨 말을 하는 거야?"

"난 지금 물불을 가리지 않고 있어요. 시간을 끄는 것도 질색이고요. 빨리 사실대로 말해 주시오."

"몰라! 건방진 자식. 기껏 돌봐 줬더니 협박하는 거냐?"

"돌봐 줬다구? 그게 사육한 거지 돌봐 준 건가? 나는 사육되어 이용당한 거야. 이제 이용 가치가 없어지니까 나를 죽이려 들고. 늙은 여우같은 것!"

전화가 찰칵 끊겼다. 그는 다시 전화를 걸었다. 한참만에야 신호가 떨어졌다.

"이 늙은 여우야, 왜 전화를 빨리 안 받는 거야?"

그는 이를 갈면서 부르짖었다.

"하라, 너 있는 데가 어디냐?"

"말할 수 없어. 전화로 충분히 이야기할 수 있어. 빨리 말해 줘. 사실대로 털어놓으면 당신만은 죽이지 않겠어."

"뭐라구? 난 정말 몰라."

"거짓말 마. 30분 후에 다시 전화 걸겠다. 그 때까지 잘 생각해서 결정해. 살고 싶으면 자백하란 말이야."

30분 후 그는 다시 전화를 걸었다. 야마노우찌는 기다리고 있다가 전화를 받았다.

"늙은 여우야, 생각해 봤어?"

"하라, 넌 죽을 거다. 이쪽이 얼마나 거대한 조직인가를 넌 모르고 있어. 계란으로 바위를 치는 격이야. 네가 사는 길은 외국으로 멀리 도망치는 길밖에 없어. 24시간 여유를 주겠다. 그 안에 빠져나가. 빠져나가는 것이 곤란하면 내가 도와줄 수도 있어."

"관이나 만들어 놔, 이 늙은 여우야!"

그는 성난 소리로 외치고 나서 수화기를 탁 내려놓았다.

다음 날 그는 야마노우찌의 별장 부근을 배회했다. 그 일대는 야산 지대로 큰 호수가 있었고 호수를 내려다볼 수 있는 곳곳에 별장이 세워져 있었다. 일찍이 그는 그 곳에서 한동안 숨어 지낸 적이 있어서 그 부근의 지리에 익숙한 편이었다.

별장은 많이 비어 있었다. 그는 울창한 숲속으로 들어가 덤불 속에다 오토바이를 숨겨 둔 다음 아까 보아 두었던 별장으로 접근했다. 창문을 통해 안을 들여다보니 오랫동안 비워 두었던지 먼지가 수북이 쌓여 있었다. 문이란 문은 모두 잠겨 있었다.

뒤쪽으로 돌아가 조그만 창문을 장갑 낀 주먹으로 툭 치자 유리창이 와르르 소리를 내면서 깨졌다. 그것은 부엌으로 통하는 문이었다. 안으로 가볍게 들어선 그는 넓은 홀을 지나 2층으로 올라갔다. 2층 창문에 드리운 커튼을 조금 걷어 내고 망원경으로 호수 건너편을 바라보자 야마노우찌의 별장이 손에 잡힐 듯이 들어왔다.

거기서 야마노우찌의 별장까지는 3백 미터쯤 되었다. 그 사이에는 호수와 숲이 있었고 숲 사이로는 야마노우찌의 별장으로 통하는 작은 길이 나 있었다. 야마노우찌의 별장 지붕은 붉은색이었다. 서구 풍으로 잔뜩 멋을 부려 지은 그 2층 별장은 다른 별장들과는 비교가 안 될 정도로 호화로웠다. 야마노우찌는 거기에 칩거하고 있었는데 경비가 워낙 삼엄해서 밖으로부터 침입한다는 것은 불가능했다. 더구나 야마노우찌는 자기한테 위험이 닥친 것을 알고는 경비를 더욱 강화했을 것이 틀림없다.

그런데 망원경에 드러난 경비 상태가 의외로 허술해 보였다. 경비원도 보이지 않았고 정원으로 들어가는 철책 문도 활짝 열려 있었다. 야마노우찌의 모습이 창가에 어른거리다가 사라지는 것이 잠깐 보이기도 했다.

킬러는 그것이 함정일 수도 있다고 생각했다. 보이지 않는 곳에 경비견과 경비원들이 숨어서 그가 나타나기를 기다리고 있을지도 모르는 일이었다. 야마노우찌가 그렇게 어수룩한 늙은이가 아니라는 것을 그는 잘 알고 있었다.

그날 하루를 그는 꼬박 창가에 앉아서 지냈다. 적당한 기회를 노리며 한없이 기다린다는 것은 정말 지루하기 짝이 없는 인내심을 필요로 하는 일이었다. 그러나 그는 서두르지 않고 조용히 기다렸다. 준비해 온 인스턴트식품으로 대강 배를 채우면서 끈질기게 기다렸다.

그렇게 기다린 보람이 나타난 것은 나흘째 되는 날 오후였다. 망원렌즈에 정장을 한 야마노우찌의 모습이 나타난 순간 그는 갑자기 눈앞이 뿌옇게 흐려졌다. 얼른 보았을 때 야마노우찌는 색안경을 끼고 있었고 지팡이를 짚고 있었다. 그의 평소의 스타일이었다.

킬러가 눈을 비비고 다시 바라보았을 때 늙은 여우는 허리를 굽히고 막 승용차에 오르고 있었다. 야마노우찌의 차는 검은색의 벤츠였다. 그것은 그가 비록 암흑가의 일선에서 물러났다고는 하지만 아직도 그의 권위가 살아 있음을 뜻하는 것이라고 할 수 있었다.

운전사와 보디가드가 앞자리에 타고 늙은 여우는 뒷좌석에 자리 잡았다. 이윽고 벤츠는 서서히 숲 사이를 빠져나왔다.

킬러는 서둘러 그 곳을 벗어나 오토바이를 숨겨 둔 곳으로 뛰어갔다. 놀란 장끼 한 마리가 소리 높이 울부짖으며 하늘 높이 날아올랐다.

그가 오토바이를 끌어내 시동을 걸었을 때 벤츠는 이미 사라지고 없었다. 그는 핸들을 꽉 잡고 상체를 앞으로 기울였다. 동시에 오토바이는 퉁기듯 앞으로 튀어 나갔다. 야산 지대라고 하지만 거미줄처럼 뻗은 길들이 모두 아스팔트로 되어 있어서 오토바이가 달리기에는 안성맞춤이었다.

5분쯤 달리자 차도가 나타났는데 그는 어느 쪽으로 방향을 잡아야 할지 망설이다가 왼쪽 방향으로 찍힌 선명한 자동차 바퀴 자국을 보고 그쪽으로 핸들을 꺾었다.

10분쯤 시속 100킬로로 달리자 마침내 벤츠의 뒷모습이 가물가물 시야에 들어왔다.

다시 10분이 지났을 때 벤츠는 시내 번화가를 달리고 있었고 오토바이는 여유 있게 적당한 간격을 유지하면서 벤츠를 뒤따르고 있었다.

벤츠는 광장을 가로질러 갔다. 광장에 서 있는 시계탑이 오후 2시 15분을 가리키고 있었다. 벤츠와 오토바이 사이의 거리는 20여 미터쯤 되었다. 그 사이에 차량들이 빽빽이 들어차 있어서 앞으로 끼어들 틈이 없었다.

차량들은 차도를 가득 메우며 홍수처럼 흘러가고 있었다. 워낙 차들이 많다 보니 흘러가는 속도가 더딜 수밖에 없었다.

킬러는 지퍼를 가슴께까지 끌어내렸다. 언제라도 피스톨을 쉽게 뽑을 수 있게 하기 위해서였다. 20여 미터의 간격은 좀처럼 좁혀지지 않았다.

로터리에 이르자 벤츠는 왼쪽으로 방향을 잡았다. 그 틈을 이용해 그는 오토바이를 급히 앞으로 몰아갔다. 아슬아슬하게 접촉을 피하면서 차들을 젖히고 앞으로 나가자 여기저기서 욕지거리가 튀어나왔다. 그는 거들떠보지도 않고 오토바이를 벤츠 옆에 바싹 붙였다.

뒷좌석에 앉아 있는 노신사가 파이프를 입에 문 채 오른쪽으로 고개를 돌려 그를 바라보았다. 탐욕스럽게 생긴 노르께한 눈이 안경 너머에서 졸린 듯 껌벅거리고 있었다. 킬러는 순간적으로 이를 드러내고 웃었다. 치열이 유난히도 하얗게 빛났다. 눈은 짙은 선글라스에 가려서 보이지 않았다. 벤츠 안의 사나이는 입에서 파이프를 빼내면서 고개를 얼른 돌려 버렸다. 오토바이 사나이의 웃음에서 무엇인가 좋지 않은 기분을 느낀 것 같았다.

킬러는 노신사와 나란히 달렸다. 그 위치에서는 아주 쉽게 관자놀이를 맞힐 수 있을 것 같았다. 백발백중할 수 있는 거리였다. 그러나 범행 후가 문제였다. 전후좌우가 차량으로 막혀 있어서 재빨리 도주한다는 것은 도저히 불가능했다. 차량 가운데 수사 기관의 차가 없을 것이라는 보장도 없었다.

그는 기회를 노리며 한참 동안 벤츠 옆에 붙어 가다가 상대에게 불필요한 자극을 줄 것 같아 뒤로 천천히 물러났다. 교외를 벗어나자 차량 수가 많이 줄어들어 달리기가 한결 수월했다. 그는 일부러 뒤로 축 쳐졌다. 50미터쯤 간격을 유지하고 따라 가면서 보니 벤츠는 고속도로로 접어들고 있었다.

이윽고 고속도로에 들어선 벤츠는 갑자기 속력을 내어 달리기 시작했다. 주위의 차량들이 뒤로 쑥쑥 처지는 것이 매우 굉장한 속도로 달리고 있음이 분명했다. 잠깐 사이에 오토바이도 수백 미터나 뒤로 쳐졌다. 상대방은 위기를 느낀 것 같았다.

그는 기어를 올리고 액셀을 힘껏 밟았다. 오토바이는 앞으로 공처럼 튀어 나갔다. 계기 바늘이 순식간에 100자리를 뛰어넘더니 1백 30까지 올라갔다. 그때서야 벤츠가 눈앞에 다가왔다. 그는 속력을 더 올렸다. 1백 40이 되었을 때 오토바이는 벤츠의 꽁무니에 바싹 붙었다.

뒷자리에 노신사가 고개를 돌려 그를 바라보는 순간 그는 겨드랑이 밑에서 피스톨을 꺼내 들었다.

상대가 고개를 얼른 숙이는 것과 동시에 그는 방아쇠를 당겼다. 그런 속도에서 왼손으로만 핸들을 잡고 오른손으로 권총을 발사한다는 것은 베테랑이 아니고는 매우 위험한 짓이었다.

뒤창 유리에 구멍이 뚫리면서 노신사가 앞으로 쓰러지는 것이 보였다. 벤츠는 주춤하는 것 같다가 미친 듯 질주하기 시작했다. 그러나 오토바이를 떨쳐 버릴 수는 없었다. 오토바이는 바싹 벤츠를 따라붙고 있었다.

그는 오토바이 위에서 계속 피스톨을 발사했다. 벤츠의 뒤쪽 유리창이 완전히 박살났다. 미친 듯 질주하던 차체가 좌우로 흔들리는가 싶더니 갑자기 오른쪽으로 커브를 홱 그으면서 깎아지를 벼랑에 가서 부딪혔다. 어떻게나 거세게 부딪혔던지 단단한 차체의 앞면이 납작하게 우그러들었다. 위에서 흙덩이가 떨어져 내리는 바람에 흙먼지가 뿌옇게 일었다.

그 때 오토바이는 이미 가물가물 사라지고 있었다. 차량들이 몰려들고 얼마 뒤에 경찰 패트롤카가 도착했다. 경찰은 먼저 벤츠 속에 있는 세 사람을 끌어냈다. 운전사만 겨우 숨이 붙어 있었을 뿐 다른 두 사람은 이미 피투성이가 된 채 숨져 있었다.

운전사는 경찰 패트롤카에 실려 가는 동안,

"오토바이…… 오토바이…….."

하고 중얼거리다가 병원에 닿기 전 숨을 거두었다.

킬러는 두 시간 동안을 전속력으로 달리다가 고속 도로변 야산 숲속에다 오토바이를 버렸다. 오토바이 복장도 내던졌다. 평

범한 40대 샐러리맨 모습으로 변한 그는 고속도로를 건너뛰어 도쿄로 뻗은 고속 도로변에 서서 지나가는 차들을 향해 손을 번쩍번쩍 쳐들었다.

10분쯤 후에 그는 노인이 운전하는 트럭에 동승할 수가 있었다. 트럭은 몹시 더디게 굴러갔다. 한참 후 트럭은 벤츠가 처박혔던 사고 현장을 지나갔다. 벤츠는 그대로 현장에 방치되어 있었고 그 주변에는 정사복 경찰들이 잔뜩 깔려 있었다.

시내로 들어온 그는 지하철을 타고 가다가 일부러 한 구역 전에서 내려 천천히 걸어서 집으로 돌아왔다. 집에 들어서자 그는 라디오부터 틀었다. 시계는 저녁 7시 45분을 가리키고 있었다. 조금 있자 스포트 뉴스가 흘러나왔다.

아나운서는 고속도로에서 발생한 살인 사건을 몹시 흥분해서 보도하고 있었다.

"……사망자 3명 가운데 야마노우찌는 총격에 의해 사망한 것으로 밝혀졌습니다. ……목격자들의 진술에 의하면 백주 고속도로상에서 발생한 이 대담한 살인 사건의 범인은 검정색 오토바이를 타고 있다고 합니다. 그리고 복장 역시 검은 색으로 통일되어 있다고 합니다. 경찰은 사건 발생 직후 삼엄한 경계망을 펴고 검문검색에 임하고 있지만 범인의 행방은 아직 오리 무중입니다. 뉴스가 들어오는 대로 계속 보도해 드리겠습니다."

그는 라디오를 끄고 옷을 벗었다. 욕실로 들어가 가볍게 샤워를 한 다음 주방으로 가서 저녁 식사를 만들었다.

30분 후 그는 손수 만든 오므라이스를 천천히 음미하면서 들기 시작했다. 밥알 하나 남기지 않고 깨끗이 먹어 치운 그는 큼직한 사과를 하나 들고 창 가로 다가섰다.

창문을 열자 부드러운 미풍이 들어왔다. 미풍에 나뭇잎들이 살랑거리는 소리가 들려왔다. 여인을 품기에 아주 좋은 밤이었다. 그는 가슴을 쭉 펴고 밤공기를 깊이 들이켰다. 먹고 남은 사과속을 창밖으로 집어던졌다.

어둠에 잠긴 숲은 너무도 많은 것들을 품고 있었다. 숲은 어둠속에서 더욱 활발히 살아 움직이고 있었다. 그는 창문을 닫고 돌아서서 실내의 불을 켰다. 소파에 벗어 놓은 저고리 안주머니에서 여동생이 전해 준 종이쪽지를 꺼냈다. 펴 보니 전화번호가 적혀 있었다. 순간 그는 처음으로 유보화에 대해 두려움 비슷한 감정을 느꼈다.

그녀는 자기가 있는 곳의 전화번호를 주면서 꼭 연락을 바란다고 했다. 원수에게 그런 요구를 했다는 것은 공개적인 도전이 아닐까? 얼마나 자신만만하면 여자가 그럴 수가 있을까? 일본까지 와서 나를 찾고 있다니 아무튼 대단한 여자다. 주의할 필요가 있다. 그런데 정말 임신한 것이 사실일까? 그 때의 일 때문에 임신했다는 말인가. 하긴 그럴 수도 있는 일이다. 그리고 그 때는 정말 무자비하게 짓이기지 않았던가.

그는 갑자기 가슴이 뭉클해지면서 피가 뜨거워지는 것을 느꼈다. 그녀가 자신의 아이를 배었다는 것이 문득 크나큰 감동으로 받아들여진 것이다. 그것은 자기 핏줄에 대한 최초의 반응이자 감동이었다.

"나는 자식을 가져서는 안 되는 것일까?"

그는 수화기를 집어든 채 망설이고 있었다.

"나라고 자식을 가져서는 안 된다는 법이 있을까?"

어이없는 생각이었다. 그런 줄 알면서도 그는 거기에 집요하게 매달리고 있었다. 마침내 그는 다이얼을 돌렸다. 종이쪽지에 적힌 전화번호를 반신반의하면서. 곧 신호가 떨어지면서 남자의 느리터분한 목소리가 들려왔다. 일본말이었다.

"네, 누구 찾으십니까?"

"혹시 거기에 유보화라는 여자 있습니까?"

"누구시죠?"

비로소 상대방은 긴장하는 것 같았다.

"있으면 좀 바꿔 주시오."

"누구시죠? 무슨 일로 그러십니까?"

"묻지 말고 바꿔요."

상대방은 망설이다가,

"좀 기다리슈."

하고 뱉듯이 말했다.

한참 후 젊은 여자의 잠에 취한 목소리가 아련히 들려왔다.

"누, 누구세요?"

"유보화?"

"누구세요?"

"전화를 걸어 달라고 해서 걸은 거야."

"뭐, 뭐라구요? 그럼 당신?"

자지러지게 놀라는 기색이 수화기를 통해 전해져 왔다. 이어서 이상한 신음 소리가 들려왔는데 그것은 터져 나오려는 감정을 억누르는 데서 오는 소리였다.

"그렇다. 네가 찾고 있는 사람이다. 하라 레이지로…… 한국명 김 표다."

"죽은 줄 알았는데……."

"죽다니……. 나는 안 죽어."

다시 신음 소리가 들려왔다.

"왜 나를 찾고 있는 거지? 나를 쫓아오면 가만 두지 않겠다고 분명히 말했는데 왜 그렇게 기를 쓰고 따라오는 거지?"

"……."

상대방은 감정을 억제하느라고 미처 말을 하지 못하고 있는 것 같았다.

"그렇게도 내 손에 죽고 싶은가? 지금 있는 데가 어디지?"

"……."

"전화를 괜히 걸었나 보군."

그가 수화기를 내려놓으려고 하자 그제야 여자가

"아, 잠깐!"

하고 소리쳤다.

"말하지 않아도 전화국에 문의해서 알아낼 수 있어."

"말 못할 것도 없어요. 힐튼 호텔 15층 20호실에 있어요. 오세요. 만나고 싶어요."

그는 어리둥절했다. 여자는 그에게 깍듯이 존대어를 쓰고 있었고 유혹까지 하고 있었다.

"나를 만나려고 하는 이유가 뭐지?"

"죽이려구요."

그녀는 거침없이 말했다. 담담하면서도 분명한 어조였다.

"어리석은 계집애 같으니!"

"화를 내야 할 사람은 이쪽이지요. 만나면 당신을 죽이고 싶지만 아마 못 죽일 거예요."

"왜 그렇지?"

"약점을 가지고 있으니까요."

"임신 말이군. 그거 정말인가?"

"정말이에요."

두 사람은 서로 약속이나 한 듯 침묵했다. 한참 후 그가 먼저 입을 열었다.

"그래서 어쩌겠다는 거야?"

"수술을 하려고 몇 번이나 병원에 가곤 했어요. 그렇지만 수술할 수가 없었어요."

"왜? 어째서?"

"몰라서 묻는 거예요?"

갑자기 보화의 목소리가 높아졌다. 그는 당황했다.

"난 이유를 모르겠는데……."

"살인자! 비겁한 인간!"

"흥분하지 마. 그러면 이야기할 수가 없어."

"아기를 낳을 거예요. 그리고……."

"그리고 뭐야?"

"혼자서 기를 거예요. 그것을 알리려고 만나자고 한 거예요. 당신에 대한 증오심은 지금도 제 가슴 속에서 활활 타오르고 있어요. 그렇지만 당신의 아기를 낳아 기르게 될 몸이 차마 당신을 죽일 수야 없겠지요. 당신이 자결을 한다면 축복을 드리겠어요."

"난 자결하지 않아. 오랫동안 장수 할 거야."

"누군가가 가장 잔인한 방법으로 당신을 죽여 줬으면 좋겠어요."

"마지막으로 묻겠어. 왜 아기를 낳으려는 거지?"

"여자의 본능이에요. 나는 그 본능이 여느 여자들보다 훨씬 강해요."

"함께 있는 남자는 누군가?"

"일본인 애인이에요."

"잘 놀아나는군."

"아기를 낳는 걸 원하세요? 아니면……."

그는 한숨을 쉬고 나서 말했다.

"아기를 가지고 싶어. 그렇지만 안 돼. 아기를 가져서는 안 돼! 병원에 가서 수술해 버려! 지금 당장!"

"적반하장이군요. 이래라 저래라 명령하지 말아요. 분명히 말해 두는데 아기는 낳을 거예요."

"그렇다면 너와 아기를 모두 죽일 테다!"

그것은 더없이 살기 어린 말이었다. 그러나 여자도 만만치 않았다.

"살인마! 당신은 끝까지 죄의식을 느끼지 않는군요. 악마! 당신은 악마예요. 당신 같은 인간은 가장 참혹한 죽음을 당할 거예요. 마치 우리 아버지가 당한 것처럼. 난 당신이 용서를 빌 줄 알았어요. 그랬는데 용서를 빌기는커녕 나와 아기까지 죽이겠다고 하니 당신이라는 인간은 도대체 어떻게 돼 먹었죠?"

"멋대로 지껄이는군. 그렇다고 해서 나는 흥분하지 않아. 용서를 빌 줄 알았다구? 나는 단순한 살인범이 아니야. 살인이 직업이야. 그러니까 그런 기대는 하지 마. 나는 지금까지 누구한테 용서를 빌어 본 적이 없어. 다시 말해 두겠는데 만일 아기를 낳으면 다 죽일 테다."

여자가 뭐라고 말하려는 것을 기다리지 않고 그는 수화기를 철컥 내려놓았다.

한편 유보화는 전화가 끊긴 것을 알고는 바르르 떨었다. 수화기를 내려놓은 손끝이 떨리는 것을 남자들이 놓치지 않고 바라보았다. 그녀의 얼굴은 하얗다 못해 석고 같았다.

"그 자가 뭐라고 하던가요?"

민대식이 걱정 어린 표정으로 물었다.

"죽이겠대요."

"미친 놈 같으니! 도저히 구제 불가능한 놈이군."

"미끼를 던졌으니까 언제 올지 모릅니다. 단단히 준비를 하고 있어야 합니다."

대식의 말에 보화는 머리를 저었다.

"아마 오지 않을 거예요. 미끼에 걸릴 인간이 아니에요. 그가 죽지 않았다는 것을 확인한 것만도 큰 수확이에요. 그리고 저는 제가 얼마나 그 자를 증오하고 있는가를 다시 한 번 확인할 수 있었어요."

"야마노우찌도 그 놈의 손에 죽은 게 틀림없습니다. 고속도로상에서 오토바이를 타고 그렇게 대담한 짓을 할 수 있는 놈은 그 놈밖에 없어요. 그 놈이 살아 있는 것이 확인 된 이상 의심할 여지가 없어요."

"그 놈은 우리가 전혀 생각지도 않은 곳에서 나타날 겁니다."

남자들의 이야기를 들으면서 보화는 벌떡 몸을 일으켰다. 조금 후 외출복 차림으로 나타난 그녀를 보고 남자들은 눈을 동그랗게 떴다.

"아니, 이 밤중에 어디 가려고 그럽니까?"

"병원에요."

"병원에는 왜요?"

내용을 모르는 그들은 어리둥절한 표정을 지었다. 오직 증오심만 남은 보화는 더 이상 비밀을 숨기고 싶지도 않았다. 자기 자신을 철저히 벌거벗겨 도마 위에 올려놓고 싶었다. 그렇게라도 해야 속이 풀릴 것 같았다.

"지난 1월이었어요. 그 자가 밤중에 제 방에 나타났어요. 저는 당황했어요. 그리고 임신한 거예요."

그녀는 마치 남의 이야기하듯 말했다. 그러나 두 남자가 받은 충격은 대단한 것이었다. 경악과 분노와 당혹이 그들의 얼굴에서 서로 엇갈리는 것을 보고 그녀는 밖으로 뛰쳐나와 버렸다. 그 뒤를 대식이 급히 따라왔다.

"어디 가십니까?"

"병원에 가는 거예요. 따라오지 마세요."

"혼자 외출하는 것은 위험합니다. 더구나 퀸 당신은 불편한 몸 아닙니까?"

"제 걱정은 하지 마세요. 제발 돌아가 주세요. 제 추한 모습을 보여 드리고 싶지 않아요."

"왜 그렇게 생각하시나요? 퀸 당신은 추하지 않아요."

대식은 그녀에게 바싹 붙어서 걸었다. 그녀는 하는 수 없이 그가 따라오도록 내버려 두었다. 마침 야간에도 문을 열어 놓은 병원이 있었다. 보화는 병원 앞에 멈춰 서서 대식을 돌아보았다.

"이젠 됐어요. 돌아가세요."

"함께 들어가면 안 되나요?"

대식이 멈칫거리며 물었다. 보화는 완강히 고개를 저었다.

"안 돼요. 남자가 따라 들어올 곳이 못 돼요."

"알았습니다."

돌아서 가던 대식은 보화가 병원 안으로 사라지자 도로 병원 앞으로 와서 서성거렸다.

병원 안으로 들어간 보화는 진찰을 받은 다음 즉시 수술대 위에 올라가 누웠다. 벌거벗은 채 두 다리를 벌리고 누워 있자니 수치심에 온몸이 화끈거렸다. 늙은 의사의 대머리가 두 다리 사이에서 어른거리는 것을 보다가 그녀는 눈을 감아 버렸다.

범인에 대한 증오심이 가슴 속에서 격렬하게 타올랐다. 두 주먹을 불끈 쥐고 이를 악물었다. 내 손으로 직접 죽일 거야. 갈기갈기 찢어 죽일 거야. 증오심에 불탄 나머지 그녀는 눈물까지 흘렸다. 증오심 때문에 수치와 고통을 견뎌 낼 수가 없었다.

마취에서 깨어났을 때 그녀는 병실 침대 위에 누워 있었다. 천정이 가물가물해 보였다. 일어나려다가 그녀는 도로 눈을 감아 버렸다. 날이 샐 때쯤 그녀는 침대에서 일어났다. 아직 현기증이 남아 있었지만 옷을 갈아입고 셈을 치른 다음 밖으로 나왔다.

새벽의 찬 공기를 마시는 순간 그녀는 비틀거렸다. 수은등 아래서 담배를 피우고 앉아 있던 청년이 힐끗 병원 입구 쪽을 바라보았다.

"보화 씨!"

청년은 담배를 집어던지고 급히 뛰어왔다. 두 남녀의 시선이 부딪쳤다. 대식을 바라보는 보화의 검은 눈빛이 사뭇 떨리고 있었다. 입술은 창백했다.

그러니까 대식은 무려 일곱 시간 동안을 차가운 밤공기에 떨며 그녀를 기다리고 있었던 것이다. 보화는 감동했다. 그것이 그녀를 허물어지게 만들었다. 만약 거기에 대식이 없었다면 그녀는 혼자서 이를 악물며 걸어갔을 것이다. 비틀거리며 쓰러지려는 그녀를 대식이 얼른 부축했다. 그녀는 자연스럽게 그의 품에 안겨 버렸다.

"고마워요."

대식은 아무 것도 묻지 않았다.

그가 택시를 잡으려 하자 보화가 말했다.

"이대로 걷고 싶어요. 조금만 더 걸어요."

"괜찮겠습니까?"

"괜찮아요."

그녀는 따뜻한 방 안에 누워 있을 때의 그 아늑함을 느끼고 있었다. 그런 느낌은 정말 오랜만이었다. 어둠이 물러가고 새벽의 적막이 깨지자 그들은 택시를 잡아타고 숙소로 돌아왔다.

추남은 술에 취해 잠들어 있었다. 보화는 자기 방으로 들어가 침대 위에 가만히 누웠다. 그날 하루를 그녀는 내내 침대에 누워서 지냈다.

다음날은 아침부터 비가 내렸다. 킬러는 하루 종일 집 안에 틀어박혀 있었다. 창가에 의자를 가져다 놓고 몇 시간이고 거기에 앉아 비오는 것을 바라보고 있었다. 비는 하루 종일 내렸다. 봄비치고는 꽤 많이 내리는 비였다.

창가에 어둠이 내릴 무렵 그는 마침내 의자에서 몸을 일으켰다. 창가에 어둠이 깃들자 그는 침대로 가서 누웠다. 자정이 지날 때까지 자지 않고 누워 있었다. 새벽 한 시가 되자 그는 마침내 침대에서 전화통이 있는 곳으로 걸어가 수화기를 집어 들고 다이얼을 돌리기 시작했다. 통화중이었다. 조금 기다렸다가 다시 걸었다. 다르르 하고 신호 가는 소리가 한참 동안 들리다가 이윽고 찰칵하고 신호 떨어지는 소리가 났다.

"네……."

억양 하나 없는 무덤덤한 사내의 목소리가 들려왔다. 킬러는 반응을 기다리며 가만히 숨을 죽이고 있었다. 그러자 상대는 금방 신경질적으로 나왔다.

"여보세요, 누구 찾으시나요?"

"어글리 코리언."

킬러는 나직이 중얼거렸다.

"뭐, 뭐라구?"

상대의 목소리는 놀라움에 차 있었다.

"어글리 코리언……."

그는 처음보다 더 낮은 소리로 속삭였다. 침묵이 흘렀다. 답답할 정도로 긴 침묵이었다. 상대방이 얼마나 신중을 기하고 있는가 하는 것은 짐작이 가고도 남았다.

"다크호스……."

마침내 상대로부터 대답이 왔다. 졸음이 싹 가신 긴장된 목소리였다.

"할 이야기가 있는데……."

"잠깐 기다리십시오."

정작 암호명 다크호스는 아직 나타나지 않은 것 같았다. 다시 한참이 지난 뒤에야 다크호스로 생각되는 자의 목소리가 들려왔다. 매끄럽고 세련된 목소리였다. 지적 수준이 높은 자가 아니고는 그런 목소리가 나올 수 없었다.

"전화 바꿨습니다. 용건을 말해 보시오."

킬러는 한숨을 내쉬고 나서 말했다.

"위기가 닥쳐오고 있습니다. 수사의 손길도 문제지만 야마의 추적도 만만치가 않습니다. 야마라는 놈은 이미 일본에 잠입해서 날뛰기 시작한 모양입니다."

"그래서 일본까지 왔나요?"

"네, 그 일로 상의를 하고 싶어서……. 정말 어떻게 해야 할지 저로서는 막막하기만 합니다. 어떻게 손을 써 주지 않으면 이쪽 은 전멸할지도 모르는 판입니다."

그 말이 끝나자마자 상대방의 말이 총알처럼 튀어나왔다.

"이쪽으로 전화를 걸지 말라고 했는데 왜 했지요? 당분간 자 숙하라고 하지 않았나요?"

"네, 그렇지만……."

"닥쳐! 시키는 대로 할 것이지 왜 날뛰고 다니는 거요? 지금이 얼마나 중요한 시기인 줄 모르나요?"

"죄송합니다. 어쩔 수가 없었습니다. 용서해 주십시오."

"한 시간 후 Y공원으로 나오시오. 동상 앞에서 만나기로 합시 다."

"감사합니다."

"혼자지요?"

"네, 혼자입니다."

"절대 혼자 와야 하고 미행이 있는지 잘 살펴봐요."

"네네……."

"내가 못 나가면 부하라도 내보내겠소."

"네, 알겠습니다."

킬러는 대강 준비를 마친 다음 밖으로 뛰쳐나갔다. Y공원까지는 차로 15분 거리였다. 그 전에 그는 할 일이 있었다. 먼저 택시를 한 대 대절해서 Y공원 부근까지 갔다.

공원 입구가 멀리 보이는 골목에 차를 대기시켜 놓은 다음 일부러 멀리까지 걸어갔다. 깊은 밤이었기 때문에 길에는 인적이 드물었고 빗속을 뚫고 질주하는 차량들만 가끔씩 보일 뿐이었다. 비는 마치 여름철 장마처럼 내리고 있었다. 우산을 쓰고 부지런히 걸어가던 그는 마침내 대상을 발견하고 차도를 건너뛰었다.

한 사내가 10여 미터 저쪽에서 우산을 어깨 위에 걸친 채 비틀거리며 걸어오고 있었다. 술에 잔뜩 취한 모습이었다. 그 사내가 가까이 다가왔을 때 킬러는

"아이구!"

하고 신음을 토하면서 배를 움켜쥐고 웅크리고 앉았다.

사내가 급히 다가오는 소리를 들으면서 그는 더욱 엄살을 떨었다.

"아니, 왜 그러십니까?"

"배, 배가 갑자기……."

"위경련인 모양이군요."

"아이구, 아이구, 배야……."

그는 힐끗 사내를 바라보았다, 40대의 선하게 생긴 얼굴이었다. 사내는 그를 부축하고 가까운 병원으로 갔다.

"하나 부탁이 있는데 들어 주시겠습니까?"

그는 병원 앞에서 고통에 일그러진 표정으로 말했다.

"네, 무슨 일인데요?"

"병원에는 저 혼자 들어가도 됩니다. 실은 약속이 있어서 Y공원에 가던 길이었습니다. 아주 중요한 약속인데……."

"이 시간에 말입니까?"

"네, 시간이 거의 다 됐습니다. 아가씨를 동상 앞에서 만나기로 했거든요. 한데 이래 가지고는 도저히 못 가겠습니다."

"그렇죠. 걷기도 힘든데……."

사내는 고개를 끄덕거렸다.

"수고스럽지만 지나시는 길에 거기에 좀 들러 주시겠습니까?"

"가까운 곳이니까 그야 어렵지 않죠. 한데 가서 뭐라고 하죠?"

"이 병원으로 빨리 보내 주십시오."

"알겠소."

"연락처를 좀 가르쳐 주십시오. 내일이라도 한 번 찾아뵙겠습니다."

"아아, 괜찮아요."

"아닙니다. 그럴 수는 없습니다. 은혜를 입었는데……."

"은혜는 무슨 은혜……."

사내는 마지못해 하면서 명함을 한 장 그의 손에 쥐어 주고는 그를 병원 안으로 들여보냈다.

"어서 오세요."

간호사가 웃으며 그를 맞았다. 킬러는 배를 쓰다듬으며 마주 웃었다.

"배가 아파서 왔는데 병원에 들어오니까 아픈 게 싹 사라져 버리는데요."

부리나케 뛰어나가는 그를 보고 간호사는 놀림을 당했다고 생각했는지 눈을 사납게 흘겼다. 사내가 저만큼 비틀거리며 걸어가는 것이 보였다. 꽤나 취한 것 같았다. 킬러는 사내가 눈치 채지 않도록 멀리 떨어져 따라갔다. 그는 사내가 틀림없이 그의 부탁을 들어 줄 것임을 믿어 의심치 않았다.

그의 예상은 적중했다. 사내는 공원 입구에서 잠시 머뭇거리며 주위를 둘러보았는데 비까지 내리고 있는 그 시간에 공원에 들어간다는 것이 아무래도 마음에 내키지 않는 모양이었다. 그러나 책임감이 강한 사나이인지라 마침내 공원 안으로 발을 들여놓았다.

킬러는 공원 앞을 지나쳐 갔다. 공원 담을 끼고 한참 걷다가 멈춰 섰다. 그 곳에는 가로등도 없어서 몹시 어두웠다. 공원 담은 철책으로 되어 있었고 별로 높지도 않았다. 담을 넘어 공원 안으로 들어간 그는 숲을 가로질러 미끄러져 갔다.

마침내 동상이 보였다. 젊은 남녀가 벌거벗은 채 끌어안고 있는 동상이었다. 수은등 불빛 속에 아까의 그 사내가 서 있는 것이 보였다. 사내는 사방을 두리번거리며 서 있었다. 거기에는 그 혼자만 있었다. 그는 담배를 피워 물었다. 그리고 담배 연기를 한 모금 빨아 후우 하고 내뿜었을 때 어둠 속에서 한 사람이 나타났다. 킬러는 숲속에 숨어서 다음에 일어날 일을 지켜보았다.

새로 나타난 자는 남자였다. 그 자는 가까이 다가와 동상 앞에서 있는 사내에게 뭐라고 말했다. 사내는 뒷걸음질 쳤다. 다가서는 자의 손에는 어느새 칼이 들려 있었다. 칼날이 불빛을 받아 번쩍거리고 있었다.

"왜, 왜 이러는 거요? 왜 이러는 거요? 난 아냐! 아니라구!"

사내의 외치는 소리가 허공을 가르며 들려왔다. 뒷걸음질 치던 사내는 멈춰 섰다. 뒤에도 어느새 나타났는지 두 괴한이 서 있었던 것이다. 그들은 피스톨을 들고 있었다.

"왜, 왜들 이러는 거요? 살려 줘요! 살려 줘요! 난 아무 것도 몰라요!"

그러나 사내의 호소는 오래 계속되지 못했다. 제 1의 사나이가 달려드는 것과 동시에,

"사람 살려요!"

하는 외침이 허공을 울렸다. 그것이 마지막이었다.

우산이 굴러 떨어지고 사내는 무릎을 꺾으며 앞으로 천천히 쓰러졌다. 세 괴한들은 한동안 쓰러진 사내를 번갈아 가며 난도질했다. 그리고 나서 어둠 속으로 급히 사라졌다.

킬러는 그제야 숲속에서 나왔다. 그는 조용히 동상 앞으로 다가갔다. 사내는 그 때까지 채 숨이 끊어지지 않은 채 꿈틀거리고 있었다. 놈들이 닥치는 대로 찔렀기 때문에 사내의 몸은 온통 피에 젖어 있었다. 그가 누워 있는 주위의 괴어 있는 빗물까지도 검은 빛을 띠고 있었다.

사내는 손가락을 세워 땅바닥을 긁어 대고 있었다. 눈을 부릅뜬 채 킬러를 노려보면서 뭐라고 말하고 있었는데 소리가 너무

작아 알아들을 수가 없었다.

"미안하게 됐소."

킬러는 자기도 모르게 중얼거렸다. 그는 정말 미안한 생각이 들었던 것이다.

빗발이 갑자기 거세어지고 있었다. 그 바람에 핏물이 넓게 퍼지고 있었다. 뭐 하는 사람일까? 모르면 몰라도 아마 샐러리맨이겠지. 월급을 받은 김에 술 한 잔 하고 집으로 돌아가는 길이었을지도 모른다. 땅바닥을 긁어 대던 손의 움직임이 차차 둔해지다가 이윽고 멈춰졌다. 몸이 푸들푸들 경련하고 있었다. 그러나 그것도 점점 약해지고 있었다. 그가 거기에 서 있었던 것은 불과 1분 정도였다. 그러나 그 자신은 너무 오래 지체했다고 생각했다. 그는 비호처럼 출구 쪽으로 달려갔다.

세 명의 사나이가 막 차에 오르는 것이 보였다. 백색의 슈퍼살롱이었다. 먼발치에서 차의 스타일만 보아도 그는 그것이 무슨 차종인지 구별할 줄 아는 눈을 가지고 있었다. 슈퍼살롱은 빗속으로 미끄러져 갔다. 그는 가만히 차의 뒷모습을 바라보다가 급히 맞은편 골목을 향해 차도를 건너뛰었다. 그 때까지 거기에는 택시가 대기하고 있었다. 택시 운전사는 의자 등받이를 뒤로 젖히고 자고 있다가 그가 뛰어들자 시동을 걸었다.

"오른쪽으로 빨리 갑시다!"

늙은 운전수는 하품을 하며 차를 천천히 빼냈다. 킬러는 5만 엔을 꺼내 운전대 위에 올려 주었다.

"최대의 속도로 달려 주시오!"

그제서야 택시는 속력을 내어 달리기 시작했다. 빗발이 차창을 후려치고 있었기 때문에 시야가 잘 보이지 않았다. 그는 몹시 초조했다. 미행에 실패하면 다시 기회를 얻기가 불가능할지도 모른다.

"백색의 슈퍼살롱을 찾으시오! 그 차를 따라가면 됩니다!"

"안 보이는뎁쇼."

"더 속력을 내보시오!"

"비가 많이 오고 있어서 마음 놓고 속력을 낼 수가 없습니다. 이 정도도 시내에서는 상당한 속력입니다. 이러다가 교통경찰에 걸리기라도 하면 야단입니다."

"걸리면 벌금은 내가 물어 줄 테니 염려 마시오."

"그보다도 시간이 걸리니까 하는 말입니다. 아, 저기 보이는군요!"

"음, 바로 저거요! 바싹 따라가 봅시다!"

백색 차는 신호에 걸려 대기 중에 있었다. 차도에는 차량이 별로 많지 않았다. 택시는 요리조리 피해 가면서 앞으로 바싹 미끄러져 갔다.

슈퍼살롱 뒤에 거의 이르렀을 때 신호가 바뀌었고 차들이 움직이기 시작했다. 킬러는 차 넘버를 머릿속에 새겨 넣은 다음,

"자, 이젠 눈치 채지 않게 따라갑시다. 적당히 간격을 유지해 주시오."

하고 말했다. 운전수는 웃으며 담배를 피워 물었다.

"흥신소에 계십니까?"

"좋도록 생각하십시오."

그도 담배에 불을 댕겼다.

5분쯤 지나 슈퍼살롱이 정지했다. 택시는 그 차를 지나쳐 가다가 20여 미터 앞에서 슬그머니 멈춰 섰다. 슈퍼살롱에서 한 명이 내리는 것이 보였다. 그러고 나서 차는 다시 출발했다.

슈퍼살롱이 지나가고 난 뒤에야 택시는 움직였다. 그 때 킬러는 갑자기 생각을 바꾸어 택시를 세우게 했다. 그리고 아무 말 없이 차에서 급히 내렸다.

"아니? 왜 그러십니까?"

운전사가 의아해서 물었다.

"됐어요. 가보시오."

택시 문을 쾅 닫고 돌아섰다. 다시 색깔이 다른 택시를 잡아탔다. 젊은 운전사였다.

"빨리 좀 갑시다."

적지 않은 돈을 선불하자 운전사는 까다롭게 굴지 않고 요구대로 차를 몰아갔다. 얼마 가지 않아 슈퍼살롱을 따라잡을 수 있었다.

"하나 부탁이 있는데 들어 주겠소?"

그는 운전사를 쳐다보지 않고 말했다.

"글쎄, 무슨 부탁이신지……."

"아, 뭐…… 어려운 건 아니고 간단한 거예요. 들어 주면 20만 엔쯤 후사할 생각이요."

그것은 구미가 당기는 액수였다.

"네, 좋습니다. 말씀해 보시지요."

"잘 들어봐요. 지금 저 백색 슈퍼살롱에는 두 사람이 타고 있어요. 그 중 한 사람이 도중에 내릴지도 몰라요. 만일 한 사람이 도중에 내릴 경우에는 당신이 책임지고 그 사람을 미행해 주시오. 무슨 말인지 알겠소?"

"네, 알겠습니다. 선생님은 안 가시는 겁니까?"

"난 저 차를 계속 따라가야 해요. 다른 택시를 타고…… 그래서 부탁하는 거요."

"매우 중요한 일인가 보지요?"

"그런 건 당신이 알 필요 없어요."

그는 차갑게 내뱉었다.

"무슨 일인지 알려고 하지 마시오. 당신이 끝까지 미행해서 어디로 들어가는지 알아둬야 해요. 당신이 해야 할 일은 바로 그거란 말이요. 알겠소?"

"네, 알겠습니다. 그 다음 어떻게 하죠?"

"당신 연락처를 알려줘요. 내가 연락할 테니까."

"네, 그럭하죠."

운전사는 행여 손님의 마음이 변할세라 냉큼 전화번호를 알려주었다. 그러고 나서 넌지시 이렇게 말했다.

"만일 손님께서 연락을 안 주시면 저는 괜히 헛수고만 하는 거 아닌가요?"

"그건 염려하지 않아도 돼요."

그는 10만 엔을 꺼내 운전사에게 주었다.

"자, 이건 선금이요. 나머지는 일이 끝나면 주겠소. 그리고 그 택시비는 따로 계산해 주겠소. 실패하면 잔금 받을 생각은 말고 선금까지 돌려 줘야 해요. 어때요? 할 수 있겠소?"

"그런 건 염려하지 마십시오."

운전사는 어깨를 으쓱해 보였다. 그 때 슈퍼살롱이 정거하는 것이 보였다.

"아, 저기 서는군. 지나가서 세워 줘요."

택시는 백색 차를 100미터 쯤 지나쳐 정거했다.

"아참, 당신 이름이 뭐죠?"

"마찌무라라고 합니다."

"아, 마찌무라, 잘 부탁해요."

그가 택시에서 막 내리자 슈퍼살롱이 스쳐 갔다. 그는 재빨리 다른 택시를 잡아탔다.

백색 슈퍼살롱은 로터리를 돌아 한동안 질주하다가 오른쪽으로 나 있는 좁은 길로 들어갔다. 그 길은 완만한 경사면을 이루고 있었다. 슈퍼살롱은 비탈길을 천천히 굴러 가다가 다시 오른쪽 골목으로 사라졌다. 킬러는 비탈길 입구에서 차를 버리고 걸어 올라갔다.

비는 여전히 내리고 있었다. 우산 밑에서 몸을 웅크린 채 조금 비틀거리며 걸어가는 그의 모습은 얼른 보기에는 마치 술 취한 사람 같았다. 골목을 꺾어 들자 슈퍼살롱이 차고 속으로 막 사라지는 것이 보였다. 차고 문이 닫히기를 기다렸다가 골목으로 들어섰다.

그 집은 검은 벽돌로 된 2층 양옥이었다. 담이 높고 문은 철책으로 되어 있었다. 창문에는 모두 철창이 되어 있는 것이 외부의 침입을 몹시 경계하고 있는 것이 분명했다. 다행히 개는 없는 것 같았다.

그는 잠시 서서 주위를 둘러보았다. 골목 안은 비 내리는 소리만 들릴 뿐 괴괴한 적막에 싸여 있었다. 지나다니는 사람은 하나도 보이지 않았다. '이만하면 안심이다' 하고 그는 생각했다.

2층 양옥집은 2층 맨 왼쪽 방에만 불이 켜져 있었다. 커튼이 쳐져 있어서 방 안은 보이지 않았지만 창가에 사람이 어른거리는 것 정도는 알아볼 수 있었다.

그는 담벼락으로 가까이 다가섰다. 벽돌로 된 높은 담이었지만 그 정도는 그에게 있어서 그렇게 힘든 것이 아니었다. 우산을 집어 던지고 나서 그는 담 위로 손을 뻗었다. 잠시 후 그의 몸은 허공에 높이 솟구쳤다. 가볍게 정원으로 뛰어내린 그는 나무 밑에 서서 한참 동안 집안의 동정을 살피다가 현관 쪽으로 소리 없이 다가갔다.

현관문은 굳게 잠겨 있었다. 그는 그 곳을 포기하고 집 주위를 한 바퀴 돌았다. 문이라는 문은 모두 빈틈없이 잠겨 있었고 거기다가 쇠창살까지 쳐져 있어서 침투는 용이할 것 같지가 않았다. 2층 창문에는 쇠창살이 없었지만 그 곳까지 벽을 타고 올라갈 수는 없었다.

그는 다시 현관 쪽으로 돌아왔다. 현관문은 나무로 되어 있다. 아무리 빈틈없는 것이라 해도 어딘가에 반드시 빈틈이 있기 마련이었다. 그는 그것을 문짝에서 찾을 수가 있었다.

문의 윗부분 기둥과 연결된 부분에 약간 틈이 벌어져 있었다. 나사가 조금 빠진 모양이었다. 그 때문에 문 전체가 흔들리고 있었다. 기둥 역시 나무로 되어 있었다. 그는 주머니 속에서 가지고 온 연장을 꺼내 들었다. 강철로 된 긴 못뽑이로 그것을 틈 사이로 밀어 넣고 힘을 가했다. 문짝이 찌그러지는 소리가 끽끽 하고 났다. 기다렸다가 다시 힘을 주어 문짝을 벌렸다.

나사못이 깊이 박힌 탓으로 생각보다는 그렇게 쉽게 틈이 벌어지지는 않았다. 무엇보다도 소리가 나지 않게 하는 것이 문제였다.

그는 서두르지 않고 신중하게 틈을 벌려 나갔다. 시작한 지 반시간쯤 지났을까. 마침내 윗부분이 기둥으로부터 떨어졌다. 아랫부분은 그렇게 힘들지가 않았다. 다시 20분쯤 지나자 문짝은 완전히 기둥으로부터 떨어져 나왔다. 그는 안으로 들어가 문고리를 벗겼다. 떨어진 문짝을 들어다 현관 옆 벽에다 세워 두었다. 이로써 첫 번째 장애물은 제거한 셈이었다.

그는 앞을 바라보았다. 보이는 것이라고는 캄캄한 어둠뿐이었다. 그는 망설이다가 어둠을 향해 한 발짝 내디뎠다.

넘어지지 않으려고 일부러 벽에 붙어 서서 움직였다. 그는 매우 인내심이 강한 편이었다. 절대 서두르는 법이 없이 조금씩 조금씩 움직였다. 집 안은 적막 속에 잠겨 있었다. 너무 조용해서 벽시계 소리가 뚜렷이 들려오고 있었다.

한참 지나자 위쪽에서 여자 웃음소리가 가느다랗게 들려왔다. 성의 유희 끝에 나오는 웃음소리 같았다. 그는 바로 2층으로 올라가지 않았다. 다시 아래층을 차례차례 뒤졌다.

아래층에는 방이 세 개 있었는데 모두 텅 비어 있었다. 오래도록 사용하지 않고 내버려 두었던지 방에는 먼지가 수북이 쌓여 있었다.

2층으로 통하는 계단을 밟자 삐걱하고 소리가 났다. 그는 기다렸다가 중간을 피하고 가장자리 쪽을 밟아 올라갔다. 삐걱거리는 소리가 별로 나지 않았다.

2층까지 무사히 올라갔다. 2층에는 방이 두 개 있었다. 안쪽에 있는 방에서 여자의 신음 소리가 들려오고 있었다. 계단 가까이에 있는 방은 잠겨 있었다.

칼끝으로 열쇠 구멍을 몇 번 건드리자 찰칵 하고 문이 열렸다. 조심스럽게 문을 열고 안으로 들어갔다. 플래시로 방 안을 비춰 보았다. 빈 방이었는데 한쪽에 육중한 금고가 하나 놓여 있었다. 문을 닫고 밖으로 나왔다.

드디어 마지막 단계에 도달했다. 여자의 신음 소리가 한창 고조되고 있었다. 침대의 삐걱거리는 소리도 들려오고 있었다. 집 안에 그들밖에 없다고 생각해서 그렇게 요란스럽게 성희를 즐기고 있는 것 같았다.

좋은 기회라고 생각했다. 문 손잡이를 비틀어 보았다. 잠겨 있었다. 칼끝으로 조심스럽게 열쇠 구멍을 건드렸다. 아까와는 달리 쉽게 열리지가 않았다.

한참 만에 겨우 찰칵 하는 소리가 났다. 매우 부드러운 금속성 소리였다. 잠긴 것이 풀렸다는 것을 느낌으로 알 수가 있었다. 손잡이를 비틀자 문이 소리 없이 스르르 열렸다. 와루사 피스톨을 오른손에 쥐고 안으로 들어섰다. 문을 닫았다.

방 안에 눈이 익기까지는 한참 서 있어야 했다. 촉수 약한 붉은 조명등이 침침하게 방 안을 비추고 있었다. 그때까지도 남녀는 그가 안으로 들어선 것을 모르고 있었다. 그는 그들의 행위가 끝날 때까지 어둠 속에 꼼짝 않고 서 있었다.

그들은 침대 위에 뒤엉켜 있었는데 남자 쪽이 매우 격렬했다. 남자의 바위같이 넓적한 등판에 가려 여자의 상체는 보이지도 않았다. 남자가 굉장한 힘으로 밀어붙일 때마다 여자는 자지러지면서 제발 그만 하라고 호소하고 있었다.

킬러는 반시간 가까이 기다렸다. 그들의 성희를 끝까지 방해하지 않은 점에서는 꽤나 신사적이라고 할 수 있었다. 마침내 사내가 여자의 몸에서 떨어져 나갔다. 사내는 거친 숨을 몰아쉬면서 여자의 엉덩이를 철썩 때렸다.

"기분이 어때?"

"좋아요."

킬러가 비로소 몸을 움직였다.

"다 끝났나?"

"누구야?"

사내의 외침과 동시에 방 안이 갑자기 밝아졌다. 사내는 놀라서 뛰쳐 일어나고 여자는 시트로 몸을 가렸다.

"누, 누구야! 당신 누구야!"

사내는 자기를 향해 겨누어진 피스톨을 보고 순식간에 얼어 붙었다. 킬러는 미동도 하지 않았다. 빈틈 하나 없는 확고한 모습 이었다.

"이건 소음 권총이다. 소리 없이 죽일 수가 있어. 물론 위력도 대단하지. 네 골통을 단번에 꿰뚫을 수가 있어."

그는 방아쇠를 당겼다. "슉!" 하는 소리와 함께 맞은편 벽을 차지하고 있던 대형 거울이 와르르 쏟아져 내렸다. 여자가 비명 을 질렀다.

"쉿! 조용히! 순순히 말을 들으면 목숨은 건질 수 있다. 그러 나 말을 듣지 않으면 가차 없이 쏴 죽이겠다!"

그의 목소리에도 눈에도 증오나 원망 같은 것은 담겨 있지 않 았다. 조용하고 차가운 느낌을 띠고 있을 뿐이었다. 그런데 그것 이 오히려 더 큰 공포를 불러일으키고 있었다.

"도, 도대체 다, 당신은 누구요?"

벌거벗은 사내는 공포에서 벗어나려고 기를 쓰며 억지로 질 문을 던졌다.

"너희들이 죽이려고 하는 상대야. Y공원 동상 앞에서 너희들 이 해치우려고 했던 상대야."

사내는 경악했다.

"놀랄 테지. 너희들이 죽인 사람은 아무 상관도 없는 사람이 야. 그 사람은 억울하게도 내 대신 죽은 거야."

"그럴 리가……."

"나는 처음부터 지켜봤어."

"그럴 리가…… 그럼 당신이 야마란 말인가?"

"그렇지. 이제야 알아보는군."

사내가 믿을 수 없다는 듯 고개를 저었다. 몸을 떨면서 호흡이 거칠어지고 있었다. 보디빌딩을 했는지 근육이 잘 발달되어 있었다. 건장한 몸이었고 좁은 이마 밑에 부릅떠져 있는 두 눈은 매처럼 날카로워 보였다. 두 다리도 튼튼했고 다리 사이에 늘어져 있는 성기도 아주 좋은 편이었다. 사내의 몸에서는 투견 같은 냄새가 났다.

침대 위에서 오들오들 떨고 있는 여자는 가냘픈 인상이었다. 살결이 눈부시게 빛나고 있었고 눈동자가 유난히 검어보였다. 흑발이 어깨 위를 덮고 있었다.

사내의 눈이 한순간 번쩍했다. 아주 잠깐 사이였다. 사내는 비호처럼 몸을 날렸다. 그러나 그보다 먼저 소음 피스톨이 불을 뿜었다. 사내는 오른쪽 복부를 움켜쥐고 나뒹굴었고 여자는 비명을 질렀다.

"소리 지르지 말라고 했지. 시트로 입을 틀어막아!"

그 때까지 조용하던 킬러는 맹수로 돌변해 있었다. 여자의 얼굴을 후려치자 그녀는 바들바들 떨면서 시키는 대로 시트를 입속에 뭉쳐 넣었다. 사내는 배에서 흘러나오는 검붉은 피를 막으려고 두 손으로 배를 누르고 있었다. 눈은 허옇게 뒤집혀져 있었고 입에서는 침이 흐르고 있었다.

킬러는 피스톨 끝으로 상대의 이마를 쿡 찔렀다.

"피를 많이 흘리면 어떻게 된다는 거 알고 있지? 시간을 끌면

끌수록 너한테는 손해야. 그만큼 너는 죽음과 가까워져. 병원에 빨리 가고 싶지 않나?"

"사, 살려 주십시오! 제발 살려 주십시오!"

사내의 몸에서는 이미 죽음의 냄새가 풍겨오고 있었다. 복부에서 흘러내린 피가 방바닥을 흥건히 적시고 있었다.

"살고 싶으면 묻는 대로 대답해. 다크호스는 누구냐?"

"그 그건…… 모 모릅니다. 모 모릅니다……."

"살고 싶지 않은 모양이군. 머저리 같은 자식!"

그는 상대의 얼굴을 냅다 걷어찼다. 사내는 몸부림쳤다. 그러나 이미 기진한 모습이었다. 입에서는 쇳소리가 나고 있었다. 그때까지 구석에서 떨고 있던 여자가 갑자기 알몸으로 달려와 그에게 매달렸다.

"살려 주세요! 선생님, 살려 주세요! 시키는 대로 할 테니 살려 주세요! 저를 달라면 드리겠어요, 선생님. 제발 살려 주세요!"

"저리 비켜!"

그는 사정없이 여자를 차 버렸다. 여자는 떼구르르 굴러가 구석에 처박혀 버렸다. 그러고 나서는 다시는 그에게 매달리지 않았다.

"다시 묻겠다. 다크호스가 누구냐?"

"방위청에 있는…… 호리 겐로 과장입니다."

"거짓말하지 마. 호리 과장은 지금 연행되어 조사받고 있어. 그쯤은 나도 알고 있단 말이야. 그는 다크호스가 아니야. 다크호스는 아까 나하고 통화했어. 자, 부탁이야. 다크호스가 누구지?"

사내의 얼굴은 이미 흙빛으로 변하고 있었다. 허덕거리는 숨소리가 방 안을 가득 채우고 있었다.

입을 벌리고 무슨 말인가 하려고 하는데 혀가 굳어 버려 잘 나오지가 않는 모양이었다. 그러자 여자가 대신 말했다.

"제가 대신 말씀드리겠어요."

그는 여자를 바라보았다. 아무 말 없이 여자가 입을 열기를 기다렸다. 죽어가는 사내가 절대 말해서는 안 된다는 듯 고개를 저으며 여자를 노려보았지만 여자는 상관하지 않고 말했다.

"아는 대로 말씀드리겠어요. 조직은 보통 S로 통하고 있어요. S는 SPETSNAZ의 머리글자예요. 스페츠나츠라고 발음해요. 소련 KGB 휘하의 특수공작대 이름이에요. 야마, 당신은 스페츠나츠의 조종을 받고 있었던 거예요."

"설마……."

"믿기 어려우실 거예요. 그러나 사실이에요."

"그렇다 하고 당신도 조직의 일원인가?"

"아니에요. 저는 다만 이 분의 약혼자예요. 우리는 내일 결혼하기로 되어 있어요. 그런데 이렇게 됐으니 다 틀렸죠. 이 분은 자기가 언제 죽을지도 모른다고 하면서 모든 비밀을 저한테 이야기해 줬어요. 저는 이 분의 지시에 따라 모든 걸 다 타이핑해 두었어요. 그걸 가지고 언젠가는 미국으로 망명할 예정이었어요. 그런데 이렇게 됐으니 다 틀렸죠,"

"그게 사실이라면 아직 늦지는 않아. 내가 알고 싶은 건 다크호스의 정체야. 다크호스가 누구야?"

"다크호스는 일본에서 암약하고 있는 스페츠나츠 총책이에요. 일본 지역 보스예요."

"누구냐니까?"

"그건 몰라요. 스파이 조직원들의 이름은 모두 알고 있는데 다크호스만은 아직 알아내지 못했어요. 정말이에요. 그는 자기 정체를 아는 사람은 살려 두지 않는대요."

여자는 고개를 돌려 방바닥에 쓰러져 있는 남자를 바라보았다. 남자는 숨이 끊어졌는지 움직이지 않고 있었다.

"타이핑 된 것은 어디 있지?"

"저 방 금고 속에 있어요."

"가서 열어 봐."

여자는 알몸으로 방을 나갔다. 킬러는 그녀의 뒷모습을 보면서 바싹 뒤따라갔다. 여자는 익숙하게 금고문을 열었다. 살아남기 위해 최선을 다 하고 있는 것이 역력히 나타났다.

금고 속에는 현찰과 보석류도 들어 있었다. 그는 그런 것들은 거들떠보지도 않고 타이핑 철만 집어 들었다. 그것은 부피가 꽤 두꺼웠고 대강 훑어보니 각종 공작 내용과 공작원 28명에 대한 프로필이 사진과 함께 비교적 소상히 나와 있었다.

"이건 내가 가져간다."

그는 그것을 품속에 집어넣은 다음 여자를 바라보았다. 아무 감정도 느낄 수 없는 이상한 눈길이었다.

"이름이 뭐지?"

"가데노라고 합니다."

여자는 겁에 질린 채 대답했는데 육체만은 도발적인 자세를 취하고 있었다. 원한다면 몸이라도 바치겠다는 뜻인 것 같았다. 좋은 몸이었다. 그러나 그는 시간이 없었다. 손을 뻗어 여자의 풍만한 젖가슴을 움켜쥐었다. 여자의 입이 벌어지면서 허리가 뒤틀렸다.

"함부로 지껄이지 마. 오늘 밤 일을 다른 사람한테 이야기해서는 안 돼. 지금 당장 멀리 사라져. 넌 내 손에 죽지 않으면 다른 사람들 손에 죽을 테니까 말이야. 될수록 빨리…… 멀리 외국으로 나가 사는 게 좋을 거야."

"아, 알았습니다."

그는 몸을 홱 돌려 그 곳을 급히 빠져나갔다.

비는 더 거세게 내리고 있었다. 택시를 타고 얼마쯤 달리다가 도중에 내려 공중전화 부스로 들어가 운전사 마찌무라에게 전화를 걸었다. 마찌무라는 운전도 포기한 채 그를 기다리고 있었다.

15분 후 마찌무라의 택시가 달려왔다. 킬러는 어둠 속에서 나와 택시 속으로 들어갔다.

"알아냈나?"

"네, 알아냈습니다."

마찌무라는 주머니에서 접어 놓은 쪽지를 꺼내 그에게 주는 대신 운전대 위에 올려놓았다.

"알아 외느라고 혼났습니다."

"수고했소."

그는 잔금을 꺼내 주었다. 그러나 마찌무라는 받으려 들지 않았다.

"생각해 보니까 제가 너무 손해를 본 것 같아요. 그런 일은 비싸기 마련 아닙니까?"

"이봐, 무슨 소리를 하는 거야. 약속대로 받아. 더 이상 줄 수 없어."

돈을 무릎 위에 던지고 메모지를 집으려고 하자 마찌무라의 손이 먼저 그것을 삼켜 버렸다. 손에 흉터가 있는 것이 주먹깨나 쓰는 놈인 것 같았다.

"저쪽에 대신 팔아도 이보다는 많이 받아낼 수 있을걸요."

껌을 질경질경 씹어대는 것이 만만치가 않아 보였다. 위험한 놈이다 하고 그는 판단했다.

"좋아, 그만두지."

그는 포기한 듯 문을 열었다. 그리고 도로 닫으면서 동시에 왼손을 칼날같이 세워 그것으로 마찌무라의 목을 세차게 후려쳤다.

단 일격에 마찌무라는 경련을 일으키면서 눈을 뒤집었다. 너무 갑작스럽게 당한 일이라 미처 비명을 지를 사이도 없었다. 야마는 왼편 팔꿈치고 상대방의 옆구리를 내질렀다.

"억!"

마찌무라는 몸부림쳤다. 앞으로 상체가 엎어지는 바람에 갑자기 클랙슨 소리가 요란하게 났다. 야마는 차 속의 라이트를 켰다. 마찌무라의 머리칼을 움켜쥐고 뒤로 잡아당겼다. 마찌무라의 상체가 뒤로 젖혀졌다. 목을 정면에서 다시 한 번 후려쳤다. 마침내 경련이 멎고 마찌무라의 몸뚱이는 축 늘어져 버렸다.

상대의 손에서 메모지를 빼내 자기 주머니 속에 집어넣었다. 차문을 열고 마찌무라를 밖으로 밀어내자 놈은 길바닥으로 힘없이 굴러 떨어졌다.

야마는 직접 운전대를 잡고 택시를 몰아갔다. 얼마쯤 가다가 차를 멈추고 라이트를 켠 다음 메모지를 꺼내 보았다. <다까시마다이라 309동 1403호>라고 적혀 있었다. 그 곳이라면 그도 익히 알고 있는 도쿄에서 가장 큰 아파트 단지였다.

다까시마다이라 단지는 도쿄 북부 이따바시구에 있는데 14층짜리 고층 아파트가 64채나 들어서 있고 세대수만도 3만여 가구나 된다. 고층 아파트 단지라 가끔씩 투신자살 소동이 벌어지고 있고 그 때문에 더욱 유명해진 곳이다.

그는 핸들을 꺾어 왼쪽으로 커브 했다. 오던 길을 되돌아갔다. 지나치면서 보니 마찌무라는 빗속에 엎어져 있었다.

다까시마다이라까지는 차로 30분 거리였다. 비가 쏟아지고 있기 때문에 10분쯤 더 걸릴 것 같았다. 음악을 크게 틀었다. 비바람이 차창을 두드려 대고 있어서 앞이 흐릿해 보였다. 시야가 너무 좁았지만 상관하지 않고 빠른 속도로 달려갔다.

30분 후 다까시마다이라 단지 앞에 닿았다. 차를 거기다 버리고 걸어서 단지 안으로 들어갔다. 비를 고스란히 맞으며 술에 취한 듯 비틀비틀 걸어갔다.

고층 건물들이 어둠 속에 시커먼 모습으로 서 있었다. 혹 가다 불이 켜진 창문도 보였지만 거의가 어둠 속에 잠겨 있었다. 유령의 도시 같았다.

309동은 맨 가에 있었다. 길을 건너갔다. 그는 309동 앞에 서 있는 308동으로 먼저 접근했다. 입구가 하나 있었고 경비원이 지키고 있었다. 오른쪽 입구로 다가서자 경비원이 창문을 열고 내다보았다.

"3호는 어디요?"

"몇 층 말입니까?"

"10층……."

"10층 맨 저쪽에서 세 번째입니다."

"고맙소."

그는 308동을 지나쳐 309동 쪽으로 갔다. 309동의 경비원은 졸고 있었다. 그러나 출입문으로 들어간다는 것은 위험했다. 그래서 건물 옆에 붙어 있는 비상구 쪽으로 가 보았다.

14층짜리 고층 건물의 한쪽 면에 지그재그 형으로 뻗어 올라가 있는 비상계단은 바로 밑에서 쳐다보니 까마득해 보였다. 더구나 비바람까지 들이치고 있어서 매우 위험해 보였다. 계단 입구는 외부의 침입을 막기 위해 철책 문으로 막혀 있었다.

자물통이 걸려 있었는데 그렇게 튼튼한 것 같지가 않았다. 소음 권총을 겨누고 발사하자 그것은 금방 떨어져 나갔다. 철책 문을 열고 계단을 올라가기 시작했다. 빗발이 들이치고 있어서 계단은 미끄러웠다. 난간 철책을 쥔 채 쉬지 않고 올라갔다.

14층― 마침내 비상계단의 끝에 도달했다. 그는 한숨을 길게 내쉬고 아래를 내려다보았다. 뿌연 수은등 불빛이 비바람 속에서 떨고 있었다. 가로수 가지들이 마구 흔들리고 있었다. 날카로운 바람 끝이 건물 모서리에 부딪치면서 윙윙하고 비명을 지르고 있었다.

그는 쭈그리고 앉아 몸으로 바람을 막으면서 담배에 불을 댕겼다. 옷은 이미 비에 흠뻑 젖어 있었다. 빗물이 몸속으로 스며드는 바람에 한기가 느껴졌다. 담배 한 대를 다 피울 때까지 그대로 쭈그리고 앉아 있었다.

일어서면서 시계를 보았다. 4시가 막 지나고 있었다.

비상계단에서 14층으로 들어가는 입구는 철문으로 막혀 있었다. 매우 튼튼한 철문으로 굳게 잠겨 있었다. 문을 열려고 시도해 보았지만 그는 번번이 실패했다.

궁리 끝에 베란다 쪽으로 손을 뻗어 보았다. 발돋움하고 손을 힘껏 뻗어 보았지만 아슬아슬하게 닿지가 않았다. 키가 조금만 더 커도 가능할 것 같았다.

비상계단을 내려갔다. 경비원은 여전히 졸고 있었다. 그 곳에서 2백 미터쯤 떨어진 곳에 아파트 신축 공사장이 있었다. 거기까지 가서 벽돌 두 개를 들고 돌아와 다시 비상계단을 올라갔다. 추위가 가시고 그 대신 진땀이 흘렀다. 한 번 쉬고 14층까지 올라갔다.

벽돌 두 개를 포개 놓고 손을 뻗자 베란다 철책이 오른손에 잡혔다. 비에 젖어 미끈거렸다. 거기에 매달렸다가 놓치는 날에는 14층 아래로 곤두박질쳐 즉사하고 말 것이다.

손에 젖은 물기를 닦아내고 다시 철책을 잡아 흔들어 보았다. 튼튼한 느낌이었다. 단단히 움켜쥔 다음 몸을 날렸다. 온 몸이 오른팔에 매달리는 바람에 팔이 떨어져 나가는 것 같았다. 왼손으로 얼른 철책을 쥐고 숨을 가다듬은 다음 위로 끌어올렸다. 그 정도는 별로 어렵지가 않았다.

마침내 철책을 넘어 베란다로 내려섰다. 1403호까지 가려면 아직 두 개의 베란다가 남아 있었다. 베란다에서 베란다로 건너가는 것도 그렇게 쉬운 일은 아니었다. 그러나 용기만 있다면 충분히 해낼 수 있는 일이었다.

그는 1호 베란다에서 2호 베란다로 넘어갔다. 두 집 다 어둠 속에 잠겨 있었다. 2호에서 다시 3호로 건너갔다.

3호 역시 어둠에 싸여 있었다. 거실로 통하는 대형 유리문을 열었다. 고층이라 문단속이 허술했다. 문을 닫고 거실 소파로 가서 앉았다. 그렇게 한참 앉아 있었다. 긴장과 피로가 한꺼번에 풀리면서 금방이라도 잠에 취해 떨어질 것만 같았다. 어둠에 눈이 익을 때까지 담배를 피웠다. 마치 자기 집에 앉아서 담배를 피우는 것 같았다.

그 아파트에는 방이 세 개 있었다. 방 두 개는 비어 있었고 나머지 한 방에 사람이 들어 있었다.

방 안에 누워 있는 사람은 남자였는데 몹시 더운지 팬티 바람으로 잠들어 있었다. 허연 피부에 비대한 몸이었고 머리는 반들반들한 대머리였다. 50대쯤 된 것 같았다.

플래시를 끄고 대신 방 안의 전등을 켰다. 기침을 했지만 그래도 대머리는 세상모르고 자고 있었다. 젖은 구둣발로 콧잔등을 밟았다.

"끙."

하더니 돌아눕는다. 그리고 다시 코를 곯았다. 엉덩이를 힘껏 걷어챘다. 대머리가 눈을 떴다.

"어?"

어리둥절한 모습으로 일어나 앉는다.

"누, 누구야?"

오른손에 들고 있는 피스톨로 상대의 머리통을 겨누면서 왼손 주먹으로 턱을 후려쳤다. 대머리는 나동그라졌다가 다시 일어나 앉았다.

"다, 당신은…… 누, 누구요?"

"야마다! 너희들이 죽였다고 생각한 야마다!"

"뭐라구?"

소스라치게 놀라면서 일어서려는 것을 구둣발로 걷어챘다. 옆구리를 차인 대머리는 허리를 굽히고 끙끙거렸다.

"떠들지 말고 조용히 해! 꼼짝도 하지 마! 허튼 수작하면 머리통을 부숴 놓을 테다!"

비에 흠뻑 젖은 킬러의 모습은 그야말로 살기에 찬 무시무시한 모습이었다. 비에 젖은 머리칼에서는 빗물이 줄줄 흘러내리고 있었다.

"왜, 왜 이러시는 겁니까? 잘못 오해하신 것 같은데……."

"시치미 떼지 마! 너하고 말싸움할 시간이 없어. 다크호스가 누구냐?"

"네?"

공포에 질려 있으면서도 시침을 떼고 묻는다. 나이만큼 능구렁이 같은 데가 있는 놈이었다.

"다크호스 말이야."

"다크호스가 뭡니까?"

말이 떨어지기가 무섭게 대머리는 방구석에 처박혔다. 얼굴은 고통에 일그러져 있었고 입에서는 거친 숨결이 흘러나오고 있었다.

"다크호스가 누구냐?"

그는 거듭 그 질문만 던졌다. 대머리는 잡아뗀다는 것이 불가능하다는 것을 비로소 깨달은 것 같다. 어마어마한 힘 앞에 질식할 것 같은 모습으로 구겨져 있다가 그는 겨우 입을 열었다.

"모, 모릅니다."

"빨리 죽고 싶은 모양이구나."

총구가 똑바로 이마를 겨누자 대머리는 와들와들 떨었다.

"살려 주십시오! 목숨만 살려 주십시오! 목숨만 살려 주시면 무엇이나 시키는 대로 하겠습니다."

"내가 알고 싶은 건 다크호스가 누구냐는 거다, 그걸 말해 주면 너를 살려 주겠다."

"나리, 그건 정말 모릅니다. 알면 제가 왜 말하지 않겠습니까? 제 목숨이 귀하지 그런 것이 귀하겠습니까? 정말 모릅니다. 나리, 살려 주십시오! 부탁입니다!"

와루사 소음 피스톨이 불을 뿜었다. 슉 하는 소리와 함께 대머리는 뒤로 나가떨어졌다. 한참 후 그는 혼이 빠진 모습으로 일어나 앉았다. 총알이 이마를 스치고 지나가는 바람에 거기서 피가 흘러내리고 있었다.

"다크호스가 누구냐?"

"모, 모릅니다. 정말입니다!"

대머리는 마침내 울면서 호소했다.

그는 타이핑 철을 대머리 앞에 내던졌다.

"자, 그걸 보라구. 거기에는 너희들의 음모가 적나라하게 나타나 있어. 조직원의 암호명과 본명, 그리고 사진도 붙어 있어. 지금까지 자행한 각종 스파이 행위도 개인별로 나와 있어. 그것이 수사 기관에 넘어가면 어떻게 되는지 알지?"

"……."

대머리는 씩씩거리며 눈앞에 펼쳐진 타이핑 철을 내려다보았다. 그러다가 갑자기 신음 소리를 내면서 그것을 움켜쥐었다. 그러나 그보다 먼저 킬러의 주먹이 그의 턱을 후려쳤다. 뒤로 나가떨어진 그를 킬러는 사정없이 걷어찼다. 대머리는 방바닥을 기면서 비참하게 허덕거렸다. 늑골이 부러졌는지 제대로 허리조차 펴지 못하고 있었다.

"너희 조직은 붕괴됐어. 발버둥 쳐봐야 소용없어. 그렇지만 늦지는 않았어. 협조해 주면 너 하나 정도는 빼돌릴 수 있어. 여기에 있는 너에 대한 기록과 사진을 모두 없애 버리면 너는 안전할 수가 있어. 그래도 협조하지 않겠다면 너는 여기에서 개죽음 당할 수밖에 없어. 내가 누구라는 건 알고 있겠지? 난 사람 하나쯤 파리 새끼보다 쉽게 죽여. 자, 입을 열어라. 서로를 위해서……."

"살려 준다고 약속하실 수 있습니까?"

대머리의 눈에서 반항의 빛이 사라졌다. 대신 지푸라기라도 붙잡으려는 안간힘이 나타나 있었다.

"약속하지. 네 손으로 직접 너에 관한 기록을 없애도 좋아. 너는 넘버 6…… 암호명은 블랙 메이커…… 본명은 나까가와 스스무……."

그는 대머리에 관한 기록을 떼어내 앞으로 던졌다.

"그걸 처먹든지 태워 버리든지 맘대로 해."

대머리는 자신에 대한 기록을 한동안 들여다보고 나서 그것을 갈가리 찢었다. 그런 다음 그것을 들고 욕실로 들어가 변기 속에 넣었다. 수돗물이 쏴아 하고 흘러 내려가는 소리가 들려왔다.

욕실에서 나온 대머리는 담배 한 대를 피워 물었다. 연기를 두어 모금 내뿜고 나더니 마침내 무겁게 입을 열었다.

"나도 다크호스가 누군지는 아직 모릅니다."

"뭐라고?"

"잠깐…… 그렇지만 알아내는 방법은 있습니다. 다크호스는 며칠 후 서독에 갑니다. 거기서 NATO군 기동 훈련이 있는데 일본 측에서 몇 사람이 그 훈련을 참관하게 됩니다. 정확한 인원 명단은 비밀로 되어 있습니다. 현지에 가 보면 알 수 있으리라고 생각합니다."

"다크호스가 거기에 참석하리라는 건 어떻게 알고 있지?"

"나는 연락책입니다. 다크호스에게 가는 보고는 주로 나를 통해 갑니다. 나는 최근에 스페츠나츠 본부로부터 다크호스에게 가는 지시를 접수했습니다. 그것은 다크호스가 직접 NATO 기동 훈련을 참관하라는 것이었습니다. 그리고 NATO군이 보유하고 있는 최신 무기에 대해 상세히 알아오라고 했습니다.

"기동 훈련 날짜는?"

"4월 27일입니다."

4월 27일이면 꼭 나흘 후다.

그는 대머리의 이마를 똑바로 겨누었다.

"호리 과장은 왜 끌어들였지? 왜 그를 다크호스로 몰았지? 내가 조사한 바에 의하면 호리 과장은 지금 스파이 혐의를 받고 있어. 궁지에 몰려 있는 거지. 그는 당신들의 일당이 아니야. 억울하게 걸려든 게 분명해."

"네, 아닙니다. 호리 과장은 우리 계획에 말려든 겁니다."

"그 계획이란 뭐야?"

"호리 과장은 소련 스파이 킬럽니다. 그래서 그를 제거하기 위해 그가 조직의 보스인 것처럼 꾸민 겁니다."

"교활한 놈들이군."

그는 소파 위에 앉았다. 총구는 여전히 상대방의 이마를 겨누고 있었다.

"한국인 유한백 박사를 제거한 이유는? 내가 하수인 노릇을 하긴 했지만…… 난 이유도 모르고 한 거야."

"그는 세균 무기를 연구하는 대가로 우리 조직으로부터 막대한 보수를 받았습니다."

"그 세균 무기는 결국 소련으로 흘러 들어갔겠군."

"네, 그렇습니다. Y대의 이시바 기이찌 교수가 유 박사와 한 팀이 되어 일했습니다. 모든 지령은 소련 대사관 참사관이었던 이반 페드로프로부터 나왔고 그것을 실행에 옮긴 책임자는 다크 호스였습니다. 이반은 현재 모스크바로 돌아가고 없습니다."

암호명 블랙 메이커의 손이 앞으로 조금씩 움직이고 있었다. 그것을 아는지 모르는지 야마는 상대의 얼굴만 응시하고 있었다.

"황 회장은 왜 죽였지? 그 사람도 내 손에 죽었지만……."

"그는 우리의 동지였습니다. 그가 재벌이 된 데에는 우리의 힘이 컸습니다. 대동 그룹의 국제 무역 수지는 항상 최고의 흑자를 보았습니다. 그게 모두 스페츠나츠가 뒤에서 작용한 까닭입니다. 그런데 최근에 그는 말을 듣지 않고 발을 빼려고 했습니다. 벌어 놓은 돈을 내놓지 않으려고 했습니다. 그래서……."

"지금까지 한 말이 정말인지 아닌지 이걸 보면 알겠지. 대조해 볼 때까지 얌전히 있어."

그는 타이핑 철을 펴들고 블랙 메이커의 진술 내용과 일치하는 부분을 찾아보았다. 그 부분은 쉽게 찾을 수 있었다. 진술 내용은 일치했다.

"맞군."

그가 파일을 덮는 순간 대머리가 몸을 일으켰다. 탁자를 야마 쪽으로 밀어붙이면서 현관 쪽으로 도망쳤다. 야마는 지체하지 않고 방아쇠를 당겼다. 총탄이 소리 없이 대머리의 등판을 꿰뚫었다. 뒤로 나가떨어지는 그를 향해 킬러는 다시 한 번 방아쇠를 당겼다.

대머리는 몸부림치다가 서서히 죽어갔다.

"어차피 너는 죽을 몸이었어."

야마가 중얼거렸을 때 전화벨이 울렸다. 받지 않고 내버려 두자 전화벨은 한참 동안 울다가 멎었다.

그는 욕실로 가서 비에 젖은 옷을 벗어 버리고 대강 샤워를 했다. 욕실을 나와 옷장 문을 열었다. 양복이 여러 벌 걸려 있었다. 먼저 와이셔츠를 입고 넥타이를 맸다. 회색 싱글을 골라내어 거울 앞에 섰다. 머리에 기름을 바르고 아파트를 나왔을 때는 비도 그쳐 있었고 날이 훤히 밝아 있었다.

# 기다리는 사람들

벨소리가 났다. 세 사람은 긴장해서 문 쪽을 바라보았다. 다시 벨소리가 들려왔다. 추남이 눈짓하자 대식이 문 쪽으로 다가가,

"누구십니까?"

하고 영어로 물었다.

"경찰이다!"

상대방도 영어로 대답했다. 대식은 뒤를 돌아보았다. 추남과 보화는 낭패한 기색이었다. 그렇다고 문을 열지 않고 버틸 수도 없는 노릇이었다. 출입구 외에는 도망칠 데라곤 없었다.

"무슨 일로 그러십니까?"

"문부터 열어 봐요!"

대식은 고리를 걸어둔 채 문을 조금 열었다.

"신분증부터 보여 주시오."

"경시청의 사또 형사요."

문틈으로 신분증이 디밀어졌다. 그것을 확인한 다음 대식은

하는 수 없이 문고리를 벗겼다. 몇 사람이 안으로 들이닥쳤다. 모두 여섯 명이나 되었다. 그 중 두 명은 한국인 수사관이었다.

"여기 숨어 있는 줄도 모르고 헤맸으니…… 쯧쯧……."

사또 형사는 침대 위에 털썩 주저앉더니

"휴우……"

하고 한숨을 내쉬었다. 보화 일행은 굳은 표정으로 소파에 앉아 있었다.

"당신들을 체포합니다. 이유는 알고 있겠죠?"

사또 형사의 말에 추남이 발끈했다.

"이유가 뭐요?"

"불법 체류·납치·폭행·자살 방조…… 이루 헤아릴 수 없이 많지."

"영장을 봅시다."

"아, 물론……."

사또는 탁자 위에 영장을 던졌다. 나머지 일본인 형사들이 기다렸다는 듯이 보화 일행의 손목에다 수갑을 철컥철컥 채웠다.

"꼭 이래야 되겠소?"

추남이 성이 나서 소리치자 사또 형사는 씩 웃었다.

"말썽부리지 않겠다고 약속하면 수갑은 풀어 줄 수 있어요."

"약속하겠소."

"좋아요."

사또가 고개를 끄덕이자 그의 부하들이 수갑을 풀어 주었다. 그 때 한국 측 수사관이 처음으로 입을 열었다. 대머리에 왕방울 같은 눈을 가진 뚱뚱한 사내였다.

"한국으로 돌아가시오. 지금 바로 돌아가 준다면 체포는 면할수 있소."

탁자 위에 내놓는 것을 보니 비행기표였다. 어이없이 바라보고 있는 보화 일행을 향해 대머리는 무표정하게 말했다.

"두 시간 남았으니까 지금 바로 공항으로 나가면 될 거요. 준비는 다 돼 있으니까 가기만 하면 돼요."

버텨 본들 소용없는 노릇이었다. 결국 보화 일행은 귀국하기로 약속하고 짐을 챙겨 호텔을 나왔다.

그들은 수사관들과 함께 세 대의 차에 각기 한 사람씩 태워졌다. 보화는 한국인 수사관들과 동행이었으므로 도중에 조문기 형사에 대해 물어보았다.

"조 형사님은 귀국했습니다."

조 형사와 항상 한 조가 되어 움직이던 강 형사가 그래도 정중하게 대답해 주었다.

두 시간 후 보화 일행은 JAL기에 올랐다. 밤 8시 10분발 비행기였다.

두 시간 후 보화 일행은 김포공항에 내렸다. 추남은 자기 집으로 돌아갔다. 이제 그의 일어 실력이 필요 없게 되었기 때문이다. 헤어질 때 그는 매우 아쉬운 표정으로 이렇게 말했다.

"그 놈을 잡았더라면 좋았을 것을 정말 유감입니다. 하여간 몸조심하시고 필요할 때는 언제라도 불러 주십시오. 지구 끝이라도 달려가겠습니다."

"그 동안 수고 많으셨습니다."

보화가 약속했던 보수를 담은 봉투를 내밀자 추남은 한사코 받으려 하지 않았다. 보화가 화를 내자 그제서야 그는 그것을 받아 들고 택시에 올랐다.

대식은 일이 끝날 때까지 앞으로도 보화와 행동을 같이 하기로 했다. 보화에게는 대식이 필요했다. 그녀 혼자로서는 일이 너무 벅차고 위험하기 때문이었다.

일본에서 추방당해 강제 귀국한 그녀는 몹시 참담한 기분이었다. 더구나 뱃속의 생명을 지우고 난 직후라 매우 삭막한 기분에 휩싸여 있었다. 의욕도 잃고 증오감도 사라지고 왠지 모든 것이 허무해 보이기만 했다. 이러다가는 자살해 버릴지도 모른다고 생각하자 그녀는 소름이 쭉 끼쳐 왔다. 그러한 그녀에게 있어서 대식의 존재는 크나큰 위안이 되었다.

대식 역시 명석한 청년인 만큼 보화의 심정이 어떠하리란 것은 충분히 짐작하고 있었다. 그래서 그는 보화의 손발이 되어 세심한 배려를 아끼지 않았다. 호텔에서 일박하는 동안 보화는 곰곰이 생각해 보았다. 갈 곳이 딱 한 군데 있는 것 같았다.

"전남 G군이 범인 아버지의 고향인데 거기 한 번 찾아가 보는 게 어떨까요? 범인은 어릴 때 그 곳을 몹시 동경했다는데……."

"가 보는 거야 어렵지 않죠. 범인이 만일 그 곳에 들렀다면 무슨 흔적이라도 남겼겠죠, 내일 아침 바로 출발하죠."

다음 날 아침 그들은 일찍 역으로 나가 호남선 열차를 탔다. 킬러의 아버지 김광일의 고향 마을에 도착한 것은 저녁 무렵이었다. 벽촌이라 여인숙 하나 없었다. 그들은 금방 눈에 띄었고 마을 사람들의 관심의 초점이 되었다. 곧장 수소문하고 다니면 금방 소문이 퍼질 것이므로 일부러 그것을 피하고 우선 하숙을 얻어 들었다. 적지 않은 돈을 내놓겠다는 데야 방을 빌려 주지 않을 사람이 없었다.

일부러 식구가 많은 집을 골라 들어갔는데 그것은 여러 가지 소문을 듣기 위해서였다. 그들은 부부로 행세했고 그 곳에 머물게 된 이유를 적당히 둘러 붙였다.

그들은 방문을 활짝 열어 놓은 채 개방적으로 지냈다. 특히 아이들에게 친절히 굴었다. 그 집에는 아이들이 넷이나 되었고 또 그 친구들이 많아 집 안은 항상 시끌벅적했다. 그 아이들이 이제는 보화의 하숙방으로 온통 몰려들었다.

보화는 아이들을 위해 언제나 먹을 것을 준비해 놓고 있었다. 그녀는 금방 아이들 사이에 이쁜 아줌마로 통하게 되었다. 목적이 있어서 그런 것이기는 하지만 사실 그녀는 가난의 땟국이 흐르는 그 아이들한테 처음부터 친밀감을 느끼고 있었다.

김진호라는 소년이 보화가 쳐놓은 그물에 걸려든 것은 사흘째 되는 날이었다. 그 날도 아이들은 아침부터 그 방에 몰려들어 법석을 피우기 시작했는데 낯선 아이 하나가 뒤늦게 들어오자 한 아이가

"얘네 삼촌은 일본에 살고 있는데 아주 부자래요."
하고 말했다. 순간 보화는 귀가 번쩍했다.

"아, 그래. 좋겠구나. 이름이 뭐지?"

"김진호예요."

아이는 눈을 빛내며 대답했다. 다른 아이가 또 말했다.

"얼마 전에 애네 삼촌이 왔다 갔는데요…… 돈을 굉장히 많이 주고 갔대요. 그래서 애네는 금방 부자가 됐대요."

"어머나, 그래. 참 고마운 분이구나. 뭐 하시는 분인데 그렇게 돈이 많지?"

그 물음에는 아무도 대답하지 못했다. 보화와 대식은 진호라는 아이와 가까워지려고 노력했다. 그것은 아주 쉬운 일이었다. 그들은 아이에게 미안한 생각이 들었지만 그것은 어쩔 수 없는 일이었다.

그들은 그 소년을 통해서 별로 기대하지 않았던 일이 적중하고 있음을 알고는 내심 몹시 놀라고 있었다. 소년은 보화가 여자라서 그런지 대식보다는 그녀를 더 따랐다. 그리고 다른 아이들보다 더 많은 사랑을 받으려고 애를 썼다.

보화는 보다 자세하고 정확한 이야기를 듣기 위해 될수록 소년과 단둘이 시간을 가지려고 노력했다. 그러던 어느 날 그녀는 마침내 결정적인 것을 알아보기 위해 소년을 데리고 들판으로 나갔다. 들과 산은 봄빛으로 충만해 있었다. 그들이 둑 위에 앉았을 때 보화는 킬러의 몽타주를 꺼내 소년에게 보였다.

"이 분이 삼촌이지?"

"네, 맞아요! 이거 어디서 났어요! 우리 삼촌 알아요?"

소년은 눈이 휘둥그레져서 물었다. 보화는 웃으며 고개를 끄덕거렸다.

"음, 잘 아는 사이야."

"그럼 왜 지금까지 말 안 했어요?"

"너를 놀래 주려고…… 그리고 네가 얼마나 정직한가 알아보려고……."

"아, 그랬군요. 그럼 삼촌 만나러 오셨어요?"

"응……."

"삼촌은 갔는데 어떡하죠?"

"또 오신다고 안 그랬니?"

"어쩌면 또 올지도 모른다고 그랬어요."

"정말?"

"네, 정말이에요."

"그럼 됐어. 어차피 여기서 한참 동안 있을 거니까 삼촌을 만나고 가야겠어. 그 대신 한 가지 부탁이 있어. 들어줄래?"

"네, 말해 보세요."

소년은 부탁을 받게 된 것이 몹시 기쁜 모양이었다. 보화는 따뜻한 손으로 소년의 손을 꼭 잡아 주었다. 소년은 부끄러운지 얼굴을 붉혔다.

"내가 삼촌을 알고 있다는 거, 내가 삼촌을 기다리고 있다는 거…… 누구한테도 말해서는 안 돼. 삼촌한테도 알려서는 안 돼. 삼촌이 오면 놀래 주려고 그래. 그리고 삼촌한테서 편지 같은 거 오면 나한테 보여 줘. 만일 삼촌이 오시면 몰래 와서 가르쳐 주고. 약속하지?"

소년은 고개를 끄덕거렸다.

"이건 너하고 나하고 만의 약속이야. 약속은 꼭 지켜야 하는 거야. 알았지?"

"네, 알았어요. 염려 말아요."

그 날부터 보화와 대식은 킬러를 기다렸다. 언제 나타날지도 모르는, 꼭 나타난다는 보장도 없는 그를 만나기 위해 그 곳에 숨어 기다렸다. 막연하기 짝이 없는 짓이었지만 그들은 인내심을 가지고 기다렸다. 그것은 여간한 인내심이 아니고는 할 수 없는 일이었다.

보화는 대식의 학업이 걱정되었지만 대식은 학교에 휴학계를 제출하고 그녀와 행동을 같이했다. 그들은 기거를 같이 했지만 남 보기와는 달리 매우 금욕적인 생활 태도를 견지했다. 그래서 이성간의 미묘한 문제 같은 것은 조금도 발생하지 않았다.

한편 김진호는 완전히 보화의 손아귀 속에 들어가 있었다. 그녀는 그 소년을 철저히 세뇌시켜 수족처럼 부릴 수가 있었다. 소년을 통해 조 형사가 먼저 다녀간 것을 알았지만 대수롭게 생각지는 않았다.

이제 준비는 완료된 셈이었다. 킬러가 나타나기만 하면 그물을 던져 잡기만 하면 되는 것이었다. 아무리 날고 기는 놈이라 해도 일단 걸려들면 빠져나갈 수가 없도록 되어 있었다. 그런데 놈은 나타나지 않았다. 마치 냄새를 맡은 듯 모습을 드러내지 않았다. 그러나 보화는 포기하지 않고 기다렸다. 그녀는 언제까지고 기다릴 생각이었다.

보화와 대식이 그렇게 킬러를 기다리고 있을 때 그를 기다리고 있는 사람이 또 한 명 있었다. 다름 아닌 조문기 형사였다. 그는 서울에서 G군 우체국에 배치해 놓은 요원으로부터 연락이 오기만을 눈이 빠지게 기다리고 있었다.

그러나 그 요원으로부터는 좀처럼 반가운 연락이 오지 않았다. 혹시 전화가 불통인가 하고 걸어 보면 별일 없다는 대답이었다. 조 형사의 얼굴에는 이제 죽음의 그림자가 뚜렷이 나타나 있었다. 남들은 그가 속병이 있는 모양이라고 멋대로 추측하는 정도였지 그 이상으로 심각하게 받아들이지는 않았다.

그러나 본인 자신은 죽음이 가까이 다가왔음을 분명히 느끼고 있었다. 그는 아무도 몰래 자기 주위를 정리했다. 없앨 것은 없애고 갚을 것은 모두 갚았다. 책상 정리도 해 두었다. 식사는 거의 하지 못하고 있었다. 조금만 무엇을 먹어도 뱃속이 뒤틀리는 바람에 거의 식음을 전폐하다시피 하고 있었다. 정 배고픔을 참을 수 없을 때는 다량의 진통제를 먼저 복용한 후 맨밥을 물에 말아 먹었다.

마침내 그는 병가 원을 내고 하숙집에 틀어박혀 지냈다. 누구하나 간호해 주는 사람도 없이 그는 어둠침침한 하숙방에 드러누워 죽음의 신이 자신을 데려가 주기를 기다렸다. 그렇다고 그가 수사에서 완전히 손을 뗀 것은 아니었다. 자리에 누워 고통스런 시간을 보내고 있으면서도 그는 자신이 쳐놓은 연락망을 그대로 살려 놓고 있었다.

그는 곤충학의 권위인 M대학의 나학진 박사한테까지 손을 뻗어 놓고 있었다. 그를 통해 무엇인가 걸려들지 모른다고 생각했기 때문이다. 그의 이와 같은 생각은 적중했다.

어느 날, 나 박사에 대해서 거의 잊고 있을 때 그로부터 전화가 걸려 왔다. 지금 좀 와 보라는 것이었다. 조 형사는 아픈 것도 잊고 허둥지둥 M대학으로 달려갔다.

나학진 박사는 연구실에서 그를 기다리고 있었다. 조 형사가 안으로 들어서자 그는 악수하는 것도 잊은 채 심각한 표정으로 이렇게 말했다.

"그 때 부탁하시고 간 것이 생각나서 아무래도 신고하는 것이 좋을 것 같아서 연락드린 겁니다."

"네, 무슨 일인데요?"

조 형사의 눈이 번득였다. 나 박사는 서랍을 열더니 그 속에서 항공 봉투 하나를 꺼냈다.

"이름을 밝히지 않은 사람으로부터 이런 편지가 왔습니다."

조 형사는 조심스럽게 그것을 집어 들었다. 봉투는 이미 나 박사에 의해 개봉되어 있었다. 수신인 주소와 이름이 정확히 타이핑되어 있었다. 발신인 주소와 이름은 없었다. 찍힌 소인을 보니 발신지는 일본 도쿄였다. 편지를 뽑아 펼쳐 들었다. 역시 타자기로 친 것으로 영문이었다.


나학진 박사 귀하

나 박사에 대한 명망은 익히 들어 잘 알고 있습니다. 본인은 나 박사의 논문도 많이 읽었습니다. 본인 역시 곤충학도로서 그동안 진기한 나비들만 채집해 왔는바 그 표본을 귀하에게 기증할까 합니다. 아마 연구에 많은 도움이 될 것입니다. 표본 중에는 지금까지 발견되지 않은 것도 있습니다. 그 대표적인 것이 얼마 전 전남 G군에서 채집한 것입니다. 만일 그것이 최초의 발견임이 확인되는 경우 그 학명을 짓는 데 있어서 <YAMA>라는 것을 꼭 넣어 주시면 고맙겠습니다. 표본은 한강 제5 아파트 지구 105동 603호에 있습니다. 아파트 열쇠는 R호텔 스카이라운지 화장실 물탱크 속에 들어 있습니다.

안녕히 계십시오. 본인의 이름을 밝힐 수 없음을 유감으로 생각합니다.


조 형사는 편지를 집어 봉투 속에 집어넣었다. 그는 심한 혼란을 느끼고 있었다.

"YAMA라는 말은 불교에 나오는 염마라는 말로 염라대왕을 뜻하는 겁니다."

나 교수가 말했다.

"아, 그런가요."

조 형사는 고개를 끄덕였다.

"이 편지를 보낸 사람이 누구인지 짐작이 가십니까?"

"네, 대강 짐작이 갑니다."

"누구인지 가르쳐 주십시오."

나 박사는 달려들 듯이 물어 왔다.

"지금은 말씀드릴 수 없습니다. 다음에 알려 드리겠습니다."

"그럼 이걸 어떻게 할까요?"

"그 편지대로 따르십시오. 사실이라면 많은 도움이 될 거 아닙니까."

"그럼 그렇게 하겠습니다."

"먼저 아파트 열쇠를 찾아야 하겠습니다."

"그게 과연 거기에 있을까요?"

"가 봐야죠."

"제 차로 가시죠."

나 박사는 자기 차를 손수 운전했다.

"꼭 도깨비에 홀린 기분입니다."

나 박사의 말에 조 형사는 가만히 끄덕이기만 했다. R호텔에 도착한 그들은 스카이라운지가 있는 25층으로 올라갔다. 나 박사를 라운지에서 기다리게 하고 조 형사는 화장실로 들어갔다. 화장실 한쪽은 비어 있었다. 안으로 들어가 문을 걸어 잠근 다음 물탱크 뚜껑을 열었다.

탱크 속에 물이 가득 들어 있었다. 어두워서 바닥이 잘 보이지 않았다. 소매를 걷어 올리고 손을 집어넣어 바닥을 훑어보았다. 아무 것도 걸리는 것이 없다. 물을 빼고 몇 번이나 더듬어 보았지만 역시 마찬가지였다. 노크 소리가 났다. 헛기침을 하고 조금 있다가 문을 열었다. 밖에 뚱뚱한 사내가 서성거리고 있었다. 그가 나오자 그 사내가 대신 급히 들어갔다.

나머지 칸에는 여전히 사람이 들어 있는 것 같았다. 라운지로 나오자 나 박사가 주스를 마시다 말고 몸을 일으켰다.

"있습니까?"

"두 칸이 있는데 한 칸밖에 들어가지 못했습니다. 거기에는 없더군요. 나머지 칸에는 아직 사람이 있어서 들어가 보지 못했습니다."

그들은 화장실 입구가 잘 보이는 쪽으로 자리를 옮겨 앉았다. 주스 한 잔씩을 마시고 나자 화장실에서 안경 낀 사내 하나가 나왔다. 조 형사가 급히 일어나 그쪽으로 걸어갔다. 안으로 막 들어가려고 하자 이번에는 뚱뚱한 사내가 나왔다.

뚱보는 조 형사를 보더니 이상하다는 듯 고개를 갸우뚱했다. 조 형사는 배를 어루만지며 이맛살을 찌푸렸다. 나머지 칸으로 들어가 문을 걸어 잠근 다음 물탱크 뚜껑을 들어올렸다. 물을 빼고 안으로 손을 집어넣어 바닥을 더듬어 보았다. 첫 번에 손에 닿는 것이 있었다. 꺼내 보니 열쇠였다. 휴지로 물기를 닦아냈다.

열쇠를 보자 나 박사는 흥분했다. 호기심과 두려움이 뒤섞인 표정으로,

"주인도 없는데 가 봐도 될까요?"

하고 물었다.

"괜찮습니다. 저하고 함께 가면 별 문제없습니다."

조 형사는 웃으며 대답했다.

호텔에서 아파트까지는 20분 거리였다. 엘리베이터로 6층까지 올라갔다.

조 형사는 가슴이 뛰는 것을 느꼈다. 킬러가 거처하던 아파트에 들어간다는 것이 아무래도 믿어지지 않았다. 나 박사는 땀을

흘리고 있었다. 열쇠를 꺼내 출입문 구멍에 맞춰 보았다. 빈틈없이 들어가 맞는다. 왼손으로 가만히 돌리자 찰칵 하는 마찰음이 들려왔다. 손잡이를 비틀면서 잡아당기자 문이 쓰윽 열렸다.

조 형사는 피스톨을 뽑아 들고 안으로 들어섰다. 방 두 개에 거실이 큼직했다. 안방 문을 열었다. 침대가 덩그러니 놓여 있을 뿐이었다. 아무 장식도 없는 그야말로 무미건조하기 짝이 없는 방이었다. 그 방에서 조 형사는 삭막하고 고독한 사나이의 체취를 느낄 수가 있었다.

나머지 한 방 문을 여는 순간 두 사람은

"아!"

하는 탄성과 함께 한 걸음 뒤로 물러서고 말았다.

그 방 안은 호화찬란했다. 죽은 나비들이 이루어 놓은 어지러운 색깔의 난무로 현기증이 날 지경이었다. 어떠한 것으로도 그러한 색깔의 난무를 대신할 수는 없을 것 같았다. 조 형사는 감탄에 이어 전율했다. 그것은 소름끼치는 전율이었다. 무수한 나비들의 주검에서 킬러의 잔혹성을 보는 것 같아 그런 느낌을 받았는지도 몰랐다. 죽은 나비들은 액자 속에 넣어진 채 사면 벽을 온통 차지하고 있었는데 금방이라도 날개를 치며 훨훨 날아다닐 것만 같았다.

"5백 마리가 넘는데요."

나 박사가 떨리는 소리로 말했다. 조 형사는 나비들의 주검에 압도되어 숨 쉬는 것조차 불편했다.

"어떻습니까?"

"이렇게 어마어마한 표본은 처음입니다. 제가 수집한 표본도 꽤 많은 것으로 자부하고 있었는데 이건 정말 엄청난 겁니다."

"박사님이 가지고 계신 표본은 얼마나 되는데요?"

"2백 정도밖에 안 됩니다. 여기에 있는 표본들은 하나도 같은 것이 없습니다. 모두가 다른 것들입니다."

"나비 종류가 이렇게 많은 줄은 정말 몰랐습니다."

"전 세계를 누비지 않으면 이 정도의 수집은 불가능합니다. 이걸 보십시오. 여기에 채집처와 채집 연월일이 나와 있지 않습니까. 아프리카에서 남미에 이르기까지 안 간 데가 없군요."

조 형사는 표본 밑에 영어로 타이핑되어 있는 기록들을 읽어 보았다.

"양적인 면에서는 그렇고 질적인 면에서는 어떻습니까?"

"질적인 면에서도 대단한 가치가 있는 겁니다. 구하기 어려운 진기한 것들이 많습니다. 학명만 나와 있지 멸종되어 실제로 볼 수 없는 것도 상당수 있습니다. 이건 돈으로 따질 수 없는 어마어 마한 겁니다."

나 박사는 너무 흥분한 나머지 목소리까지 떨리고 있었다.

"그렇게 가치 있는 것인 줄 몰랐습니다."

"G군에서 채집한 것이 이거군요."

조 형사는 나 박사가 가리키는 나비를 바라보았다. 그것은 그가 진호와 함께 잡았던 나비와 동일한 것이었고 아직 학명이 정해져 있지 않았다.

"이 표본들은 당분간 여기에 그대로 두는 게 좋겠습니다."

나 박사는 의아한 눈길로 그를 바라보았다.

"아니, 왜요? 이런 곳에 방치해 둘 수는 없습니다."

"당분간입니다. 주인이 박사님한테 연락을 취할 겁니다. 그러면 편지를 받기는 했는데 믿어지지가 않아 가보지 않았다고 말씀하십시오."

"그럼 이걸 포기하라는 겁니까?"

"그게 아닙니다. 구체적인 것은 밖에 나가서 자세히 말씀드리겠습니다. 자, 나가시죠. 사람이 들어왔었다는 흔적이 있어서는 안 됩니다."

그들은 조심스럽게 밖으로 나가 아파트 문을 잠갔다. 다행히 나 박사가 협조적으로 나와 주었기 때문에 조 형사는 하나의 계획을 세울 수가 있었다. 나 박사와 헤어진 그는 열쇠 가게로 가서 킬러의 아파트 열쇠와 똑같은 열쇠를 두 벌 주문했다. 그런 다음 본래의 열쇠는 R호텔 스카이라운지 화장실 물탱크 속에 도로 넣어 두었다.

하숙집으로 돌아왔을 때는 날이 저물어 있었다. 하숙방에는 전보가 기다리고 있었다. 급히 G군으로 내려오라는 대기 요원의 전보였다.

조 형사는 역으로 달려가 밤 열차를 탔다. G군에 도착한 것은 새벽녘이었다. 대기 요원은 여관방에서 늘어지게 자고 있다가 그를 맞았다.

"이게 걸렸습니다."

그가 내놓은 것을 보니 정교하게 만들어진 장난감 탱크와 편지였다.

두 개 다 김진호 앞으로 온 것이었다. 발신인·주소·성명은 적혀 있지 않았다. 소인에 나와 있는 발신지는 일본 도쿄였다.

"어제 온 겁니다. 전화를 해도 안 되기에 전보를 친 겁니다."

"고맙소."

조 형사는 편지를 꺼내 읽어 보았다. 거기에는 한글로 다음과 같이 쓰여 있었다.

진호에게

진호야, 그 동안 잘 지내고 있었느냐. 어르신네도 안녕하신지 궁금하구나. 나는 별 일 없이 일본에서 잘 지내고 있단다. 그런데 꿈에 그리던 아버님의 고향에 다녀온 뒤로 나의 마음은 항상 그 곳을 떠나지 않고 있단다. 왜 그런지 나도 모르겠다. 조그마하고 가난한 그 곳 마을이 왜 이렇게도 내 마음을 끌고 있는지 정말 모르겠구나. 마음 같아서는 당장이라도 그 곳으로 달려가 너와 함께 나비나 잡으며 놀고 싶지만 뜻대로 되지 않으니 몹시 안타깝다.

진호야, 부디 착실하고 건강하게 자라 훗날 훌륭한 인물이되어 주기를 이 삼촌은 빌고 있겠다. 너는 나의 희망이란 것을 알아주기 바란다. 조립식 장난감을 보내니 심심하면 뜯었다 도로 맞춰 보고 해 봐라. 어른들도 재미있게 할 수 있는 장난감이란다. 별일 없으면 가까운 시일 안에 다시 너를 보게 될지도 모르겠다만 지금으로서는 장담할 수가 없구나. 또 연락하마. 안녕.

삼촌으로부터.

매우 사랑 어린 편지였다. 그리고 여느 사람들의 평범한 편지와 다름이 없었다. 조 형사는 혼란을 느꼈다. 살인 청부업자가 그런 편지를 보냈다는 것이 도무지 믿어지지가 않았다. 편지에 의하면 킬러는 향수와 고독에 몹시 젖어 있었다. 그는 누구에겐가 사랑을 쏟고 싶어 하고 있고, 그 대상이 바로 조카인 것 같았다.

조 형사는 편지를 봉투에 넣어 도로 봉했다. 장난감도 처음처럼 포장했다.


진호가 삼촌이 보낸 편지와 장난감을 집배원 아저씨로부터 받은 것은 그날 점심때쯤이었다. 토요일이었으므로 오전 공부만 하고 집으로 돌아오다가 집배원 아저씨를 만난 것이다.

온 식구들 앞에서 그것을 개봉해 보인 다음 그는 예쁜 누나(보화가 누나라고 불러 주기를 원했다)와 약속을 지키고 또 그녀에게 자랑하기 위해 재빨리 밖으로 뛰어나갔다.

"누나! 누나! 삼촌이 편지하고 장난감 보내 줬어요!"

방 안에 드러누워 있던 보화와 대식은 후닥닥 일어났다.

"어머나!"

장난감을 보고 감탄하는 빛을 보이면서도 그녀의 손은 먼저 편지를 집어 들었다. 편지를 두 번 거듭해서 읽고 난 그녀의 얼굴은 어느새 싸늘하게 굳어 있었다. 그러나 진호를 보고는 이내 활짝 웃었다.

"진호는 참 좋겠구나. 삼촌이 이렇게 좋은 장난감까지 보내주시구."

그녀는 장난감을 집어 들고 유심히 들여다보다가 도로 내려놓았다. 대식도 편지를 보고 나자 안색이 변했다. 그들은 의미 있는 눈길을 주고받았다. 그것은 그야말로 대단한 수확이었다. 그때부터 그들의 기다림은 아연 활기를 띠기 시작했다.


모두가 그렇게 눈이 빠지게 기다리고 있을 때 그러면 김 표는 어디서 무엇을 하고 있었을까?

4월 25일 오후 1시 10분, 그는 프랑크푸르트행 JAL 보잉기를 타고 일본을 떠났다. 물론 위조 여권을 가지고 변장한 모습으로 일본을 빠져나간 것이다. 그가 많은 사람들 앞에 모습을 드러낸 것은 같은 달 27일 오후 10시였다. 장소는 프랑크푸르트 서북쪽 라인 강 연안이었다.

거기서는 이제 막 NATO 기동 훈련이 시작되려 하고 있었다. <라인의 꽃>으로 불리는 그 기동 훈련에는 NATO군 10개 사단 10만여 병력이 참가하고 있었다. 광활하게 펼쳐져 있는 초원 위로 4월의 햇살이 눈부시게 쏟아지고 있었다. 초원의 한쪽에는 사열대가 마련되어 있었고 그 위에 서방 각국의 군사 관계 대표들이 자리 잡고 있었다.

대 기동 훈련을 구경하기 위해 사열대를 중심으로 그 양쪽에는 수만의 인파가 진을 치고 있었고, 각국에서 몰려든 기자들은 열띤 취재 경쟁을 벌이고 있었다. 훈련의 시작을 알리는 포성이 몇 번 초원을 뒤흔들더니 이윽고 기계화 부대가 서서히 사열대 앞을 지나갔다. 때 맞춰 전투기들이 초원의 저편 끝에서 저공비행으로 날아왔다.

약 1천 대의 전차가 초원을 짓뭉개며 지나가고 있었다. 대지를 두드리는 캐터필러 소리가 요란스러웠다. 전차 위의 병사들은 부동자세로 앞만 바라보고 있었다. 그 뒤를 이어 각종 포와 미사일을 비롯한 신예 무기들이 지나갔다.

마지막으로 보병 부대가 나타났을 때 우레 같은 박수가 터져 나왔다. 보병들은 트럭을 타고 멀리서부터 달려온 참이었다. 초원에 이르자 그들은 트럭에서 뛰어내려 라인 강으로 달려갔다. 라인 강 저편 산과 들은 이미 포연에 뿌옇게 휩싸여 있었다. 그쪽 하늘은 어느새 낙하산으로 뒤덮여 있었다.

유일하게 기동 훈련 광경을 지켜보지 않는 사람이 있었다. 김 표였다. 그는 60대의 관광객 모습을 하고 있었다. 머리는 희끗희끗했고 어깨는 구부정했다. 아시아인이기는 한데 겉으로 보기에는 국적을 알아보기가 어려웠다. 그런 모습으로 그는 망원경을 눈에 대고 열심히 사열대 쪽을 바라보고 있었다.

이윽고 망원경을 내렸을 때 그의 얼굴에는 실망의 빛이 나타나 있었다. 누가 누군지 구별할 수가 없었던 것이다. 그 때 일본 기자 한 명이 TV 카메라를 들고 그의 앞을 지나쳐 갔다. N방송 완장을 팔에 차고 있었다. 40대의 중년이었다. 김 표는 그 기자를 붙들고 일본말로 말을 걸었다.

"일본 기자이시죠? 반갑습니다."

"아, 네······."

기자는 바쁘다는 듯 그대로 지나치려고 했다.

"한 가지 물어봅시다. 사열대 위에 일본 대표들도 있나요?"

"모르겠습니다."

"모르다니요? 기자 양반이 그것도 모르나요? 이 영감이 조카를 만나려고 그러는데 도와주시오."

기자는 금테 안경 너머로 그를 쏘아보았다.

김 표는 기자에게 웃어 보였다. 일부러 비굴해 보이는 웃음이었다. 그제야 기자는 손을 들어 사열대 쪽을 가리켰다.

"저기······ 맨 뒤쪽에······ 망원경을 들고 있는 사람 보이죠? 지금 막 망원경을 눈에 갖다 대는 사람 말입니다."

"네, 보입니다."

"그 사람이 바로 일본 대표입니다. 그 옆에 서 있는 사람들도 모두 같은 일행입니다."

그가 고맙다는 말도 하기 전에 기자는 휑하니 가 버렸다. 김 표는 망원경으로 일본 대표들을 바라보았다. 그들은 백인종들 사이에 서 있었기 때문에 얼른 눈에 띄었다. 모두 6명이었다. 저 가운데 다크호스가 있단 말인가. 김 표는 망원경을 내리고 자기 주위를 살펴보았다. 자신을 눈여겨보는 사람은 없는 것 같았다.

그는 다시 망원경을 눈에 대고 일본 대표들을 바라보았다. 맨 오른쪽부터 찬찬히 뜯어보았다.

제 1의 사나이는 대머리였다. 그리고 몹시 뚱뚱했다. 나이는

50대 초반으로 보였다. 목에다 망원경을 걸고 있었는데 기동 훈련보다는 앞에 있는 금발의 여인 쪽에 더 많은 시선을 보내고 있었고 방정맞게도 껌을 열심히 씹어 대고 있었다.

제 2의 사나이는 제일 나이 들어 보였다. 머리가 희끗희끗한 것이 60 가까이 된 성싶었다. 키가 작고 어깨가 치켜 올라가 있었다. 가장 열심히 기동 훈련 광경을 지켜보고 있었다.

제 3의 사나이는 키가 크고 삐쩍 마른 모습을 하고 있었다. 얼굴빛이 어두운 것이 음흉한 인상이었다. 나이는 마흔 댓 정도. 담배를 열심히 피워대고 있었다.

제 4의 사나이는 부드럽고 온화한 인상의 전형적인 신사 타입이었다. 나이는 50정도. 부드러운 미소를 띠며 제 3의 사나이에게 무슨 말인가 하고 있었다.

제 5의 사나이는 중키에 스포츠형으로 머리를 깎고 있었다. 나이는 40정도. 가슴이 딱 벌어지고 목이 밭은 것이 유도나 역기 같은 운동을 하는 것 같았다. 눈이 유난히 작아서 마치 감고 있는 것 같았다.

제 6은 여자였다. 여섯 명 중 가장 젊어 보였다. 마흔이 채 안 된 것 같았다. 서구 스타일의 미인이었다. 얼굴에서 지성미가 풍기고 있었다. 옆에서 백인 남자가 자꾸만 말을 걸고 있는 것이 귀찮다는 표정을 짓고 있었다.

자, 이 여섯 명 중 누가 다크호스일까? 김 표는 몹시 곤혹스러움을 느꼈다. 여섯 명의 이름도 직책도 모르고 있다. 알고 있는 건 그들이 일본인이란 사실뿐이다. 그는 팔짱을 끼고 하늘을 바라보았다. 전투기가 계속 라인 강 건너편으로 날아가고 있었다.

6명 명 중에서 다크호스를 찾아낼 수 없다면 한 가지 다른 방법이 있기는 하다. 여섯 명을 아예 모두 죽여 버리는 것이다. 그것이 다크호스를 제거할 수 있는 가장 정확한 방법이다. 그렇지만 그 놈 하나를 죽이기 위해 다른 다섯 명까지 죽여야 한다는 것이 큰 단점이다.

그는 마음속에서 그 방법을 지워 버렸다. 어떻게든 다크호스를 찾아내야 한다고 생각했다. 한 시간쯤 지나자 각국 대표들이 사열대 위에서 내려와 뿔뿔이 흩어지기 시작했다. 일본 대표들도 밑으로 내려와 두 대의 벤츠에 나누어 탔다.

일장기를 단 두 대의 차가 빠져나가자 김 표는 급히 폭스바겐으로 그 뒤를 따라갔다. 프랑크푸르트 시내로 들어선 일본 대표들의 차는 어느 고급 호텔 앞에서 정차했다. 퍼시픽 호텔이었다. 김 표는 호텔을 지나쳤다가 5분 후 되돌아와 주차장에 차를 맡긴 다음 호텔 안으로 들어갔다.

"조금 전 일본인들이 들어왔을 텐데 몇 호실에 투숙했죠?"

그는 영어와 일어를 섞어가며 프런트 직원에게 물었다.

"일행이신가요?"

"네, 그렇습니다."

"10층 1호실에서부터 6호실까지 투숙했습니다. 연락해 드릴까요?"

"아니, 그럴 필요 없습니다. 또, 그 근방에 빈 방 있나요?"

"네, 있습니다. 19호실이 비었습니다. 3호실과 마주 보고 있는 방입니다."

"좋아요. 그 방을 얻읍시다. 계산은 내가 따로 할 테니까 일행에 포함시키지 말아요."

그는 3일분 숙박료를 선불하고 10층으로 올라갔다. 숙박료가 비싼 만큼 방은 크고 호화로웠다. 나가려는 호텔 직원을 불러 세우고 일반적인 팁의 열 배 가까운 돈을 집어 주자 보이는 눈이 휘둥그레졌다.

"이름은?"

그는 유창한 독일어로 물었다.

"막스라고 불러 주십시오."

직원은 최대의 예의를 갖추며 대답했다.

"부탁이 있는데……."

"네, 무엇이든 말씀만 하십시오."

"1호에서 6호까지 투숙한 일본인들에 대해 좀 알아 봐야겠어. 언제 떠날 것인지, 각자의 이름과 신상에 관한 것도 말이야. 그런 거야 숙박 카드에 나와 있을 거니까 어렵지 않게 알아볼 수 있을 거야."

"네네, 그렇습니다."

"이상하게 생각할 건 없어. 난 수사 계통에 있는 사람이야. 조사할 게 있어서 여기까지 온 거야. 인터폴에 있는 사나이라고만 알아줘."

"인터폴이라면 국제 경찰 아닙니까?"

"그렇지. 알고 있군. 잘만 해 주면 또 사례하겠어."

"아닙니다. 이 정도면 됐습니다."

"여기서 로렐라이까지는 얼마나 되나?"

"약 80킬로 됩니다. 쾰른 쪽으로 라인 강을 거슬러 올라가면 됩니다. 아스팔트가 돼 있긴 하지만 길이 좁고 굴곡이 심해 천천히 달려야 합니다. 그렇지만 라인 강을 내려다보면서 달리는 맛도 괜찮습니다."

"거기나 다녀와야겠군. 지금 출발하면 해질 때까지는 돌아올 수 있겠지. 독일이 자랑하는 하이네가 찬미한 로렐라이 언덕이 과연 어떻게 생겼는지 한 번 가 봐야겠어."

"별로 볼 것이 없습니다. 가시면 실망하실 겁니다."

"나도 기대는 하지 않아."

김 표는 주차장으로 내려와 차에 시동을 걸었다.

얼마 후 그는 하이델베르크와는 반대편인 쾰른 쪽으로 라인 강을 거슬러 올라갔다. 유럽의 젖줄이라고 할 수 있는 라인 강 좌우에는 크고 작은 마을들이 다닥다닥 붙어 있었다.

그는 평화로운 마을들과 강물을 바라보면서 강 우안을 따라 천천히 차를 몰아갔다. 보이의 말대로 길은 잘 포장되어 있었지만 폭이 좁고 굴곡이 심해서 속력을 낼 수 없는 게 다소 불편하다면 불편했다. 그렇지만 라인 강을 내려다보면서 천천히 차를 몰아가는 것도 꽤 괜찮은 것 같았다.

1시간 반쯤 지나 그는 언덕 밑에서 차를 세웠다. 언덕 밑에는 음료수와 잡화를 파는 조그만 상점이 하나 있었다. 상점을 지키고 있는 노파에게 로렐라이 언덕이 어디 있느냐고 묻자 바로 뒤편을 가리킨다. 코카콜라를 사 들고 가파른 길을 올라갔다.

조그만 언덕 위에는 로렐라이로 불리는 바위가 하나 있었고, 그 주위에는 잡초가 듬성듬성 나 있었다. 그는 바위 위에 올라앉아 쓴웃음을 지으며 콜라를 마셨다. 하이네에게 속았다는 생각이 들었다. 정말 초라하고 볼품없는 언덕이었다. 굽이치는 푸른 강물을 내려다보고 있다가 언덕을 내려왔다.

돌아올 때는 강물에 석양이 비쳐 정경이 몹시 아름다웠다. 호텔에 돌아왔을 때는 이미 어둠이 내리고 있었다. 방으로 들어오자 막스가 곧장 뒤따라 들어왔다.

"부탁한 거 어떻게 됐나?"

"다 됐습니다. 1호실로부터 차례대로 적었습니다."

막스는 주머니에서 종이쪽지를 꺼냈다.

"4월 30일까지 예약을 했습니다. 한 사람만 빼놓고는……."

"그 사람은 언제까지 예약했나?"

"6호실 손님인데…… 29일까지 예약했습니다."

"수고했어."

그는 보이에게 팁을 또 두둑이 주고 그를 내보낸 다음 종이쪽지를 펴들었다.

① 모리무라 다께오(森村武夫) — 53세. 자위대 육군 중장.

② 고오리 스스무(郡堂進) — 62세. 방위청 장관.

③ 야스기 긴고(八杉金五) — 49세. 방위청 정보국장.

④ 아라이 로꾸스께(荒井六助) — 45세. 방위청 비서실장.

⑤ 오야마다 시게요시(小山田滋興史) — 41세. 자위대 육군 소령.

⑥ 아사에다 후미에(朝枝文枝) — 36세. 공학박사. 방위청 기술 고문.


갑자기 바깥쪽이 시끄러웠다. 문틈으로 내다보니 일본인들이 방에서 나오고 있었다.

조금 후 김 표는 막스를 전화로 불러 일본인들의 행방을 물어 보았다. 10분 후 막스로부터 연락이 왔는데, 모두 나이트클럽에 갔다는 보고였다. 김 표는 즉시 20층에 자리 잡고 있는 나이트클럽으로 향했다.

클럽은 크고 호화로웠다. 그리고 생각보다는 손님들이 많았다. 그 중 반수 이상이 동양인들이었다. 그는 될수록 눈에 띄지 않으려고 구석진 곳에 자리를 잡고 앉았다.

댄서가 와서 몸을 틀자 그는 고개를 끄덕했다. 댄서는 냉큼 그의 옆에 붙어 앉았다. 키가 큰 금발의 여자였다.

"이름은?"

"마리⋯⋯."

그들은 가볍게 영어로 이야기했다. 댄서는 서투르게나마 영어로 말할 줄 알았다.

"마리, 이쪽으로 앉아 주겠어?"

그는 댄서를 맞은편에 앉게 한 다음 그녀의 어깨 너머로 일본인들을 바라보았다. 가만 보니, 아사에다 후미에라는 여류 공학 박사는 군계일학 같은 느낌을 주고 있었다. 모든 화제가 그녀를 중심으로 이루어지고 있는 듯했다.

그녀는 다섯 남자와 돌아가면서 춤을 추었다. 남자들은 다투어 그녀와 춤을 추려 했고, 그 때마다 그녀는 남자들을 달래듯 마지못해 하면서 함께 춤을 춰주곤 했다. 그녀는 댄서 이상으로 춤을 잘 추었다. 그러나 기분 내키는 상대가 없어서 솜씨를 제대로 발휘하지 못하고 있는 듯했다.

"한 번 안 추실래요?"

댄서가 담배 연기를 확 뿜으면서 그를 바라보았다. 김 표는 웃으면서 일어섰다. 댄서의 키와 그의 키가 엇비슷했다. 마리에게서 알코올 냄새와 노린내·화장품 냄새가 한꺼번에 풍겨 왔다.

마침 후미에 박사가 대머리 사나이와 춤을 추고 있었으므로 김 표는 그쪽으로 접근했다. 시끄러워서 잘 들리지는 않았지만 그들은 기동 훈련에 관해서 이야기를 나누고 있는 것 같았다. 후미에는 질문을 던지고 있었고 대머리는 그 때마다 열심히 지껄이고 있었다.

음악이 그치고 휴식 시간이 되었을 때 머리가 희끗희끗한 사나이 2가 먼저 자리를 털고 일어섰다. 그 뒤를 키가 크고 음흉한 사나이 3이 따라붙었다. 조금 후에는 대머리 1이 또 사라졌다. 그 다음은 후미에 6, 이어서 부드러운 인상의 사나이 4와 스포츠형 머리의 사나이 5가 일어섰다.

김 표도 계산을 치르고 밖으로 나갔다. 그는 방으로 들어가지 않고 호텔 로비로 내려와 공중전화 부스로 들어갔다. 먼저 10층 1호실을 불렀다. 상대방이 나오자 혀 꼬부라진 소리로,

"블랙 메이커……."

라고 중얼거렸다.

"어디다 걸었소?"

근엄한 일본말이 들려왔다.

"블랙 메이커…… 블랙 메이커……."

"잘못 걸었소."

2호실의 반응도 마찬가지였다. 불쾌한 듯 기침을 하면서 전화를 끊어 버렸다.

3호실은 조금 달랐다. 정보국장이라 다른 데가 있었다.

"블랙 메이커? 혹시 취하신 거 아닙니까? 자세히 좀 말씀해 보시죠. 도무지 무슨 뜻인지 모르겠는데……. 제 이름은 야스기 긴고입니다."

이번에는 김 표 쪽에서 먼저 전화를 끊었다.

4호실 주인은 버럭 신경질을 냈다. 술이나 깬 다음 똑똑히 전화를 걸라고 하면서.

5호실 사나이는

"나는 대일본 제국 자위대 육군 소령 오야마다 시게요시다!"

하고 소리치면서 전화를 끊었다.

이제 남은 것은 6호실의 아사에다 후미에 박사였다.

1에서 5까지는 암호가 통하지 않았다. 그렇다면 나머지 한 사람인 후미에 박사가 다크호스란 말인가. 그럴 리가 없다. 그가 다

크호스와 통화한 바에 의하면 상대는 분명히 남자 목소리였다. 아무튼 전화를 걸어 끝까지 확인해 볼 필요는 있었다.

그는 10층 6호실로 전화를 걸었다. 그런데 신호는 가는데 전화를 받지 않는다. 한참 후에 교환이

"전화를 안 받습니다."

하면서 전화를 끊었다.

그는 전화 부스에서 나오려다가 엘리베이터 쪽을 쏘아보았다. 후미에 박사가 사람들 틈에 섞여 엘리베이터에서 막 나오고 있었다. 그는 본능적으로 그녀 뒤를 따랐다.

후미에는 호텔 앞에서 택시를 탔는데 동행도 없이 혼자였다. 김 표는 주차장에서 폭스바겐을 끌어내 급히 그녀를 쫓았다. 시간은 11시 30분을 가리키고 있었다. 밤도 깊었는데 어디로 가고 있는 걸까? 30분 쯤 지나 후미에가 탄 택시는 파크 호텔 앞에 멈춰 섰다.

그 사나이는 창가에 붙어 서서 밖을 내다보고 있었다. 택시가 호텔 정문 앞에 와서 멎더니 여자가 내리는 것이 보였다. 여자가 호텔 안으로 사라진 뒤 곧이어 백색 폭스바겐 한 대가 미끄러지듯 굴러 와 멎었다. 문이 열리고 안에서 동양인으로 보이는 노신사 하나가 내렸다.

방 안의 사나이는 낮게 신음하면서 몸을 돌렸다. 그 때 노크 소리가 났다. 그는 출입구로 다가가 문을 열었다. 후미에가 안으로 뛰어들면서 그 사나이의 목을 끌어안았다.

"늦었어요."

"술을 마셨나 보군."

"네, 남자들이 하도 치근거려서 혼났어요."

사나이는 여자를 내려다보다가 미친 듯 입술을 빨았다. 숨 막힐 듯한 키스가 한참 동안 계속된 후 여자는 참을 수 없다는 듯 먼저 옷을 벗어 버리고는 침대 위로 몸을 던졌다. 그러나 남자는 거기에 응하지 않고 여자를 바라보기만 했다.

"어서요. 곧 돌아가야 하기 때문에 시간이 없어요."

"그래. 시간이 없겠지."

그는 저고리를 벗은 다음 목에서 넥타이를 풀어냈다. 여자는 실오라기 하나 걸치지 않은 몸을 꿈틀거리면서 욕정 어린 눈으로 남자의 움직임을 바라보고 있었다.

"이틀만 참으세요. 이틀 뒤에는 시간에 쫓길 필요도, 남의 시선을 피해야 할 이유도 없지 않아요? 그 때는 완전히 우리들의 세상 아니에요?"

"망명이 그렇게 쉬운 건 아니야."

"네? 그게 무슨 말씀이세요?"

여자가 상체를 조금 일으켰다.

"말 그대로야. 망명이 쉽지 않다 이거야."

사나이는 한 손에 넥타이를 느슨하게 든 채 침대 위에 걸터앉았다. 여자는 상체를 완전히 일으키고 있었다. 터질 듯 풍만한 젖가슴이 묵직한 느낌을 주면서 흔들리고 있었다.

"준비 끝났다고 하지 않았어요? 모스크바에서는 언제라도 우리를 받아 줄 준비가 되어 있다고 하지 않았어요?"

"그랬었지. 그렇지만 지금은 상황이 달라졌어."

사나이는 차갑게 내뱉었다. 후미에의 얼굴에 의혹의 빛이 짙게 나타났다.

"달라지다니요? 왜요? 이유가 뭐예요?"

"위험이 닥쳐왔어."

"그거야 아는 일 아니에요?"

"그 정도가 아니야. 이곳까지 위험이 구체적으로 나타났어."

"그럼 빨리 손을 쓰면 될 거 아니에요?"

"이미 늦었어. 누군가가 당신을 따라 이 호텔까지 왔어. 당신은 미행을 당한 거야."

"설마 그럴 리가 없어요!"

"저 아래 주차장에 폭스바겐이 한 대 있는데, 놈은 그걸 타고 따라왔어."

여자는 그것을 보려고 침대 밑으로 내려와 창가로 다가섰다. 남자는 그녀의 늘씬한 뒷모습을 바라보고 있다가 방 안의 불을 껐다. 그리고 여자 뒤로 가만히 다가섰다.

"저를 미행한지 어떻게 아세요? 잘못 보신 거 아니에요?"

"그렇지 않아. 오전에 그 놈을 한 번 본 적이 있어. 그 놈이 누군지 이제야 알 수 있겠어."

"누구예요?"

"후미에 박사……."

사나이는 왼손으로 여자의 목을 어루만지면서 오른손을 천천히 들어 올렸는데, 그 손에 넥타이가 걸려 있었다.

"후미에 박사, 그가 누군지 당신은 모를 거야. 그렇지만 그 놈은 후미에 박사를 알고 있지. 알고 있기 때문에 박사를 미행한 거야. 박사를 미행하면 나를 찾을 수 있을 줄 알고 말이야. 놈은 나를 모르고 있어. 그러니까…… 후미에 박사가 입만 다물어 준다면 나는 안전할 수 있지."

"제가 함부로 입을 놀릴 줄 아세요?"

"글쎄, 그거야 알 수 없지."

"죽어도 입을 열지 않을 거예요."

그녀는 그 때까지도 사나이의 진의를 파악하지 못한 것 같았다. 사나이는 그녀의 목에 입술을 갖다 댔다.

"아름다운 목이야……."

"안아 줘요."

그 순간 사나이는 넥타이로 여자의 긴 목을 휘어 감았다. 갑작스런 공격에 여자는 정신을 잃고 비틀하다가 이윽고 맹렬한 기세로 반항하기 시작했다. 손톱으로 남자의 손을 할퀴고 입으로 팔뚝을 물어뜯었다. 그리고 비명을 질렀지만 목이 막혀 아무 소리도 나오지 않았다.

사나이는 더욱 억세게 그녀의 목을 죄었다. 후미에는 창틀을 움켜쥐고 몸부림쳤다. 뒷발질로 남자를 차면서 기를 쓰자 넥타이 줄이 툭 끊어졌다. 그 바람에 반사적으로 그녀의 상체가 앞으로 기울어졌다. 사나이는 기회를 놓치지 않고 그녀의 목덜미를 누르는 한편 한 손을 그녀의 두 다리 사이에 집어넣고 하체를 들어올렸다.

유리창 깨지는 소리와 함께 단말마의 비명이 허공을 울렸다. 공교롭게도 그녀는 마침 호텔 앞을 지나가던 캐딜락 지붕에 떨어졌다. 그리고 공처럼 퉁겨 길 한 켠에 처박혔다.

캐딜락 주인이 차에서 뛰어내려 우그러진 지붕을 보고 분노를 터뜨렸을 때 후미에는 피투성이가 된 채 사람들에게 둘러싸여 마지막 숨을 몰아쉬고 있었다.

김 표는 무릎을 꿇고 상체를 굽혔다. 사람들은 어쩔 바를 모르고 구경만 하고 있었다. 후미에는 팔다리를 꿈틀거리면서 몹시 경련하고 있었다. 김 표는 재빨리 행동에 들어갔다.

"후미에 박사!"

그는 낮게 부르짖었다. 여자의 어깨를 잡아 흔들었다.

"후미에 박사! 힘을 내요! 한 마디만 해 봐요! 누구요? 당신을 이렇게 만든 놈이 누군지 말해 봐요! 빨리 말해 봐요!"

흰 창을 드러내며 멀거니 떠져 있던 후미에의 눈에 초점이 모아졌다. 입술이 조금 움직이는 것 같았다.

"다크호스가 누구요? 어떤 놈이요? 힘을 내요! 이대로 죽다니 너무 억울하지 않소?"

후미에의 오른손이 쳐들려졌다. 피에 흠뻑 젖어 있었다. 김 표는 손을 뻗어 그 손을 잡았다. 그녀의 손에 점점 힘이 가해졌다. 김 표는 통증을 느꼈다. 후미에는 억세게 그의 손을 움켜쥐고 있었다. 그와 함께 무슨 말인가 하려고 무진 애를 쓰고 있었다.

"조금만 더 힘을 내요."

"파리……."

마침내 후미에의 입에서 소리가 새어나왔다.

"파리…… 그 다음은?!"

"29일 밤 10시……."

후미에의 호흡이 더욱 가빠지고 있었다. 그녀는 그의 손을 으스러지게 움켜쥐고 있었다.

"다음은?"

"호텔……."

"무슨 호텔?"

"호텔…… 파리…… 15층 11호실……."

그 말을 끝으로 그녀는 손을 풀었다. 눈의 초점이 풀리면서 머리가 한쪽으로 기울어졌다. 숨을 거둔 것이다. 그 때 호각 소리와 함께 경찰이 뛰어들었다. 김 표는 몸을 일으키고 뒤로 물러섰다.

"당신, 아는 사람이요?"

경찰의 물음에 그는 고개를 저었다.

"방금 서로 무슨 말을 한 것 같은데……."

"유언을 들었는데 무슨 말인지 알아들을 수 없었어요."

그는 독일어로 서툴게 대답한 다음 호텔 화장실로 뛰어 들어가 피 묻은 손을 대충 씻었다. 일부러 그는 눈에 띄게 행동했다. 후미에를 살해한 놈이 어디선가 자기를 감시하고 있을 것이라고 생각하고 미행을 유도할 생각이었다.

호텔 직원을 붙들고 물어보니 후미에는 20층에서 떨어졌다고 했다. 그리고 그 방 주인은 이미 행방을 감추었다고 했다.

밖으로 나와 주차장에서 차를 꺼내 타고 천천히 운전했다. 백

미러로 뒤쪽을 살펴보았지만 미행해 오는 차는 보이지 않았다. 아주 교묘한 방법으로 미행해 오고 있는지도 모를 일이었다.

20분 쯤 달리다가 차를 길가에 세워 두고 어느 카페로 들어가 위스키 한 잔을 마시고 나왔다. 차량도 행인도 드문 편이었다. 자정이 막 지나고 있었다. 차 속에 들어가 시동을 걸어 보고 도로 나왔다. 두어 번 그렇게 하다가 차가 고장 난 것처럼 버리고 걷기 시작했다.

될수록 천천히 걸었다. 할 일 없는 관광객처럼 여기저기 기웃거리면서 느릿느릿 걸음을 옮겼다. 미행을 느낀 것은 모퉁이를 돌아섰을 때였다. 그 자리에 서서 담배에 불을 붙이면서 보니 검은 그림자 하나가 맞은편 길목에서 서성거리는 것이 보였다. 꽤 먼 거리라 생김새를 알아볼 수는 없었지만 직감적으로 미행자라는 생각이 들었다. 좀 더 확인하기 위해 못 본 체하고 걸어가자 그자도 따라오기 시작했다.

큰길을 버리고 골목으로 들어섰다. 어두운 곳에 몸을 가린 채 서 있자 마침내 미행자가 나타났다. 망설이다가 골목으로 들어서고 있었다. 꽤나 경계하며 접근해 오고 있었다.

미행자가 가까이 다가왔을 때 보니 거한이었다. 김 표는 어둠 속에서 총알처럼 튀어나와 상대방의 옆구리를 후려쳤다.

"어이쿠!"

일격에 비틀거리는 것을 다시 한 번 늑골을 걷어차자 무릎을 꺾고 엎어졌다. 목덜미를 후려치자 땅바닥에 개구리처럼 뻗어 버렸다. 피스톨 끝으로 머리통을 찍으며,

"넌 누구냐? 왜 나를 미행하지?"

하고 물었다. 얼굴을 쳐드는 것을 보니 흑인이었다. 그는 적이 실망했다.

"왜 나를 미행했지?"

영어로 묻자 비로소 흑인은 알아듣는 것 같았다. 그러나 심한 통증으로 입을 열기가 어려운 모양이었다.

"네가 다크호스냐?"

흑인은 머리를 저었다.

"그럴 테지. 너 같은 놈이 다크호스일 리는 없지. 왜 나를 미행했어?"

"어…… 어떤 신사가 부탁하기에……. 나리, 살려 주십시오."

"어떤 놈이 부탁했어?"

"어떤 일본 사람이 부, 부탁했습니다."

"어떻게 생겼어?"

"잘 생각이 나지 않습니다. 동양 사람은 모두 비슷비슷하게 생겨서……."

흑인은 상체를 일으켜 꿇어앉아서는 살려 달라고 애걸했다.

"얼마를 받았지?"

"백 달러 받았습니다. 나리가 있는 곳을 알아 가지고 오면 백 달러를 더 주겠다고 했습니다."

"그리고 뭐야?"

"나리를 죽이면 천 달러를 주겠다고 했습니다."

김 표는 흑인의 턱주가리를 후려치고 나서 급히 골목을 빠져

나왔다. 그가 호텔로 돌아온 시간은 28일 새벽 2시경이었다.

퍼시픽 호텔의 일본인들은 그들의 일행인 후미에 박사가 다른 호텔에서 떨어져 죽은 것을 아직 모르고 있는 것 같았다.

그로부터 10시간 후인 같은 날 12시께에 김 표는 파리 중심가에 위치한 호화 레스토랑 맥심에서 최고급의 프랑스 요리를 들고 있었다. 그는 30대 정도로 보일 만큼 변장을 일신하고 있었다.

차림새는 최고급이었고 옆에는 금발의 미녀까지 달고 있어서 마치 돈 많은 플레이보이이거나 아니면 은막의 스타처럼 보였다. 그는 끊임없이 웃고 이야기하면서 식사를 즐기고 있었다. 금발의 미녀는 그가 비행기 안에서 낚은 3류 모델이었다.

"이름이 뭐라고 했지?"

"소피아……."

그녀는 곱게 눈을 흘기며 웃어 보였는데 꽤 매혹적이었다. 김 표는 프랑스 말을 약간은 할 줄 알았다. 그래서 매우 느리게나마 그녀와 이야기를 나눌 수 있었다.

"몇 살이지?"

"스물 하나……."

"파리에 대해서 잘 아나?"

"여기서 태어나 자랐는데요 뭐."

"아, 그럼 안내를 좀 부탁해야겠군."

"맘대로 하세요. 전 시간이 많으니까요."

"가슴이 참 멋있어."

그는 포크로 여자의 젖가슴을 가리켰다. 여자는 기분이 좋은

지 가슴을 흔들어 보였다. 녹색 줄무늬 T셔츠에 감싸인 젖가슴은 하도 풍만해서 남자라면 누구나 탐욕스런 눈길을 던지지 않고는 못 배길 정도였다.

"누가나 다 그런 말을 해요. 그래서 저는 주로 가슴을 중심으로 해서 찍어요."

"모델도 여러 종류가 아닌가?"

"네, 저는 주로 포르노 관계예요. 나체로 포즈를 취하는 건데, 그 때가 제일 즐거워요."

그녀는 즐거운 듯 말했다. 백치미가 강하게 느껴지는 여자였다. 얼굴은 화장을 하나도 하지 않은 채였고, 파란 눈은 호기심을 끊임없이 반짝거리고 있었다.

"당신은 배우시죠?"

"음, 그래."

"첫눈에 그런 줄 알았어요. 전 동양 사람을 좋아해요. 일본 남자를 사귀어 가지고 도쿄에 한 번 놀러 가고 싶었는데…… 기대를 걸어도 좋겠죠?"

"암, 좋고말고……"

"이름이 뭐예요?"

"고노."

"고노?"

"음……."

"간단해서 좋네요. 무슨 영화에 출연하셨어요?"

"여러 가지……. 주로 사무라이 영화에 나오고 있지."

"아주 미남이세요."

"고마워."

그는 포크와 나이프를 놓고 나서 여자를 응시했다.

"소피아, 사진 모델이 되어 주지 않겠어? 나는 소피아의 가슴을 찍고 싶어."

"좋아요!"

그녀는 기다렸다는 듯이 대답했다.

"카메라는 있어요?"

"꼭 있어야 하나?"

"하긴 그래."

그는 소피아를 데리고 콩코드 광장 쪽으로 걸어갔다. 그녀는 마치 연인처럼 그의 팔짱을 바짝 끼고 걸었다.

그들은 샹젤리제 거리로 들어섰다. 좌우 각 6차선의 넓은 거리 양쪽에는 마로니에가 무성히 자라고 있었고, 반들반들 닳아 버린 돌길 위로는 차량들이 홍수처럼 오가고 있었다.

거리의 저편 끝에는 개선문이 그 웅자를 드러내고 있었다. 손에 잡힐 듯 가까이 보이는데도 여간해서 가까워지지가 않았다.

날씨가 포근해서인지 거리에는 행인들이 많았다. 카페 앞 인도 위에는 의자들이 놓여져 있었고 사람들은 거기에 앉아 햇빛을 즐기며 담소하고 있었다. 김 표와 소피아도 거기에 앉아 커피 한 잔씩을 마셨다.

개선문에서 길은 12개 방향으로 뻗어 있었다. 파리 호텔은 개선문을 5분 쯤 지난 곳에 위치해 있었다. 전체가 백색으로 된 고

풍스런 호텔이었다. 김 표와 소피아는 그 호텔로 들어섰다. 김 표는 소피아를 로비에서 기다리게 하고 혼자 프런트로 다가갔다.

"어서 오십시오."

프런트 맨이 정중하고 친절하게 그를 맞았다.

"15층에 방이 있나요?"

"네, 체크해 보겠습니다."

"가능하면 11호쯤이면 좋겠는데……."

잠시 후 프런트 맨은 11호가 비어 있다고 말했다.

"하지만 11호실은 내일 12시까지밖에 사용할 수 없습니다. 예약이 돼 있어서 그럽니다."

"괜찮아요. 나도 하룻밤만 잘 거니까."

방은 트윈으로 호화롭게 꾸며져 있었다.

소피아는 옷을 훌훌 벗어부치더니 먼저 욕실로 뛰어 들어갔다. 샤워 소리가 쏴아 하고 들려왔다. 김 표도 옷을 벗고 욕실로 들어갔다.

"어머, 멋있어요!"

소피아가 그의 몸을 바라보면서 말했다. 김 표는 그녀를 끌어안고 깊고 뜨겁게 키스했다. 그들은 몸에 비누칠을 한 다음 그대로 또 끌어안았다. 미끈거리는 촉감이 아주 좋았다. 풍선처럼 부푼 젖가슴을 움켜쥐자 그녀가 신음을 토했다.

그들은 침대 위로 자리를 옮길 여유가 없었다. 그럴 필요도 없었다. 비누 거품이 밀착된 두 사람의 몸 사이에서 계속 흘러내리고 있었다.

이튿날 아침까지 김 표는 그녀를 붙들어 두었다. 밤에 거의 잠을 자지 않고 그녀와 씨름했기 때문에 아침에 일어났을 때는 온몸이 피로에 젖어 있었다.

"소피아, 이거 받고 이젠 가 봐."

그는 5백 달러를 그녀 앞에 내놓았다. 소피아는 서슴없이 그것을 챙긴 다음 눈물을 보이며 나갔다. 김 표는 12시까지 잠을 잤다. 12시가 되자 프런트에서 체크 시간이 됐다고 알려 왔다.

그는 호텔을 떠나면서 방 열쇠를 그대로 숨겨 가지고 나왔다. 호텔에는 비상 열쇠가 한두 개 정도 더 비치되어 있을 터인즉 방을 내주는 데 지장은 없을 것이다.

그 날 저녁 7시께 동양인으로 보이는 한 노신사가 파리 호텔에 나타났는데 바로 김 표였다. 그러나 프런트 맨이나 보이들은 그의 변장한 모습을 알아보지 못했다.

그는 15층 21호실에 투숙했다. 11호실이 엇비슷하게 마주 보이는 방이었다. 그는 방 안의 불을 꺼 놓고 문에 쇠줄 고리를 걸어 놓은 다음 문을 조금 열어 놓았다. 그리고 문틈으로 11호실을 감시하기 시작했다.

8시까지 그가 감시한 바에 의하면 11호실의 투숙객은 남자 두 명으로 모두 다 금발이었고 체격이 건장했다. 가슴과 겨드랑이 부분이 불룩한 것으로 보아 저고리 속에 피스톨을 품고 있는 것 같았다.

8시 15분이 되었을 때 11호실에서 한 명이 나와 사라졌다.

5분 후 나머지 한 명도 밖으로 나와 엘리베이터 쪽으로 걸어갔는데 한 손에 열쇠가 들려 있었다.

김 표는 마침내 행동을 개시했다. 수트케이스를 들고 방에서 나온 그는 11호실 앞으로 접근했다. 복도에는 아무도 없었다. 훔쳐 가지고 있던 열쇠를 꺼내 11호실 문을 열고 안으로 들어갔다. 불을 켜지 않은 채 어둠 속에서 움직였다. 소파에 앉아 피스톨에 소음 장치를 끼운 다음 조용히 기다렸다.

9시 10분 전에 문 열리는 소리가 났다. 곧이어 방 안에 불이 들어왔다. 금발의 사나이는 무심코 소파 쪽으로 오다가 거기에 미동도 하지 않고 앉아 있는 낯선 사나이를 바라보고는 주춤했다. 피스톨 구멍이 똑바로 자신에게 향하고 있는 것을 알자 그는 그 자리에 얼어붙어 버렸다.

"어느 나라 사람인가?"

김 표는 불어로 조용히 물었다.

"소련 사람이다. 당신은?"

"알 필요 없어. 10시에 오기로 한 자의 국적과 이름은?"

"……."

그는 두 번 묻지 않았다. 방아쇠를 당기자 소련인은 어깨를 싸쥐고 비틀거렸다.

"국적은 일본인입니다. 이름은 모릅니다. 망명자를 데려오라는 명령을 받았을 뿐입니다."

"너는 KGB 휘하의 특수 공작대 스페츠나츠 요원이지?"

"아닙니다."

"부인할 태지. 그렇게 훈련을 받았으니까. 나머지 한 놈은 언제 오나?"

"곧 올 겁니다."

소련인의 한쪽 어깨는 피로 붉게 물들고 있었다. 김 표는 탁자 위를 가리켰다. 거기에는 두 개의 조그만 약병이 놓여 있었다.

"하나는 네 몫이다. 가져가서 마셔. 환각제니까 두 시간 동안 꿈나라를 헤매게 될 거다."

건장한 소련인은 마지못해 한 병을 마셨다.

"망명자와의 암호 인사는 뭔가?"

"저쪽에서 먼저 문에 노크하도록 되어 있습니다. 세 번 두드리고 연속해서 두 번 두드릴 겁니다. 그것을 세 번 반복하면 문을 열어 주도록 되어 있습니다."

소련 인은 또 총에 맞을까 봐 술술 불었다. 조금 후 그의 눈이 풀리면서 비틀거리는 것을 보고 김 표는 그를 욕실 속에 처넣었다. 그 때 노크 소리가 들려왔다. 시계를 보니 9시 10분이었다.

문을 열자 금발 머리 사나이가 들어왔다. 김 표는 총구를 상대의 턱 밑에 바싹 들이댔다.

"소리치면 죽인다!"

왼손 주먹으로 옆구리를 올려치자 소련인은 건장한 육체를 가누지 못한 채 무릎을 꿇었다. 두 번째 사나이도 첫 번째와 똑같은 절차를 밟고 욕실 속에 처박혔다.

김 표는 그들의 손목에 수갑을 채우고 나서야 비로소 안심하는 표정을 지었다. 준비를 끝냈을 때는 9시 30분이 막 지나고 있었다. 앞으로 남은 시간은 30분이었다.

그는 불을 끄고 소파에 앉았다. 피스톨을 탁자 위에 올려놓고 담배를 피웠다.

같은 날 오후 5시 조금 지나 동양인 하나가 파리 오를리 공항을 빠져나왔다. 40대의 신사로 로이드안경을 끼고 있었고 손에는 수트케이스 하나만 달랑 들고 있었다. 동양인치고는 차림이나 움직임이 퍽 세련되어 보였다.

공항에 체크된 그 동양인의 신상 리스트는 다음과 같았다.

▲ 국적 = 일본

▲ 이름 = 미야자와 마사쥬우로(宮澤正十郎)

▲ 생년월일 = 1936년 5월 9일

▲ 주소 = 동경도 문정구 B정 ○○번지(東京都文京區 B 町○○番地)

▲ 직업 = N방송 외신부장

일본인은 택시를 타고 시내로 들어왔다. 샹젤리제에서 택시를 내린 그는 어느 궁(宮) 호텔로 들어가 방을 하나 정했다. 두 시간 후 그는 호텔을 나와 거리를 산책했다. 매우 할 일 없는 관광객처럼 느릿느릿 한가롭게 걸었다.

어둠이 내린 거리는 네온사인과 조명으로 대낮같이 휘황찬란했다. 그는 거리의 카페에서 포도주를 한 잔 마신 다음 다시 걸었다. 개선문을 지나 걸어가던 그는 파리 호텔 앞에서 걸음을 멈추었다. 호텔을 한 번 올려다보고 시계를 보았다. 8시 30분이었다. 아직 한 시간 반이 남아 있었다.

파리 호텔로 들어가 커피숍에서 커피를 한 잔 마시고 나왔다. 그는 샹젤리제 쪽으로 다시 걸어갔다. 도중에 가로수 옆에 우두커니 서서 차도를 흘러가는 차량의 홍수를 한동안 물끄러미 바라보았다.

9시에 그는 호텔로 돌아와 가벼운 식사로 저녁을 때웠다. 얼굴빛은 창백해 있고 가끔씩 불안한 눈길을 주위에 던지곤 했다.

그가 방으로 들어가 수트케이스를 들고 나온 것은 9시 30분께였다. 프런트 맨은 너무 빨리 나가는 그를 보고,

"이 호텔이 마음에 안 드십니까?"
하고 물었다.

그가 묵묵히 계산을 치르자 그는 센 강 좌안에 최신 디럭스 호텔들이 있으니까 그쪽으로 가 보라고 말했다.

"고맙소."

일본인은 미소를 지어 보였다. 그가 떠난 지 10분 쯤 지났을 때 네 명의 사나이들이 궁 호텔에 들이닥쳤다. 그 중의 한 명이 경찰 신분증과 동시에 사진을 한 장 꺼내 보였다.

"이런 일본인, 여기 투숙하지 않았소?"

이미 알고 온 듯한 추궁에 프런트 맨은

"네, 조금 전 나갔습니다. 아마 강 건너 호텔로 갔을 겁니다."
하고 대답했다.

두 명은 파리 경시청 소속이었고 뒷전에 서 있는 나머지 두 명은 인터폴(국제 경찰)수사관들이었다.

일본인은 10시 5분 전에 파리 호텔에 들어섰다. 로비에서 담

배 한 대를 피우고 나서 10시가 되자 그는 15층으로 올라갔다.

10시 정각에 그는 15층 11호실 앞에서 숨을 몰아쉰 다음 문을 노크했다. 세 번 두드리고 이어서 두 번 노크했다. 그렇게 세 번 반복하자 안에서

"네, 들어오시오."

하는 소리가 들려왔다.

문을 열자 캄캄한 어둠이 앞을 가로막았다. 그는 조심스럽게 안으로 들어섰다.

"문을 잠그고 이리 오시오."

어둠 속에서 하나의 목소리가 조용히 들려왔다. 일본인은 시키는 대로 했다. 찰칵 하고 문 잠기는 소리가 났다. 일본인은 천천히 방 가운데로 다가갔다. 어두워서 상대방 모습이 분명치가 않았다. 단지 소파에 앉아 있는 것이 희미하게 보일 뿐이었다.

"거기 서시오."

일본인은 걸음을 멈추었다. 불안감으로 몸이 굳어 있었다.

"떠날 준비는 다 됐소?"

"네, 다 됐습니다. 그런데 후미에 박사는 못 오게 됐습니다."

"왜?"

"죽었습니다."

"그럴 만한 이유가 있었겠지?"

"네, 그렇습니다. 불을 켜면 안 될까요? 너무 어두워서……."

"오른쪽 벽을 더듬어 봐요. 스위치가 있을 테니……."

일본인은 오른쪽 벽을 더듬어 스위치를 찾았다. 그리고 그것

을 누른 순간

"앗!"

하고 낮게 소리쳤다.

그를 맞은 사람은 희끗희끗한 잿빛 머리에 콧수염을 달고 있었고 짙은 색안경을 끼고 있었다. 그리고 소파에 편한 자세로 앉아 있었는데 오른손에는 피스톨이 들려 있었다.

"이 피스톨은 독일제 9미리 와루사다. 소음 장치가 되어 있어. 사자도 단발에 처치할 수 있어."

일본인은 상대방의 말이 거짓이 아님을 알았다. 그의 손에서 수트케이스가 굴러 떨어졌다.

"다, 당신은 누구요?"

"N방송 기자 나리, 한 번 만난 적이 있었을 텐데……. NATO 기동 훈련이 시작되던 날 당신한테 일본 대표가 어디 있느냐고 물은 사람이 있었을 텐데……. 지금은 모습을 좀 바꿨지."

그는 선글라스를 벗었다. 일본인은 경악하는 눈길로 그를 바라보았다.

"야마…… 하라 레이지로……."

"한국명은 김 표. 다크호스, 모스크바로 떠날 준비는 됐다고 했지?"

"당신은 뭔가 잘못 알고 있어."

"그럴 테지. 부인하고 싶겠지. 죽을 때까지……."

총구는 빈틈없이 일본인을 노리고 있었다. 일본인은 식은땀을 흘리며 호소하듯 김 표를 바라보았다.

"원하는 게 뭐야?"

"너의 목이야."

"그러지 말고 협상하자. 원하는 대로 돈을 주겠다."

"돈 같은 건 필요 없어."

"부탁이야! 살려 줘!"

슉 하는 소리와 함께 섬광이 번쩍했다. 일본인은 뒤로 벌렁 나가떨어졌다. 가슴에서 선지피가 뿜어 나오기 시작했다. 김 표는 몸을 일으켜 가까이 다가가 다시 한 번 방아쇠를 당겼다. 두 번째 탄알은 복부를 관통했다. 일본인은 몸을 한 번 뒤튼 다음 방바닥을 기기 시작했다. 이를 악물고 전신을 떨면서 그는 벽을 짚고 비틀비틀 일어섰다. 눈알은 쏟아질 듯 튀어나와 있었고 입에서는 침이 줄줄 흐르고 있었다. 그는 총구가 아직도 자기를 겨누고 있음을 보았다. 순간 상대방이 거대한 바위처럼 보였다. 그는 절망적인 한숨을 내쉬면서 무릎을 꺾었다. 옆으로 쓰러지다가 얼굴을 카펫에 처박고 엎어졌다. 그러고는 다시 움직이지 않았다.

# 마지막 찻잔

　5월 5일 아침, 도쿄의 합동 수사본부에서는 미지의 인물이 보낸 파일을 놓고 회의가 열리고 있었다. 그 파일에는 모든 음모와 거기에 가담한 인물들의 면모가 자세히 기록되어 있었다.

　파일이 정보국장 앞으로 도착한 것은 5월 2일이었다. 발신지는 프랑스 파리로 되어 있었다. 파일은 우송되어 오지 않고 파리 주재 정보 요원 두 명이 직접 들고 왔다.

　그보다 하루 전인 5월 1일 아침, 정보국장은 파리로부터 국제 전화를 받았다. 그것은 익명의 사나이가 걸어온 전화였는데 그 용건이란 당신이 지금 조사하고 있는 사건을 해결할 수 있는 결정적인 파일을 내가 가지고 있다. 그것을 당신한테 빨리 보내려고 하는데 당신이 신임할 수 있는 사람을 한 명 소개시켜 달라는 것이었다. 정보국장은 생각 끝에 파리 주재 정보 요원을 소개시켜 주었다.

　그 정보 요원은 국장으로부터 그 파일을 입수하는 대로 개봉

하지 말고 직접 가져오라는 엄중한 지시를 받았다. 미지의 사나이로부터 그 요원에게 전화가 걸려 온 것은 같은 날 12시께였다.

"파일은 오를리 공항 물품 보관 캐비닛 속에 들어 있다. 캐비닛 열쇠는 샹젤리제 2번가 카페 나폴레옹의 웨이트리스 마리안느에 맡겨 두었으니 10달러를 지불하고 찾아가라."

그 정보 요원은 카페로 가서 마리안느에게 10달러를 내밀었다. 그녀는 브래지어 속에서 열쇠를 꺼내 그에게 주었다. 열쇠를 맡긴 자에 대해서 꼬치꼬치 캐물었지만 그녀는 모른다고만 대답했다. 그는 오를리공항으로 달려가 물품 보관소에서 파일을 꺼냈다. 파일은 두꺼운 봉투 속에 잘 포장되어 있었다. 그것을 철제 가방 속에 넣고 열쇠를 채운 다음 수갑으로 손목과 연결시켰다.

다른 정보 요원 한 명이 그의 곁에 바싹 붙어 따랐다. 그렇게 해서 그 파일은 다음 날 밤 정보국장의 손에 무사히 도착할 수 있었다. 밤새 그 파일을 검토한 정보국장은 경악했다. 거기에 거짓이 없음을 인정한 그는 비밀리에 감금되어 있는 호리 겐로 과장을 불러냈다. 그리고 지금까지 그를 구속시켜 둔 것을 사과하고 협조를 요청했다.

파일을 검토한 호리 과장도 몹시 경악했다. 하마터면 자신이 제물로 희생될 뻔한 것을 알게 된 그는 국장의 요청을 쾌히 수락했다. 그날 밤 중으로 호리 과장을 중심으로 새로운 팀이 구성되었다. 작전은 5월 4일까지 완료되도록 짜여졌다. 작전 암호명은 <번개 작전>이었다.

그들은 이틀 동안 밤낮으로 뛰었다. 그리하여 4일 밤 자정까지는 작전을 완료할 수가 있었다. 체포된 소련 스파이는 사망자를 빼고 모두 23명이었다. 사망자가 늘어난 것은 저항하다가 사살되거나 자결한 때문이었다.

5월 5일 아침 정보국장은 합동 수사 회의석상에서 사건 전모를 밝히고 문제의 파일을 공개했다. 조금 후 문이 열리고 호리 과장이 미소를 지으며 나타났다.

뒤이어 우레 같은 박수 소리가 터져 나왔다. 자리에 앉아 있던 사나이들은 일제히 기립해서 손바닥을 두드려 댔다. 그 다음은 악수 세례였다. 호리 과장은 눈물을 글썽이면서 일일이 그들과 악수를 나누었다.

이윽고 장내가 조용해지자 호리 과장은 잠긴 목소리로 천천히 입을 열었다.

"여러분을 다시 보게 되어 기쁘기 그지없습니다. 저는 구속되어 있는 동안 많은 것을 배웠습니다. 지금 생각하니 그것은 저한테는 그야말로 좋은 체험이었습니다. 첫째, 저는 제가 그 동안 얼마나 안이하게 일해 왔는가를 뼈저리게 느꼈습니다. 제가 안일에 빠져 있는 동안 적은 제 심장까지 들어왔던 것입니다. 둘째, 눈에 보이지 않는 지하 전쟁이 얼마나 냉혹한가를 새삼 깨닫게 되었습니다. 셋째, 적이 얼마나 무서운가를 깨달았습니다."

실내는 기침 소리 하나 없이 조용했다. 그는 무거운 침묵 끝에 다시 입을 열었다.

"솔직히 말해 이번 사건은 우리 힘으로 해결한 것이 아닙니다. 이 파일이 없었다면 해결은 불가능했을지도 모릅니다. 그러면 이 파일은 누가 보냈는가 하는 문제가 남습니다. 여러 가지 사실들과 정황을 검토해 볼 때 이것은 하라 레이지로, 한국명 김 표가 보낸 것이 분명합니다. 그는 지금까지 살아온 방식대로 자신의 행동을 끝까지 밝히지 않을 것입니다. 자신이 아무리 훌륭한 일을 했다 해도 그것을 결코 공개하지 않을 것입니다. 이번 사건은 하라 레이지로가 단독으로 해결한 것입니다. 그는 자신의 범죄를 상쇄할 만큼 큰 공적을 이룬 것입니다. 그는 정말 훌륭했습니다. 그러나 그 자신이 직접 자기 입으로 공개하지 않은 이상 모든 것은 단지 추측으로 남을 것이고 안개 속에 영원히 덮여 있을 것입니다."

무거운 침묵이 흘렀다. 아무도 그 침묵을 깨려 하지 않았기 때문에 그것은 한참 동안 계속되었다.

"하라, 그는 지금 어디 있지?"

정보국장이 혼잣말처럼 중얼거리자 그제야 사람들은 한숨을 돌리면서 몸을 조금씩 움직였다.

"그가 어디에 있는지는 아무도 모릅니다."

그 때 김 표는 서울에 있었다. 도쿄에서 회의가 열리고 있을 때 그는 여행 마지막 코스인 서울에 도착해 있었던 것이다.

서울에 도착해서 그가 제일 먼저 찾아간 곳은 자신의 아파트가 아니라 R호텔이었다. 25층에 있는 호텔 스카이라운지에서 그는 피로에 잠겨 천천히 점심 식사를 들었다. 세계 구석구석을 돌아다녀 보았지만 그는 왠지 한국이 좋았다.

아버지의 나라이기 때문일까? 유럽의 거리와 비교해 볼 때 서울은 세련되지 못하고 엉성하기 짝이 없는, 이상 비대형에 걸린 도시였다. 그것은 마치 갑자기 선진국 흉내를 내려다가 이도 저도 아니게 뒤틀려 버린 것 같은, 그래서 연민의 눈길이 아니고는 친근감이 들 수 없는 그런 도시였다.

그런데도 그는 서울이 좋았고 마치 고향에 돌아온 기분이었다. 그의 그러한 기분은 서울을 벗어나 쓸쓸한 소도시나 마을에 이를 때 더욱 구체적으로 가슴에 와 닿곤 했다. 그는 더 이상 도망다니고 싶지가 않았다. 그러기에 그는 너무 피로했다. 이제는 이 땅에 안주하고 싶었다. 물론 수사의 손길은 계속 뻗어 올 것이다. 그러나 그는 그것을 피할 자신이 없었다. 적어도 지금 같은 피로감과 권태는 촉각을 둔화시켜 결국 자신을 죽음 속으로 몰아넣는다는 것을 그는 잘 알고 있었다.

식사를 끝내고 난 그는 화장실로 들어갔다. 아파트 열쇠가 그대로 있는지 아니면 없어졌는지 확인하기 위해서였다. 문을 걸어 잠그고 물을 뺀 다음 물탱크 뚜껑을 열었다. 소매를 걷고 안으로 손을 집어넣었다. 열쇠가 손끝에 닿았다. 집어 들기 전에 라이터를 켜 들고 안을 비춰 보았다. 처음 놓았던 그 위치에 그대로 놓여 있지가 않았다.

열쇠를 집어 들었다. 넘버가 있는 부분이 밑으로 가 있었다. 그가 그것을 물탱크 속에 넣어 둘 때는 넘버 있는 부분이 위로 가게 했었다. 그런데 이것이 뒤집어져 있는 것이다. 김 표는 바짝 긴장했다. 열쇠를 도로 그 자리에 넣어 둔 채 밖으로 나왔다.

누군가가 그것을 손댄 것이 틀림없었다. 그가 열쇠를 숨겨 둔 장소를 알려 준 사람은 나학진 박사밖에 없었다. 나 박사는 왜 열쇠를 가져가지 않았을까? 누군가가 열쇠를 만진 것만은 분명했다. 그런데 도로 그 자리에 넣어 두었다. 무슨 이유로 그랬을까? 그렇다면 나 박사는 아파트에서 나비 표본을 가져가지 않았다는 말인가?

김 표는 생각을 굴리다가 마침내 나학진 박사의 연구실로 전화를 걸었다. 나 박사는 강의에 들어가고 없었다. 20분 기다렸다가 다시 전화를 걸었다. 조교를 통해 곧 나 박사가 나왔다.

"네, 전화 바꿨습니다."

"나 박사님 되시는가요?"

"네, 그렇습니다만 누구신지요?"

"직접 만나 뵌 적은 없습니다만 평소에 나 박사님의 학문을 존경하고 있는 사람입니다. 실례인 줄 압니다만 일전에 나비 표본을 드리겠다고 편지를 보냈던 사람입니다."

"아, 그렇습니까? 네, 네, 기억하고 있습니다."

나 박사가 몹시 놀라고 있는 것이 그대로 전해져 왔다. 갑작스런 전화에 매우 당황하고 있는 것 같았다.

"나비 표본을 가져가셨나요?"

"아니요, 편지를 받기는 했습니다만 가지는 않았습니다."

"이해할 수 없군요. 왜 가지 않으셨는가요?"

"호의는 고마웠습니다만 그럴 수가 없었습니다. 불쾌하게 생각하실지 모르겠습니다만 그 편지를 받고 믿을 수가 없었습니다.

마치 무슨 놀림을 받는 것만 같았습니다. 이해하십시오."

"아, 그럼요. 이해하고말고요. 저라도 그런 경우를 당하면 그
럴 수밖에 없을 겁니다. 아무래도 제 설명이 부족했던 것 같습니
다. 분명히 말씀드립니다만 편지 내용은 정말입니다. 거기에는
하나도 거짓이 없습니다. 저는 어렸을 때부터 나비 채집에 취미
가 있었고 그래서 세계 각지에서 진귀한 것들만 채집해서 표본을
만들어 두었던 것입니다. 종류만 해서 5백여 종이 넘습니다. 그
것들을 비장해 두어 봐야 아무 소용이 없겠기에 이번에 나 박사
님께 드리려고 한 겁니다. 연구에 도움이 되신다면 저로서는 더
이상 바랄 게 없습니다."

"듣고 보니까 참 훌륭한 일을 하셨습니다. 5백여 종이라면 정
말 기록적인 숫자입니다. 내용면에서도 진귀한 것들만 채집하셨
다고 하니 매우 가치 있는 것임에 틀림없습니다. 한 번 보고 싶군
요. 한데 그렇게 훌륭한 일을 하셨으면 왜 직접 표면에 나서지 않
고 그렇게 은밀히 일을 처리하려고 하십니까? 그 정도의 업적을
넘기시겠다면 저로서도 가만있을 수가 없습니다. 학교에서 기증
식이라도 가져야 할 것이고 매스컴에도 대대적으로 보도되어야
마땅하다고 생각합니다. 사실 저는 아직 선생의 존함도 모르고
있으니……."

"제가 표면에 나서지 않는 것은 그럴 만한 이유가 있어서 그
러는 겁니다. 그 이유는 말씀드릴 수가 없습니다. 저 역시 괴롭습
니다. 이해해 주십시오."

"그럼 존함만이라도……."

"그것도 곤란합니다. 죄송합니다."

"그렇다면 한 번 만나 뵐 수 없을까요?"

"글쎄요. 비밀을 지켜 주시겠다면 만나 뵙는 것은 어렵지 않습니다만……."

"비밀은 지켜 드리겠습니다. 걱정하실 것 하나도 없습니다."

"다른 사람한테 저를 만난다는 말을 해서는 절대 안 됩니다."

"네네, 알았습니다."

"누구한테도 해서는 안 됩니다. 따라서 나오실 때는 혼자 나오셔야 합니다."

"네네, 그러고말고요. 꼭 혼자 나가겠습니다."

"그럼 내일 오후 2시 R호텔 스카이라운지 어떻습니까?"

"네, 좋습니다. 서로 얼굴을 모르는데 어떻게 할까요?"

"나 박사님은 제가 알아보기 쉽게 무슨 표시를 해 주십시오."

"네, 그럼 제가 탁자 위에 안경을 벗어 놓겠습니다."

나학진 박사는 약속을 지키지 않았다. 전화를 끊자마자 그는 즉시 조문기 형사에게 연락을 취했다. 조 형사는 아픈 몸을 이끌고 헐레벌떡 달려왔다. 나 박사의 이야기를 듣고 난 그는 이제야말로 범인을 체포할 수 있게 됐나 보다 하고 크게 기뻐했다.

다음 날 2시, 나 박사는 약속 장소에 나가지 않았다. 그 대신 조 형사와 일본에서 돌아온 강 형사가 현장에 나갔다. 그들은 잔뜩 긴장해 있었다. 약속 시간 한 시간 전부터 그 곳에 나간 그들은 만일의 경우 손님들이 피해를 입지 않도록 이쪽에서 먼저 선수를 치기로 했다. 그들은 각자 탄알을 잔뜩 장전한 피스톨을 품고 자기 위치를 지켰다. 강 형사는 출입구 쪽에 앉아 있었고 조 형사는 나 박사로 분장한 채 탁자 위에 안경을 올려놓고 앉아 있었다.

약속 시간이 가까워 옴에 따라 조 형사는 초조해서 견딜 수가 없었다. 너무 초조한 나머지 평소에 느끼던 통증도 느껴지지 않을 정도였다. 지원을 부탁하지 않은 것은 자신의 손으로 직접 체포하기 위해서였다. 지금까지 놈을 체포하기 위해 얼마나 하고많은 날을 기다려 왔었던가. 놈을 다른 형사의 손에 잡히게 할 수는 없었다.

마침내 2시가 되었다. 조 형사는 미쳐 버릴 것 같았다. 놈만 체포하면 이제 죽어도 한이 없을 것 같았다. 언제라도 뽑을 수 있도록 피스톨을 꺼내 허리춤에 꽂았다.

강 형사에게 눈짓을 보냈다. 언제나 만사태평으로 보이던 강 형사도 잔뜩 굳어 있었다. 조 형사는 스카이라운지로 들어서는 사람들을 뚫어지게 쏘아보고 있었다.

그렇게 5분이 지나고 10분이 지났다. 온 몸이 진땀으로 배어 있었다. 20분이 지났다. 조 형사는 비로소 맥이 탁 풀리는 것을 느꼈다. 냉수를 한 컵 벌컥벌컥 들이켰다. 30분이 지났다. 그러나 그는 일어설 수가 없었다. 반시간만 더 기다려 볼 생각이었다.

드디어 한 시간이 지났을 때 웨이터가 다가와 편지 한 통을 내밀었다.

겉봉에 <나학진 박사 귀하>라고 되어 있었다.

"이거 누가 주던가?"

"어떤 신사 분이 전해 달라고 했습니다."

"그 사람 어딨어?"

"모릅니다. 어제 부탁을 받았습니다."

"이봐! 그럼 왜 이제 이걸 주는 거야!"

조 형사는 화가 치밀어 버럭 고함을 질렀다.

"그 사람이 꼭 3시에 전해 주라고 신신당부하였습니다. 그래서⋯⋯."

"뭐라구?"

범인의 치밀함에 조 형사는 기가 질려 버렸다. 너무나 기가 막혀 한동안 아무 말도 할 수 없었다. 편지에는 다음과 같은 내용이 적혀 있었다.

나 박사님께

부득이한 사정으로 약속을 지킬 수 없게 된 것을 용서해 주시기 바랍니다. 전에 보낸 편지대로 제 아파트 열쇠는 R호텔 스카이라운지 화장실 속에 있습니다. 경찰에 신고하셨으리라 믿습니다만 그런 건 상관하지 않겠습니다. 아무쪼록 나비 표본을 가져가셔서 연구에 이용해 주신다면 더 이상 바랄게 없겠습니다.

강 형사도 편지를 읽어 보더니 멍한 표정을 지었다. 그들은 씁쓸한 기분으로 한참 동안 말없이 앉아 있었다.

"우리가 한 방 먹었군요."

"놈은 이미 알고 있었어. 우리가 기다리고 있을 거라는 것을.

아주 영악한 놈이야. 에이, 빌어먹을, 다 잡은 걸 놓치다니!"

조 형사는 전에 없이 분해하고 있었다. 강 형사는 왕방울 같은 눈을 뒤룩뒤룩 굴리면서 조 형사를 바라보고 있다가,

"너무 상심하지 마십시오."

하고 말했다.

조 형사는 그 때 비틀거리고 있었다. 희망이 깨지자 그 때까지 붙들고 있던 생명의 줄이 갑자기 풀어지기 시작한 것이다.

그의 병세를 알 리 없는 강 형사는 단지 그가 몹시 상심하고 있는 줄만 알고 있었다. 조 형사는 밀려오는 통증을 참으면서 몸을 일으키다가 도로 털썩 주저앉았다. 그제야 강 형사는 심상치 않음을 깨달은 것 같았다.

"아니, 왜 그러십니까? 어디 아프십니까?"

"괜찮을 거야. 나를 좀 잡아 줘."

"안색이 너무 안 좋으신데요. 병원에 가 보시죠."

"아니야. 그보다도 서울역에 빨리 가 보자구."

"아니, 어디 가시려구요?"

"글쎄, 빨리 가자구. 자세한 건 가면서 이야기해 주지. 그 놈이 갈 만한 데를 알고 있어."


그 시간에 김 표는 아버지의 고향 마을에서 소년과 시간을 보내고 있었다. 그가 그 곳에 도착한 것은 어젯밤이었다. 나 박사와 통화를 한 다음 곧장 내려온 것이다.

그는 소년과 함께 냇가를 거슬러 올라가고 있었다. 유난히 따

뜻한 날씨였고 하늘에서는 태양이 눈부시게 빛나고 있었다. 그는 소년을 따라 가재를 잡으러 가고 있었다. 소년은 이제 스스럼없이 그를 삼촌이라 부르고 있었다.

"삼촌, 이제 또 안 가실 거예요?"

"음, 가능하면 여기서 오래 살고 싶다만 사정이 어떻게 될지 모르겠다. 별일 없으면 여기서 너하고 오래오래 살게 되겠지."

"오래오래 살아요."

"그래, 알았다. 그렇게 해 보도록 노력해 보지."

소년은 신이 나는지 껑충껑충 뛰었다.

"진호야."

그는 소년을 불러 세웠다.

"혹시 그 동안 나를 찾는 사람 없었니?"

소년은 순간 당황했다. 사실대로 말해 버릴까? 그러자 누나와의 약속이 생각났다. '나는 네가 남자라는 걸 믿는다. 남자는 약속을 지켜야 해. 목숨을 걸고서라도 약속을 지켜야 해.' 이것은 누나가 해 준 말이었다. 소년은 그 동안 누나에게 푹 빠져 있었다.

그녀를 몹시 좋아한 나머지 그녀의 말이라고 하면 맹목적으로 들어 주곤 했다. 마치 길들여진 개가 주인의 명령에 절대 복종하는 것처럼 소년은 요즈음 거의 보화의 품속에서 잠을 자곤 했다. 그리고 그녀의 품속에서 철저히 세뇌되어 갔다. 이제 소년은 그녀의 손끝에서 놀고 있는 로봇에 불과했다.

"아니요. 없었어요."

소년은 마침내 거짓말을 했다. 그러나 소년에게는 자신의 거짓말이 거짓말로 생각되지가 않았다. 누나와의 약속을 지키는 자신을 오히려 자랑스럽게 생각하고 있었다. 김 표는 소년의 얼굴에서 복잡한 표정을 읽었다. 그러나 너무 순간적이었고 소년을 너무 믿었기 때문에 그대로 지나쳐 버리고 말았다.

마침 소년의 할아버지는 객지에 나가 있는 아들이 병원에 입원했다는 말을 듣고 이틀 전에 떠나고 없었다. 만일 노인이 있었다면 그에게 경찰이 왔었다는 말을 해 주었을 것이다.

그들은 냇가의 돌 틈에서 가재를 잡으며 몇 시간을 보냈다. 그런데 멀리서 그들의 움직임을 관찰하고 있는 사람들이 있었다. 다름 아닌 유보화와 민대식이었다. 그들은 숲속에 숨어서 망원경으로 움직임을 관찰하고 있었다.

소년이 보화에게 달려온 것은 어젯밤이었다. 소년은 그날도 삼촌과 가재를 잡이하며 놀던 이야기를 신나게 떠벌렸다. 보화는 웃으면서 소년을 바라보고 있다가,

"삼촌이 그렇게 좋으니?"

하고 물었다. 소년은 고개를 끄덕이며 그녀의 눈치를 보았다.

"내 이야기 했니? 바른 대로 말해 봐."

"안 했어요. 전 약속을 지켜요."

"참 착하구나. 난 진호가 약속을 지킬 줄 알았어."

그녀가 머리를 쓰다듬어 주자 소년은 기분이 좋은지 눈을 사르르 감았다.

"삼촌 언제 가신다고 말하지 않던?"

"모른다고 그랬어요. 여기서 오래오래 살고 싶다고 그러셨어

요. 헌데 누나는 왜 빨리 삼촌을 만나지 않으세요?"

"응, 그렇지 않아도 곧 만날 거야."

"난 누나가 삼촌 색시 됐으면 좋겠어."

"뭐라고? 그런 말 함부로 하지 마."

그러자 소년은 몹시 민망한 표정을 지었고 보화는 한동안 어이없어 했다.

"그럼 삼촌하고 결혼하지 않으실 거예요?"

소년은 내친 김에 한술 더 떠서 물었다.

"결혼은 그렇게 쉬운 문제가 아니야. 서로 의견이 맞고 서로 좋아해야만 할 수 있는 거야. 우리는 모든 게 서로 맞으니까 언젠가는 결혼하게 될 거야. 그렇지 않아도 삼촌을 만나서 그 문제를 결정하려고 그래. 이제 알았지?"

"네, 알았어요."

두 사람이 결혼하게 될 것을 알자 소년은 기뻐서 어쩔 줄 몰라 했다. 그는 보화의 손을 잡고 조르기 시작했다. 삼촌을 빨리 만나라는 것이었다.

"그래, 그래. 그렇지 않아도 만나려고 그런다. 그런데 말이다, 미리 알면 재미가 없으니까 끝까지 비밀로 해야 해. 그러다가 내가 갑자기 나타나면 삼촌은 깜짝 놀랄 거란 말이야. 나는 그 놀라는 얼굴을 보고 싶어. 그리고 삼촌이 미리 알아서는 안 되는 일이 또 있어."

"그게 뭔데요?"

"지금은 말할 수 없어. 나중에 알게 될 거야."

보화는 손가락을 세우고 말했다.

"좋아. 내일 삼촌을 만나겠어. 너는 그 대신 내가 시키는 대로 해야 해."

"네, 말씀만 하세요."

"내일 아침밥을 먹고 나서 삼촌보고 나비 잡으러 가자고 그래. 이상한 나비가 있다고 하면서 조르란 말이야. 네 재주껏 삼촌을 밖으로 데리고 나와."

"어디로 갈까요?"

"저어기 둑 있지? 그리로 나와. 거기서 내가 기다리고 있을게."

"네, 알았어요. 틀림없이 함께 갈 거예요."

소년은 뛸 듯이 기뻐하면서 나가려다가 돌아섰다.

"만일 내일 비가 오면 어떻게 해요?"

"내일 비는 안 와."

"그래두요."

"안 온다니까."

보화는 이미 라디오를 통해 내일 날씨까지 알아두었던 것이다. 소년이 가고 나자 보화는 대식을 만나러 갔다.

대식은 어두운 뒷마당에 서 있었다. 그들은 밖으로 나가 어둠에 잠긴 들판을 거닐었다. 보화는 함께 거닐 때면 언제나 자연스럽게 대식의 팔짱을 끼는 버릇이 있었다.

대식은 그 동안 그녀를 위해 너무도 헌신적으로 일해 왔다는 것을 그녀는 잘 알고 있었다. 그래서 일이 끝나면 그에게 크게 보답하려 하고 있었다. 그런데 최근의 그는 보화에게 기울어지는 감정을 처리하지 못해 몹시 고민하고 있는 것 같았다. 지금 그것을 드러낼 단계가 아니기 때문에 그는 더욱 괴로워하고 있는 것 같았다.

"내일 진호가 그를 둑으로 데리고 나오기로 했어요."

"그게 가능할까요?"

"진호는 해낼 수 있을 거예요. 그 애는 내가 그 자하고 결혼할 걸로 알고 있어요."

대식은 멈춰 서서 담배에 불을 붙였다. 불빛에 드러난 그의 얼굴은 유난히 선이 뚜렷해 보였다.

"그 애한테 큰 상처를 주겠군요."

"알고 있어요. 그렇지만 할 수 없지 않아요."

"그건 생각해 볼 문젭니다. 소년이 상처를 입건 말건 상관하지 않고 자기 욕심만 채우겠다는 건 언어도단입니다."

"이제 와서 그걸 따지다니, 이해할 수 없어요."

어둠 속에서 두 사람은 서로를 쏘아보았다.

"갑자기 그런 게 아닙니다. 저는 줄곧 그것을 생각해 왔습니다. 단지 겉으로 드러내지 않았다 뿐입니다."

"그래서 어쩌겠다는 거예요?"

보화의 목소리에 노기가 서려 있었다. 대식은 그녀의 어깨를 움켜잡았다.

"그보다 먼저 제가 묻겠습니다. 그 자를 만나서 어쩌시겠다는 겁니까?"

"……."

보화는 대답하지 않았다. 그 대신 거칠게 숨을 몰아쉬더니 홱 돌아섰다.

"그건 알 필요 없어요!"

"아니, 뭐라구요? 왜 내가 알 필요가 없습니까? 지금까지 모든 일을 함께 해 오지 않았습니까? 마지막에 와서 왜 이러시는 겁니까?"

대식은 화가 나고 섭섭한 나머지 꽤 큰 소리로 대들었다. 보화는 그에게 등을 돌린 채 대답했다.

"지금까지 도와주신 거 정말 고마웠어요. 거기에 대해서는 응분의 보수를 드리겠어요. 이제 모든 것은 끝났어요. 남은 건 저 혼자 처리해도 돼요. 내일 아침 바로 떠나 주세요."

"갈 수 없어요."

"가야 해요! 가지 않으면 방해밖에 되지 않아요!"

대식은 씩씩거리다가 보화를 홱 잡아 돌렸다. 보화의 몸이 앞으로 돌려지자 그는 다짜고짜 그녀를 와락 끌어안아 버렸다. 그와 동시에 그녀의 입술을 덮쳤다. 졸지에 당한 일이라 보화는 그가 하는 대로 몸을 내맡기고 있다가

"사랑합니다."

라는 고백을 듣는 순간 오른손으로 그의 뺨을 철썩 후려갈겼다. 그것은 바로 자신에 대한 분노이자 질책이었지만 그녀는 끝내 입을 열지 않았다.

다음 날은 더 맑았다.

소년은 아침 일찍부터 들떠 있었다. 삼촌이 나비를 잡으러 가자는 그의 요구를 순순히 들어 주었기 때문이다. 소년은 간밤에 삼촌에게 누나 이야기를 할까 말까 몇 번이나 망설였었다. 그것은 대단한 유혹이었다. 그러나 소년은 그 유혹을 물리치고 아침까지 누나 이야기는 입 밖에도 내지 않았다.

아침밥을 먹고 나서 그들은 나비채를 들고 둑 쪽으로 나갔다. 소년은 삼촌과 함께 가는 것이 너무나 자랑스러워 우쭐거리며 걸어갔다. 친구들이 따라붙으려 했지만 그는 한사코 쫓아 버렸다. 친구들 때문에 삼촌과의 관계에 흠이 갈까 두려웠던 것이다. 둑에 거의 이르렀을 때 소년은 더 참지 못하고 마침내 누나 이야기를 꺼내고 말았다. 아주 그럴 듯하게 서두를 꺼냈다.

"어쩌면 누나가 나올지도 몰라요."

"누나라니 누구 말이냐?"

김 표는 햇빛에 눈이 부셔 눈을 가늘게 뜨고 소년을 바라보았다. 소년에게는 누나가 없다는 것을 그는 잘 알고 있었다.

"친 누나가 아니고요, 그냥 누나예요."

"그래? 그럼 친척 되는 누나니?"

소년은 고개를 끄덕이다가 둑 위로 뛰어갔다. 김 표도 뛰어 올라갔다.

"우리 누나 아주 예뻐요."

"몇 살이나 됐는데……."

"몰라요. 스무 살은 넘었을 거예요. 시집갈 거예요."

김 표는 둑 한쪽을 타고 흐르는 냇물을 바라보았다. 그 저쪽은 푸른 들판이었다. 그는 소년의 말에 별로 신경이 쓰이지 않았다. 그는 완전히 해방감 속에 빠져 있었다. 눈부신 태양과 싱그러운 바람, 푸른 들, 그리고 소년의 천진스러움이 그를 그렇게 만들었는지 모른다.

"누나가 삼촌을 보고 싶다고 그랬어요. 그래서 둑으로 나오라고 그랬어요."

"너한테 누나라면 나한테는 조카뻘이 되겠구나!"

"그림을 아주 잘 그려요."

"그래?"

그림을 잘 그린다는 말도 그의 신경을 건드리지는 않았다. 다른 때 같으면 본능적으로 경계심을 품었겠지만 지금의 그는 확실히 풀려 있었다.

그들은 둑 위를 뛰어갔다. 소년이 앞서가고 그 뒤를 김 표가 따라갔다. 소년은 나비채를 휘두르며 기성을 지르고 있었다.

"아, 저기 누나가 있어요!"

소년이 갑자기 걸음을 멈춰 서서 앞을 가리켰다. 김 표도 멈춰 섰다.

그들이 가고 있는 둑 저편 끝에 과연 여자가 한 명 서 있었다. 멀리 떨어져 있어서 여자의 모습은 뚜렷이 보이지가 않았다. 청바지 차림에 점퍼 같은 것을 입고 있었는데 가물거리는 아지랑이 때문에 모습이 흔들리고 있었다. 멀리서 보기에도 늘씬한 모습임을 알 수가 있었다.

그가 서 있자 소년이 그의 손을 잡아끌었다.

"빨리 가요! 누나가 기다리고 있어요!"

"그래, 가자."

그는 소년의 손을 잡고 천천히 걸음을 옮겼다. 여자는 이쪽을 보지 않고 들판을 바라보고 있었다. 머리칼이 바람에 날리고 있었다.


G읍에 도착한 조 형사 일행은 택시를 대절해 숨 가쁘게 달려갔다. 조 형사는 이미 죽음의 문턱에 들어서고 있었다. 그는 가물가물해지는 의식의 줄을 놓지 않으려고 안간힘을 쓰면서 눈을 감고 있었다.

"도착하는 대로 아무 데라도 좋으니까 나를 좀 누워 있게 해 줘. 자넨 내가 시키는 대로만 해."

그는 기동이 불편했기 때문에 모든 것을 강 형사에게 의지하고 있었다. 강 형사는 비로소 조 형사의 병세가 심상치 않다는 것을 알았지만 그가 워낙 반대하는 바람에 병원에 입원시킬 수가 없었다.

"병원에 가는 건 조금 뒤로 미뤄. 지금이 막판이란 말이야. 그 놈을 체포할 수 있는 마지막 기회야. 이번 기회를 놓치면 놈은 영영 사라져 버릴지도 몰라. 그리고 내 병은 내가 잘 알고 있으니까 걱정하지 마."

그는 이렇게 말했던 것이다. 그들은 지서 앞에서 차를 내렸다. 강 형사가 조 형사를 등에 업고 지서 안으로 들어서자 순경들이

어리둥절한 표정을 지었다. 강 형사는 신분을 밝힌 다음 조 형사를 소파에 앉혀 놓고 도로 밖으로 뛰쳐나갔다.

택시를 타고 오는 동안 조 형사로부터 상세한 지시를 받았기 때문에 그는 곧장 김진호를 찾아갔다. 소년은 집에 없었다. 소년의 어머니가 하는 말이 삼촌과 함께 나비 잡으러 갔다는 것이다. 강 형사는 김 표의 몽타주를 내보였다. 소년의 어머니는 겁먹은 얼굴로 끄덕였다.

"어디로 나비 잡으러 갔나요?"

"그건 잘 모르겠는디요."

강 형사는 허둥거리다가 골목에 있는 아이들을 붙들고 물어보았다.

"저기, 둑 쪽으로 갔어요."

아이들은 이구동성으로 말했다. 강 형사가 막 마을 어귀를 빠져나갈 때 한 사람이 불쑥 튀어나와 그의 앞을 가로막았다.

"강 형사님!"

"어, 당신 누구더라?"

"도쿄에서 한 번 뵌 적이 있죠. 민대식입니다. 유보화씨의 보디가드인……."

"아아, 그렇군. 여긴 웬일이오?"

"지금 유보화 씨와 범인이 만나고 있습니다."

"뭐라구요?"

그녀는 점퍼로 얼굴을 덮은 채 잔디밭 위에 누워 있었다. 빨간

T셔츠의 허리 부분이 선정적으로 보였다. 오른쪽 다리를 구부리고 있었다. 김 표는 시골에 있는 여자치고는 멋진 모습이라고 생각했다. 소년이 뛰어갔다.

"누나"

하고 부르며.

그러나 여자는 그대로 누워 있었다. 벌써 잠이 들 리 없었다.

"방해하지 말고 놔둬."

김 표는 소년에게 웃으면서 말했다. 그리고 가까이 다가가서 여자를 내려다보았다. 그래도 여자는 꼼짝 않고 누워 있었다. 가까이 가서 보니 아주 매력 있는 몸이었다. 어떻게 생긴 여자일까? 김 표는 비로소 호기심이 일었다.

"자, 우리 저기까지 갔다 오자. 그 때쯤에는 누나도 일어나겠지. 그런데 나비가 통 보이지 않는구나."

그는 소년의 손을 잡고 다시 걸어갔다. 그런데 그가 미처 몇 걸음 옮기기도 전에 뒤에서,

"저 좀 보세요."

하는 소리가 들려왔다.

김 표는 몸을 돌렸다. 그리고 보았다. 유보화가 거기에 서서 자기를 노려보고 있음을. 그는 경악했다. 그렇게 놀라 보기는 처음이었다. 완전한 실수이자 패배였다.

햇빛에 번쩍이는 것이 그의 사지를 마비시키고 있었다. 황금빛 나는 피스톨 구멍이 똑바로 자기의 가슴을 겨누고 있음을 그는 보았다.

소년은 처음에는 어리둥절했다. 그 다음에는 겁에 질려 얼어 붙어 버렸다. 누나를 불러야 한다고 생각했지만 입이 떨어지지가 않았다. 누나가 그렇게 무서워 보이기는 처음이었다.

"나를 죽일 텐가?"

김 표는 기어드는 목소리로 물었다.

"……."

그녀는 아무 말도 하지 않았다. 바람에 머리칼이 날리고 있었다. 얼굴은 창백하게 굳어 있었다. 두 눈은 마치 인형처럼 표정 없이 이쪽을 바라보고 있었다.

"당신 아버지는 반역자였어. 애석하게 죽은 게 아니야."

"……."

"복수란 그만한 가치가 있을 때 의미가 있는 거야."

그는 위기를 넘겨보려고 기를 써 보았다. 그러나 총구는 미동도 하지 않고 그의 가슴을 겨누고 있었다.

"아이가 보고 있어. 아이한테 피를 보여서는 안 돼."

"……."

그 때 멀리 저쪽에서 두 사람이 뛰어오는 것이 보였다.

"유보화! 유보화!"

그들은 여자를 부르며 미친 듯이 달려오고 있었다.

"사람들이 오고 있어. 그래도 나를 쏠 텐가?"

순간 김 표는 둑 아래로 몸을 굴렸다. 그러나 그보다 먼저 유보화의 피스톨이 불을 뿜었다. 요란스런 총소리가 정적에 잠겨 있던 들판을 뒤흔들었다.

김 표는 둑 밑으로 굴러 떨어져 있었다. 가슴은 어느새 피로 붉게 물들고 있었다.

그는 파란 하늘이 내려앉는 것을 보았다. 하늘이 유난히 파랗다고 느꼈다. 마침내 고향에 돌아왔다고 생각했다.

유보화의 얼굴이 하늘을 가렸다. 그는 비키라고 말하고 싶었다. 그러나 말할 수가 없었다.

"고마워."

그는 힘을 내어 중얼거렸다. 다시 두 발의 총성이 연이어 터졌다.

강 형사와 대식이 뛰어왔을 때 김 표는 막 숨을 거두고 있었다. 보화는 피스톨을 내던지고 소년을 바라보았다. 소년은 주춤주춤 뒷걸음을 치다가 갑자기 울음을 터뜨리며 뛰어가기 시작했다. 보화가 소년을 따라가려고 하자 강 형사가 그녀를 붙들었다. 그는 잠자고 수갑을 꺼내 그녀의 손목에 채웠다. 그러자 대식이 그럴 필요가 없지 않느냐고 항의했다.

"도망칠 생각은 하지 마시오."

강 형사는 그녀의 손목에서 도로 수갑을 풀어냈다. 그들은 둑 밑에 피에 젖어 누워 있는 김 표를 한참 동안 내려다보다가 발길을 돌렸다.

"여기까지 왔다가 끝장을 못 보고 주저앉은 사람이 있어요. 당신은 그 사람을 만날 필요가 있어요."

강 형사가 보화에게 말했다.

"조 형사님인가요?"

"그래요. 지금 지서에 있는데 위독해요."

그들이 지서에 닿았을 때 조 형사는 소파에 몸을 묻은 채 가쁜 숨을 몰아쉬고 있었다. 지서 순경들은 어쩔 줄 모르고 있었다.

"위암이라고 하면서 병원에 갈 필요가 없다고 하기에……."

지서 주임이 죄나 지은 듯 말끝을 흐렸다. 조 형사는 고개를 끄덕였다. 눈을 흐릿하게 뜨고 말라붙은 입술을 움직였다.

"총소리가 들렸는데……."

"네, 김 표는 죽었습니다."

"누가…… 자네가 쐈나?"

"아닙니다. 이 여자가…… 유보화 씨가 쐈습니다."

강 형사는 울음을 삼키며 말했다.

"이 여자가…… 유보화인가?"

조 형사는 무겁게 내려 덮인 눈꺼풀을 밀어 올리고 그녀를 바라보았다. 조 형사를 바라보는 그녀의 눈에 눈물이 맺혀 있었다.

"유보화 씨…… 커피 한 잔 주겠소?"

조 형사는 웃으며 말했다. 지서에는 다행히 커피 도구들이 비치되어 있었다. 보화는 손수 커피를 끓였다. 모두 한 잔씩 돌아가게 커피를 끓였다.

조 형사는 떨리는 손으로 찻잔을 받았다. 그리고 한 모금 마시고 나서 중얼거렸다.

"정말 맛있는데……. 담배 한 대 줘."

강 형사는 눈물을 보이지 않으려고 애쓰면서 담배에 불을 붙여 주었다.

조 형사는 왼손에 커피 잔, 오른손에는 담배를 든 채 번갈아 마시고 피우면서 자신의 마지막 순간을 음미하는 듯했다. 나머지 사람들은 찻잔을 든 채 마시려고도 하지 않고 그를 바라보고만 있었다.

"왜들 그러고 있지? 차 마셔요. 유보화 씨…… 마셔요. 마지막 찻잔인데……."

보화는 찻잔을 입으로 가져갔다. 다른 사람들도 그렇게 했다.

그 때 조 형사의 오른손이 밑으로 떨어졌다. 손가락 사이에서 타고 있던 담배가 굴러 떨어졌다. 이어서 왼손에서 찻잔이 굴렀다. 남아 있던 커피가 무릎을 적셨지만 그는 모르고 있었다. 머리가 왼쪽으로 꺾어졌다.

가쁘게 몰아쉬던 숨소리가 들리지 않았다.


— 끝 —

김성종

1941년 중국 제남시 출생. 전남 구례에서 성장기를 보냈다.
구례 농고와 연세대학교 정외과 졸업한 후 언론매체에 종사하다가
전업 작가로 전업.
1969년 조선일보 신춘문예 단편소설 당선
1971년 현대문학 소설추천 완료
1974년 한국일보 장편소설 공모에 「최후의 증인」 당선
장편 대하소설 「여명의 눈동자」(전10권)는 TV드라마로 방영
장편 추리소설 「제5열」, 「부랑의 강」 등 50여 편의 작품을 발표하였다.

# 안개 속에 지다 · 2
## 김성종 장편추리소설

초판발행 ———— 2011년 7월 15일
초판 1쇄 ———— 2011년 7월 15일
저자 ———————— 金 聖 鍾
발행인 ————— 金 仁 鍾

발행처 ————— 도서출판 남도
등록일자 ———— 서기 1978년 6월 26일(제2009-000039호)

주소 ——————— 경기도 성남시 중원구 상대원동 513-22
　　　　　　　　　중일아인스플라츠 507호
전화 ——————— 031-746-7761　서울 02-488-2923.
팩스 ——————— 031-746-7762　서울 02-473-0481
E.mail ————— ndbook@naver.com

ISBN　978-89-7265-571-8　　04810
ISBN　978-89-7265-569-5　　세트
파본이나 잘못된 책은 교환하여 드립니다.

정가: 12,000원

이 책은 1983년 도서출판 明知社에서 최초 발행되었습니다

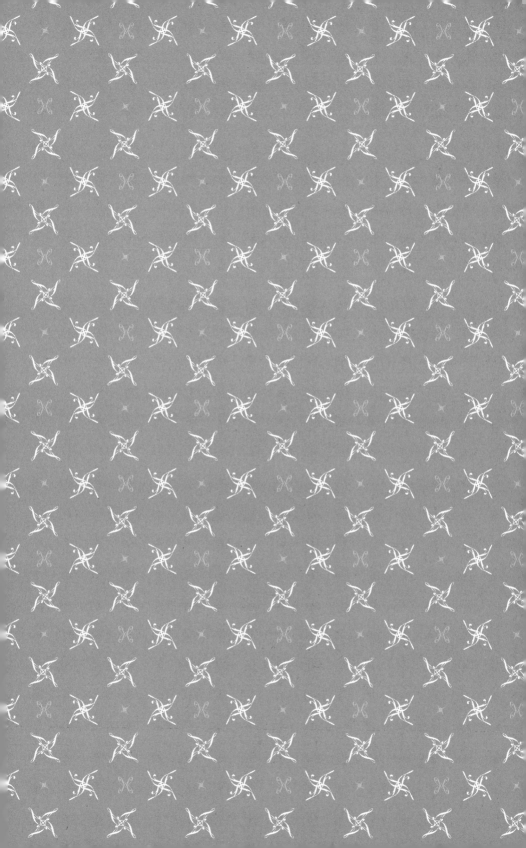